Allitera Verlag

MARIA MAGDALENA LEONHARD studierte in ihrer Geburtsstadt München Archäologie und Kunstgeschichte sowie Etruskologie in Florenz und Rom. Nach ihrer Promotion lebte sie längere Zeit in Italien. 20 Jahre war sie als Dozentin für Deutsche Sprache am Goethe-Institut in München tätig. 1990 erhielt Leonhard den »Münchner Förderpreis Literatur« für ihren deutsch-italienischen Lyrikband »Poesie 1962–82« (1985), mehrere Publikationen in der Zeitschrift »Literatur in Bayern« folgten. 2013 veröffentlichte sie mit großem Erfolg die historische Aufarbeitung des »Falls« der Fanny von Ickstatt (Allitera Verlag).

Maria Magdalena Leonhard

Stern unter den Schönen

Ein Skandal am Münchner Hof

Historischer Roman

Allitera Verlag

Weitere Informationen über den Verlag und sein Programm unter:
www.allitera.de

April 2016
Allitera Verlag
Ein Verlag der Buch&media GmbH, München
© 2016 Buch&media GmbH, München
Herstellung und Umschlaggestaltung: Johanna Conrad, Augsburg
Umschlagmotiv »La Déclaration d'amour« von Jean François de Troy (1731)
ISBN PRINT 978-3-86906-839-8
ISBN EPUB 978-3-86906-871-8
ISBN PDF 978-3-86906-872-5
Printed in Europe

INHALT

Teil II

Vorwort

Der Titel dieses Romans »Stern unter den Schönen« ruft eine zeitgenössische Huldigung der Hauptfigur wieder in Erinnerung: Franzisca, Baronin von Heppenstein, war am Münchner Hof von Kurfürst Maximilian III. Joseph eine gefeierte und umworbene Persönlichkeit. Ihre Gestalt wäre wie die anderen »Schönen« jener Zeit längst versunken, würde sich nicht an ihren Namen die Erinnerung an jene Fanny von Ickstatt, ihre Tochter, knüpfen, die am 14. Januar 1785 vom Nordturm der Münchner Frauenkirche in den Tod stürzte. Leben und Schicksal Fannys und die bis dahin nicht geklärten Umstände und Hintergründe ihres Todes waren Gegenstand meines Buches: »Der Fall Fanny von Ickstatt«, Allitera Verlag, 2013. Ich hatte das Glück, im Verlauf meiner Recherchen auf den Bericht eines Zeit- und Augenzeugen zu stoßen, der seit nahezu 230 Jahren unentdeckt geblieben war und endlich Licht in das Motiv ihres Freitodes brachte.

Das vorliegende Buch erzählt nun die gleiche Geschichte – jedoch als Roman – aus der Sicht von Fannys Mutter, einer außergewöhnlichen Frau, der ein nicht minder schweres Schicksal als ihrer Tochter zugedacht war. Es erzählt eine Geschichte von Verstrickung und Verblendung, von »Schuld und Sühne«.

Alle Ergebnisse meiner Recherchen sind in dieses Buch eingeflossen. Es schildert die Gestalt der Franzisca von Heppenstein aufgrund der erhaltenen – vielfach von ihr selbst berichteten – Zeugnisse. Historische Zitate sind zum Teil in fiktionale eingebettet und deshalb kursiv gesetzt. Einige meiner Gedichte werden Franzisca, die selbst Schriftstellerin war, in den Mund gelegt.

Fußnoten, Übersetzungen und Begriffserklärungen erleichtern das Verständnis von Schilderungen einer nicht mehr vertrauten Lebenswelt.

Zum Schluss sei noch erwähnt, dass sämtliche im Roman auftretende Figuren wirklich im Umkreis von Franzisca gelebt haben. Soweit überliefert, erscheinen sie mit ihren tatsächlichen Neigungen und ihren eigenen Worten.

Maria Magdalena Leonhard   *München, im März 2016*

TEIL I

Der Träumer muss stärker sein als der Traum.

Victor Hugo

Präludium

Der berühmte Rechtslehrer Johann Adam von Ickstatt, im Jahre 1745 vom bayerischen Kurfürsten Maximilian III. Joseph als Professor und Direktor an die Ingolstädter »Hohe Schul«[1] berufen, erregte in der gesetzten Universitätsstadt ein bis dahin nicht gekanntes Aufsehen. Nicht nur, weil es diesen Posten vor ihm nie gegeben hatte, sondern vor allem deshalb, weil Ickstatt der Ruf eines Aufklärers, eines laxen Christen und Aufwieglers gegen die Geistlichkeit und alle ehrwürdigen Traditionen schon vorausgeeilt war. Und er sollte noch eine weitere Seite zeigen: seine Neigung zu weltlichen Genüssen und einem eleganten Leben. Dem Baron mangelte es weder an Geschmack noch an finanziellen Mitteln und es wurde das größte und höchste Haus der Stadt zur Residenz auserkoren. Im schon einige 100 Jahre alten »Crollolanza-Haus« in der Schlossstraße pflegten seit jeher nur die vornehmsten Professoren ihre Wohnung zu nehmen.

Das mächtige Gebäude mit seinem alles überragenden Giebel bildete sozusagen das weltliche Pendant zur quer über der Straße liegenden nicht minder alten katholischen Pfarrkirche St.-Moritz und dieser Umstand war dem Baron, der unziemliche Scherze über Kirche und Klerus liebte, wohl auch deshalb als angemessen erschienen.

Zwar befand sich das alte Haus noch im Besitz der Staudingerin, die es aus Geldmangel an den fälligen Erhaltungsarbeiten hatte fehlen lassen, und es lagen auch nicht unerhebliche Belastungen darauf, fromme Stiftungen und barmherzige Jahrspenden, wie man sie von jedem wohlhabenden Bürger erwartete, insgesamt über 700 Gulden jährlich, doch war es Ickstatt schon bald gelungen, Kaufpreis und Schulden zu begleichen. Diese beneidenswerte Leichtigkeit, mit der ihm alles von der Hand ging, lag indes nicht nur an den Mitteln, über die er verfügte, und an seinem Verhandlungsgeschick. Viel mehr war es dem Selbstbewusstsein des Barons geschuldet, seiner Unbekümmertheit gegenüber den Meinungen und Vorbehalten seiner Umwelt, die er heiter und entgegenkommend abtat, wenn ihm nichts dawider ging, aber sarkastisch und wegwerfend, wenn man sich ihm entgegenstellte. *Man*

---

[1] Das ehemalige Pfründnerhaus in Ingolstadt war von 1503 bis 1800 Sitz der ersten bayerischen Landesuniversität.

soll sie schwätzen lassen, pflegte er zu sagen. Und es war nicht wenig, was sich Johann Adam von Anfang an in den Weg stellte. Nicht nur der Neid der Kollegen an der »Hohen Schul«, die ihm mit seinen berühmten Schriften, seinem landesweiten Ansehen und seiner scharfen Zunge nicht das Wasser reichen konnten. Nicht nur die Missgunst, die sein beachtliches Vermögen erregte. Auch die Gunst, die er beim Kurfürsten Maximilian, dem »Vielgeliebten«, genoss, dessen Erzieher er gewesen war, machte es ihm bei seinen Mitbürgern und Kollegen schwer.

Das allein hätte schon ausgereicht, einen Neuankömmling weidlich aus der Fassung zu bringen. Jedoch war all das nichts angesichts der geballten und entschlossenen Feindschaft, die Johann Adam vonseiten der Jesuiten und der Weltgeistlichen entgegenschlug.

Die Jesuiten waren die Macht in Stadt und Land und stellten den weitaus größten Teil der Lehrer an der »Hohen Schul«. Sie waren Johann Adam ein Stachel im Fleische, nicht minder als er ihnen, und der Kampf um die Machtverteilung hatte denn auch gleich mit seiner Ankunft begonnen. Bisher waren die Jesuiten unangreifbar gewesen, jetzt stellte sich ihnen ein intelligenter und wacher Geist entgegen, der entschlossen war, den Ideen der Aufklärung zum Durchbruch zu verhelfen. Die mittelgroße, kräftige Gestalt, das wache Gesicht mit der gesunden Farbe, der volle Mund, der oftmals ironisch zuckte, seine blitzenden Augen – alles signalisierte unübersehbar den Willen des Barons, sich durchzusetzen.

Nur in einem einzigen Punkt erregte Johann Adam nicht den Neid seiner Umgebung und das bezog sich auf die Ehefrau, die er mitgebracht hatte. Seit seiner Würzburger Zeit war er mit ihr verheiratet, dort war sie die Witwe seines Amtsvorgängers gewesen. Die Dame, ein geborenes Fräulein von Weinbach, zeichnete sich weder durch Anmut noch durch ein sanftmütiges Wesen aus, und man sagte, bei jedem anderen als bei Ickstatt würde sie im Hause das Regiment geführt haben. Das Paar war kinderlos und Nachwuchs auch kaum mehr zu erwarten, denn die Baronin und der Baron hatten die 40 bereits überschritten.

Ickstatt ging mit Eifer und großen Plänen an die überfällige Renovierung seines Hauses. Als er die Muttergottesstatue, die sich seit mehr als 100 Jahren in einer Nische im Hausgiebel befunden hatte, herabnehmen ließ, wurden sogleich empörte Stimmen laut, die ihn der Gottlosigkeit bezichtigten. Es ist anzunehmen, dass es seine Absicht gewesen war, die allzeit bereiten bösen Zungen herauszufordern, um sie dann Lügen strafen zu können. Die Madonna erhielt jedenfalls einen neuen und nicht unwürdigen Platz auf dem Altar der Hauskapelle, die der Baron auf einem inzwischen erworbenen Landgut hatte errichten lassen. Dieser alte Gutshof vor den Toren der Stadt, die »Herrenschwaige« bei Hundszell, in der weitläufigen Auenlandschaft der Donau gelegen, sollte sein »Tusculum«[2] werden und ihn in seinen freien Stunden dem Gezänk entrücken.

Mit der Marienstatue im Hausgiebel, die so viel Unmut erregt hatte, war aber eine Begebenheit verbunden, eine Unbotmäßigkeit gegen Kirche und Religion, also eine Denkwürdigkeit ganz nach Ickstatts Geschmack, die er ungern dem Vergessen anheimfallen lassen wollte. So ließ er am Altartisch ein Bild mit folgender Inschrift anbringen:

Dißes ist die wahre Bildnuß der Allerseelichsten Jungfrau Maria, so beynahe 100 Jahr auf dem Gipfel deß so genannten Corolanzischen, nunmehr Baron Ickstättischen Hauses in Ingolstatt gestanden, worauf Anno 1684 ein Oberst--Wacht Maister Nahmens Jakob Hoennig auß dem Kreuz-Wirtshaus geschossen, deßhalben zu München in Fahren-Thurm gebracht, peinlichen inquirirt und hierauf ein armseeliches End genommen, laut denen bey dem Stattgericht liegenden Original Acten.

Das uralte, noch mittelalterlich strenge »Crollolanza-Haus« wandelte Johann Adam um in eine heitere Residenz mit reich stuckierter Fassade und geräumigen Zimmern, deren herrliche Kamine und kostbare Schnitzarbeiten schnell Aufsehen erregten. Das Haus besaß nun fünf Vollgeschosse, die ein prachtvolles Treppenhaus mit Muscheldekor im neuen Stil miteinander verband, und einen rückseitigen schönen Garten mit Bouschetten und Rosenbäumen.

Es gefiel dem Baron in Ingolstadt, und offensichtlich hatte er vor, hier sein Dasein zu beschließen, denn – kaum waren die Umbaumaßnahmen vollendet – begann er Güter, Wälder und Wiesen zu kaufen, um seinen Grundbesitz abzurunden. Nach drei Jahren besaß er mehr als 40 Tagwerk.

Auch als Geldverleiher größerer Summen tat sich Baron von Ickstatt her-

---

[2] Anlehnung an das südöstlich von Rom in den Albaner Bergen gelegene Landhaus Ciceros, sein »Tusculanum«.

vor, was wiederum die Neider anfeuerte und das Misstrauen der Kollegen weiter vertiefte. Erheitert goss Ickstatt noch Öl ins Feuer: »Aber mit dem Geld kann man doch Bücher kaufen«, äußerte er mit geheucheltem Erstaunen, auf die gemäßigte Wissbegier seiner Kollegen anspielend.

Das Thema Bücher war generell ein heißes Eisen: Der neue Direktor der »Hohen Schul« besaß nämlich nicht nur eine Privatbibliothek von über 6000 Bänden, sondern auch eine erkleckliche Anzahl von Büchern, die auf dem Index standen, weil protestantische Autoren sie verfasst hatten – und dies bezog sich sogar auf Wörterbücher!

Über Besitz und Verwendung solcher Bücher wachte die Theologische Fakultät, die als Zensurbehörde für alle Bücher fungierte, die ihren Weg nach Ingolstadt fanden. Und diese Zensur betraf nicht nur Lehrbücher, sondern sogar die private Lektüre der Professoren. Die Theologische Fakultät forderte außerdem vom Kurfürsten einen gesonderten Erlass, dass nur noch katholische, von der Theologischen Fakultät vorzensierte, juristische Lehrbücher Verwendung finden sollten. Da aber platzte Johann Adam der Kragen. Er kündigte öffentlich diesbezüglich sein Veto an und appellierte an den Kurfürsten: Wenn die Lehrfreiheit an katholischen Universitäten fehle und es verboten sei *anderst als mönchisch zu gedenken*, so würde die Universität Ingolstadt in *eine wahre Wüsteney* verwandelt und führe zur Abwanderung der Studenten an protestantische Universitäten. Und *dies besonders der adeligen*, fügte er warnend hinzu. Außerdem habe er *das ganze vernünftig denkende catholische Teutschland* auf seiner Seite. Der Kurfürst möge dem *ärgerlichen Zettergeschrey* der Theologen ein für alle Mal ein Ende machen.

Das von Ickstatt kritisierte »Zeter und Mordio« der Theologen hatte sich nämlich inzwischen sogar von der Kanzel aus über ihn selbst ergossen: der Baron und seine Anhänger seien Lutheraner, verbreitete man im ganzen Land. Und beim Kurfürsten hatte die Theologische Fakultät feierliche Anklage gegen Ickstatt wegen *religionsfeindlicher Tätigkeit* erhoben. Die Lage war ernst.

Der Kurfürst Max stand zwar den Ideen der Aufklärung offen gegenüber, war doch Johann Adam sein Lehrer gewesen, aber der Druck der Geistlichkeit auf ihn war gewaltig. Nun war Ickstatt beileibe kein Lutheraner. Und in Wahrheit konnte er weder mit der katholischen Religion noch mit der Augsburger Konfession etwas anfangen. Er war ein skeptischer Realist, ein Anhänger Voltaires. Doch wusste er, das klug zu verbergen. Und sein Lieblingsausspruch, mit dem er sich schon manchen Feind gemacht hatte, beleuchtete diese Haltung: *Da mihi decem thalleros, umbra et pulvis sumus.*[3] Aber die Lage spitzte sich zu, denn die Jesuiten gingen jetzt aufs Ganze. Sie ließen deutlich merken, dass für eine derartige Einstellung nach wie vor der Scheiterhaufen die gebührende Antwort sei und rieben sich die Hände, wenn sie sich darauf Ickstatt und seine Getreuen vorstellten. Unter den Gefolgsleuten und nächsten Freunden des Barons war Johann Georg Lori seit der gemeinsamen Würzburger Zeit einer der Treuesten. Er hatte an der Seite von Ickstatt schon manchen Strauß für die Reform und gegen die Geistlichkeit ausgefochten, aber die brisante Situation beunruhigte ihn jetzt aufs Höchste. *Das ius naturae und die protestantischen Bücher werden uns bald auf den Scheiterhaufen bringen,* äußerte er bedrückt. Ickstatt hingegen war kämpferisch: *Tu ne cede malis,*[4] erwiderte er, auch einer seiner Lieblingsaussprüche: *Wir werden es ihnen schon noch zeigen, und dies diem docet!*[5]

Wir müssen unser Schicksal dem Willen des Hofes überlassen, wandte Lori ein. *Credi mihi*[6], ermutigte ihn der Baron, *der Kurfürst wird ihnen schon den Marsch blasen. Ich kenne ihn, und er kennt die Jesuiten. Dem Stadler hat er ja auch gezeigt, wo der Zimmermann das Loch gelassen hat.*

Die Sache mit dem Jesuiten Stadler, dem ersten Erzieher und Beichtvater des damaligen Kurprinzen, hatte zu großer Erheiterung geführt, ließ sie doch erkennen, welch Geistes Kind der junge Maximilian war und was sich mit seiner Thronbesteigung ändern würde. Der Jesuit hatte nämlich jede Gelegenheit genutzt, seinen Schüler zu gängeln und seine Entscheidungen im Sinne der Kirche zu beeinflussen. *Grundsätze, von der andächtelnden Dummheit erdacht und der heuchlerischen Bosheit zum Verderben des Staates ausgeführt,* wie ein Zeitgenosse es unumwunden ausdrückte. Solcher Anmaßung am Ende überdrüssig, hatte Max den Jesuiten schließlich in einem Rundumschlag all seiner Ämter und Privilegien entsetzt und ihn ohne Weiteres davongejagt. *Nicht eine einzige Nacht mehr in seinen Staaten ver-*

---

[3] Gib mir (lieber) zehn Taler. Wir sind (doch) nur Schatten und Staub!
[4] Weiche nicht zurück vor den Bösen!
[5] Kommt Zeit, kommt Rat!
[6] Glaube mir!

gönnte ihm der junge Fürst damals, erinnerte sich Ickstatt, *plötzlich mußte er die bayrischen Lande säubern, ein billiges Opfer seiner eigenen Kabale.*

Das war nun über 20 Jahre her, und der Baron von Ickstatt hatte als Erzieher und Lehrer des Kurprinzen Stadlers Stelle eingenommen. Und das war es eben, worauf Johann Adam seine Zuversicht setzte: Die Situation, die sich hier in Ingolstadt für eine freie Forschung und Lehre unerträglich zugespitzt hatte, musste dem Kurfürsten vor Augen geführt werden. Und so nahm Ickstatt denn kein Blatt vor den Mund, als er eine offene und mutige Klageschrift an seinen ehemaligen Lehrer richtete. Darin beschwerte er sich unter anderem darüber, dass gegen ihn in der Pfarrkirche zu St. Moritz *auf der Kanzel solch gräßliches Lärmen erhoben, als ob die halbe Stadt schon an der Unsterblichkeit der menschlichen Seele zweifelte.* Er bat den Kurfürsten, ihm den Stadtpfarrer Eckher, *diesen im Kopfe nicht wohlverwahrten Mann* vom Leibe zu halten, der *seiner hirnlosen Einbildung nach, ihn des einreißenden Luthertums bezichtigt habe.*

Das saß.

Solche Worte gegen Bigotterie und Geistlichkeit waren bisher in Ingolstadt noch nie gehört worden. Die Klerisei wartete alarmiert auf die kurfürstliche Antwort. Sie dauerte. Endlich ließ sich Max, »der Vielgeliebte«, vernehmen: Er stimmte für die Zukunft der Reform und die Jesuiten, die sich schon triumphierend die Hände gerieben hatten, mussten sie wieder zum Gebet falten.

Der Baron verlieh also weiter an seine Studenten, von denen die meisten aus wohlhabenden und »aufgeklärten« Familien kamen, missliebige Literatur. Er vermietete auch einen Teil seines Hauses als Wohnung an seine Studenten, die dann auch mit ihm zusammen speisten. Jeder Professor durfte nämlich so viele Studenten bei sich beherbergen, wie *an seinem Tische Platz finden.* Allerdings hatte dieses Recht eine die öffentliche Moral berücksichtigende Klausel: Es galt nur für solche Professorenhaushalte, in denen sich keine ledigen Töchter befanden. Auch darüber setzte sich Ickstatt souverän hinweg, denn in seinem Hause gab es eine solche, wie noch zu hören sein wird.

Das »Crollolanza-Haus« war sehr geräumig, neben den zwei für Ickstatts Familie reservierten Stockwerken verfügte es noch über weitere drei, demzufolge dürfte auch der Tisch entsprechend lang gewesen sein. Abgesehen davon, dass das Leben im Ickstatt'schen Palais bei Weitem den üblichen studentischen Unterkünften vorzuziehen war, hatten diese sogenannten Bursen schon seit längerer Zeit an Nachfrage eingebüßt. Dort war es nämlich eng und ungemütlich. Im Winter wurde das Etablissement um sechs Uhr abends abgesperrt, im Sommer bei Sonnenuntergang. Außerdem ließ das Essen zu wünschen übrig und man hatte sich den Anweisungen des »Bursenleiters« zu fügen. Ickstatts Haus dagegen war geräumig und behaglich, ja, elegant, und reich an illustren und interessanten Besuchern. Außerdem war die Küche vorzüglich. Dafür tauschte man gerne die Burse ein …

Die Studenten des Barons kamen durchwegs aus reichen und adeligen Familien, zahlten kräftig und huldigten den Ideen der Aufklärung. Und gerade mit solchen gut betuchten Studenten durfte es sich das kleine und keineswegs reiche Ingolstadt nicht verscherzen. Davon gibt ein Zeitgenosse eine Vorstellung: *Der Ort ist klein, arm, nicht sehr gesund. Die Bürger, welche unvermögend sind und hauptsächlich von den Studenten leben müßen, schmiegen sich selbst in die Launen ihrer Tischgenossen, nur damit sie mehrere bekommen. Sie sehen den Akademiker gleichsam als einen Raub an, den ihnen der liebe Gott auf drei Jahre zugeworfen hat.*

Es galt also, die Studenten, ganz besonders die wohlhabenden, zufriedenzustellen, damit sie nicht an ausländische Universitäten wie Innsbruck oder Salzburg abwanderten, die fortschrittlich waren und auch einen besseren Ruf genossen. Denn nur Wohlhabende hatten die Möglichkeit, Spezialgenehmigungen zu erlangen, war es doch allen Landeskindern per Gesetz untersagt, außerhalb Bayerns zu studieren.

Ja, Ingolstadt war abhängig von seinen Studenten, weshalb man sich auch hütete, ihre Händel und rohen Sitten zu beanstanden. *Die Universität in Ingolstadt ist ein Sanctuarium der lateinischen Barbarey,* befand ein Zeitgenosse. Tatsächlich war die »Hohe Schul« in Ingolstadt zu der Zeit, als Johann Adam sein Amt als Lehrer und Direktor antrat, wegen ihrer wüsten studentischen Sitten verschrien. Das Nebeneinander von Festung und Universität, von Studenten und Soldaten, war alles andere als förderlich. Händel zwischen den rauf- und trinklustigen Studenten, die nachts die Wirtshäuser bevölkerten, und den Soldaten, die keinen oder nur unregelmäßigen Sold erhielten – zudem sie damals noch keiner Nebenbeschäftigung nachgehen durften – waren an der Tagesordnung. Sie lungerten herum und gerieten sich auch noch mit den Delinquenten in die Haare, die der Einfachheit

halber ins Militär gesteckt wurden. Zudem hatte die Anzahl der immatriku-
lierten Studenten noch bei Weitem nicht das Vorkriegsniveau erreicht. Der
verheerende Krieg, der 30 Jahre lang gewütet und das Land an den Rand
der Vernichtung gebracht hatte, war zwar schon seit einem Jahrhundert
beendet, doch wirkte sich die Verrohung durch die langen kriegerischen
Auseinandersetzungen noch immer auch auf die Sitten der Studierenden
aus. Wie aber sollte – auch hierzu scheute Ickstatt nicht, sich öffentlich zu
äußern – wie aber sollte an dieser Universität ein anderer Geist einziehen,
wenn die Erziehung von Kindern und Jugendlichen seit nahezu 200 Jahren
ausschließlich in den Händen der Jesuiten lag, die auch an den Universitäten jede freiere Geisteshaltung, wie sie im protestantischen Deutschland
schon Fuß gefasst hatte, unterdrückten?

Gewissermaßen als Ausgleich für solche Beschränkung waren aber an der
Alma Mater die überkommenen barbarischen Bräuche und die rohen Sitten
der Studenten weiter im Schwange und von der Obrigkeit geduldet, obwohl
sie seit Langem dem Ruf und der Frequenz der »Hohen Schul« schadeten.
Der alte Brauch der »Disposition«, eine nicht nur folterähnliche, sondern
auch noch kostenträchtige Aufnahmezeremonie, der sich Neuimmatriku-
lierte durch ältere Semester unterziehen mussten, hatte sogar schon Tote
gefordert und war bereits durch kurfürstliche Verordnung verboten worden. Dennoch hielt er sich trotzig. Es wunderte niemanden, dass gesittete
und wohlhabende Familien ihre Söhne lieber an ausländische Universitäten
schickten. Der Baron, als neuer Direktor der Universität, führte sich ein,
indem er sogleich alle Bemühungen um die Aufhebung dieses Verbotes vereitelte, und um den frischen Wind, der jetzt blies, zu illustrieren, annullierte
er ohne Weiteres einen Teil der zahlreichen »Vakanztage«. Zudem unter-
sagte er den Studenten, sich nach zehn Uhr abends noch in den Wirtshäusern aufzuhalten. Ungehorsame wurden sogleich durch Militärpatrouillen
verhaftet.

Es dauerte nicht lange, bis der Aufstand gegen dieses Vorgehen des Direktors
losbrach: Die Fenster seines prächtigen, eben fertiggestellten Hauses wurden
eingeworfen, und Schmähschriften gegen ihn in der Stadt verteilt. Obwohl
der Scharfrichter ein solches Pasquill öffentlich verbrannte, konnten die Täter
nicht ermittelt werden. Aber Ickstatts Kampfeslust war keinesfalls gebrochen,
nicht einmal, als bald darauf bei der Hauptwache, wo der Galgen stand, ein
weißes Blechschild auftauchte mit der Aufschrift: *Ickstatt Erzschelm.*

Der neue Direktor blieb Sieger, getreu seinem Wahlspruch: *Tu ne cede malis*, war er doch angetreten, um *die in so merklichen Abfall geratene Universität wieder zu Flor und Ansehen* zu führen. Die Sitten an der Alma Mater begannen sich zu urbanisieren. Lobend schrieben Zeitgenossen, vor Ickstatts und Loris Zeiten hätte man an der Universität zu Ingolstadt das *Wort Disziplin nicht aussprechen dürfen, ohne geprügelt zu werden.*

Zumindest äußerlich war nun in Ingolstadt der Friede zwischen den konservativen Kräften und denen der Reform wieder hergestellt. Ickstatt konnte sich endlich seinem Herzensanliegen zuwenden, nämlich das Bildungsniveau des Landes zu heben, insbesondere das der Landjugend und der einfachen Leute. Er stammte ja selbst aus einfachen Verhältnissen, hatte sich als Autodidakt emporgearbeitet, war aus eigenen Kräften mit berühmten Forschern in Verbindung getreten. Sogar vom großen Isaac Newton soll er Unterweisung genossen haben, erzählte man sich ehrfürchtig.

Wie ernst es dem Baron mit seinem Vorhaben war und wie klar und zutreffend er den Zustand und die Bedürfnisse des Volkes einschätzte, zeigen seine Briefe und Vorträge: *So lange alles zum Lateinlernen und Studiren zugelassen wird, der gemeine Mann sich glücklich schätzt, wenn aus seinem Sohn nur ein Herrle oder Mönche werden kann, wenn ein Drittel der Nation sich zu Raths- und Richterstellen oder anderen Ämtern sich zu verwenden sucht, so lange kann es um Nationalfleiss und Arbeitsamkeit nicht zum besten aussehen; der Zehrstand wird mit Candidaten überhäuft, die der Regent unmöglich alle zu versorgen im Stande ist. Sie sehen sich also genötigt, unter dem verenrirlichen Priesterrock – aus dem so in unserer geheiligten Religion für das grösste Geheimniss gehalten wird – ein Gewerbe zu machen, faule Pflastertreter und zuletzt lateinische Soldaten und studirte Bauern abzugeben.*

Natürlich machte sich Ickstatt auch mit diesem Anliegen der Volksbildung keine Freunde bei der Geistlichkeit. Im 16. Jahrhundert hatte in Bayern schon ein Schulwesen bestanden, das die Jesuiten aber mit Erfolg untergraben hatten. Ihre stupiden Unterrichtsmethoden zu geißeln, gehörte zu den Lieblingsthemen aufgeklärter Zeitgenossen. Erziehung bedeutete in deren Augen eben nicht, den Geist durch mechanisches Auswendiglernen abzustumpfen, sondern ihn durch die Anwendung von Erlerntem zu schärfen. Johann Adam legte dem Kurfürsten seine Pläne vor, in denen er vorgab, was in den Markt- und Stadtschulen, in den Realschulen und in den sogenannten Gelehrtenschulen unterrichtet werden sollte und knüpfte damit wieder an die vorjesuitische Schultradition an.

Seine Schulreform fand Zustimmung und Bewunderung. Der bayerische Historiker Lorenz Westenrieder äußerte dazu: *So bestimmt und so vollständig, daß im Wesentlichen schwerlich wird Besseres gesagt werden können.* Es war Ickstatt gelungen, seine Wünsche und Pläne als Lehrer, Gelehrter und Rechtsbeistand des Kurfürsten zu verwirklichen. Sein Name wurde weit über die Landesgrenzen hinaus mit Bewunderung, ja mit Ehrfurcht genannt, er war geadelt und Reichsfreiherr und verfügte auch noch über ein beachtliches Vermögen. Nun machte er sich daran, auch seine Nachfolge, sowohl wissenschaftlich wie privat, in wohlüberlegte Bahnen zu lenken. Wie sein Biograf mitteilte, lebte der Baron in kinderloser und *mißvergnügter Ehe.* Allzu viel wird ihm dies nicht ausgemacht haben, befand er sich doch neben seiner Lehrtätigkeit oft auf Forschungsreisen und Beratungsaufenthalten am kurfürstlichen Hof und seine freien Stunden verbrachte er in der Einsamkeit seiner beiden Schwaigen bei Hundszell außerhalb Ingolstadts. Dort las er *die Alten,* denn *er reiste, aß und übernachtete mit den Musen,* wie sein Biograf berichtet. Allerdings gab es einen Aspekt in Ickstatts Leben, der noch der Klärung bedurfte und das war sein Nachfolger an der Universität, der die Ideen und Werte der Reform sichern und weiterführen sollte. Dazu bedurfte es einer Person, die nicht nur über die nötige akademische Eignung verfügte, sondern auch die unerschütterliche Überzeugung in Bezug auf die Ideen der Aufklärung mit ihm teilte. Es überraschte niemanden, dass Johann Adam von Ickstatt auch hier längst vorgesorgt hatte, war doch sein umsichtiges Werk, sich aus Verwandten und Getreuen eine starke, einflussreiche Hausmacht zu errichten, bereits in seiner Würzburger Zeit auf Protest gestoßen. Auch die Wahl seiner Ehefrau, der Witwe seines dortigen Amtsvorgängers, war Teil dieses Planes gewesen.

In Ingolstadt aber krönte der Baron seine diesbezüglichen Bestrebungen und gab damit all denen Recht, die ihm schon seit Langem »Nepotismus« unterstellten. Drei Brüder seiner Frau ließ Ickstatt bereits durch Max III. in den Reichsritterstand erheben und mehreren Mitgliedern der Familie Weinbach verschaffte er nach und nach Professorenstellen an der Universität, sowie deren Töchtern Ehemänner. Einen seiner Neffen, Peter Ickstatt, hatte der Baron wie einen Sohn erziehen und studieren lassen. Dieser sollte sein Nachfolger an der Universität werden. Peter zeigte sich bald als ausgezeichneter Jurist und hatte soeben unter Ickstatts Fittichen mit Auszeichnung an der »Hohen Schul« promoviert. Doch Peter brauchte auch eine Frau und eine Familie.

Schon bald nach seiner Ankunft in Ingolstadt hatte Johann Adam eine neugeborene Nichte seiner Frau an Kindes statt zu sich in sein neues prächtiges Palais genommen. Die oberfränkischen Weinbachs waren mit Kindern derart reich gesegnet, dass man schon eher von einer Plage sprechen konnte. Die kleine Maria Franzisca hatte noch zwölf Geschwister.

Das kleine Mädchen muss dem Baron von Anfang an als außerordentlich vielversprechend erschienen sein, besaß doch schon die Dreijährige so viel Intelligenz und Wissbegier, dass ihr Oheim sie von seinem Kollegen, dem älteren Weishaupt, in Naturlehre unterweisen ließ. Davon werden wir Franzisca später noch erzählen hören.

Johann Adam von Ickstatt muss sie innig geliebt haben, er nannte sie nur *seine Fanny*, wie sein Biograf berichtet *und er verwandte so viel Erziehungssorgfalt auf sie, daß sie nun eine Zierde ihres Geschlechts ist*. Diese »Zierde« sollte bald von sich reden machen …

Johann Adam bestimmte Maria Franzisca und Peter Ickstatt, die einander von klein auf kannten, zu künftigen Ehegatten. Damit war nun alles, was sich der Baron gewünscht und vorgenommen hatte, erreicht: die »Hohe Schul« war den Idealen der Aufklärung geöffnet, sie würde unter Peter Ickstatt als neuem Direktor weiter in seinem Sinne wirken. Das Haus und die Ländereien waren in der Obhut der Familie und der Baron konnte nun aufbrechen nach München, wo ihn sein ehemaliger Schüler und Förderer, der Kurfürst, als seinen ständigen Berater in staatsrechtlichen Belangen erwartete.

Johann Adam ging nicht ungern fort aus Ingolstadt, wo er 20 Jahre lang unermüdlich gewirkt und alles zum Besseren gewendet hatte. Nur um sein »Tusculum« war es ihm leid, die »Herrenschwaige«, und die wunderbaren Stunden der Einsamkeit, die er da zugebracht hatte. Nur begleitet vom friedlich weidenden Vieh war er in der endlos scheinenden flachen Landschaft mit dem Buch in der Hand auf und ab gewandert, immer in dem beglückenden Bewusstsein, weit und breit keine Seele zu erblicken. Solche Stunden, das wusste er, würde er in der Münchner Residenzstadt vermissen.

$\mathcal{M}$aria Franzisca von Weinbach

Ingolstadt 1764

Der große Garten des Ingolstädter Ickstatt-Hauses war symmetrisch angelegt und hatte hohe Mauern, die ihn von den Nachbargärten abschlossen. An ihnen entlang zogen sich doppelte Bouschettenreihen, in Bögen und Formen geschnitten, und zwischen den Blätterwänden und den Mauern liefen schmale Kieswege mit steinernen Bänken. Vor den Bouschetten standen blühende Rosenbäumchen, orangerote, lachsfarbene, dunkelrote, und die vielblättrigen in blassem Rosa, die wächsern aussahen. Sie waren Franziscas Lieblinge. Die Gartenmitte nahm ein achteckiger Pavillon ein, dessen grünes Kuppeldach eine Grotte mit einem Brunnen überwölbte. Von ihm ausgehend leiteten sternförmige Kieswege zu den Mauern zurück und mündeten in einen Pfad, der um den ganzen Garten lief und zu einem rückwärtigen Ausgang führte.

Dieser Garten lag außerhalb der ursprünglichen Grundstücksgrenze. Er war früher Teil des Nachbargrundes gewesen, aber der Oheim hatte ihn erwerben können, denn er wünschte sich in der engbebauten Stadt eine grüne Oase. Und deshalb lag dieser Garten so abseits, wie eine Welt für sich, und am seitlichen Ende eines lang gestreckten Hofes, der ihn mit dem Wohnhaus verband.

Seinen Hofgarten nannte der Oheim ihn, auf den Hofgarten der Residenz in München anspielend, wo er seit Kurzem als Berater des Kurfürsten in allerhöchster Gunst stand.

Maria Franzisca ging raschen Schrittes auf und ab. Sie war unruhig. Dazu gab es einen Grund. Genaugenommen nicht nur einen, denn alles trug ja zu ihrer Aufgewühltheit bei: der wunderschöne Maitag, so warm, als wäre es schon Sommer. In den Bouschetten bauten die Vögel ihre Nester unter emsigem Gezirpe. Der Gärtner befreite gerade die Rosenstöcke aus ihrer Winterumhüllung, und die Hündin Thekla im Nebenhaus winselte, weil ihr Freund Rex nicht zu ihr durfte, der an der Mauer kratzte. Aus dem offenen Küchenfenster an der Rückseite des Hauses drang die Stimme der Köchin, die dem Mädchen Anweisungen gab. Dazwischen sang sie. Sie war im Haus eine angesehene Person und hatte die Gunst der Tante, die sie vor Jahren aus Würzburg mitgebracht hatte. Das männliche Dienstpersonal erwies ihr

Respekt, das weibliche wich ihr lieber aus. Sogar der Hauskaplan begegnete ihr mit Vorsicht, seitdem sie einmal geäußert hatte: *Mann ist Mann. Unser Herrgott ist auch einer.* Das ließ sich zwar nicht als ketzerisch bezeichnen, zeugte aber doch von einer bedenklichen religiösen Einstellung, was allerdings im Hause des Barons von Ickstatt nicht weiter verwunderte.

Ja, alles war im Aufbruch, alles strebte und drängte vorwärts, in den Frühling, ins Leben. Franzisca freute sich auf das Leben, sie spürte Lust auf Sprünge oder auf einen wilden Tanz. Wurde sie vielleicht beobachtet? Vom Gärtner oder von der Tante, die manchmal vom Fenster der Werkzeugkammer aus nach ihr spähte? Nur dieses Fenster, das letzte an der Rückfront des Hauses, gab nämlich einen Ausschnitt des Gartens frei, weil dessen Umfassungsmauer nach außen schwang. Der Garten war Franziscas Refugium, in das sie sich zurückzog, wenn sie für sich sein wollte. Das war dem Späherauge der Tante allerdings nicht verborgen geblieben. Ihr entging keine Regung im Mienenspiel eines Gegenübers und keine noch so verstohlene Bewegung im ganzen Hause. Nein, niemand war zu sehen. Dennoch lenkte Franzisca ihre Schritte lieber zum Pavillon, in den man vom Haus aus nicht hineinsehen konnte und setzte sich an das Brunnenbecken, das aus unzähligen bunten Muscheln bestand. Sie musste jetzt unbedingt allein sein. Sie musste nachdenken, denn sie – Maria Franzisca, Freifräulein von Weinbach und Pflegetochter des weitberühmten Gelehrten Johann Adam von Ickstatt – stand vor ihrer Verlobung. Es war der Wunsch des Onkels, dass sie und Peter heirateten. Peter Ickstatt, der eigentlich ihr Vetter war. Nun, kein leiblicher Vetter, Peter war ja der Neffe des Oheims, und sie, Franzisca, war die Nichte der Muhme, seiner Frau.

Sie hatten miteinander keine Kinder und deshalb förderte der Onkel seine Neffen und Nichten. Besonders die beiden Brudersöhne, Peter und Baptist, liebte er wie eigene Söhne. Und auch sie selbst, die ja nicht einmal eine Ickstatt-Verwandte war, sondern eine Nichte seiner Ehefrau, hatte er von klein auf an Kindes statt angenommen. Trotzdem war Peter aber eigentlich ihr Vetter. Sie kannte ihn ja, seitdem sie sich erinnern konnte.

Er war fünf Jahre älter als sie, ein ernster Junge und trug ihr gern – etwas prahlerisch – die Früchte seiner Überlegungen vor. Klug war er und zog plötzliche, scharfsinnige Schlüsse. Aber leider war er ein bisschen schwächlich, mager und blass. Außerdem war er rothaarig, fast so rot, wie die Gelberüben waren. Und beim Lesen brauchte er schon eine Brille. Und er wurde leicht missmutig und hochfahrend, wenn man ihn störte. Der Onkel sagte ihm eine große Zukunft voraus, zu der er ihn allerdings auch gehörig anspornte.

Eigentlich hatte sie es schon lang geahnt, dass der Oheim sie als Braut für Peter wünschte. Der Oheim hielt ja alle und alles zusammen. Und so, wie er auf die Erweiterung und Abrundung seiner Ländereien sah, so sorgte er auch dafür, dass Vermögen und Besitz in der Familie blieben. Von einer Wagenmacherfamilie aus dem Fränkischen, von einem namenlosen Jungen, hatte er sich zu Vermögen und höchstem Ansehen aus eigener Kraft emporgearbeitet. Sogar von Newton hatte er Unterweisung genossen, wenn auch nur durch dessen zugezogene Bettvorhänge hindurch, da der berühmte Naturforscher damals schon krank gewesen war.

Alle bewunderten den Oheim und alle taten, was er wollte.

Ja, er liebte sie, »seine Fanny«, wie er sie nannte. Das hatte er ihr zwar nie gesagt, aber dafür sagten es die anderen, der alte Professor Weishaupt, der sie in Naturwissenschaften unterrichtete, der Professor Lori, der des Oheims Freund und Gefährte war, und der Priester Lanz, der ihr seine magnetischen Versuche vorführte. Sogar Peter, der vielleicht eifersüchtig war auf die Gunst, die sie beim Onkel genoss. Erst jetzt, da Peter, natürlich durch des Oheims Vermittlung, Professor an der »Hohen Schul« werden sollte – Professor schon mit 21 Jahren, die Leute redeten darüber, und die Witwe Schiltenberg posaunte ihre Empörung gar offen hinaus –, da hatte der Oheim zu ihr gesagt, dass er es gerne hätte, wenn sie und Peter heiraten würden. Ob sie damit einverstanden sei? Es wäre zwar sein Wunsch, aber es sollte auch ihr Wunsch sein.

Es sollte ihr Wunsch sein! Ihr Wunsch war es allerdings nicht.

Der Oheim würde sie nicht zwingen, das wusste Franzisca. »Zwang«, sagte er, »ist ganz abscheulich und trägt keine Früchte.« Aber er wollte es nun einmal. Sie hatte ihm ja alles zu verdanken. Und die Tante sprach nur noch von der Hochzeit und vom Festessen.

Sicher, es war eine Zukunft voller Ehre und Ansehen. Und sie würde ihre Studien, auf die der Oheim so großen Wert legte, mit Professor Weishaupt und dem Priester Lanz weiterführen können. Aber immer in Ingolstadt bleiben, wo sie doch schon alle und alles kannte, und die nächsten Jahre wohl auch noch in Hirschberg, viel mehr als eine Stunde weit von Ingolstadt, wo Peter Beisitzer bei Gericht war.

Und Reisen? Ach, wann endlich würde sie die Welt sehen, andere Länder, fremde Gegenden und Gebräuche, neue Menschen und Gesichter? Peter würde ja für Reisen keine Zeit haben. Er würde seine ganze Zeit zwischen dem Schreibtisch, den Vorlesungen und den Studenten zubringen müssen.

Und dann das andere, an das sie nicht gern dachte. Sie würde dann ja mit Peter im selben Bett schlafen müssen. Und was da vor sich gehen würde, das reimte sie sich zusammen, wenn sie die Köchin mit der Stallmagd schimpfen hörte oder wenn sie den Kutscher belauschte, der den übermüdeten Pferdejungen zur Arbeit antrieb. Und dann sah sie ja den Rex, was er mit der Hündin Thekla anstellte. Viel anders würde das wohl auch mit Peter nicht vor sich gehen. Davor schauderte ihr, und sie verbannte solche Gedanken. Jetzt war Mai und der Oheim hatte von der Verlobung im August oder September gesprochen. Im September würde sie 16 Jahre alt werden.

Wenn sie nur wenigstens ein eigenes Haus bekommen könnten und nicht weiter hier zusammen mit der Tante leben müssten. Ja, das Palais in der Schlossstraße war bequem, elegant und geräumig, es war sogar das höchste und schönste in ganz Ingolstadt, seit der Onkel es umgebaut und verschönert hatte. Und sie liebte es. Sie würden wohl den vierten Stock beziehen, der sowieso von jeher immer an Professoren vermietet war. Nur – die Tante – leider war sie allgegenwärtig, besonders da, wo man sie nicht sah. Das hatte sie mit den Gespenstern gemein, die man auch spürte und nicht sah. Auch der Oheim floh recht gern vor ihr. Besonders, wenn sie ihm wieder mit Miet- und Pachtrückständen in den Ohren lag. Und nie lachte sie von Herzen und nie verschob sie etwas auf morgen, und nie vergaß sie etwas. Franzisca seufzte.

Ja, sie verstand den Oheim gut. Wenn es sich irgend fügte und er ein paar Stunden erübrigen konnte, dann floh er in seine Schwaige nach Hundszell, oder in die Gröbnerschwaige gleich daneben, eine kleine Stunde von Ingolstadt, zu seinen geliebten Büchern, zu den *Musen*, mit denen er – wie sein Biograf, der Dichter Christian Daniel Schubart, über ihn schrieb – *reiste, aß und schlief*. Franzisca musste lachen, wenn sie sich die Musen dabei vorstellte.

Vom Kiesweg hörte sie ein Knirschen. Der Gärtner näherte sich und blieb draußen vor dem Pavillon in respektvoller Entfernung stehen. Er hielt einige von den wächsernen Rosen in der Hand und verbeugte sich, als sie aufschaute. Sie kannte ihn, seit sie sich erinnern konnte, er hatte ein offenes, wettergegerbtes Gesicht – er arbeitete ja auch in den Moosbeeten des Oheims vor der Stadtmauer und auf des Oheims Schwaigen – sommers wie winters.

»Wenn die Fräulein Franzisca sich verlobt«, sagte er gerührt, »da muss sie die ersten Rosen haben.«

»Ich dank dir schön, lieber Wenzl«, antwortete sie und drückte ihm die Hand, »ich werd ja nicht aus der Welt sein.« Sie seufzte erneut und der Gärtner senkte den Blick.

Alle die Jahre, die sie in diesem Haus gelebt hatte, zogen an ihr vorbei, fast 16 ganze Jahre hatte sie hier verbracht, wenn sie sich auch natürlich nicht an die allerersten erinnerte. Die Tante und der Onkel hatten sie ins Haus genommen, weil die Mama nach Josephs und ihrer Geburt gleich wieder schwanger wurde. Damals war sie so übel daran, dass man um ihr Leben bangte. Und später wollte der Oheim sie nicht mehr hergeben und die Mama, die ja jedes Jahr ein neues Kind bekam, hatte eingewilligt.

Ob sie auch jedes Jahr ein Kind bekommen würde? Peter sah eigentlich so aus, als würde er seine Nächte nur mit Lesen verbringen. Aber genau konnte man das nicht wissen. Die Tante sagte von den Männern, dass sie »in dieser Sache« alle gleich seien, der eine wie der andere, »Mann ist Mann«, betonte sie und dabei sah sie herrschsüchtig und verbittert aus. Und die Köchin lachte vielsagend und fügte wieder hinzu: »Und unser Herrgott is auch einer.«

»Diese Sache« konnte also nicht angenehm sein, so, wie sie alle darüber redeten …

Franzisca wollte nicht mehr daran denken. Aber trotzdem fiel ihr wieder Peter ein. Er war sehr ernst, das kam daher, dass er – so jung noch – schon so respektable Ämter bekleidete und die hohen Erwartungen des Onkels ihm immer mehr Verantwortung aufluden. Ja, der Oheim war schon alt, schon mehr als 60 Jahre, und er wollte Peter als seinen Nachfolger und Vertreter hier an der »Hohen Schul«, weil er bald für immer nach München an die Residenz gehen würde.

Ja, Peter … Würde sie denn überhaupt mit ihm lachen können?

Oder auch einfach einmal gar nichts tun, einfach auf dem Rücken liegen und in die Sterne schauen?

Und würde er reizend und ritterlich mit ihr umgehen?

Sie konnte es sich kaum vorstellen. Aber über das Staatsrecht und das Naturrecht, da sprach er, wie andere Leute über ihre erste Liebe. Und galant, leider, galant war er überhaupt nicht. Wenn sie da an den jungen Grafen Pappenheim dachte, mit dem sie im vergangenen Winter einmal getanzt hatte. Der ihr bei der Quadrille gesagt hatte: »Wenn ich Ihnen in die Augen sehe, gnädiges Fräulein, reizende Franzisca, dann ahne ich, dass Sie ganze Völkerstämme unglücklich machen können.« Und damit hatte er ihr die Hand geküsst und im Wegtanzen schelmisch nach ihr umblickend hinzugefügt: »Ich meine natürlich nur die dazugehörigen Männer.«

Ja, Gelehrtheit und gute Erziehung waren angenehm, aber ohne galantes Wesen eben doch wie eine ungewürzte Speise, die nach Salz schrie.

Sie seufzte wieder. Mit der Tante würde sie nicht noch einmal den Versuch machen, »über diese Sache« zu reden. Und der Oheim, ja, er hatte ja selbst eine, wie er manchmal sagte, »missvergnügte Eheliebste«.

Aber sie wollte den Oheim nicht enttäuschen. Und – Peter würde ja den ganzen Tag in der »Hohen Schul« sein. Und die meisten Nachtstunden würde er wohl über den Büchern sitzen.

Franzisca gähnte. Sie bückte sich, nahm eine Handvoll Kieselsteine und ließ sie im Gehen durch ihre Finger rinnen:

> »Ich leb und waiß nit wie lang
> ich stirb und waiß nit wann,
> ich far und waiß nit wahin,
> mich wundert, das ich froelich bin.«[7]

Am Gartenausgang angelangt, bog sie in den langen Hof ein, der den Garten mit dem Haus und ihre Welt mit der Welt der anderen verband. An beiden Seiten begrenzten ihn niedere Gebäude, in denen die Remise, der Pferdestall, die Kutscherwohnung und die Werkzeugkammer untergebracht waren. Es roch nach Pferden und Wagenschmiere. Im Gehen blickte Franzisca zum hohen Hausgiebel der Rückfront auf. Er war schlicht und ohne allen Schmuck ausgestattet, denn er brauchte ja auch nicht ins Auge zu stechen. So hatte auch der vordere, der der Straßenseite zugewandte Giebel ausgesehen, bevor der Oheim das uralte Gebäude umgestaltet und nach der neuesten Mode mit Zierrat und Malereien hatte schmücken lassen. Das

---

[7] Martinus von Biberach, gestorben vermutlich 1498 in Biberach (Heilbronn).

war gewesen, bevor sie ins Haus gekommen war. Deshalb hatte sie auch die Madonnenstatue, die zuvor im Giebel gestanden hatte und von einem Betrunkenen vom Nachbarhaus heruntergeschossen worden war, nicht mehr gesehen. Die stand jetzt in der kleinen Kapelle am Eingang zur Schwaige in Hundszell.

Den Kopf in den Nacken werfend betrat sie das Haus. »Ich muss ihn mir eben so backen, wie ich ihn essen will«, sagte sie zu sich – eine häufig zitierte Redewendung des Oheims – und dabei stampfte sie mit dem Fuß auf, um sich selbst Mut zu machen.

Johann Jakob Lanz

Der Benefiziat Johann Jakob Lanz war kein schöner Mann. Und doch genoss er Aufmerksamkeit und Bewunderung in einem Maße, wie sie kaum je schönen Männern zuteil wird. Sein Priesteramt versah er redlich, jedoch nur mit so viel Hingabe, dass es ihm keine Rügen eintrug. Es kam nicht selten vor, dass er den Pfarrer der benachbarten Gemeinde bat, die Messen an seiner Statt zu lesen, denn Lanz hielt sich viel in Ingolstadt und München auf, wo er an der neu eröffneten Akademie der Wissenschaften Freunde und Gönner hatte.

Dort lauschte man gern seinen Ansichten zur Trockenlegung und Kultivierung des Donaumooses, einer von seinen Lieblingsplänen, sowie seinen Ideen bezüglich der Verbreitung des Blitzableiters, wogegen sich die Bauern allerdings vehement sträubten. Wenn an einem Gebäude einer auf höheren Befehl gesetzt werden sollte, waren sie schon oftmals mit Mist- und Heugabeln dagegen eingeschritten. »Solange die Schwalben unterm Dach nisten«, sagten sie, »schlägt der Blitz nicht ein.« Aber Lanz verstand es, mit anschaulichen Methoden ihren Aberglauben zu untergraben. Gerade seine ungewöhnlichen Aktivitäten und Interessen sicherten ihm die Achtung der Landbevölkerung, denn er sprang ein in der Not, wenn das Ochsengespann in die Odelgrube zu stürzen drohte oder wenn bei der Kindbetterin die Hebamme nicht mehr aus noch ein wusste. Denn die Hebammen waren rohe, arme Weiber ohne jede Ausbildung, und Lanz war ein wahrhaftiger Adept der Natur. »Man muss nur auf die Natur lauschen«, pflegte er zu sagen, »sie will uns alles lehren.«

Manchmal hörten ihn seine Beichtkinder singen. Seine volltönende Stimme, die lange den Atem zu halten vermochte, intonierte: »Süße, heilige Natur, führe mich auf deiner Spur, führe mich an deiner Hand, wie das Kind am Gängelband.«

Der Vater von Lanz war Bader und Chirurg gewesen und der Sohn hatte als Kind mit Interesse dessen Berufsausübung beobachtet. Er fürchtete sich nicht vor Blut und ekelte sich nicht vor Eiter und wenn ein Handgriff notwendig Schmerzen mit sich brachte, so lenkte er – nach dem Vorbild des Vaters – den Patienten mit witzigen Reden ab, sodass dieser kaum zum Schreien kam. Überhaupt war er mit Witz und Sarkasmus gesegnet wie sonst kaum jemand.

Die Frauen betrachteten ihn, was ihre Beschwerden anlangte, als ihresgleichen: Sie berieten sich mit ihm über die Leiden des Monatsflusses und die unerfreulichen Begleiterscheinungen des Wechsels. Seinen Händen wurde Gaßner'sche[8] Wunderkraft nachgesagt. Und wirklich gelang es diesen Händen, die Wehen zu beschleunigen und das Neugeborene, das nicht atmen wollte, zum Leben zu erwecken.

»Schlagt es doch nicht!«, rief er, wenn die Hebamme das blaurote, bebende Bündel an den Füßchen packte und es mit dem Kopf nach unten drosch. »Soll es denn so die Welt kennenlernen? Reibt ihm besser die Herzgrube mit Wein ein.« Und für solche Fälle hatte Lanz auch immer in seiner Rocktasche eine Flasche, der er allerdings auch selbst gern zusprach.

Er verehrte die frische Luft wie eine Gottheit. »Macht alle Fenster auf«, rief er in die muffigen, verrammelten Kammern hinein, »die Luft bringt Stärke und Heilung und auch die Botschaft, was zu tun ist.«

Johann Jakob war von mittelgroßer, kräftiger Gestalt und robustem Körperbau. Blick und Schritt griffen aus und weckten sogleich Respekt. Sein flächiges, von dunklem, schulterlangen Haar umrahmtes Gesicht, beherrschten die Augen. Um seinen breiten, dünnlippigen Mund schien stets ein Lächeln zu spielen, in dem sich Aufmerksamkeit, Spottlust und List mischten.

»Der Herr Pfarrer hat ein Froschmaul«, sagten die Kinder, »weil er ein Sumpffrosch ist.« Und wirklich war die Tätigkeit in Sumpf und Moor untrennbar mit der Person von Lanz verbunden. Seine Forschungen und le-

---

[8] Johann Joseph Gaßner (*1727 in Braz bei Bludenz, Vorarlberg; †1779 in Pondorf, Niederbayern) war ein Exorzist und Wunderheiler.

bensgefährlichen Unternehmungen im Donaumoos dienten Plänen, die er ins Leben gerufen hatte, Pläne, die ihm die Achtung der Gelehrten und die Gunst des kurfürstlichen Hofes eintrugen. Lanz durchstreifte allein – nur in Begleitung seiner großen, weißbraun gefleckten Hündin – das Moor. Dabei trug er nur einen langen Stock mit einer Eisenspitze bei sich und einen Sack, in dem er Moose, Insekten und Heilpflanzen sammelte. Seine Erscheinung mit dem Schlapphut und den hüfthohen Stiefeln, die ruhigen Schrittes im mannshohen Moorgras festen Tritt suchte, war den Bauern vertraut, wenn sie auch zugleich etwas mythisch Fernes an sich hatte, wie eine Gestalt aus uralten Sagen.

Zu dieser ehrfürchtigen Ferne kam der Ruhm, den Lanz schon lange als »Zähmer der Blitze« genoss. Der Priester stand nämlich mit dem Blitz in einer Art Liebesbeziehung. Er suchte ihn auf sich zu ziehen, um zu erkunden, ob er ihm gewachsen sein würde. Deshalb trug er beständig Magnete in seiner Tasche und mischte schon seit vielen Jahren Eisenspäne in seine Nahrung. Wenn ein Gewitter aufzog und Mensch und Vieh unter Dach flüchteten, sah man ihn allein unter Blitz und Donner emporgehobenen Hauptes stehen. »Es ist ein Wunder«, sagten die Bauern, »dass ihn der Blitz noch nicht erschlagen hat. Wo er ist, da trifft der Blitz nicht.«

Hatte es aber irgendwo eingeschlagen, dann wurde Lanz gerufen. Und war es auf freiem Feld geschehen, dann legte er einen Steinkreis um das Blitzmal und gebot dem Landvolk, ihn nicht zu zerstören. »Denn dieser Platz«, verkündete er, »ist ein heiliger Ort.« Seine Augen schimmerten in einem seltenen gelblichen Grün, das dunkle Sprenkel aufwies. Es waren die Augen eines Feuersalamanders.

Eine Schwäche jedoch hatte der starke Lanz. Hin und wieder überfiel ihn unversehens die Schwermut, hinterrücks wie ein wildes Tier. Wie ein schwarzes Dach brach sie plötzlich über ihm zusammen. »Der Himmel stürzt auf mich!«, rief er dann und griff zur Flasche. Er war ein beherzter Trinker, den so schnell nichts fällte – und seinen Korn, der weit höhere als die erlaubten Grade aufwies, den brannte er selbst.

Immer, wenn der Himmel auf ihn fiel, sang und weinte er. Und manchmal schrie er auch und fluchte und klagte Gott laut an für all den Jammer, der ihm täglich begegnete. Und dann weinte er in heftigen, lauten Anfällen.

Die alte Zenz, die ihm den bescheidenen Haushalt führte, und diese gotteslästerlichen Ausbrüche hörte und sah, verklagte ihn nicht beim hohen

Klerus. Und auch den Bauern wäre das nie eingefallen. Denn sie hielten ihn wie einen der ihren und sahen es ebenso wie er, dass der Schöpfer einer Welt, in der Unrecht und Elend einen Logenplatz einnahmen, nicht zu preisen sei.

Aber Lanz war nicht nur in Wald und Feld, in Sumpf und Moor zu Hause, wenn er nicht gerade in der Residenzstadt weilte, oder einen Versehgang machte, oder den Bauernkindern Unterricht in Latein gab, denn auch das gehörte zu seinen Pflichten. Er war auch ein großer Freund der Bienen und er lehrte, wie sie zu halten und zu züchten seien, und dass man ihnen auch genug von ihrem Honig selbst lassen müsse, wenn sie gute Arbeit leisten sollten. »Denn eben die Bienen«, erklärte Lanz, »müsste man sich zum Beispiel nehmen, wie diese sich dem Gemeinwohl unterordnen zum gemeinsamen Nutzen und Frommen.« Und so war der Priester Lanz, zusammen mit adeligen Damen und einfachen Bauern, mit Literaten und Ministern, mit Mitgliedern des kurfürstlichen Hauses und Geistlichen ein Mitglied der Patriotischen Bienengesellschaft in Bayern, zu der jedermann, ohne Rücksicht auf Geschlecht und Stand, Zutritt hatte, wenn er denn mindestens fünf Gulden oder einen Bienenkorb zum Einstand gezahlt hatte. Lanz freilich, hatte diese fünf Gulden nicht gezahlt – ihm war die Spende des Bienenkorbes leichter gefallen – denn er hatte nie Geld, sondern nur Schulden. Er hatte auch zusammen mit einem anderen befreundeten Pfarrer eine Lesegesellschaft gegründet, in der Interessierte sich über naturwissenschaftliche und philosophische Themen informieren konnten, eine Unternehmung, die allgemeine Heiterkeit hervorrief.

Es gab nicht wenige Mitglieder in seiner Gemeinde und in seiner Freundschaft, die sich insgeheim fragten, ob denn der Benefiziat Lanz eigentlich in seinem Herzen wirklich ein Priester sei. Oder, ob er nur – wie so viele der Knaben aus unvermögenden Familien – diesen Weg gewählt hatte, um studieren zu können. Eine einhellige Antwort auf diese Frage gab es nicht.

An Weihnachten und an den hohen Feiertagen führte er den Kindern in der Schule Szenen aus dem Alten und Neuen Testament mit bekleideten Wachspuppen vor. Die Dialoge hatte er selbst verfasst und auch die einzelnen Stimmen lieferte er selbst hinter einem Vorhang in kunstvoller Verstellung. Diese Neigung hatte Lanz sich von seiner jesuitischen Erziehung her behalten, wenn dies auch die einzige war, die ihn mit den Patres verband.

Zu all dem war »er auch ein Gelehrter. Er hatte an der bayerischen Landesuniversität das Lizenziat in beiden Rechten erworben, er war eng ver-

traut mit den Geheimnissen der Physik und der Chemie, und außerdem galt
er als ein Experte in den Handschriften des Mittelalters.

II

Sein Blick auf ihrem Leben

September 1765

Nur an Franzisca hatte Johann Jakob Lanz bisher solches Haar gesehen. Es
flammte wirklich in der Farbe brandneuen Kupfers und wenn die Sonne darauf fiel, war es rosiges Gold. Es stand um ihren Kopf, stolz und gebieterisch
wie ein Herrscherzeichen. Franzisca war gerade erst 16 Jahre alt geworden,
aber sie war bereits eine vollkommene Frau.

Jakob Lanz hatte das wohl auch bei anderen Mädchen wahrgenommen,
auch bei niederen Bauernmädchen. Eben zu diesem Zeitpunkt kündigte sich
die höchste Vollkommenheit an.

Ein ähnliches – und letztes – Stadium der Vollkommenheit gewährte die
Natur nur noch einmal den Frauen, wenn sie um die 35 Jahre alt waren, und
auch nur dann, wenn nicht häufige Geburten und schwere Arbeit sie vorzeitig
erschöpft hatten. Dieses zweite Stadium der Vollkommenheit kündete sozusagen schon seufzend von der über sie verhängten Auflösung. Es war wie bei
den letzten Sommerrosen, deren verzweifelte Süße ihm immer ans Herz griff.

Das alles kannte und wusste Jakob, obwohl – nein, weil – er Priester
war. Deshalb wusste er von den Frauen mehr als die Männer – die freien
Männer – von den Frauen wissen können. Er war kein freier Mann. Aber
sein Blick war frei. Er kannte die weinenden Mädchen und Frauen aus den
Beichtstühlen, die von ersehnter, heimlich genossener und schließlich teuer
bezahlter Lust stammelten. An der Neige dieses bittersüßen Trankes warteten immer Untreue und Verrat, und eine grenzenlos ungläubige Erschütte-
rung des Herzens, das sich zu neuem Vertrauen nicht mehr aufzuraffen vermochte. Und auch die Männer kannte er aus dem Beichtstuhl, die – gejagt
von der in Aussicht gestellten Lust – alle Einwände des Gewissens in den
Wind schlugen, bis es zu spät war, und die Liebe beschmutzt und verletzt
am Boden lag wie ein armes, gehetztes Tier.

Jakob wartete schon eine kleine Weile auf Franzisca. Sie saß im Gartenhaus und las. Aber er konnte ihr Haar sehen, das zu ihm herüberleuchtete. Als sie sich erhob, trat er zurück hinter die Buchshecke an die Gartenmauer. Er wollte sie gern noch ein wenig unbemerkt betrachten.

Das Mädchen hielt an der Tür inne. Ihr erster Blick galt der Sonne. Sie reckte ihr mit geschlossenen Augen das Gesicht entgegen, die halb geöffneten Lippen schienen etwas zu flüstern, es mochten die Zeilen eines Gedichts sein, das sie gerade gelesen hatte. Sie hielt ein grün eingebundenes Buch unter dem Arm, Jakob erkannte es am Einband, es waren Klopstocks Oden. Wegen dieser Oden bestand Franzisca darauf, Fanny genannt zu werden. Fanny, so wie Klopstocks Geliebte.

Jakob hatte schon seit einiger Zeit erkannt, dass es keine einfache Sache war, Franzisca zu begehren. Denn es gab da ein Hindernis. Und das Hindernis bestand nicht darin, dass Franzisca 16 Jahre alt war, er aber 36. Es bestand auch nicht darin, dass Jakob ein Priester war und seit nunmehr zehn Jahren Franziscas Lehrer, ja nicht einmal darin, dass ihr Oheim, der alte Baron von Ickstatt, ihm vertraute und ihn für den Unterricht bezahlte. Das alles waren nicht die Hindernisse, die sich Jakob in den Weg stellten, seitdem er darauf brannte, Franzisca zu seiner Geliebten zu machen. Er kannte das Hindernis, das ihn noch davon abhielt, seine anderweitig hin und wieder erprobten Künste der Umwerbung entschlossen einzusetzen. Es konnte nämlich sein, dass er Franzisca liebte – er wusste es aber noch nicht mit Sicherheit – und erst wollte er dessen gewiss werden.

Franzisca öffnete die Augen und schenkte der Sonne ein dankbares Lächeln.

Aber ihre Gedanken waren noch bei dem Gedicht, das sie eben gelesen hatte. Das Mädchen, das im Frühlingsschatten schlief und dann mit Rosenbändern gebunden wurde. Nun, das war zwar recht hübsch, gab aber nicht weiter zu denken. Was ihre Aufmerksamkeit fesselte und worüber sie nachdachte, das war die Zeile: »Ich sah sie an. Mein Leben hing mit diesem Blick an ihrem Leben.« Und schließlich: »Sie sah mich an. Ihr Leben hing mit diesem Blick an meinem Leben.«

Warum ergriffen und beschäftigten sie diese Worte, obwohl sie sie eigentlich nicht verstand? Warum machten diese Worte sie aber gleichzeitig so froh?

Franzisca holte tief Atem und lächelte, sie würde diese Frage ihrem Lehrer, dem Priester Lanz, stellen.

Bevor sie den Pfad einschlug, der entlang der Spaliere zu dem lang gestreckten Hof führte, der Garten und Haus miteinander verband, warf sie einen raschen Blick zu den Fenstern der Rückseite hinauf. Jakob wusste, dass sie immer auf der Hut war, um nicht von ihrer Tante Magdalena, der Frau des Oheims, beobachtet zu werden. Franzisca liebte diese Patentante nicht, die Mutterstelle an ihr vertreten hatte, seitdem sie sich erinnern konnte. Und vielleicht liebte auch die Tante ihr Patchen nicht sonderlich, weil der Baron gar so sehr von der Nichte eingenommen war, obwohl es nicht einmal sein eigen Fleisch und Blut war, sondern das seiner Frau und damit doch eigentlich ein fremdes Kind.

Franzisca strich sich durch die feuerflammenden Haare und Jakob meinte, ihr Sprühen brennend an den eigenen Fingerspitzen zu spüren. Für alles, was mit dem Element Feuer zusammenhing, war er in ungewöhnlicher Weise empfänglich. Seit vielen Jahren beschäftigte er sich mit der Funktion von Blitzableitern. Es waren die Blitze, die ihn faszinierten, er versuchte, sie stets auf sich zu ziehen. Mit Vergnügen gestand er sich und seinen Freunden ein, dass er den Gott des Blitzes – Zeus Elicius – verehrte, der im Blitz herniederstieg, und, dass er – trotz oder vielleicht auch wegen seines Priesterstandes ein Heide war. Dazu lachte der alte Ickstatt dann immer insgeheim, denn er war ja auch einer – was die Jesuiten, die ihn hassten, längst erkannt hatten.

Sie spürt meine Nähe, dachte Jakob, denn mehrmals wandte sie sich in seine Richtung und ihr Blick forschte ins Laubwerk hinein. Aber dennoch würde sie nicht nach ihm rufen. Dessen war er sich sicher.

Im Nachbargrundstück erhob die Hündin Thekla ihre Stimme, als sie Franzisca witterte. Sie presste die Vorderpfoten an die Mauer und winselte. Die Mauer war zu hoch, um hinüberzulangen. Aber es gab ein kleines, vergittertes Fenster und durch das Gitter streckte das Mädchen die Hand und kraulte Theklas Schnauze. Manchmal steckte sie ihr auch ein Stück Butterbrot zu.

Als Franzisca das Haus betrat, hörte sie von den oberen Stockwerken einige Studenten die breite Treppe herabkommen. Sie lachten und unterhielten sich laut und ihre Degen klirrten aneinander.

Sie machte sich an einem der Ölgemälde zu schaffen, die die Wände des prächtigen Treppenhauses schmückten, um abzuwarten, ob es die Grafen Törring und Lerchenfeld wären, die da herunterkamen. Beide waren ihr die liebsten unter den acht adeligen Studenten, die der Oheim in seinem Hause wohnen ließ. Gegen sehr gute Bezahlung, das verstand sich von selbst, wie bei allem, was der Baron unternahm. Mit ihnen lieferte sie sich gerne kleine blitzende Wortgefechte, für die sie bekannt war. Und sie genoss es, in den Augen der jungen Männer Bewunderung und Anbetung zu sehen, und noch etwas anderes, was der Schicklichkeit halber nicht allzu offenkundig werden durfte, Franzisca aber umso lustvoller aufspürte: nämlich das Begehren.

Es waren wirklich Törring und Lerchenfeld, die sogleich innehielten und sich verbeugten.

»Noch so spät ins Kolleg, die Herren?«, fragte sie, während sie graziös und schelmisch lächelnd sich vom Bild weg zu ihnen zurückbog.

»Jawohl, leider, mein Fräulein«, antwortete Törring, den lockigen Kopf zurückwerfend, »ich wüsste mir wohl was Verlockenderes.«

»Und darf man wissen, was das wäre«, entgegnete Franzisca und zog kokett die Augenbrauen nach oben.

»Aber das wissen Sie ja sehr wohl«, beeilte sich Lerchenfeld zu erwidern, aber er darf es eben nicht sagen und muss deshalb weiter schmachten.

»Schmachten«, wiederholte Franzisca und zog das Wort wie ein Bonbon durch den Mund. »Das Schmachten ist doch etwas Wunderbares, sozusagen eine ständige Sehnsucht. Gibt es denn überhaupt Schöneres?«

»Durchaus, durchaus, mein Fräulein«, fiel jetzt Törring prustend ein, »nämlich die Erfüllung der Sehnsucht.«

»Ach, meine Herren, wie prosaisch«, entgegnete Franzisca, während ihre Stimme vor unterdrücktem Lachen zitterte. »Haben Sie denn rein gar nichts von den Troubadouren gelernt?«

»Rein gar nichts«, riefen beide laut lachend im Chor und verneigten sich mit klirrenden Degen. Ihre vier Augen hingen noch an Franzisca, während sie aus der Haustür schritten.

Lanz hatte die Szene sehr wohl gehört und gesehen, als er Franzisca leise gefolgt war. Er dachte: Sie ist eine edle und reife Traube, die dem in den Schoß fallen wird, der sie in geziemender Weise zu pflücken versteht.

Und jetzt war Jakob entschlossen, diese Traube zu pflücken.

Franzisca wandte sich um, als sie seine Schritte hörte: »Da sind Sie ja! Ich habe Sie sozusagen gewittert, doch konnte ich Sie nirgends sehen. Ich will Ihnen nämlich eine Frage stellen.«

»Ach wirklich, mein Mädchen«, antwortete Lanz, »nun, was mich betrifft, so konnte ich hören und sehen, wie du den armen jungen Herren die Augen aus dem Kopf ziehst. Die werden heute im Kolleg nichts mehr profitieren.«

Franzisca lachte geschmeichelt. Sie verehrte ihren Lehrer. Seine witzigen Anspielungen auf ihr gern geübtes Schäkern waren frei von Missbilligung. Ganz anders als bei der Tante, die dergleichen nur tadelte. Franzisca wusste, dass Lanz ihre geschliffenen Rededuelle schätzte.

»Wie dein Oheim«, sagte er anerkennend schmunzelnd. »Du schlägst ihm nach, obwohl du nicht mit ihm verwandt bist. Das ist ähnlich wundersam wie die unbefleckte Empfängnis. Aber was hat es auf sich mit deiner Frage?«

»Es ist ein Satz«, sagte Franzisca, und schlug das Buch auf, »ein Satz in einem Gedicht, den ich nicht verstehe.«

»Lies das ganze Gedicht«, bat Lanz und Franzisca trug vor:

> *Im Frühlingsschatten fand ich sie;*
> *da band ich sie mit Rosenbändern;*
> *sie fühlt es nicht, und schlummerte.*«

»Und jetzt dieser Satz«, fuhr sie fort und las mit Betonung:

> *Ich sah sie an; mein Leben hing*
> *mit diesem Blick an ihrem Leben.*«

»Den verstehe ich nicht.«

»Lies bis zu Ende«, sagte Lanz. Sie las gehorsam weiter:

> *Ich fühlt es wohl, und wusst es nicht.*
> *Doch lispelt ich ihr sprachlos zu,*
> *und rauschte mit den Rosenbändern;*
> *da wachte sie vom Schlummer auf.*«

»Und jetzt kommt der Satz wieder«, unterbrach Franzisca und hob die Augen zu ihm.

Mit einem Nicken forderte Lanz sie auf, weiterzulesen.

Sie fuhr fort:

»Sie sah mich an; Ihr Leben hing
mit diesem Blick an meinem Leben,
und um uns ward's Elysium.«

Franzisca klappte das Buch zu und sah ihren Lehrer an: »Nun, was meint Klopstock damit: Sein Blick hängt an ihrem Leben und ihr Blick hängt an seinem?«

Lanz bog eine Rose zu sich her und sog ihren Duft ein. »Dieser Blick«, sagte er, »ist kein gewöhnlicher Blick, der nur das Antlitz des Gegenübers streift, er ist eine Botschaft, ja noch mehr, eine Offenbarung. Mit diesem Blick enthüllt er sich ihr, ja, er enthüllt ihr sein Leben. Und er bietet es ihr an. Verstehst du das?«

Franzisca schwieg eine Weile. »Und ebenso ist es bei ihr?«

»Ebenso bei ihr«, erwiderte Lanz.

Franziscas Züge erhellten sich zu einem strahlenden Lächeln. »Jetzt verstehe ich es«, sagte sie. »Und darum heißt es dann: Und um uns ward's Elysium.«

»So ist es«, sagte Lanz, »darum.«

Zögernd fasste sie nach seiner Hand. Und so blieben sie eine Weile schweigend miteinander stehen.

Oktober 1765

Es war ein Oktober, wie er Jubiläumsweine hervorbringt. Schon am Morgen zeigte sich ein wolkenloser Himmel, dessen reines Blau langsam die Farbe ganz hellen Flieders annahm. Lanz hatte sich angesagt und würde zu Tisch bleiben, zusammen mit Lori, mit Franziscas Bruder Joseph, Peter Ickstatt, dem jungen Weishaupt und den drei Basen Weinbach, für die der alte Ickstatt schon seine Angel nach passenden Ehemännern ausgeworfen hatte. Die acht Hausstudenten speisten heute ausnahmsweise ohne den Baron, in der Gesellschaft eines Hofmeisters.

Der Oheim war heiter, gerührt und gesprächig. Den morgigen Tag in der Frühe würde er nach München abreisen, um dort seine neue Stellung als ständiger Berater des Kurfürsten anzutreten. Sein Nachfolger an der »Hohen Schul« war ab sofort der Neffe Peter, dem Weinbach und Weishaupt zur Seite standen. Dennoch würde der Baron auch in absentia weiter sein Direktorenamt an der Universität behalten, ja sogar *a fior di quattrini*, also bestens bezahlt, *unter der einzigen Bedingniss, die Universität einmal, im Juli, zu visitieren*, wie der viel geliebte Kurfürst Maximilian beschieden hatte. Diese Entscheidung – zu all den anderen Vergünstigungen, die er dem alten Ickstatt schon gewährt hatte – rief wieder unwilliges Gemurmel hervor, das sich alsbald – wie gewohnt – in Klageschreiben an den Geheimen Rat von Lippert nach München niederschlug.

»Liebe Freunde, liebe Kinder«, begann der Baron seine Rede, »ich hebe heute den Kelch nicht nur auf meinen lieben Neffen Peter, der, unterstützt von Joseph und Johann Adam, mich haud dubio digniter[9] ersetzen und mein Anliegen in meinem und unserem Sinne« – hier trank er Lori zu – »an der ›Hohen Schul‹ weiter vertreten wird. Ich hebe es auch inispecie auf euch, meine beiden Kinder, dich, meine Fanny und dich, mein Peter, deren Verlöbnis wir heute feiern. Damit ist, wie Ihr wisst, ein lang gehegter Wunsch für mich in Erfüllung gegangen. Ich kann nun beruhigt und frohen Mutes in die Residenzstadt gehen, um die neuen Aufgaben wahrzunehmen, die unsere kurfürstliche Exzellenz mir gnädigst zugedacht hat. Mit dem Herzen werde ich immer bei euch sein und auch in persona – so ihr meiner bedürfen solltet. Nun also, seid guter Dinge und anno proximo werden Peter und Fanny schon glückliche Eheleute sein. Prosit!«

Franzisca vernahm die letzten Worte des Oheims so gedämpft, als drängen sie aus weiter Ferne zu ihr. War es also wirklich so, dass sie Peters Frau sein würde, hatte sie dem wirklich zugestimmt? Oder hatte der Onkel in Ermangelung eines Widerspruches die Angelegenheit für geklärt erachtet? Wie sagte er doch immer, Cicero zitierend: »Wer schweigt, stimmt zu.«

Sie spürte Lanzens Augen auf sich. Nicht eigentlich seinen Blick, es waren seine Gedanken, die sich ihr mitteilten. Er allein war nicht überrascht, dass sie Peter nicht heiraten wollte, obwohl sie davon nie auch nur ein Wörtchen hatte verlauten lassen. Ein rascher Blick in seine Richtung bestätigte es ihr: In seinen sumpfgrünen Augen las sie Wachheit. Mit Mühe drängte Franzisca die aufquellenden Tränen zurück, denn plötzlich überfiel sie der heftige Wunsch, sich an seine Brust zu werfen und dort laut zu weinen. Sie tupfte sich verstohlen die Augen. Zu spät begriff sie, dass Peter dies zu seinen Gunsten auslegte und ihre Hand streichelte.

---

[9] Zweifellos in würdiger Weise.

Glücklicherweise zogen sich der Oheim und Lori bald nach dem Mahl zurück, um letzte Zurüstungen für den morgigen Tag zu treffen. Die Tante war mit den Basen und dem Stallburschen mit Aufpacken und Verstauen in der Kutsche beschäftigt. In der Küche rüstete die Köchin singend den Reisekorb mit gebratenem Huhn, Wein, Brot und Früchten. Peter machte sich mit Joseph und Weishaupt auf den Weg in die »Hohe Schul«, nachdem er ihr einen kurzen Kuss auf die Wange gedrückt hatte.

Lanz war nirgends zu sehen.

Franzisca ging in den Garten hinaus. Endlich war sie allein. Sie umkreiste ein paar Mal den Pavillon und ließ sich schließlich am Muschelbrunnen nieder.

Hier, wo sie vom Haus aus nicht gesehen werden konnte, fühlte sie sich ruhiger.

Thekla hatte sie schon gewittert und bellte voller Erwartung.

»Ja«, rief Franzisca leise, »ja Thekla, wart ein bisserl, ich komm dann und bring dir was.« Ihr war sonderbar zumute, wie zerschlagen.

Was ist nur mit mir?, dachte sie. Ich habs doch immer gewusst, dass ich ihn nehmen soll. Jetzt ist es halt einmal so weit. Was ist so schlimm daran?

Ihre Mutter fiel ihr plötzlich ein. Warum nur kam sie ihr gerade jetzt in den Sinn, wo sie doch nicht oft an sie dachte? Ihre Mutter, die jetzt schon zwölf Kinder geboren hatte, eine müde und ergebene Frau, die sie kaum kannte. Zum ersten Mal begriff Franzisca, dass sie ja mutterlos aufgewachsen war und das verursachte ihr einen heftigen, unbekannten Schmerz. Sie konnte die Tränen nun nicht länger zurückhalten. Lautlos weinte sie in ihre vors Gesicht geschlagenen Hände.

Da umfasste jemand von rückwärts ihre Schultern und streichelte sie. Es war Lanz. Sie sprang auf und warf sich an seine Brust. »Ich will ihn nicht«, schrie sie unterdrückt in seine Samtweste hinein und trommelte dabei mit beiden Fäusten gegen die silbernen Knöpfe, »ich will ihn nicht!«

Seine Hand hob ihr Haar hoch und liebkoste sanft ihren Nacken. Sie empfand es wie eine beginnende Versöhnung mit ihrem Schicksal. Langsam reckte sie ihm ihr tränenüberströmtes Antlitz entgegen. In seinen sumpfgrünen Augen schimmerte Belustigung. »Du weinst nicht aus Kummer, sondern aus Zorn«, stellte er fest. Das stimmte und gab ihr zu denken.

Zorn? Ja, Zorn, weil sie sich nicht widersetzt hatte.

»Dann sagen Sie mir, was ich hätte tun sollen«, entgegnete sie verdrossen.

»Du hast alles ganz richtig gemacht«, antwortete Lanz. »Peter wird ein guter Ehemann werden. Ihr werdet angesehen sein, und ... und du ... hättest du denn einen anderen gewollt?«

»Nicht einen anderen«, sagte sie langsam, »... aber etwas anderes ... Wie soll ich es sagen?«

»Etwas anderes?«, wiederholte Lanz, »ja, ich weiß, was du sagen willst.« Und er nahm ihr Gesicht in seine beiden Hände und küsste sie lange und mit Heftigkeit.

Franzisca glitt endlich taumelnd aus seinen Armen. Ohne seine stützende Hand wäre sie gefallen. Ein völlig unbekanntes Gefühl hatte von ihrem Körper Besitz ergriffen. Sie spürte ein Prickeln in den Händen, ihre Brustwarzen brannten, ihr Unterleib wurde schwer wie Blei, und in ihrem Schoß klopfte es fast schmerzhaft. Sie war verwirrt, sie schämte sich und wagte nicht, ihn anzusehen.

Lanz nahm sie an der Hand und führte sie hinter den Bouschetten zu dem rückwärtigen kleinen Tor hinaus. Aus dem Schatten des Gartens tretend überflutete sie die heiße Nachmittagssonne. Jakob ließ ihre Hand los, denn von der Hausrückseite konnte man sie jetzt wieder sehen.

»Lass uns ein wenig gehen«, sagte er. Er schien seine Schritte zielbewusst zu lenken. Sie überquerten das Feld bis an sein Ende, wo der Pfad in eine Senke mündete, die im Schatten eines Laubwäldchens lag. Als sie die Senke hinabschritten, ergriff Lanz wieder ihre Hand. Sie sah jetzt, dass er auf das Häuschen zuhielt, in dem der Gärtner Wenzel im Winter seine Gerätschaften unterbrachte. Lanz öffnete und ließ Franzisca zuerst eintreten. Sie kannte den niedrigen, tiefen Raum mit der Herdstelle in der Mitte. Im Hintergrund führte eine Leiter nach oben. Lanz schloss die Tür hinter ihr und nahm sie wieder in seine Arme. Aber diesmal küsste er sie nicht, sondern umschloss ihre beiden Schultern mit festem Griff, ja er rüttelte sie fast ein wenig, und sagte leise:

»Franzisca, ich habe dich schon als kleines Kind geliebt. Peter ist kein Mann, zu dem du in Verehrung aufschauen wirst. Aber einen solchen willst du auch gar nicht. Du willst einen, der dir Herzklopfen macht, der mit dir scherzt und dir beweist, dass du Recht oder Unrecht hast. Und vor allem willst du einen, der dich zu nichts zwingt. So einen Ehemann gibt es nicht. Einen musst du aber nehmen. Nun steht es leider so, dass ich dir kein Ehemann sein kann. Dennoch scheint mir, ich bin der Richtige für dich. Was meinst du?«

Er sah sie schmunzelnd an. Bei seinen Worten dehnte sich in Franzisca eine heitere Leichtigkeit aus, ja fast eine Art von Übermut. Sie brach in lautes Lachen aus, zugleich schluchzte sie und wischte sich die Tränen von den Augen und dann fiel sie über ihn her und küsste ihn unersättlich.

Sie nahm nicht wahr, wohin sie sank, nur seine Fingerspitzen spürte sie, die ihre sich aufrichtenden Brustwarzen umkreisten. Er hob ihre Röcke auf und begrub seinen Mund in ihrem Schoß. Als er wieder auftauchte, ergriff er ihre Hand und sagte: »Jetzt wirst du Schmerzen spüren, aber es ist bald vorüber, und dann« – er lächelte – »dann werde ich dir nie mehr wehtun.«

Franzisca blieb so in der Erinnerung an diesen Nachmittag versunken, als erlebe sie ihn noch und immer wieder. An jenem sonnenerfüllten Tag hatte sie sich mit Peter verlobt, aber mit Jakob Lanz die Hochzeit vollzogen. Jetzt war alles vollkommen!

Sie war nicht nur glücklich und stolz, sie war auch zufrieden. Es gab nicht nur eine Zukunft des äußeren Lebens, auch ihr geheimes inneres Leben hatte jetzt eine Zukunft. Sie fürchtete sich nun nicht mehr vor dem Zusammenleben mit Peter. Das würde Teil ihrer Pflichten und Aufgaben des äußeren Lebens sein. Ihr ureigenstes, ihr innerstes Leben würde sie dagegen mit Lanz teilen. Lanz, der ein Mann war, wie ihn sich die Frauen wünschten: entschlossen, mutig und zart.

Sie hielt sich rasch den Mund zu, um nicht laut zu lachen, weil ihr einfiel, was er beim Verlassen der Hütte gesagt hatte. Als er die Tür hinter ihnen beiden geschlossen hatte, flüsterte er mit einer angedeuteten Verbeugung: »Ich durfte mich davon überzeugen, dass du die Ideale deines Oheims und meinen Unterricht beherzigst, hast du doch einem Priester das ius primae noctis[10] gewährt und nicht einem Adeligen.« Dabei nahm er aus seiner Brusttasche einen vielfach zusammengefalteten Papierbogen und drückte ihn Franzisca in die Hand.

»Lies ihn erst, wenn du allein bist«, sagte er. »Das ist es, was Klopstock in seinem Gedicht meint.«

Noch am selben Abend, als Lanz vom Oheim Abschied nahm, teilte er diesem mit, dass er von Stunde an Franzisca nicht mehr unterrichten werde, da sie jetzt verlobt sei und ihr Augenmerk auf ihre zukünftigen Pflichten

---

[10] Das Recht der ersten Nacht, das dem adeligen Grundherrn zustand.

richten müsse. Lanz hatte ihr diese Unterredung geschildert, als sie sich das nächste Mal heimlich in der Hütte trafen, schmunzelnd und nicht ohne Bewunderung für den Oheim.

»Dein Onkel ist ein schlauer Fuchs«, sagte er, »er hat wohl mehr verstanden, als mir lieb sein kann. Er hörte mich lächelnd an, dann schlug er mir auf die Schulter und sagte: ›Bene, Lanz, nil fit sine causa[11]. Du machst es schon richtig‹. Er glaubt, dass ich – da du nun verlobt bist – mich von dir fernhalte, damit meine Gefühle für dich mich nicht übermannen. Und damit hat er nicht Unrecht, meine Süße.«

Jakob lachte und zog Franzisca auf seine Knie. »Denn, wir können einander nicht widerstehen – nicht ich dir, und nicht du mir – und wir würden auf dem Welttheater ein zweites Mal das Stück ›Abäelardus und Eloisa‹[12] aufführen, und das könnte weder dir noch mir gefallen.« Dabei blickte er bedeutsam an sich hinunter. Franzisca fiel ihm laut lachend um den Hals und bedeckte ihn mit Küssen. Aber dieses Mal hielt Jakob sie zurück. »Du musst mir jetzt zuhören, mein Mädchen«, sagte er und nahm sie bei den Schultern. »Wir müssen uns vorsehen, denn du bist nun eine verlobte Braut, und Kinder sollst du erst in der Ehe von deinem angetrauten Gatten bekommen.«

»Mein erstes Kind will ich aber von dir«, unterbrach ihn Franzisca heftig, »nicht von Peter!« Lanz streifte sie mit einem kurzen Blick. »Wenn du das wirklich willst«, sagte er schließlich, »dann müssen wir damit warten, bis kurz vor deiner Hochzeit, sonst … Und bis dahin müssen wir auf der Hut sein, damit wir keine lancae minores, sprich keine Lanzen produzieren …«

Sie konnten lange nicht mehr aufhören zu lachen. Jakob wischte sich die Tränen aus den Augen. »Also, mein Mädchen«, sagte er, immer noch von Lachanfällen unterbrochen, »jetzt spreche ich zu dir wie eine Mutter, da du keine hast: Du weißt wohl, dass die Frauen, solange sie bluten, nicht fruchtbar sind. Dazwischen aber sind sie es sehr. Am sichersten werden unsere Treffen deshalb sein, kurz nachdem oder kurz bevor du blutest. Und ich bitte dich, achte darauf. Ich bin zwar ein schwacher Sünder, aber ich

---

[11] Nichts geschieht ohne Grund.

[12] Abaelard und Heloise waren ein berühmtes mittelalterliches Liebespaar. Er war Dialektiker und Professor und Heloises Lehrer. Beide verliebten sich ineinander und Heloise wurde schwanger. Abaelard wurde deshalb von Heloises Verwandten entmannt.

will nicht, dass du ehrlos wirst – und du willst auch sicher nicht, dass ich brotlos werde.«

So waren sie verblieben.

Franzisca hielt sich an seine Anweisungen, die ihr und ihm nicht leichtfielen. Im Haus entgingen ihr jetzt nicht mehr die hingeworfenen, halben Sätze zwischen den Mägden und der Köchin, und sie vervollständigte für sich die groben Anspielungen des Stallmeisters, wenn er den Pferdeburschen hänselte.

Der mehrfach zusammengefaltete Zettel, den Jakob ihr damals beim Abschied gegeben hatte, und den sie seither immer im Busen versteckt bei sich trug, enthielt die Strophen eines Gedichtes in Lanzens starker, geschwungener Handschrift. Es lautete:

Sei du einstweilen mein.
Mehr mein als ich.
Denn ich bin ewig dein.
Vertrau auf mich.

Vertraute Liebe weichet nicht,
hält immer, was sie einst verspricht.

Darunter stand der Name des Dichters: Paul Fleming.[13]

---

[13] Paul Fleming (*1609 in Hartenstein/Sachsen, † 1640 in Hamburg) gilt als der bedeutendste Lyriker des deutschen Barock.

III
Die erste Hochzeit

August 1766

Der strahlende, heiße Sommer war ganz nach dem Herzen der Bauern. Fast jeden Abend gab es nämlich ein heftiges Gewitter mit reichlichem Regen, aber das dauerte nicht lange, und eine Viertelstunde später duftete die laue Luft wieder.

Noch nirgendwo in der Gegend hatte der Blitz eingeschlagen und das war dem umsichtigen Lanz zu verdanken, der die Bauern Schritt für Schritt von der Notwendigkeit überzeugt hatte, auf ihre Dächer Blitzableiter zu setzen. So konnten sie dieses Jahr ihr Korn reichlich und ohne Verluste einfahren. Auch das Vieh war ohne größeres Unglück gediehen, die Brunnen und Keller zeigten sich gefüllt und allgemein versprach man sich eine gute Weinernte.

Wenn Franzisca von Lanz so lobend reden hörte, ging ihr Herz auf in Stolz und Liebe. Sie würde zwar nächste Woche Peters Frau werden, aber dies sah sie an wie einen Vermerk in einem amtlichen Schreiben, der einen Namen oder ein Datum veränderte.

Gestern war Lanz eingetroffen, um die wenigen Tage seines Urlaubs hier zu verbringen. »Denn«, so sagte er, »ich muss doch dabei sein, wenn meine beste Schülerin sich verehelicht.« Lanz hatte Franzisca auf seine Knie gezogen: »Nun, mein Mädchen? Wie steht es mit deinem damals geäußerten Wunsch nach einem Lanzett oder einer Lanzette?«

Und damit stand es ganz unverändert und auch noch recht günstig. Die Tante hatte nämlich den Hochzeitstermin umsichtig gewählt, genau in der Mitte zwischen zwei Monatsblutungen, und die Köchin ließ sich gern darüber aus: »So ists gut, ganz gut«, rief sie und schlug vergnügt den Holzlöffel gegen die Kupfergeschirre, »in der Mitte, da nimmts gleich an, und aufs Jahr kommt das erste Kind, und das nächste Jahr noch eins, und dann ists bald aus mit den Rosinen.«

Franzisca lachte insgeheim darüber: So denkt ihr es euch alle, aber so will ich es nicht!

Es war ihr und Lanz gelungen, in ihrer Hütte in der Senke, wo sommers niemand hinkam, sich noch einmal zu treffen. Denn Lanz hatte der Tante gegenüber geäußert, er wolle seine einstige Schülerin über ihre zukünftigen Pflichten als Ehefrau unterrichten.

»Und das habe ich doch auch getan«, sagte er schmunzelnd, als sie noch einmal die Hochzeit vollzogen hatten, diesmal mit Sorgfalt und Ausdauer. Denn noch einmal würde es für Franzisca nicht leicht sein, sich heimlich davonzumachen, und eine zweite Gelegenheit würde kaum zustande kommen.

»Denk daran, dass du ein bisschen jammern musst, mein Mädchen, wenn es soweit ist«, sagte er augenzwinkernd. »Vergiss nicht: Du bist ja eine ganz unerfahrene junge Braut!«

Franzisca war in der allerbesten Laune.

Das Hochzeitskleid aus meergrünem Seidenatlas, von silbernen und goldenen Metallfäden durchwirkt, hing in ihrem verdunkelten Zimmer hinter dicht geschlossenen Fensterläden, damit die Sonnenstrahlen es nicht bleichten. Der Oheim hatte die sündhaft teure Seide – die Tante betonte das Wort »sündhaft« – aus Venedig kommen lassen, wo man sie »brocato« nannte.

Das prächtige Gewand hätte gar nicht über einem Bügel zu hängen brauchen, denn durch die metallenen Fäden stand es nahezu von selbst. Die Mägde umringten es mit unverhohlenem Staunen. »Es sieht aus, wie die Braut ohne Kopf«, riefen sie und schlugen die Hände zusammen. Das Kleid war auch wirklich wunderschön – es hat mindestens so viel wie drei Ochsen gekostet, dachte die Tante. Es war nach der allerneuesten Mode gemacht: Das Oberteil ließ Schultern und Busenansatz frei und lief spitz zur schmalen Taille hinunter. »Wie die Weisel, die Bienenkönigin, wirst du darin aussehen«, sagte der Oheim. Von den Schultern flossen die »falbula«, die gekrausten und gerafften weißen Volants bis zu den Ellenbogen herab, wo sie in üppigen Manschetten aufschlugen. Der steife Reifrock nahm mehr als eine Türbreite an Platz ein, sodass Franzisca nur zur Seite gedreht von einem Raum in den anderen gelangen konnte.

Peter hatte seiner Braut ein wunderschönes Häubchen zur Hochzeit geschenkt, dazu einen silbernen Löffel, dessen Stiel in zwei ineinander verschlungene Hände auslief. Das Häubchen war aus steifen goldenen und silbernen Metallfäden wie ein Diadem gebogen, um das sich Perlen und Blumen aus bunter Seide wanden. Es saß auf dem Hinterkopf auf und an seiner Rückseite ließ eine Öffnung Raum für Zöpfe und Locken. Solche Häubchen mit der Öffnung durften nur Jungfrauen aufsetzen, verheiratete

Frauen hingegen trugen Häubchen ohne Öffnung. »Wahrlich, ein sprechendes Symbol«, bemerkte Lanz mit listigem Schmunzeln.

Am Morgen des Hochzeitstages hatte Franzisca Peter, wie es der Brauch war, ein seidenes Hemd gesandt, dazu ein linnenes Schertuch zum Balbieren und sechs mit ihrem und Peters Monogramm bestickte seidene Schnupftüchlein, die in Mode waren und »Fazinettlein« genannt wurden.

Die Verwandten aus der Ickstattfamilie, Franziscas Eltern und ihre Geschwister, waren eingetroffen. Die Mutter hatte neben den größeren Kindern noch zwei kleine, von denen sie einem noch die Brust gab. Mit dem nächsten war sie schon wieder schwanger. Sie sah erschöpft und alt aus.

Franzisca fielen wieder die Worte der Köchin ein: »Jedes Jahr ein Kind und dann ist es bald aus mit den Rosinen.«

Die arme Mutter hatte gar nie Zeit gehabt für Rosinen, sie war 38 Jahre alt und erwartete jetzt ihr 13. Kind.

Ich will nicht so leben, sagte sich Franzisca in stummer Empörung. Jedes Jahr ein Kind. Das ist ja wie bei den Kühen und den Stuten. Und immer schreien die kleinen Kinder und immer wollen sie irgendetwas, sodass man gar nicht zum Nachdenken kommt. Und wenn sie nicht schreien, dann ist es noch ärger, denn dann sind sie krank und man muss Angst haben. Es wimmelt doch überall von Kindern. Eins von Lanz ist genug. Und dann höchstens noch zwei von Peter. Und damit basta!

Ihr Vater war stolz und fremd. Er staunte seine schöne Tochter und die prächtigen Zurüstungen mit unverhohlener Genugtuung an. »Wie im Paradiese«, murmelte er immer wieder, während er in den prächtigen Räumen umherging, die er seit dem Umbau des Hauses nicht mehr gesehen hatte.

Unter dem Dröhnen der Pauken, dem Schall der Posaunen, dem Flöten der Pfeifen und dem Jubel der Geigen zog die festliche Prozession, an deren Spitze Franzisca am Arm ihres Vaters schritt, in die Hauskapelle ein. Am Altar wartete bereits der Onkel Weinbach, Kanonikus in Augsburg, um die Nichte mit Peter zu trauen. Als Ehrenvater der Braut fungierte der alte Ickstatt und als ihre Ehrenmutter die Tante. Vier kleine Mädchen aus der Weinbach- und der Ickstattfamilie hatten das Amt der Kränzljungfrauen inne und trugen die ellenlange, schwere Schleppe der Braut.

Nicht alle Gäste konnte die Hauskapelle fassen. Manche standen draußen zuseiten der Türe in der hellen Sonne und andere, die nicht geladen waren, säumten schon seit geraumer Zeit die ganze Schlossstraße hinauf und hinunter, denn beim Auszug würde das Brautpaar Münzen unter die Menge streuen.

Nicht nur die Tante, auch manche von den Gästen richteten ihre Blicke auf die vielen Kerzen, die am Alter rechts und links vom Brautpaar in silbernen Leuchtern brannten. Auf wessen Seite nämlich die erste Kerze erlöschen würde, der sollte als erster von beiden sterben, sagte ein uralter Brauch, den allerdings mit Verachtung strafte, wer als aufgeklärt gelten wollte. Franzisca sah sich jedoch für aufgeklärt genug an, um dennoch die Kerzen im Auge behalten zu dürfen, während Peter würdevoll und andächtig gesenkten Hauptes den Worten des Priesters folgte. Als das Brautpaar sich nach dem Segen erhob, erlosch die erste Kerze auf der Seite des Bräutigams. Franzisca sah es aus dem Augenwinkel.

Nachdem die Glückwünsche der Stadtarmen und Waisenkinder an der Tür der Hauskapelle entgegengenommen und gebührend belohnt, und die Münzen unter die Menge gestreut worden waren, strömte die Festgesellschaft die Treppen hinauf. Die mit Voluten geschmückten Flügeltüren zwischen den einzelnen Räumen standen offen. Über den herrlichen, tiefen Kaminen schimmerten die in goldene Rocaillen gerahmten Spiegel. Sie warfen Ausschnitte des Stuckdekors der Zimmerdecken zurück, die Szenen aus der griechischen Mythologie zeigten.

Hier erhob sich Artemis aus der kristallklaren Quelle und ihre erschrockenen Nymphen bedeckten sich hastig vor dem Späherblick des Aktaion, dort spielte Pan vor den trunkenen, tanzenden Mänaden die Flöte, und in einem weiteren Raum verfolgte Apollo, in Liebe entbrannt, mit sehnsüchtig ausgestreckten Armen Daphne, die sich ihm in Gestalt des Lorbeers entzog. Die ergreifendste Darstellung von allen, die Geburt der göttlichen Zwillinge Artemis und Apollon auf der Insel Delos, schmückte die Decke des runden Saales. Diese Szene liebte Franzisca mehr als alle anderen: Die von Zeus verführte und von Hera verfolgte Leto lehnte nach langer Flucht erschöpft an dem Baum, der ihr seinen Stamm mitleidig als Stütze darbot. Oft hatte Franzisca davor gestanden und mit gerunzelten Brauen die Schwäche des Göttervaters getadelt.

Das große Haus war randvoll mit Gästen. Aus allen Zimmern und Gelassen tönten Rufe, Lachen und Gespräch. Die Düfte aus der Küche im Erdgeschoss zogen die Treppen hinauf. Es summte und schwirrte wie in einem großen Bienenstock, dachte Franzisca, und über die Bienen fiel ihr wieder Lanz ein.

In dem geräumigen Stiegenhaus trafen im Hinauf- und Hinunterlaufen die Mägde, die Schüsseln und Krüge trugen, unablässig auf die Boten, die Blumen, Nachrichten und Geschenke brachten und auf den Hausknecht, der den Neuankömmlingen die Zimmer anwies.

Franzisca war am frühen Morgen noch einmal diese geliebte Treppe vom Keller bis zum Speicher hinauf- und hinuntergestiegen, die Hand auf der hölzernen Laufrinne, die so treulich das Auf- und Absteigen begleitete und den Blick auf der edlen, mit Muscheln und Akanthusblättern stuckierten Unterseite der Treppenwand.

In einem gewissen Sinn galt es nämlich, nun Abschied zu nehmen von diesem Haus, das sie innig liebte, in dem ihre allerersten Erinnerungen lebten. Sie gestand sich wieder ein, dass sie Dinge – schöne Gegenstände, Häuser, Landschaften, eben Unbeseeltes, wie man es zu Unrecht nannte – mehr und tiefer liebe als Menschen. Bis auf Lanz! Nach der Hochzeit würde ihr Leben ja ein anderes sein. Und das Haus und alles darin würden ihr dann nicht mehr allein gehören, sie würde es mit Peter teilen müssen.

Die Gesellschaft nahm an dem mit weißem Damast gedeckten Tisch ihre Plätze ein. Die lange Tafel teilte den runden Saal in zwei Hälften und ermöglichte so den Weinschenken, die hinter den Stühlen der Gäste standen, ungehindert ihres Amtes zu walten.

Angekündigt von Posaunenstößen und Trommelwirbel betraten die Aufwärter in einer kleinen Prozession den Festsaal. An ihrer Spitze schritt der Koch, der auf einer silbernen Schüssel einen gewaltigen, braungebackenen Schweinskopf im Takt der Posaunen balancierte. Ihm folgten die Küchenjungen mit Schalen von gekochten Krebsen und Aal, gebratenem Kapaun, gesottenen Forellen und schließlich die Wildpasteten. Zuletzt erschien unter gewaltigem Applaus die Köchin mit einem gigantischen Mandelkranz, flankiert von zwei Mägden, die flache Körbe mit kandierten Früchten trugen. Als alle diese Köstlichkeiten auf der langen Tafel Platz gefunden hatten, erhoben die Geigen ihre Stimmen im Zwiegesang mit den Flöten zu einem betörenden Duett. Veltliner, Muskateller und Burgunder flossen in Strömen und die Weinschenke kamen mit dem Füllen der Gläser kaum nach.

In den mit mythischen Landschaften ausgemalten Nischen des großen runden Saales standen mannshohe Blumenarrangements in vergoldeten Körben. Wer sie anschaute, meinte, durch ihre Blüten hindurch in unendliche paradiesische Gärten zu blicken.

Die jungen Herren Törring und Lerchenfeld brachten als Abgesandte der Hohen Schul ein großes Gesteck, das Ickstatts Studenten aus Rosmarinzweigen, Myrten und Orangenblüten gewunden hatten. In der Mitte des buntgrünen Kunstwerkes prangte ein Herz aus orangefarbenen Rosen, das den Namen Franzisca bildete. Daraus ragte eine Rolle Pergament hervor. Die Studenten entrollten sie und verkündeten, nun ein Gedicht zu verlesen, das die Braut ermahnen solle, der Jugendfreunde eingedenk zu bleiben.

Törring und Lerchenfeld stellten sich rechts und links zuseiten der Torflügel auf und deklamierten es Zeile für Zeile abwechselnd in bedeutungsvollem Tonfall:

> *Verus amicus cognoscitur*
> *amore*
> *more*
> *ore*
> *re.*«[14]

Mit Applaus und Gelächter prostete die Gesellschaft der Braut und den beiden zu. Dann erhob sich Lanz. Heute erschien er in ungewohnt eleganter Kleidung. Der alte Ickstatt hatte ihm zum Abschied seiner Unterrichtstätigkeit ein Geldgeschenk gemacht und Lanz, der sonst wenig Wert auf sein Äußeres legte, hatte die Hochzeit zum Anlass genommen, diese Summe für ein neues Kleidungsstück zu verwenden. Nun sah man, dass der Benefiziat ein stattlicher Herr war, dessen breite, gewölbte Brust in der dunkelgrünen Samtweste mit den großen Silberknöpfen zur Geltung kam, statt, wie gewöhnlich, unter dem unförmigen Chorrock zu verschwinden. Sein dunkles, welliges Haar war heute sorgfältig gekämmt und auf den neuen Schuhen blitzten Silberschnallen.

»Dem schließe ich mich an«, rief er und hob sein Glas gegen Franzisca, »auch die zu Unrecht getadelte Lucrezia Borgia schrieb in ihrem Schloss in Latium an die Wände ihres Zimmers: Mal fa chi tante cose presto oblia!«[15]

---

[14] Eine unter Studenten beliebte Freundschaftswidmung als Wortspiel: *Den wahren Freund erkennt man: an der Zuneigung, an seinem Benehmen, an seiner Rede, an der Sache selbst.*

[15] Übel handelt, wer viele Sachen bald vergisst!

Wie könnte ich dich je vergessen, dachte Francisca, hob ihr Glas und trank ihm lächelnd zu.

Die Gesellschaft begab sich gemächlich die breite Treppe hinauf und sammelte sich im großen Tanzsaal zu kleinen Gruppen im Gespräch.

Der junge Weishaupt schob sich lautlos durch die Gäste. Wo er nicht ins Gespräch gezogen wurde – und das geschah selten, denn er war geachtet und angesehen –, da vermied er stehenzubleiben. Man sieht ihn kaum, dachte Franzisca, die ihm mit den Augen folgte, er aber sieht alles. Auch ihn hatte der Oheim zum Fest, wie Franziscas Brüder und Schwestern, und wie seine eigenen Neffen und Nichten, großzügig ausstaffiert. Dennoch wirkte er nicht elegant und nicht wie ein junger Mensch von 18 Jahren, sondern wie ein unfroher Beobachter, der sein Missfallen kaum verhehlte und sich ehestmöglich davon zumachen gedachte.

Wie es sich für eine Hochzeit der ersten Klasse verstand, waren alle vier Stadtpfeifer geladen. Es sollte nicht nur jeder der Musiker, neben seiner Entlohnung, eine Kanne Wein erhalten, wie es üblich war, sondern so viel Wein trinken dürfen, wie er es vermochte, wenn er denn nur aus Leibeskräften blasen, streichen und trommeln wollte. Und das taten die Pfeifer dann auch und jubilierten dazwischen aus vollen Kehlen, während die Geigen schmeichelten und die Trompeten nun den Brauttanz ankündigten.

Der junge Professor Peter Ickstatt führte seine Braut auf die Tanzfläche und verbeugte sich vor ihr. Er sah aufgeregt und glücklich aus und es gelang ihm nicht sogleich, die Füße im Takt der Musik zu bewegen. Aber Franzisca war eine vorzügliche Tänzerin, ihre Tanzlust riss ihn mit und sie »walzten« miteinander – sich schelmisch zulächelnd und manchmal übermütig lachend – gänzlich schwerelos, wie es schien.

Der alte Ickstatt, der neben Lanz stand, betrachtete die beiden mit Rührung und Freude, und auch die Augen des Priesters ruhten mit sichtlichem Wohlgefallen auf dem jungen Paar. Nach dem Brauttanz nahmen Franzisca und Peter auf der mit Rosen- und Liliengirlanden geschmückten Empore Platz. Unter ihnen wogten die Tanzenden und über ihren Köpfen drängte sich die Gäste auf der umlaufenden Galerie. Zwar standen alle Fenster offen, aber dennoch war es sehr warm in dem mit Menschen angefüllten Saal. Die Braut sehnte sich danach, die enge Schnürung und das schwere Kleid, dessen Schleppe wie eine Last an ihr zerrte, endlich abzustreifen. Wie herrlich wäre es, jetzt in den Bach zu springen, der die Schwaige in Hundszell durchfloss … wie herrlich, dort allein zu sein – allein mit Lanz.

Sie stellte sich vor, dass er hier neben ihr säße, als ihr Bräutigam und Ehemann und sie musste rasch die Augen wegen der aufquellenden Tränen schließen. Peter griff aufmunternd nach ihrer Hand und hob sie zusammen mit der seinen linkisch und leutselig zum Gruß in die Menge. Aber Franzisca hielt nach Lanz Ausschau. Immer sah sie ihn umringt von Freunden und Gästen, die ihm lauschten und denen er – das häufig geleerte und schnell wieder gefüllte Glas schwingend – zuhörte. Es stimmte sie glücklich, ihn so geschätzt und geachtet inmitten der Menschen zu sehen. Es tröstete sie und machte sie stolz.

Schließlich kündigten die Pauken eine Scherzeinlage an. Die Obrigkeit hielt zwar streng darauf, dass bei Hochzeiten Sitte und Anstand zu wahren seien. Es hieß, man habe in Tischgesprächen, Ständchen, Liedern und Gedichten gewisse unmanierliche Anspielungen zu unterlassen, die unschuldigen Frauenzimmern die Schamröte ins Antlitz treiben könnten. Aber die Studenten wandten ein, es handele sich um einen alten Brauch, der am Leben erhalten werden müsse. Zudem hätten sie sich schon stark gemäßigt und im Hause Ickstatt seien ohnehin die Sitten nicht so streng.

Zwei Studenten wurde also ein Platz auf der Tribüne eingeräumt und der erste begann zu deklamieren:

>>Hier sollt es an ein Wünschen gehen,
nach altem Brauch und Weise,
hier sollte was vom Bette stehn
und von des Bräutgams Fleiße.
Von Wiegen und von Fruchtbarkeit
und von dreiviertel Jahren.
Doch wünscht euch selbst,
was euch erfreut,
ich kann die Müh ersparen.<<

Ein Trommelwirbel unterstrich Applaus und Gelächter. Dann hob der zweite Student an:

»Doch alle diese strenge Lehren
sind hier ganz unrecht angewandt,
denn deine Braut hat, wie wir hören,
bey ihrer Tugend viel Verstand.
Sie wird dir mit Vernunft gefallen,
die auch zu keiner Zeit vergisst,
dass eines Mannes Wort in allem,
mit Ehrfurcht zu befolgen ist.«

Bei den letzten Worten verzog sich das Gesicht der Köchin, die im Türrahmen lehnte, zu gespielter Überraschung, bevor es in breites Grinsen auseinanderfloss. Die Studenten fielen johlend in Gelächter und Applaus ein.

Endlich bliesen die Stadtpfeifer zum letzten Tanz, den das Brautpaar anführte, wie es mit dem ersten begonnen hatte. Draußen war es schon dunkel, der Mond ging auf in einer honigfarbenen Kugel, in der ein gleichmütiges Antlitz herniederblickte. Nun stand noch der Fackeltanz im Hof bevor.

In alter Zeit waren im Anschluss an diesen Fackeltanz Braut und Bräutigam unter Pauken- und Trompetenschall in die Brautkammer geleitet worden, wo man über dem Paar die Laken und Decken zusammengeschlagen und wieder aufgehoben hatte, um so symbolisch die copula carnalis[16] zu demonstrieren.

Gottlob, dachte Franzisca, diese Zeiten sind vorüber!

Die Gäste verabschiedeten sich einer nach dem anderen mit Handschlag. Sie umrundeten, ehe sie den Saal verließen, noch einmal die Tische, auf denen sich die Hochzeitsgeschenke türmten. Unter den Torten, Früchten, Karaffen, Blumenvasen, Geschirren, Leinwandballen und Tafelaufsätzen schimmerten silberne und vergoldete Becher und buntes, böhmisches Glas. Franzisca konnte nicht hören, was sie sagten, aber ihre Gesten und ihre Mienen bekundeten Anerkennung und Staunen.

Der Oheim geleitete sie alle mit der Tante bis vor das Portal, wo die Stadtpfeifer dem Zug der Scheidenden mit Fanfarenklängen voranzogen.

Franzisca stand in ihrer Schlafkammer. Vorsichtig, um nicht die hohe, gepuderte und blumenverzierte Frisur zu zerstören, hob die Magd die Brautkrone aus dem kunstvollen Aufbau. Sie löste die welken Rosen aus den Zöpfen und legte sie an das Muttergottesbild im Winkel. Dann machte sie sich da-

---

[16] Der Vollzug der Ehe.

ran, das Schnürleibchen aufzubinden, was Franzisca mit einem tiefen Seufzer der Erleichterung begleitete. Die Druckmale, die die enge Schnürung auf der Haut hinterlassen hatten, juckten. Franzisca kratzte sich hingebungsvoll und verstohlen gähnend. Wie herrlich wäre es jetzt, in das mit Kissen hochaufgetürmte Bett zu sinken und augenblicklich in seligen Schlaf zu fallen, anstatt jemanden erwarten zu müssen, der nicht willkommen war.

Die Magd streifte der nackten Braut das lange seidene Hemd über und schlug die Bettdecke auf. Franzisca reichte ihr etwas und bestieg das Lager. Die Magd murmelte mit einem Knicks Segenswünsche und – nach einem raschen Blick in ihre Hand – freudige Dankesbezeugungen. Dann löschte sie alle Kerzen bis auf ein einziges Wachslicht in einem hohen Leuchter und verließ das Gemach.

Franzisca saß mit angezogenen Knien, um die sie die Hände geschlungen hatte, auf ihrem Bett. Gleich würde die kleine Prozession eintreffen, die den Bräutigam in die Brautkammer geleitete. Peters Freunde und ehemalige Kommilitonen hatten am Fuß der Treppe schon mit lauten Vivatrufen und unmissverständlichen Ermunterungen von dem Junggesellen Abschied genommen. Auch der Oheim, Lanz, die Brüder und alle männlichen Freunde und Verwandten waren dort nach letzten Glückwünschen zurückgeblieben.

Fast war sie eingeschlafen, als Schritte draußen sie auffahren ließen. Sie streckte sich lang aus und zog die seidene Bettdecke bis über die Brust hoch. Die Tür öffnete sich und die Frauen, die in ihrer Mitte Peter führten, traten ins Zimmer. Zuerst kamen Franziscas und Peters Mutter, hinter ihnen folgten die beiden Ehrenmütter des Brautpaares. Sie entkleideten den Bräutigam bis auf das seidene Hemd, schlugen ihm die Bettdecke auf, und Peter nahm auf seiner Seite des Lagers Platz.

Die Tante, die seit Franziscas erstem Lebensjahr an ihr Mutterstelle vertreten hatte, kam jetzt in ihrer Rolle als Ehrenmutter heran. Sie küsste die Braut und legte eine Zitrone, in der ein Rosmarinzweig stak, auf ihr Kissen, während Peters Ehrenmutter ihm nur ein Rosmarinzweiglein auf sein Kissen legte. Dann trat Franziscas Mutter zur Braut. Sie trug einen Granatapfel, den sie der Tochter überreichte. »Sei eine gute Ehefrau«, flüsterte sie ihr ins Ohr, als sie ihr Kind mit Tränen in den Augen segnete. Unter Glückwünschen verließ die kleine Prozession das Brautgemach.

IV
Fannys Geburt

11. Mai 1767

Schon mit Sonnenaufgang kündigte sich ein Tag an – es war ein Montag –, der an Wärme und Glanz, an Blütenduft und Vogelgezwitscher ein vollkommener genannt werden konnte.

Für den heutigen Tag hatte der Accoucheur[17], der sich seit dem frühen Morgen im Haus aufhielt, die Geburt errechnet. »Ich habe sogar die Sterne bemüht, gnädige Frau«, sagte er verheißungsvoll und hob den Zeigefinger.

Franzisca ging auf den Rat der Hebamme im Zimmer auf und ab.

»Und was sagen die Sterne?«, fragte sie gespannt, die Hände über dem gewölbten Leib gefaltet.

»Da das Kind heute zur Welt kommen wird, heute, am 11. Mai – also auf den Tag genau neun Monate nach seiner Zeugung –, denn Euer Hochwohlgeboren«, dabei verbeugte er sich komplizenhaft lächelnd, »haben sich am 11. August des Vorjahres vermählt, ist es ein Wesen, dessen Verstandes- und Seelenkräfte einander in völliger Harmonie die Waage halten. Allerdings deutet dies auch auf eine außergewöhnliche Empfindsamkeit hin. Im Übrigen bin ich sicher, dass es ein Mädchen ist!«

Die Hebamme, die im Hintergrund des Raumes am Kamin saß und hin und wieder die Wassertemperatur in dem Kessel über dem Feuer prüfte, lauschte aufmerksam. Nicht bei jeder Niederkunft gab es so viel zu erfahren und zu lernen wie in den reichen Häusern, zu denen der Accoucheur zugezogen wurde. Das zinnene Becken, in dem das Kind sein erstes Bad erhalten würde, stand bereit, über dem Kamin hingen von einer Stange die Flanellbinden und Windeln zum Wärmen herab.

Als es von der Moritzkirche zehn Uhr schlug, war das kleine Mädchen geboren. Aber es gab keinen Ton von sich.

»Es will nicht schreien, wie es sich gehört«, sagte die Hebamme und bedachte es mit sanften Klatschern, die die Mutter vom Bett aus trotz aller Erschöpfung ängstlich beäugte. »Es hilft nichts«, meinte die Hebamme, »man muss es umdrehen und ein bisserl walken, damit es schreit und Luft in die

---

[17] Geburtshelfer

Lungen kriegt.« Sie hielt das kleine Bündel kopfüber an den Füßchen fest und versetzte ihm mit der flachen Hand einige Schläge auf die blauroten Hinterbäckchen.

»Nein«, schrie Franzisca, »hör' Sie doch auf!«

»Es muss sein, gnädige Frau. Nur ein wenig«, beruhigte der Accoucheur. Aber da fing das kleine Mädchen schon herzerbrechend zu schreien an.

»Gottlob, es hat a gute Lung«, zeigte sich die Hebamme zufrieden und machte sich daran, das Kind zu baden und zu wickeln.

Plötzlich richtete sie ihren Blick auf sein Gesichtchen und studierte es aufmerksam aus der Nähe. »Gnädige Frau«, rief sie, »gnädige Frau, es ist ein besonderes Kind, es hat ein Mal!« Und sie trug das Wickelkind der Mutter ans Bett und wies auf die Stirn des Säuglings: Da stand – deutlich abgehoben von der durchsichtigen Haut – eine gerade blaue Ader, die sich rechts und links nach oben in der Form eines Ypsilon verzweigte. »Ein solches Mal haben nur ganz seltene Menschen«, behauptete die Amme und legte der Mutter das Kind in die Arme.

Dann ging sie, um den Vater hereinzurufen.

»Was habe ich Euer Hochwohlgeboren prophezeit?«, fragte der Doktor zufrieden lachend.

Franzisca nahm ihn kaum noch wahr. Sie sah nur das Kind.

»Es hat blaue Augen«, stellte sie zögernd fest.

»Alle Neugeborenen haben blaue Augen, gnädige Frau«, berichtigte der Arzt, »die endgültige Farbe stellt sich erst später ein.«

Die Hebamme, die Peter hereinführte, setzte liebedienerisch hinzu: »Ja, blaue Augen wie der gnädige Herr Papa.«

Peter beugte sich über das Bett. Er sah, wie immer, angestrengt und übernächtigt aus. Er schlief viel zu wenig und arbeitete zu viel.

»Es ist zwar ein Mädchen, gnädiger Herr«, meldete die Hebamme, »aber kerngesund und hübsch.«

»Eine Tochter ist uns nicht minder willkommen als ein Sohn«, erwiderte Peter, »wenn sie nur gesund ist.« Er ergriff die Hand seiner Frau, küsste sie, und steckte einen Ring an ihren Finger. Franzisca lächelte. »Sie soll Fanny genannt werden, Fanny, wie ich«, flüsterte sie. »Dann gibt es eine große und eine kleine Fanny.«

Peter lächelte nachsichtig.

Über dem Bündel in ihrem Arm schlief die junge Mutter ein.

Tagebucheintrag Franzisca, Ingolstadt, 1768

Der kleine Johann Adam ist gestern gestorben. Eine Erkältung hat sich ihm in diesem nasskalten Herbst auf die Lunge geschlagen. Sein Gesichtchen war blaurot vom ständigen Husten. Er schrie und rang nach Luft. Ich konnte es kaum mehr mit ansehen.

Peter ist sehr niedergeschlagen. Er war so glücklich über die Geburt eines Sohnes und er hatte eine solche Freude an dem Kleinen. Vielleicht bekommen wir keinen mehr, hat er geschluchzt. In deiner Familie werden ja fast nur Mädchen geboren.

Aber ich bin schon wieder guter Hoffnung.

Damals, vor meiner Hochzeit, hat die Köchin gesagt, dass ich jedes Jahr ein Kind bekommen würde. Ich habe darüber gelacht. Es wird ja auch anders gehen, hab ich mir gedacht. Aber ich bin jetzt seit zweieinhalb Jahren verheiratet und erwarte das dritte Kind.

Mann ist Mann, hat die Köchin gesagt. Sie hatte recht.

Lanz ist zur Beerdigung gekommen. Er hat eine sehr schöne Rede gehalten und Fanny getröstet, die ihren kleinen Bruder vermisst.

Jona ist fort, klagt sie immer wieder. Wo ist er? Sie sucht ihn überall.

Bei den Klarissen auf dem Anger hat sich eine schreckliche Geschichte ereignet, die nur durch einen gnädigen Zufall ans Licht kam. Die Nonnen leben dort in strenger Klausur. Sie dürfen das Kloster nicht verlassen und auch keine Besuche empfangen. Neulich hat das Kloster einen Kaminkehrer gerufen, weil ein Kaminschacht verstopft war. Als der Mann seine Arbeit tat, hörte er aus der Tiefe ein verzweifeltes Wimmern und Winseln. Er dachte sich gleich sein Teil – denn schlimme Gerüchte von Misshandlung und Unterdrückung in den Klöstern machen schon seit Langem die Runde. Im Geheimen hat er Anzeige erstattet und der Kurfürst sandte unverzüglich eine Kommission, die unangemeldet der Sache nachgehen sollte. Die Nonnen haben nach Ausflüchten gesucht und sich gesträubt, aber die Männer haben sich mit Gewalt Zutritt verschafft und alle Winkel des Klosters durchforscht. Schließlich fanden sie im tiefsten Verlies eine arme junge Nonne, Magdalena Paumann, die seit sechs Jahren in einem engen, lichtlosen Raum angekettet geschmachtet hat. Sie war durch die fehlende Bewegungsfreiheit schon verwachsen und von ihrem eigenen Kot zerfressen und angefault.

Diese Leidensgeschichte ist so schrecklich, weil sie die Unmenschlichkeit und Verworfenheit ihrer Oberen zeigt: Das naive Mädchen aus gutem Hause war aus religiöser Schwärmerei in das Kloster eingetreten. Schließlich musste sie erkennen, dass dies keineswegs ein Hort der Frömmigkeit und Menschenliebe war, wie sie geglaubt hatte, sondern im Gegenteil ein Kerker sklavischer Unterdrückung und bedingungsloser Unterwerfung. Da sie keine Möglichkeit hatte, ihre Angehörigen von ihrer Lage in Kenntnis zu setzen, versteckte sie einen Brief, in dem sie die Zustände im Kloster schilderte, hinter einem gestickten, frommen Bild, das sie angefertigt hatte. Dies bat sie, ihren Eltern als Geschenk zu senden. Aber die Äbtissin bekam Wind davon, als das Bild schon bei den Eltern eingetroffen war und forderte es zurück, ehe diese den Brief entdeckten. Daraufhin ließ sie das Mädchen in das Verlies werfen, wo es ohne Zweifel elend zugrunde gegangen wäre, wenn nicht der Zufall eingegriffen haben würde.

Der Oheim ist außer sich vor Zorn und Abscheu.

Der Kurfürst hat zwar befohlen, die Sache strengstens zu untersuchen und die Äbtissin und den Bischof vorzuladen. Aber in ähnlichen Fällen bisher haben Mönche und Nonnen noch immer gewusst, wie sie es anstellen müssen, um straffrei zu bleiben.

In den Frauenklöstern soll es noch schlimmer zugehen als in den Männerklöstern.

Furchtbare Geschichten von lüsternen Beichtvätern, erpressten Nonnen und grausamen Äbtissinnen machen die Runde.

Auch diesmal werden sie ihr Mäntelchen nach dem Wind drehen, diese verdammten Pfaffen, sagt der Oheim. Peter von Osterwald, der schon zwei Klostermandate im Auftrag des Kurfürsten erarbeitet hat, vollendet gerade das dritte. Darin werden endlich die Rechte der Ordensoberen über ihre Ordensangehörigen beschnitten und ihre Strafgewalt weitgehend aufgehoben.

Besonders wichtig ist, dass Mönche und Nonnen damit erstmals die Möglichkeit erhalten, ihre Klagen außerhalb des Klosters vorzutragen.

Ach, der Mensch ist keine erfreuliche Erfindung – wer auch immer für seine Erschaffung verantwortlich sein mag!

Tagebucheintrag Franzisca, Ingolstadt, Mai 1771
Peter hat gestern diese Welt verlassen. Es war schrecklich. Er hat geröchelt und wollte etwas sagen, immer wieder hat er vergeblich mit aufgerissenen

Augen dazu angesetzt. Alle Fenster hatte ich geöffnet, aber er hat keine Luft mehr bekommen.

Am Ende hat er geschrien und den Kopf hin- und hergeworfen. Er war ganz blau im Gesicht.

Der Oheim war mit der Eilpost aus München gekommen. Er hat an seinem Bett gekniet bis zuletzt, seine Hand gehalten und geweint. Die Tante hat laut den Rosenkranz gebetet. Der Hof und die Halle waren voll von Verwandten, Kollegen und Studenten. Manche haben geschluchzt.

Ich habe nicht bis zum Ende warten wollen und die beiden Mädchen zu ihm geführt, solange Peter noch ruhig war. Magdalena hat sich gefürchtet und wollte nicht von meiner Hand. Aber Fanny ist an sein Kissen getreten und hat ihn aufmerksam angesehen. Dann hat sie zu ihm gesagt: Papa, bald bist du im Himmel, bei Jona. Seit dem Tod des kleinen Johann Adam ist Fanny verändert. Sie hat mich gefragt: »Wo ist Jona jetzt?« Und ich habe ihr gesagt, er ist im Himmel.

Sie hat jetzt schon zweimal einen merkwürdigen Anfall gehabt. Einmal hat es mir die Magd erzählt, das andere Mal war ich dabei. Mitten im Spiel ist Fanny aufgestanden und hat angefangen zu weinen. Ich habe sie auf den Arm genommen und sie ausgeforscht. Sie hat gesagt, dass der Himmel herunterfällt und mit beiden Armen nach oben gezeigt, als ob die Decke auf sie zukäme.

Heute habe ich deshalb Dr. Leveling um seine Meinung dazu gebeten. Er kennt Fanny seit ihrer Geburt. Er hat etwas gesagt, was mir einleuchtet: Fanny sei ein ganz ungewöhnlich begabtes und empfindsames Kind. Ihr Gehirn sei viel größer als normal. Sie nähme nicht nur viel mehr wahr als andere Kinder – ja als andere Erwachsene –, es beeindrucke sie auch alles viel tiefer. So sei dieses kleine Wesen ständig einer Überfülle von Wahrnehmung und Beeindruckung ausgesetzt, der ihr Nervensystem nicht standzuhalten vermöge. Deshalb flüchte sich die Seele in Anfälle von Melancholie. Melancholie ist eine Nische, in die der Geist vor der Übermacht der Eindrücke flieht, um dort für eine Weile, fast unempfindlich, auszuruhen, hat er gesagt. Ich solle mir wegen der Kleinen keine Sorgen machen, diese signa maniae benignae[18] seien Schutzwände, die die Natur selbst errichte.

---

[18] Zeichen einer gutartigen Manie.

Ich will es glauben und es ist wohl auch so. Bald ist nämlich auch ihre Munterkeit wieder zurückgekehrt.

Ach, um nichts kämpft der menschliche Geist mehr als um seine Abrundung und Vollendung.

V

*D*as Gärtlein zieht keine Rosen

Ingolstadt, Frühling 1773

Peter Ickstatt war seit zwei Jahren tot. Seine letzten Wochen hatte die Sorge um die Zukunft der Universität überschattet. Franziscas Bruder Joseph von Weinbach, Peters Assistent schon seit einigen Jahren, war nicht sonderlich fleißig. Er versuchte, Pflichten und Arbeiten auf Weishaupt abzuwälzen, wogegen der sich wehrte, denn er war mit eigenen Plänen beschäftigt, die er im Geheimen betrieb. Das junge Triumvirat Ickstatt – Weinbach – Weishaupt, das weit über die »Hohe Schul« hinaus gestrahlt hatte, und des alten Ickstatt Mission fortführen sollte, war zerbrochen. Die Jesuiten rieben sich wieder die Hände und witterten Morgenluft. Aber der alte Baron hatte sein Amt als Universitätsdirektor behalten, er lenkte weiter von der Residenzstadt aus die Geschicke der Hohen Schul in seinem Sinne und sah mehrmals im Jahr dort nach dem Rechten.

Franzisca war eine junge, schöne und nicht gänzlich untröstliche Witwe. Sie gab sich zwar Mühe, dies nicht allzu offenkundig werden zu lassen, aber viele Augen, die auf einer Person ruhen, sehen mehr, als diese sich träumen lässt. Denn, was die einen bemerkten, das ergänzten die anderen mit weiteren Beobachtungen, und so entstand rasch ein Mosaik, das bei den christkatholischen Professorenfrauen keine Fragen offen ließ: »Kaum ein Jahr ist vorbei seit seinem Ableben und schon hat sie kein Schwarz mehr getragen«, sagten die einen. Andere hatten sie aus vollem Halse lachen hören, während sie mit dem Hund und den Kindern im Garten spielte und dabei auch noch mit dem Gärtner scherzte. Auch besuchte sie nie die Frühmesse und mit einer einzigen Seelenmesse für den Verblichenen hatte sie es für genug gehalten.

Die Professorenwitwe Schiltenberger, die in der Schlossstraße das Haus schräg gegenüber bewohnte, hielt ihre Mägde an, auf die lustige Witwe ein wachsames Auge zu haben.

Am meisten nährten den Klatsch jedoch Franziscas Ausfahrten, die sie häufig hinaus in die Schwaigen nach Hundszell unternahm. Zwar nahm sie auch die beiden kleinen Töchter mit, aber die Witwe Schiltenberger hielt dies nur für einen Vorwand, damit dort, in der Menschenleere und Abgelegenheit der ausgedehnten Güter, Franzisca sich mit dem Priester Lanz treffen konnte.

Als endlich der Frühling kam und die feuchte, ungesunde Luft sich in duftende Wärme verwandelte, vermochte Franzisca kaum mehr zu verbergen, wie befreit und glücklich sie war. Sie hängte das große Ölbild Peters im Professorentalar – das bisher ihre Wohnräume im vierten Stock beherrscht hatte – in die Halle ins Erdgeschoß. »Er gehört doch jetzt allen, nicht wahr?«, sagte sie mit schmerzlichem Lächeln, ohne von der Tante missbilligendem Blick Notiz zu nehmen. Die Köchin, die in der offenen Küchentür lehnte, prustete verstohlen in ihre vorgehaltene Hand.

Peters Kleider hatte sie gleich nach der Beerdigung an Weishaupt verschenkt, der sie dankbar annahm, denn er konnte sich keine – schon gar nicht so kostspielige – leisten. »Halt sie in Ehren«, forderte sie ihn auf und sah ihn tiefernst an. Aber was Weishaupt betraf, so konnte sie ihm nichts vormachen. Er kannte Franzisca recht gut – beide waren nahezu gleich alt und miteinander aufgewachsen – und vor dem durchbohrenden Blick seiner kalten, grauen Augen senkte sie die ihren, damit ihr kein Lachen auskäme.

Inzwischen waren zwei Jahre vergangen und nun stand es so, dass der Oheim sie mit diesem schwer durchschaubaren, klein gewachsenen und auch noch tyrannischen Weishaupt verheiraten wollte. Es schüttelte Franzisca geradezu bei dieser Vorstellung.

Die fünf Jahre an der Seite des blassen, ewig überarbeiteten und nervösen Peter waren mehr als genug für ein Leben. Sie sehnte sich nach einer ganz anderen Zukunft, einer mit neuen Erfahrungen und nie empfundenen Sensationen.

Glücklicherweise war Johann Adam Weishaupt – wie er Franzisca unverhohlen wissen ließ – nicht im Geringsten daran interessiert, sie zu ehelichen. Abgesehen davon, dass sie seinen Vorstellungen von einer Ehefrau in der empfindlichsten Weise widersprach, gingen seine Pläne in ganz andere Richtung.

Weishaupt hatte nämlich auf die ehrsame Jungfrau Sausenhofer aus Eichstätt ein Auge geworfen, die zwar »auch keinen Batzen hatte«, wie die Witwe Schiltenberger sich beeilte, dem Geheimrat Lippert nach München mitzuteilen, aber dafür ein fügsames Weiblein war, das in Verehrung zu ihm aufblickte.

Franzisca frohlockte. Diese Gefahr war gebannt. Weishaupt würde seinen Entschluss offen bekennen müssen. Also widersetzte nicht sie sich dem Wunsch des Oheims, sondern Weishaupt.

Allerdings hatte es mit Weishaupt schon zuvor allerlei unerfreuliche Zusammenstöße an der Hohen Schul gegeben, weil der alte Ickstatt seinen Schützling ohne Rücksicht auf die Beförderungshierarchie bevorzugte. Gegen den Willen der ganzen Fakultät hatte es der alte Baron vor Kurzem durchgesetzt, dass Weishaupt Extraordinarius für Natur- und Völkerrecht wurde. Die Fakultät schäumte und gelobte mit geballten Fäusten Rache.

Nun aber fing Weishaupt an, sich zu verweigern und sich zurückzuziehen. Das wiederum brachte den Alten auf, hatte er doch seit dem frühen Tod des Vaters den Jungen wie ein eigenes Kind gefördert, auch, weil er ein Verwandter von Ickstatts Frau durch seine Mutter war, einer geborenen Weinbach.

Allerdings ergriffen auch einige Freunde für ihn Partei, es war nicht zu leugnen, dass manches für Weishaupt sprach: Er war jetzt 23 Jahre alt und hatte eigene, bislang geheim gehaltene Interessen zugunsten der Universität und seines Gönners zurückgestellt. Nicht nur spann er längst an einem Plan, der all seine Kraft und Umsicht benötigte, er war es auch müde, dem Ickstatt-Weinbach-Clan, dem er seit fast 20 Jahren dienend angehörte, weiter zur Verfügung zu stehen. Und nun brachte des Baron selbstverständliche Annahme, Weishaupt werde auch die ihm zugewiesene Ehefrau dankbar aus seinen Händen annehmen, das Fass zum Überlaufen.

Was aber Franzisca und Lanz anlangte, so trafen sie sich wirklich in den Schwaigen und zwar abwechselnd in Hundszell und in der angrenzenden Gröbnerschwaige, um nicht Mitwisser zu schaffen. Die Schwaigen waren für solche Zusammenkünfte ideale Orte: Die kleinen Mädchen spielten auf den Wiesen mit den Lämmern und den Kälbchen. Franzisca und Lanz unternahmen Spaziergänge oder verbrachten glückliche Stunden im Gutshaus. Sie liebten sich nicht nur ausgiebig und ausführlich, sie führten auch lange Gespräche miteinander. Lanz war für sie Geliebter, Bruder, Vater und Lehrer in einer Person. Sie schilderte ihm Fannys Charakter, der in vielen Aspekten dem seinen glich, in den heiteren und gütigen wie in den dunklen.

»Nach dem Regen geht sie hinaus und sammelt die Regenwürmer von der Straße«, berichtete Franzisca. »Ich habe ihr erklärt, dass die Regenwürmer die überschwemmte Erde verlassen, um nicht zu ertrinken.«

»Ja«, antwortete sie, »aber auf dem Weg kommen sie unter die Wagenräder, ich muss sie in Sicherheit bringen.«

Lanz lächelte. »Das Mitleid«, sagte er, »ist die tiefste von allen Passionen und …«, er machte eine Pause, »es ist auch die Einzige, die überdauert.«

»Wenn ich dich immer an meiner Seite haben könnte, würde ich für alle Zeit zufrieden sein«, flüsterte Franzisca und schmiegte sich an ihn.

»Meinst du?«, fragte er und richtete seine sumpfgrünen Augen auf sie. »Liebst du nicht den ständigen Wechsel?«

Sie erzählte ihm auch von Fannys merkwürdigen Schwermutsanfällen: »Sie hat gerade mit ihren Puppen gespielt, als sie plötzlich aufstand und nach oben schaute. Sie zeigte auf die Zimmerdecke und fing an zu weinen: ›Der Himmel fällt auf mich‹, hat sie geschluchzt. ›Alles ist ganz schwarz!‹ Das andere Mal war sie bei der Tante, als es geschah, und sie hat mir das Gleiche berichtet.«

Lanz schwieg. »Weißt du«, sagte er, »wenn ein Mensch sehr tief empfindet, dann kann es nicht anders gehen. Gib acht, dass nicht zu viel auf das Kind einstürmt. Sie hat eine sehr starke Fantasie und das, mein Mädchen, ist eine Krankheit.«

Wenn sie sich trafen, erinnerte Lanz sie auch an ihr Abkommen: »Hältst du auch unsere Abrede im Gedächtnis?«, fragte er. »Du weißt schon, was ich meine, damit wir keine kleinen Lanzen produzieren?« Franzisca brach dann jedes Mal in Gelächter aus und versicherte ihm, dass er keine Bedenken zu haben brauche. Allerdings gestand sie sich selbst ein, dass sie es nicht allzu genau damit nahm.

Aber so genau brauchte man es wohl auch nicht zu nehmen.

Mittlerweile war es zwischen Weishaupt und dem Oheim zu ernsten Spannungen gekommen und der alte Baron drohte an, ihm die Freundschaft aufzukündigen. Allerdings stieg Weishaupt jetzt in Franziscas Achtung: Der junge Professor – der nichts besaß – stellte Förderung und eine gesicherte Zukunft hintan, um aus eigener Kraft sein Lebenswerk zu schaffen. Er hatte vor, wie sie erfuhr, mit einigen Studenten einen Circle zu gründen, der es sich zur Aufgabe machte, den Einzelnen zu vervollkommnen, um eine bessere, eine menschenwürdige Gesellschaft zu formen. Der Hauptgrundsatz sollte sein: »Nicht blinde Geburt soll über andere herrschen, sondern Verstand und Tugend.« Und die Mitglieder würden sich »Perfektibilisten« nennen, was Franzisca zum Lachen reizte.

Aber dieser Circle, der in einem ebenerdigen Stübchen in einem Hinterhaus seine Arbeit aufgenommen hatte, fand rasch erstaunlichen Zulauf. Und es waren nicht irgendwelche arme Schlucker, die sich ein besseres Leben versprachen, sondern ernsthafte Köpfe, fast lauter wohlhabende junge Leute aus gutem Hause, die leidenschaftlich die brennenden Probleme der Zeit lösen wollten.

Das war die andere, die unbekannte Seite von ihm, dachte Franzisca, jener Teil seines Wesens, den er verborgen gehalten hatte hinter Unnahbarkeit und Kälte. Und endlich würde diese Circlegründung ihm auch einen anderen seiner Wünsche erfüllen: Jetzt konnte er nämlich wie ein persischer Satrap über seine Untertanen herrschen.

Franzisca lachte.

Die junge Frau hatte zwei herrliche Sommer mit Ausflügen in die Schwaigen und einen vergnüglichen Winter mit romantischen Schlittenfahrten erlebt. Nun wurde es zum dritten Mal in ihrem Jungwitwendasein Frühling.

Frei wie nie zuvor in ihrem Leben, wünschte sie, diese Freiheit noch lange auszudehnen. Zwar warf der Oheim bereits in der Residenzstadt seine Angeln aus und hielt in den angesehensten Familien nach geeigneten Heiratskandidaten Ausschau. Sie hörte ihm unbesorgt zu, denn seitdem das Schicksal ihr Weishaupt erspart hatte, lagen für sie eine neue Ehe und ein neuer Ehemann in weiter Ferne.

So wie jetzt wollte sie weiterleben, nach außen ungebunden und innen mit Lanz verbunden, der väterlich, stürmisch und weise war.

Im Februar jedoch wurde aus dieser Ferne unversehens bedrohliche Nähe.

Bei ihrem letzten Treffen hatte der Feuersalamander – so nannte sie Lanz –

ihr das reizende Gedicht Wielands[19] »Auf den Schoß meiner Geliebten« vorgelesen und sie dabei wieder an ihr »Abkommen« gemahnt.

> *»Ein Gärtlein, still vom Busch umblüht,*
> *das jeden Monat Rosen zieht,*
> *das treu den Gärtner in sich schließt,*
> *der es bewacht, der es begießt,*
> *es lebe hoch!«*

Und jetzt schien das eingetroffen zu sein, wovor er sie immer gewarnt hatte: Das Gärtlein, das jeden Monat Rosen zieht, hatte sich in diesem Monat dazu nicht bequemen mögen.

Sie sehnte den Feuersalamander herbei, um sich mit ihm zu beraten, ehe der Oheim eintreffen würde. Sie teilte ihm mit, das das »Gärtlein« diesmal keine Rosen gezogen habe, und der Gärtner darum eilends herbeikommen müsse.

Forschend sah sie ihr Gesicht im Spiegel an und erkannte die charakteristischen Merkmale der frühesten Schwangerschaft wieder, die sie damals, in den Tagen nach der Hochzeit, erst erahnt hatte: Eine innere Umstellung begann die klaren Züge nach außen aufzulösen, so, wie die Oberfläche des Ölbildes ungenau erscheint im Vergleich zur Zeichnung. Die Tante wird das nicht entdecken, dachte Franzisca, sie war ja nie schwanger.

Früher als erwartet, traf diesmal der Oheim ein. Die Sache mit der Jungfer Sausenhofer war ihm in München zu Ohren gekommen. Zwischen ihm und Weishaupt brach ein heftiger Streit aus. Das Patenkind erklärte rundheraus, dass er nicht Franzisca, sondern seine Eichstätter Braut heiraten werde und der »Verhözungen und ewigen Verwendung« von Herzen müde sei. Daraufhin warf ihn der Oheim hinaus. Das Problem Weishaupt hatte sich also für Franzisca erledigt.

Nun sann sie darüber nach, auf welche Art und Weise dem Oheim die andere, doch recht unerquickliche Neuigkeit am besten beizubringen sei. Diesmal lag die Sache nicht so einfach: Damals war Franzisca ja eine jungverheiratete Frau gewesen, die in allen Ehren mit ihrem ersten Kind schwanger ging. Niemand hatte einen Verdacht gehegt und sie und Lanz konnten sich

---

[19] Christoph Martin Wieland (1733–1813), Dichter und Philosoph, einer der vier »Vorklassiker«

in aller Heimlichkeit über ihr Kind freuen. Jetzt aber war sie seit zwei Jahren Witwe, eine Witwe, über die pikante Gerüchte die Runde machten, in deren Zentrum der Priester Lanz stand. Wie würde der Oheim dies aufnehmen? Und wie würde Lanz sich in diese Situation schicken, die für ihn nicht minder heikel war als für sie? Würde er ihr Vorwürfe machen?

Die Tage vergingen und Franziscas Beklemmung wuchs. Endlich wurde gemeldet, dass der Herr Professor eingetroffen sei. Aber Lanz ließ sich bei ihr nicht blicken. Schließlich hielt es Franzisca nicht mehr aus. Sie fragte die Magd, die seine Ankunft gemeldet hatte.

»Der Herr Baron und der Herr Professor seind auf Hundszell mitanand«, sagte die Magd.

VI

Gallus von Heppenstein

Gallus von Heppenstein war das jüngste Kind betagter Eltern. Dem Alter nach hätten sie seine Großeltern sein können. Zu seinen ältesten Geschwistern, die einer anderen Generation angehörten, sah er wie zu Respektspersonen auf. Einige von ihnen waren schon vor seiner Geburt gestorben, wie seine Schwester Sophie, die jung dahingegangene erste Gattin des ehrfurchtgebietenden Geheimen Rates Wiguläus von Kreittmayr. Und die lebenden Brüder und Schwestern, die lange vor ihm zur Welt gekommen waren, traten nur manchmal in seinen Gesichtskreis und verschwanden wieder. Er hörte von ihren Erfolgen und Missgeschicken, wie von den Wechselfällen unbekannter Menschen aus fremden Ländern, die selten ans Herz greifen, weil sie zu fern sind.

Dieses Erscheinen und Schwinden, dieses Kommen und Gehen prägte sein Bild vom Leben und ließ ihn nie ganz Fuß fassen in dieser Welt. Besser gesagt, er wollte auch nie ganz Fuß fassen in einer Welt, die eigentlich nur aus Wandel gemacht war. Zu wenig Beständigkeit gab es hier und zu viel Wandel.

Daran lag es wohl, dass Gallus von klein auf darauf bedacht war, Klippen zu umschiffen und Herausforderungen aus dem Wege zu gehen. In Beängstigungen und Ratlosigkeiten wandte er sich hilfesuchend an seine verblichenen Geschwister, die ihm jedenfalls näher schienen als die zahlreichen, unbekannten Heiligen. Aber das wusste niemand, denn Gallus sprach nicht über sich und verbarg seine Nöte sorgsam.

Als er die Lateinschule beendet hatte, schickten ihn seine Eltern auf die Universität nach Bamberg, wo er sich auf die Juristerei legte, wie man zu sagen pflegte. Gallus kam sich dort verloren vor. Von den barbarischen Späßen und Bräuchen der Studenten hielt er sich fern, von den Mädchen gleichfalls, seine Leistungen waren mittelmäßig, und seine Professoren würden ihn nicht wahrgenommen haben, wenn er nicht den Namen Heppenstein getragen hätte. Was konnte man denn sonst studieren außer Philosophie oder Medizin? Das eine wie das andere fand nicht sein Interesse. Dann gab es noch die Theologie, wenn man denn vorhatte, Pfarrer zu werden, aber das wollte Gallus keinesfalls. Er hielt sehnsüchtig Ausschau nach einem ruhigen Ort in der Welt, nach einer Nische im Leben, in die er sich vor Bedrohungen und Herausforderungen jeder Art für immer flüchten könnte.

Fürstbischof wäre er mit Vergnügen gewesen, einer mit einem abgelegenen, kleinen Fürstentum, so abgelegen, dass es keinen anderen danach gelüstete, jedoch mit mildem Klima und freundlichen Untertanen, die ihn reichlich mit Fisch aus den Teichen und Wildbret aus den Wäldern versorgten. Und, was die Religion betraf, so würden seine Untertanen nichts zu fürchten haben, denn bei ihm könnte jeder glauben, was er wollte. Heiden, Christen, Juden und Muselmanen – alle wären ihm recht. Sowieso wusste niemand irgendetwas Genaues in dieser Hinsicht.

Er verabscheute nur die spitzfindigen Jesuiten mit ihren lächerlichen religiösen Haarspaltereien und stupiden Lehrmethoden. Gallus seufzte. Wie oft schon war er mit seinen Gedanken und Sehnsüchten an diesem Punkt angekommen und es hatte zu nichts geführt. Alles war beim Alten geblieben. Er studierte schon im sechsten Jahr die Jurisprudenz, ohne die geringste Begeisterung und ohne eine Vorstellung von seiner Zukunft. Inzwischen war er 20 Jahre alt geworden. Da erleuchtete ein Hoffnungsstrahl sein Leben.

Sein Vater teilte ihm mit, dass der alte Freund Ickstatt aus Ingolstadt nach ihm und seinen Fortschritten gefragt habe. Und dass er ihn eingeladen habe, an die »Hohe Schul« zu kommen. Denn seitdem der Neffe Peter von Ickstatt kürzlich gestorben war, suche er einen jungen Juristen als Adlatus für Weishaupt. »Und« – setzte der Vater eindringlich hinzu – »Ickstatt wird auch dafür sorgen, dass du deine Studien erfolgreich abschließen kannst, damit du endlich in Stellung kommst!«

Gallus war angetan. Endlich etwas anderes, etwas Neues, und dazu auch noch die Aussicht, umsorgt und gefördert zu werden. Freudig stimmte er zu und sein Umzug nach Ingolstadt wurde zum kommenden Semesterbeginn in die Wege geleitet. Was nämlich den alten Baron von Ickstatt betraf, so war er seit vielen Jahren mit dem Vater befreundet, noch aus beider gemeinsamer Zeit in Würzburg her. Damals hatte Ickstatt auf Bitten Heppensteins dem zwölfjährigen Gallus schon den Hofratstitel in Expectanz verschafft.

Gallus war also guten Mutes. In Ingolstadt würden goldene Zeiten für ihn anbrechen. Zudem war er für den neuen Lebensabschnitt vom Vater – mithilfe eines Geldgeschenkes des Barons – neu eingekleidet worden. Und da fand Gallus, dass er eigentlich ein anziehender junger Mann sei. Und darin sollte er Recht behalten.

Also trat er seine Reise nach Ingolstadt an die »Hohe Schul« an.

Zunächst freilich musste er dort noch auf einige Zeit in der Adlerburse auf dem Weinmarkt Quartier nehmen – bei Professor Schmidt in der Schlossstraße unterzukommen war ihm abgeraten worden, weil der mit dem Baron nicht zum Besten stand –, denn in Ickstatts prächtigem Palais würde erst im kommenden Semester ein Zimmer frei werden.

Zwar wirkte der alte Baron nun schon seit einigen Jahren am Münchner Hof und sah nur in regelmäßigen Abständen in Ingolstadt nach dem Rechten, aber seine Gattin, die alte Baronin, vermietete weiter an adelige Studenten. Unter diesen candidati utriusque iuris[20] waren witzige, scharfsinnige und wortgewaltige, und Gallus wollte schon – seiner Neigung folgend – kehrtmachen und sich im Windschatten verkriechen, aber das verhinderte der alte Ickstatt sogleich. »Dort ist der Feind«, rief er ihm zu, wie einst Cäsar einem fahnenflüchtigen Soldaten, und drehte ihn um. »Du musst dem Teufel schon ins Gesicht sehen, wenn du ihn loswerden willst!«

Der Baron hatte ihm sein Mündel Franzisca vorgestellt, Peters junge Witwe, die er »Fanny« nannte. Gallus berichtete nach Hause, wie sehr der Baron sie liebte, ja noch mehr, wie hoch er ihren Verstand und ihre Kenntnisse schätze, und, dass er sie schon vom frühesten Kindesalter an in seinem Haus von seinen Kollegen hatte unterweisen lassen.

Gallus war von dem ersten Zusammentreffen mit Franzisca eher beun-

---

[20] Kandidaten beider Rechte.

ruhigt als beeindruckt. Deshalb behielt er sie so im Gedächtnis, wie er sie dieses erste Mal gesehen hatte. Ja, dieses Bild behauptete sich sogar gegen die vielen anderen Bilder, die später dazukommen sollten: Eine mittelgroße, junge Frau, die sich sehr gerade hielt und deren schönes Gesicht auf den ersten Blick milde schien. Auf den zweiten Blick aber wurde er gewahr, dass dieser Eindruck durch die Regelmäßigkeit der Züge entstand, und dass dies vielmehr ein strenges Antlitz war. Ihre Haarfülle leuchtete in einem flammend hellen Kupferton, und die Haut des Gesichts und der Arme hatte die Farbe von altem, ausgebleichtem Lindenholz. Gallus empfand die junge Witwe mehr wie eine Statue denn eine lebendige Frau. Er verneigte sich mehrmals verwirrt und verheddete sich bei der Begrüßung. Dabei wurde er gewahr, dass der alte Ickstatt insgeheim lächelte.

Das Lächeln schien zu sagen: Wieso sollte es ihm anders gehen als all den anderen!

Dann hatte er Weishaupt kennengelernt, und seit dieser Begegnung war Gallus guten Mutes. Er würde bei Weishaupt hören, der ihm Schritt für Schritt zur Seite stehen wollte. Der junge Professor behandelte ihn nicht in der herablassend-ironischen Art, wie sie Ickstatts adelige Studenten an den Tag legten, sondern er sprach geradeheraus, klar und bestimmt. Zwar kündigte er ihm gleich an, dass er fleißig und strebsam sein müsse, dass Gallus aber immer auf seine Hilfe und Unterstützung rechnen könne.

Weishaupts Vorlesungen waren stets bis auf den letzten Platz besucht. Sein messerscharfer Verstand und seine erstaunlichen Kenntnisse, dazu seine analytische Begabung und nicht zuletzt sein zynischer Witz sicherten ihm Aufmerksamkeit und Bewunderung der Hörer. Es ist ihm ein Leichtes, tausend Studenten zu fesseln, hieß es, und dass dies sich wirklich so verhielt, davon legte die unverhohlene Missgunst vieler Professoren Zeugnis ab.

Gallus wurde auch Franziscas Bruder Joseph von Weinbach vorgestellt, der schon mit dem verstorbenen Peter von Ickstatt zusammengearbeitet hatte. Dazu lernte er noch etliche weitere männliche Ickstatts und Weinbachs kennen, und einige Schwestern und Basen Franziscas. Erstaunt stellte Gallus fest, dass es in dem kleinen Ingolstadt von Ickstatts und Weinbachs nur so wimmelte. Er fühlte sich wie in einer großen Familie, deren Vater abwesend war. Das Leben in Ingolstadt behagte ihm. Er fühlte sich aufgenommen in diesem Kreis und so verbesserten sich auch seine Leistungen.

Zu Beginn des folgenden Semesters bezog er, wie geplant, sein Zimmer im Ickstatt-Palais. Er war ein ordentlicher Student. Nach zehn Uhr abends sah man ihn nicht mehr in den Wirtshäusern. Diese Verordnung hatte der alte Ickstatt gegen starke Widerstände durchgesetzt. Er ließ sie durch Polizeipatrouillen kontrollieren, Widersetzliche wurden sofort arretiert. Aber Gallus hielt sich sowieso lieber im Ickstatt-Palais auf. Die anderen Studenten belächelten ihn zwar wegen seines zahmen Wesens, sie duldeten ihn aber. Schließlich stand der Neue dem Direktor nahe. Seither begegnete er fast täglich der jungen Witwe, gewöhnlich im Treppenhaus, wo er sie ernst und ehrerbietig grüßte. Wenn er meinte, sie sähe es nicht, richtete er einen nachdenklichen Blick auf sie. Aber sie sah es immer. Und wenn sie ihn dann anschaute, wandte er sich ab.

Es waren die Klatschgeschichten über sie, die ihm zu denken gaben. Er konnte diese Gerüchte, die über sie umliefen, einfach nicht mit ihrer Person zusammenbringen. Ihm gegenüber zeigte sie sich höflich – und gänzlich gleichgültig.

Dabei liefen recht pikante Histörchen über sie um, die von den Studenten mit anerkennendem Zungenschnalzen verbreitet wurden. Gallus grüßte sie stets in der gleichen Weise mit diesem seltsam nach innen gerichteten Ausdruck in den Augen, der Franzisca mit der Zeit verstimmte. Jedes Ausbleiben von Veränderung oder Steigerung forderte rasch ihren Überdruss heraus.

Nichts war schlimmer als Stagnation!

Warum veränderte sich hier denn gar nichts?

War der Junge im Halbschlaf oder scheintot?

Außerdem war sie es nicht gewöhnt, von teilnahmslosen Augen betrachtet zu werden.

Gallus versuchte nicht einmal, wie die anderen Studenten, sie in ein Gespräch zu ziehen. Er wartete respektvoll ab, ob sie etwas sagen oder hören wollte, und ging dann nach einer Verbeugung seiner Wege.

Inzwischen war der alte Baron wieder zu einem seiner Besuche in Ingolstadt eingetroffen und Gallus hörte von einer heftigen Auseinandersetzung zwischen ihm und Weishaupt. An der Hohen Schul ging das Gerücht, der Direktor habe sich – nach schon länger glimmenden Streitigkeiten – nun mit Weishaupt endgültig überworfen und ihm sogar das Haus verboten. Tags darauf zog Weishaupt Gallus ins Vertrauen: »Franziscas Trauerjahr ist jetzt um«, sagte er, »und Ickstatt hat mir ihre Hand angeboten.« Gallus war überrascht. Er konnte sich die beiden nicht als Eheleute vorstellen, und Weishaupt schien zudem über dieses Angebot weder geschmeichelt noch beglückt zu sein.

»Ich bin aber schon verlobt mit einer Jungfer aus Eichstätt – einer sehr ehrbaren Person«, fuhr Weishaupt fort, »und ich habe meine eigenen Pläne, zu denen ich nie kommen werde, wenn ich den Ickstatts, Weinbachs und Consorten noch weitere 20 Jahre dienstbar sein muss. Und ich bin dessen auch ehrlich müde. Nun sucht der Alte nach einem anderen Kandidaten, damit sein Mündel und die kleinen Töchter versorgt sind. Mich hat er hinausgeworfen. Sei nur auf der Hut!«, fügte er mit einem warnenden Blick seiner leicht hervorstehenden grauen Augen hinzu, »dass es jetzt nicht dich trifft. Ich kenne sie gut. Sie ist eine Schlange!«

Gallus war verwirrt. Er vermochte all die Gerüchte und Warnungen nicht zu einer fassbaren Wirklichkeit zusammenzufügen.

Franzisca begann, seine Fantasie zu beschäftigen. Reizend war sie doch, wie er sie neulich mit den kleinen Töchtern, eine links, eine rechts an der Hand, in der Moritzkirche getroffen hatte, wo sie ihnen den schönen Epitaph aus rosaweißem Traunseermarmor zeigte, den sie für den verstorbenen Gatten hatte aufstellen lassen. Und wie ernst und würdig sie gegrüßt hatte!

Wie konnte es sein, dass Weishaupt so ein Angebot ablehnte?

Und sicher war es nur Neid und Bosheit, was die Schiltenbergerin der jungen Witwe nachsagte – die 100 Mal mehr Verstand als sie selbst hatte –, dass sie es schon lange mit einem Priester ... Gallus mochte es nicht zu Ende denken.

Später wusste er nicht mehr, wie es zugegangen war, ob sein für Franzisca erwachtes Interesse ihn ihr zugewendet hatte, oder ob sie es selbst gewesen war, die es in ihm wachrief. Es wird wohl beides gleichzeitig gewesen sein, schloss er verwirrt und erschöpft, man konnte es einfach nicht wissen.

Gallus war nämlich trotz seiner 21 Jahre noch nie verliebt gewesen. Er kannte das Übel nicht, das ihn ganz plötzlich gepackt hatte und aus seiner gewohnten Bahn riss. Und deshalb hielt er sich für krank, weil er an nichts anderes mehr denken konnte als an Franzisca.

Vielleicht tue ich ihr leid, weil ich krank bin, erwog er. Denn sie wurde nun freundlicher zu ihm und ließ sich herab, mit ihm ein paar Worte zu wechseln, wenn sie einander auf der breiten Treppe trafen. Und gestern hatte sie ihn wirklich angelächelt und ihm dabei tief in die Augen geblickt. Gallus musste sich dabei am Geländer festhalten und noch in der Erinnerung an dieses Lächeln raste sein Herz.

Er magerte ab, weil er weder Lust noch Ruhe hatte zu essen. Es war ihm auch ganz unmöglich zu lernen. Stattdessen versuchte er zu erkunden, zu welchen Stunden sie im Hause war – und er sie dann wie zufällig treffen konnte – und wann sie mit den Töchtern ausfuhr. Denn alle paar Tage ließ sie anspannen und begab sich mit den Kindern hinaus in die Schwaigen. Dort war Gallus noch nie gewesen, und Franzisca hatte auch noch nie Anstalten gemacht, ihn dahinaus einzuladen.

Vielleicht war doch etwas Wahres an dem, was die Schiltenbergerin mit wissender Miene behauptete … Und auch die Köchin hatte er schon mit seltsamem Lächeln und vielsagendem Kopfnicken murmeln hören: »Die junge Frau ist wieder einmal hinaus in die Schwaigen …«

Neulich war Gallus diesem Priester begegnet, dem das skandalöse Verhältnis mit Franzisca nachgesagt wurde, neulich, als der mit dem Baron ausgefahren war. Nach den Gerüchten hatte er ihn sich ganz anders vorgestellt. Er war weder jung noch elegant und die 40 hatte er jedenfalls schon hinter sich.

Ausgesprochen priesterlich wirkte dieser Lanz allerdings auch nicht in seinen hohen Stiefeln, dem Schlapphut und dem weiten Pelerinenmantel, wie ihn die Schäfer trugen. Und er machte auch durchaus keinen frivolen Eindruck, sondern einen sehr gefestigten und männlichen. Dazu hieß es, er sei ein Gelehrter und ein mutiger Naturforscher. Lanz hatte ihm einen freundlichen Gruß entboten und Gallus war ihm sogleich wohlgesonnen gewesen.

Franzisca wurde von Tag zu Tag schöner. Diese gewisse Herbheit, die er anfangs an ihr bemerkt hatte – vielleicht kam ihm das ja auch nur so vor, weil sie ihm damals noch nie zulächelte –, war einer blühenden Sattheit gewichen, einer berückenden, verheißungsvollen Reife, die ihm die Fassung raubte. Er träumte Tag und Nacht von ihr. Und mit einem Mal taten sich ihm alle die Anspielungen und Andeutungen über die Begegnung von Mann und Frau, die er je gehört und bislang als krudes und unwürdiges Faktum eingeordnet hatte, in ihrer Bedeutung und alles umwälzenden Wirkung auf, und Gallus erbebte bis ins Mark.

Jetzt wusste er, welches Übel ihn heimgesucht hatte: Er war in Franzisca verliebt.

VII

*D*as Schicksal greift ein

Aus Diana wird Juno

Wenn sich Franzisca später an diese Zeit erinnerte, wusste sie mit Bestimmtheit, dass sie Gallus von Heppenstein damals nach jeder Begegnung so völlig vergessen hatte, als habe es ihn gar nicht gegeben. Ja, dass sie nie mehr an ihn gedacht haben würde, wenn das Schicksal nicht eingegriffen hätte. Denn eben an jenem Tage stellte das Schicksal seine Absichten unter Beweis, als Franzisca erfuhr, dass der Oheim mit Lanz in die Schwaige gefahren war. In die Schwaige begab sich Ickstatt nämlich nur, wenn er ungestört sein wollte oder wenn es irgendetwas gab, womit er ins Reine kommen musste. Und dass er an diesem Tage mit etwas ins Reine kommen musste, daran konnte kein Zweifel bestehen! Denn der Oheim und Lanz kehrten erst am Abend in die Stadt zurück. Lanz begrüßte Franzisca mit einer – wie ihr vorkam – schmerzlichen Innigkeit und der Oheim war sehr ernst. Er sagte nur, dass er sie beide gleich in seiner Studierstube erwarte.

Als Lanz sich mit Franzisca auf den Weg dorthin machte, ergriff er ihre Hand und behielt sie in der seinen. Im Vorübergehen fing sie einen Blick der Tante auf, in dem sich Staunen und Missbilligung, aber auch ein ganz neuer, rätselhafter Ausdruck, sonderbar mischten. Viel später erst erkannte sie, dass es Rührung gewesen war.

Ickstatt ging schweigend im Zimmer auf und nieder, die Hände nach seiner Gewohnheit im Rücken verschränkt. Mit einem stummen Wink gebot er Franzisca, sich zu setzen. Lanz blieb neben ihr stehen. Nach einer Weile hielt der Oheim im Schreiten inne und wandte sich ihnen zu:

»Was soll nun mit euch geschehen, ihr Sünder?«

Franzisca brach in Tränen aus. Sie konnte nicht mehr aufhören zu weinen und sie wusste auch warum: In diesem Augenblick wurde ihr mit unbarmherziger Deutlichkeit bewusst, dass sie und Lanz vor der Welt niemals Mann und Frau sein dürften. Lanz wiegte sie tröstend in seinem Arm wie ein Kind.

Der Oheim nahm seine Wanderung im Zimmer wieder auf. Durch den Nebelschleier ihrer Tränen sah sie, dass er bewegt war und sie anzuschauen vermied. Endlich blieb er stehen und sagte: »Wir müssen jetzt an deine

Zukunft denken, Kind, und einen achtbaren Mann für dich finden. Das ist keine leichte Aufgabe – in deinem Zustand. Hör jetzt auf zu weinen, ich werd ihn schon nicht fressen, deinen Lanz!«

Später fragte sie Lanz, ob er dem Oheim auch die andere Hälfte der Wahrheit – die mit Fanny – gestanden habe. Und Lanz erwiderte mit dem listig-freundlichen Blick seiner sumpffarbigen Augen: »Mein Mädchen, sogar mit der Wahrheit soll der Mensch es nicht übertreiben!«

Und so gelangte Gallus – ohne es auch nur im Mindesten zu ahnen – an die erste Stelle auf der Liste der Bewerber um Franziscas Hand. Was seine Abstammung betraf, zog ihn der Oheim dem einstigen Favoriten Weishaupt sogar vor, denn die Bauer von Heppenstein auf Kornburg waren eine alt-adelige, angesehene Familie und durch Heirat sogar mit dem Geheimen Rat Kreittmayr verwandt.

Es galt also nun, den Studenten Gallus behutsam, aber zielsicher seiner Bestimmung zuzuführen.

»Du darfst ruhig ein wenig freundlicher sein zu dem jungen Heppenstein«, sagte der Oheim zu Franzisca, als er in die Kutsche stieg, die ihn wieder in die Residenzstadt bringen sollte. »Er ist ein sehr ordentlicher junger Mann und er muss sich hier erst zurechtfinden. Dabei könntest du ihm schon ein bisschen behilflich sein!«

Diese Worte waren doppelzüngig wie ein delphisches Orakel.

Franzisca aber stand in der Fähigkeit, Orakel zu deuten, den Priesterinnen der Alten nicht nach.

Gallus war erst 21, die Witwe Franzisca aber schon 24 Jahre alt. Außerdem würde der junge Mann erst im Oktober dieses Jahres sein Schlussexamen an der Hohen Schul ablegen, ungefähr um die gleiche Zeit also, zu der Franzisca niederkommen sollte. Derartige Aussichten berechtigten zwar nicht zu Hoffnungen auf eine glanzvolle Hochzeit, zwangen aber gleichwohl dazu, keine Zeit zu verlieren. Und so sah sich Franzisca genötigt, ihren Ehemann in spe nicht nur einer genaueren Musterung zu unterziehen, sondern ihn überhaupt in ihre Wahrnehmung aufzunehmen, wozu sie bisher weder Lust noch Anlass gehabt hatte. Also begann sie, Gallus zu beobachten und sah, dass seine Verwirrung bei jeder Begegnung mit ihr wuchs. Er fand nämlich, dass sie von Mal zu Mal schöner wurde.

Bislang fiel Franziscas hoffnungsvoller Zustand noch niemandem ins Auge, hatte das »Gärtlein« doch erst den zweiten Monat keine Rosen gezogen. Auch litt sie kaum unter den üblichen Beschwerden der Schwangerschaft. Vielmehr blühte sie verheißungsvoll auf. Und, da sie Lanz weiter treffen konnte, blieb auch ihre gute Laune erhalten, wenn auch mit einer gewissen Trübung, denn eine Frage musste ungesäumt beantwortet werden: Sollte dem Studenten Heppenstein reiner Wein eingeschenkt werden oder nicht?

Wenn nicht – würde nämlich nur die Möglichkeit bleiben, ihn so schnell wie möglich zu verführen, um die Vaterschaft – Franzisca suchte bei sich nach dem passenden Wort – zu verschieben. Ja, verschieben war der Sache gemäß.

Sie malte sich diese »Verführung« aus, konnte aber keinen Geschmack an der Vorstellung finden. Eine solche Bezeichnung verdiente sie nämlich nicht! Und irgendeine innere Stimme warnte sie sogar, dass dieser unerfahrene Jüngling sich dem schlauen Plan entziehen oder ihn sogar durchschauen könnte.

Durchschauen. Das Wort war ihr in unerfreulicher Erinnerung geblieben, und diese Erinnerung war mit dem Bilde Weishaupts verbunden. Während einer Unterhaltung, die nur kurz zurücklag, hatte er zu ihr gesagt: »Viele schauen, sehen aber dennoch nichts. Nur wenige durchschauen, was geschieht.« Und dabei hatten seine kalten, leicht hervorquellenden Augen beharrlich in die ihren geblickt, sodass sie die unbehagliche Vorstellung nicht abschütteln konnte, er meine damit sie. Sie konnte sich auch des Gedankens nicht erwehren, dass Weishaupt bereits Verdacht geschöpft und seinen Zögling gewarnt haben könnte.

Umso mehr galt es nun, Umwege zu vermeiden und das Ziel ins Auge zu fassen! Und so geschah es, dass der Student Gallus der Witwe Franzisca als eine sowohl willkommene wie willfährige Beute zum Opfer fiel. Ja, er fiel ihr – in des Wortes näherer Bedeutung – geradewegs in den Schoß. Und so leicht und reibungslos geschah es, als sei dies von jeher bestimmt gewesen, und vielleicht war es auch so. Er fragte weder sich noch sie, ob sie ihn liebe. Dazu kam er gar nicht, so gebannt war er von ihrem bloßen Dasein. Er stellte auch nicht die geringsten Ansprüche an sie, denn er empfand sich gar nicht als ein Gegenüber, sondern als Teil von ihr, über den sie zu gebieten hatte. Alles, was sie wollte, ließ er in seliger Versunkenheit geschehen, wenn er nur in ihrer Nähe und in ihren Armen weilen durfte. Er wurde nicht einmal gewahr, dass sie zu ihm nie über ihre Gedanken und Gefühle sprach, und vielleicht wäre ihm damit auch nicht gedient gewesen. Denn Gallus war in wunschloser Verzückung versunken, wie eine reglose Eidechse in der Sonne.

Weishaupt beobachtete diese Entwicklung mit Sorge und Unwillen. Nicht nur kümmerte sich sein Student kaum mehr um seine Studien, er sprach auch nur noch von Franzisca, wenn er denn überhaupt redete. Denn meist träumte er, wo er ging und stand.

Auf diese Weise hatte Gallus nahezu das ganze Semester verbummelt und Weishaupt drohte ihm an, es wiederholen zu müssen. Franziscas Bruder Joseph, der selbst nicht allzu fleißig war, beobachtete ohne Anteilnahme, jedoch mit boshafter Belustigung, wie Gallus seiner Schwester »anheimgefallen« war. So nannte er das.

Eines Tages – inzwischen war es Sommer, und Gottlob hatte die große Vakanz an der Hochschule begonnen – machten Franzisca und Gallus mit den beiden kleinen Mädchen einen Ausflug an die Donau. Sie lagerten im Gras. Gallus hatte seinen Kopf in Franziscas Schoß gebettet und spielte mit einer ihrer feuerfarbenen Locken, während sie die Kinder im Auge behielt, die am Ufer Blumen pflückten und Kränzchen flochten.

Franzisca erschien ihm schöner denn je. Sie war fülliger geworden. Gallus erinnerte sich an Josephs Worte, während er liebkosend über ihr Mieder strich: »Weißt du, was dein Bruder neulich über dich gesagt hat? Er hat gesagt: ›Bisher war Franzisca eine Diana, aber jetzt wird sie doch langsam zur Juno.‹ Was meint er damit?«, wollte Gallus wissen.

Sie neigte sich über ihn: »Weißt du das nicht? Diana war eine jungfräuliche Göttin und Juno ist eine mütterliche Göttin.«

Gallus starrte sie an. In seinem Gesicht arbeitete es: »Willst du damit …« Er errötete und richtete sich hastig auf. »Meinst du, dass du …?«

Franzisca nickte lächelnd und brachte ihr Haar wieder in Ordnung.

»Ja«, sagte sie, »wir bekommen ein Kind. Freust du dich?«

Gallus war sprachlos. Er setzte mehrmals an, brachte aber kein Wort heraus. »Ich bin stolz«, stieß er schließlich hervor. »Ja … ich freue mich … aber, was wirst du … ich meine, was machen wir jetzt?«

»Was wir jetzt machen?«, wiederholte sie lachend und schloss ihr Mieder. »Nun, wir heiraten natürlich, sobald du dein Examen bestanden hast. Du musst dich also beeilen!«

Gallus fiel ihr wortlos um den Hals.

Die zweite Hochzeit: Ingolstadt, Oktober 1773

Der schöne Sommer war vorüber, und jetzt kam der Oktober. Am Morgen hielten sich lange die Nebel, an den Nachmittagen wurde es kühl und die Abende konnte man nun nicht mehr plaudernd bei Wein unter der Linde zubringen. Franzisca liebte zwar die winterlichen Schlittenfahrten bei Schellengeläut und Fackelschein. Den Winter selbst aber liebte sie nicht. Er deckte die bunte Flur mit einem weißen Leichentuch zu und raubte der armen Kreatur die Nahrung. Die schönste Zeit im Jahr waren für sie die Tage, bevor die Baum- und Feldfrüchte zur Ernte kamen, wenn das Korn in unübersehbaren Weiten wogte und die Äste der Obstbäume sich unter der Last ihrer Früchte zur Erde bogen.

Sie sagte ein Gedicht vor sich hin, das sie gerade verfasst hatte:

»Solange das Korn steht, ist Hoffnung.
Wenn es geschnitten ist,
bleiben kotige Stoppeln
von einem blühenden Volk,
geht meine Hoffnung zu Grabe,
für dieses Jahr.«

Im vergangenen Monat hatte sie ihren 24. Geburtstag gefeiert, und nun stand ihre zweite Hochzeit bevor, die Vermählung mit Gallus von Heppenstein. All dies zusammengenommen, der beendete Sommer, ihr 24. Geburtstag und Gallus als zukünftiger Ehemann, das klang Franzisca wie ein warnender Stoß ins Schofar, der das Ende ihrer Jugend ankündigte.

Heppenstein allerdings schien in der doppelten Würde des sponsus et doctor iuris in spe[21] plötzlich um Jahre gereift. An die Stelle hingebungsvoller Verehrung trat nun zunehmend verantwortliche Umsicht. Mit jeder Woche, die Franziscas Erscheinung junonischer werden ließ, avancierte er mehr zum stolzen und alleinigen Beschützer. Sie konnte sich nicht enthalten, ironische Parallelen zum Verhalten im Tierreich zu ziehen und gestand sich verdrießlich ein, dass sie den verliebten und ergebenen Jüngling dem wachsamen Beschützer bei Weitem vorgezogen hätte. Die Tante jedoch konstatierte diese Entwicklung mit unverhohlener Zufriedenheit und Weishaupt musterte sei-

---

[21] Bräutigam und zukünftiger Doktor der Rechte.

nen plötzlich so emsigen Studenten mit skeptischem Amüsement. Allerdings lag für diesen Sinnes- und Verhaltenswandel ein zwingender Grund vor: Franzisca würde Ende November niederkommen, und jedenfalls vorher – am besten jedoch so schnell wie möglich – musste Gallus sein Schlussexamen utriosque iuris ablegen. Ansonsten würde es ihm nicht gestattet sein, den Titel »Hofrat« zu führen, den er bisher ja nur in »Expectanz« hatte, der aber in der Trauungsmatrikel erscheinen musste. Er würde auch, obwohl er noch nicht ganz 22 Jahre alt war, um zwei Jahre älter gemacht werden, um als gleichaltriger Bräutigam dazustehen. Gallus vermied es, sich all diese Zurüstungen ins Bewusstsein zu rufen, die seiner Verbindung mit Franzisca einen ebenbürtigen Anschein verleihen sollten.

Es gab nämlich durchaus seit Längerem immer wieder Augenblicke, in denen ihn die bange Vermutung heimsuchte, dass er nicht um seiner selbst willen gewählt worden sei, sondern schlicht um eine vakante Stelle zu besetzen. Zu diesem Verdacht trug besonders Franziscas Benehmen ihm gegenüber bei, das nicht anders als seiner überdrüssig bezeichnet werden konnte. Gallus hatte aber beschlossen, dies ihrem delikaten Zustand zuzuschreiben. Auch mit den Liebesumarmungen, mit denen sie früher nicht gegeizt hatte, war es nun vorbei. Sie führte an, dass sich dergleichen für eine werdende Mutter nicht mehr zieme und dies dem Kinde außerdem nicht zuträglich sei. Gallus zog sich sogleich erschreckt und bedrückt zurück.

Auch Weishaupts kryptische Bemerkungen trugen nicht dazu bei, dem Bräutigam Hoffnung zu machen. Einmal sprach er über den Priester Lanz, den er schätzte. »*Er ist ein Kapital-Mann*«, sagte er – und das war viel aus Weishaupts Mund –, »*aber leider ist er ständig besoffen. Und er hat so einen exzentrischen Charakter wie diese Circe. Darum ist er ihr auch zum Opfer gefallen. Hinc illae lacrimae!*[22]« Die Circe war Franzisca, wie Gallus schon wusste.

Ein anderes Mal ließ Weishaupt eine boshafte Bemerkung fallen: »Ist es nicht seltsam«, sagte er, »dass es Umstände gibt, in denen nicht einmal Priester an den Altar treten dürfen?« Als Gallus verwundert nachfragte, antwortete er in seiner zynischen Art: »Mi fili Galli[23], ein Priester darf das Sakrament der Ehe zwar spenden, aber nicht empfangen. Was also tut er in

---

[22] Daher die Tränen, in der Bedeutung: daher die Probleme.
[23] Mein Sohn Gallus.

solch einer vertrackten Lage? Nun, er schickt einen Stellvertreter! Cape si vis![24]«

Unversehens ging Gallus ein Licht auf. Ein Stellvertreter war er also, besser gesagt: ein Lückenbüßer. Und das schien ihm mit einem Mal durchaus überzeugend, wenn er sich alle die Anekdoten vor Augen hielt, die über den alten Ickstatt seit vielen Jahren zirkulierten und von denen sogar seine Eltern berichtet hatten. Der Baron habe sich in der Art der römischen Patrizier seit Langem einen Fundus von Getreuen herangezogen, die er durch Vergünstigungen und Pöstchen willfährig und ergeben halte und – je nach Bedarf wie in einem lebenden Schachspiel – einsetze.

Und sprach nicht auch die Lage an der Hohen Schul Bände? Seitdem der Baron angetreten war, erhielten vornehmlich Angehörige seiner und seiner Schwäger Familien Lehrstellen, und nicht anders verhielt es sich mit den Nobilitierungen, die er seinen Verwandten verschafft hatte. Allein darüber existierte eine umfangreiche Berichterstattung voller empörter Klagen der Witwe Schiltenberger an den Geheimen Rat von Lippert nach München.

Und nun zählte also auch er, Gallus, zu den lebenden Schachfiguren: Der alte Ickstatt hatte ihm einst den Hofratstitel verschafft, dafür wurde er nun auf den vakanten Platz im Spiel platziert. Ja, das war des alten Baron wohlbekannte »do-ut-des-Haltung«. Und wenn man ihm – was jedoch keiner offen wagte – mit Moral und Anstand kommen wollte, da hatte er schon sein Credo parat, das er suffisant zitierte: Da mihi decem thalleros, umbra et pulvis sumus.

Ja, umbra et pulvis. Darauf lief ja endlich auch alles hinaus! Gallus stützte den Kopf in die Hände, Lanz fiel ihm ein. Wie mochte der sich fühlen? Schämte er sich? Rieb er sich die Hände? Lachte Lanz ihn vielleicht sogar aus? Wer weiß? Es hieß ja, es ginge schon seit Jahren so mit den beiden. Jetzt wollte er nicht mehr darüber nachdenken. Er konnte ja doch nichts ändern. Wie hieß es so schön: Mollia tempora fandi.[25] War das Ovid?

Dieses Mal wurde die Hochzeit nicht in der Hauskapelle, sondern in der Moritzkirche, nur ein paar Schritte gegenüber dem Ickstattpalais gefeiert. Die vier Stadtpfeifer – es waren noch die gleichen wie vor sieben Jahren –

---

[24] Begreif's, wenn du willst!
[25] Angenehme Zeiten prophezeiend.

zogen den Gästen voran in die große Kirche ein. Auf allen Stühlen lagen Teppiche, das Ickstatt'sche Chorgestühl zierten Polster mit dem Familienwappen, und die blumengeschmückten Stufen, die hinauf zum Altar führten, säumten Kerzen in hohen silbernen Haltern. Der Kirchenschweizer in seiner blau und gold getressten Uniform und dem Dreispitz auf dem Haupt wies den Gästen würdevoll schweigend die Plätze an. Als alle sich niedergelassen hatten, hob brausend die Orgel über der Gemeinde an und Franzisca zog an Ickstatts Arm in die Kirche ein. Heute wurde ihr – was ihr bisher nur als angemessen erschienen war – plötzlich bewusst, welche Welt von Sicherheit und Geborgenheit der Oheim für sie bedeutete, wie selbstverständlich er sie auch diesmal – eine Braut im achten Monat ihrer Schwangerschaft – stolz und unbekümmert um Geschwätz und Gerüchte an den Altar führte.

Damals, bei ihrer ersten Hochzeit, die in der Hauskapelle an jenem strahlenden Augusttag vor sieben Jahren gefeiert wurde, war sie heiter, ja fast übermütig dem aufgeregten und von Stolz geblähten Jüngling Peter angetraut worden, der ihre Hand hielt, während sie nur an Lanz dachte. Heute war es ein anderer Jüngling, dem der Oheim sie zuführte, ein ebenso junger und ebenso aufgeregter und von Stolz geblähter, und wieder dachte sie an Lanz, während sie Gallus angetraut wurde. Lanz befand sich auch dieses Mal unter den Hochzeitsgästen. Er lächelte ihr zu mit seinem nahezu unmerklichen Lächeln, in dem sich Güte, Müdigkeit und List mischten. Lanz – der für sie schon immer da gewesen war und von dem sie meinte, dass er immer für sie da sein würde – Lanz war müde. Er ging ja auch schon auf die 50 zu. Franzisca durchfuhr es mit plötzlicher Angst: Wenn er vor mir sterben sollte, ich glaube, ich würde nicht weiterleben wollen.

Lanz und der Oheim. Diese beiden Menschen hatten ihre Welt erbaut und sie stützten sie, wie der Riese Atlas die Welt mit seinen Schultern stützte. Ohne Lanz und ohne den Oheim könnte diese Welt sich vielleicht nicht halten.

Als das Brautpaar sich nach dem priesterliche Segen von den Knien erhob, tat Franzisca einen verstohlenen Blick zu den Kerzen: Die an ihrer Seite brannten ruhig fort, aber auf der Seite des Bräutigams war soeben eine erloschen.

Der festliche Zug begab sich hinüber ins Ickstatt'sche Palais. Vor dem offenen Portal warteten die Mägde, der Kutscher und der Gärtner mit all den Blumen in den Händen, die das späte Jahr noch schenkte, um Glück zu wünschen. Mit Rücksicht auf die vorgerückte Schwangerschaft der

Braut wurde zwar mehr getafelt als getanzt, aber an Pracht und Aufwand stand diese zweite Hochzeit der ersten in nichts nach. Ickstatt lehnte in einer Saalnische, er hatte Gallus untergefasst und redete wohlwollend und scherzhaft zu ihm. Der greise Vater des Bräutigams stand an des Sohnes anderer Seite. Er sah aus, als vermöchte er die Metamorphose seines Sohnes vom verbummelten Studenten zum Ehemann und Familienvater zwar nicht gänzlich zu begreifen, aber, dass er überglücklich und zufrieden war, das konnten alle sehen.

In den tiefen, reliefgeschmückten Marmorkaminen loderte das Feuer und verbreitete das Parfum der Rosmarinzweige, die auf die Roste gestreut waren. Verlockend mischte es sich mit dem Duft von Geräuchertem, Gesottenem und Gebratenem, das soeben hereingetragen wurde. Der Zeremonienmeister wies den Gästen ihre Plätze an der langen Tafel an, in deren Mitte ein prächtiger silberner Aufsatz prangte, der die jagende Diana, umgeben von ihren Hunden, darstellte. Das Kunstwerk, das rosafarbene Muskattrauben und bunte Pfirsiche trug, war eine Arbeit eines Augsburger Silberschmiedes und das Hochzeitsgeschenk des Oheims an sein geliebtes Mündel.

Wie es sich für ein so vornehmes Haus geziemte, galt an Ickstatts Tafel längst als selbstverständlich, was durchaus in besseren Häusern noch immer nicht üblich war, nämlich: die Verwendung der »Edlen Sieben bei Tische«. Das war der Gebrauch von Teller, Messer, Gabel und Löffel sowie von Serviette, Zahnstocher und dem Weinglas für jeden Gang.

Wie es sich schickte, nahmen an der Hochzeitstafel Männer und Frauen einander gegenüber Platz, nur der Baron hatte rechts von sich Franzisca und links Gallus sitzen. An Franziscas Hand leuchtete ein Rubin, ein Geschenk des Bräutigams. Auch sie hatte Gallus einen Ring zum Geschenk gemacht, den ein Saphir zierte: Der Rubin sicherte nämlich die Liebe, der Saphir aber die Treue!

Lanz konnte nicht umhin, dieser umsichtigen Festlegung auf künftige Zuständigkeiten Erwähnung zu tun, während er mit kryptischem Lächeln die Ringe begutachtete.

Es gab Veltliner und Muskatellerwein, Pasteten von Rebhuhn, Auerhahn und Kapaun, und Gebratenes von Reh und Wildschwein aus Ickstatts Wildfuhren.

Im Hintergrund ertönten die schwermütigen Klänge der Truhenorgel, die einer der Stadtpfeifer wieder zum Leben erweckte. Das altertümliche Instrument, das in einer kunstvoll bemalten Truhe versteckt war, stammte noch aus der Brautausstattung der alten Baronin.

Dieses Mal hatte es sich die Köchin nicht nehmen lassen, die uralten Waffeleisen aus der Küche noch einmal ihrer Bestimmung zuzuführen. Der Oheim besaß sie, seitdem er sie aus aufgehobenem Klosterbesitz erworben hatte. In der alten Zeit waren solche nahezu mannshohen, eisernen Geräte zur Prägung von Hostien verwendet worden. Ickstatt befand aber, dass sie sich zur Waffelherstellung weit besser eigneten. Allerdings bedurfte es zu ihrer Bedienung zweier Helfer: Während der eine die vier Stützen am Boden auseinanderzuziehen hatte, musste der andere in eine der beiden Schalen am oberen Ende den Teig gießen und dann rasch die Schalenhälften zuklappen. Nun prangten die mit Lämmern, Fischen und Rosen verzierten, noch warmen Köstlichkeiten auf silbernen Tellern in der Tafelmitte.

Franzisca strahlte vor Schönheit. Sie gehörte zu jenen Frauen, die unter der Schwangerschaft nicht leiden, die nicht einmal etwas von ihrer Lieblichkeit einbüßen, sondern sogar an Reiz gewinnen. Von ihrem Lächeln, ihren Gesten, ihren Schritten ging immer noch eine Verheißung aus. Die herrschende Mode half, das zu verhüllen, was nicht allzu offenkundig erscheinen sollte: das tiefe Dekolleté entblößte den prallen Busen, während die hochangesetzte Krinoline den gewölbten Leib verbarg. Auch wirkte sie immer noch leichtfüßig. Gallus verschlang sie mit hungrigen Augen, während sie sich anmutig mit seinen Eltern unterhielt, zu denen sich auch Lanz gesellt hatte.

»Auf die benedictio thalami[26] dürfen wir dieses Mal verzichten«, sagte der Baron zum Vater des Bräutigams und hob schmunzelnd das Glas.

Bald, das wusste Gallus, würde seine schöne junge Frau sich zurückziehen, mit der Bitte um Verständnis für ihren Zustand, während er wieder zu seinen Büchern zurückkehren müsste. In zehn Tagen nämlich würde er sein Schlussexamen ablegen. Franzisca hatte ihm bereits für den heutigen Abend angekündigt: »Mein Lieber, du musst jetzt für das Examen lernen und dann brauchst du deinen Schlaf.«

---

[26] Die Segnung des Brautbetts.

VIII

Mollia tempora fandi

München 1773/74

Gleich nach der Hochzeit war das junge Paar in die Residenzstadt gezogen. Um seinem geliebten Mündel jede Beschwerlichkeit abzunehmen, übernahm der Oheim die Einrichtung des neuen Heimes und leitete den gesamten Umzug. Er hatte als Hochzeitsgeschenk ein Haus auf dem Schönfeld erworben, dem mit hübschen Landvillen bebauten Areal auf dem ehemaligen Glacis. Das Schönfeld war eine gute und bereits gesuchte Lage. Nicht nur wegen seiner Nähe zur Residenz, sondern auch, weil es hier noch gute Luft zum Atmen und Platz für Gärten gab. In der von Wällen umschlossenen und bis dicht an die Mauern bebauten Stadt stank es in den feuchten und dunklen Winkeln und zwischen dem Unrat huschten die Ratten hin und her. Die alten schönen Hausgärten und die Lauben verschwanden mehr und mehr, nahezu alle waren schon überbaut, und wo es nur anging, wurden die Geschosse aufgestockt, um zusätzlichen Wohnraum zu gewinnen. Überall herrschte drangvolle Enge und Wohnungsnot. Und die dichte Besiedelung zeigte auch schon ihre Schattenseiten. Aller Unrat und der Kot aus den Häusern wurde in die Einschütt geleert, einen Isararm, der im Tal unter der Hochbrücke hindurchfloss, wo auch die Gerber ihren Unrat entsorgten. Zwar sollten die Schüsseln aus den Leibstühlen und Nachttöpfen erst bei Dunkelheit und im Verborgenen dort ausgegossen werden, doch das geschah keineswegs immer. Mehr und mehr unerklärliche Todesfälle traten auf und immer öfter schmeckte das Wasser abscheulich, das aus den Brunnen gezogen wurde. Fortschrittliche Ärzte erhoben ihre Stimmen, sie warnten, die Abtritte müssten viel weiter entfernt von den Brunnen errichtet werden, und in die Einschütt dürften keinesfalls mehr die Kadaver von Haustieren geworfen werden. Aber von jeher lagen die Brunnen nicht weit von den Abtritten und dabei blieb es.

Franziscas Haus jedoch verfügte nicht nur über einen eigenen, neu gebohrten Brunnen, weit ab vom hauseigenen Abtritt, sondern auch über einen schönen, geräumigen Garten. Nicht weit vom Grundstück führte die Heerstraße vorbei, auf der Ingolstadt bequem in einer halben Tagesreise zu erreichen war.

Franzisca ging in ihrem neuen Heim voll stolzer Freude auf und ab. Sie war so beglückt über dieses eigene Haus, das der Oheim allein nach ihren Wünschen ausgestattet hatte, dass auch Gallus darin nicht besonders störte. Und er tat wahrlich sein Bestes, um sich hinein und dazu zu fügen.

Sechs Wochen nach der Hochzeit kam das Kind zur Welt, wieder ein Mädchen, das pflichtschuldig nach der Patentante des jungen Vaters Sabina genannt wurde. Doktor Simon Freudensprung, der beste Accoucheur der Residenzstadt – allerdings gab es nur diesen einen –, hatte Franziscas Niederkunft überwacht. Den Wöchnerinnen standen gewöhnlich nur Hebammen bei, ungelernte und oft sehr rohe Frauen, die nicht die mindeste Vorstellung von Reinlichkeit hatten. Für arme und ledige Kindbetterinnen gab es zwar die »Kreißstube« im Heiliggeist Spital, aber dorthin ging nur, wer keine andere Zuflucht fand. »Es ist ein Wunder, dass nicht noch mehr Neugeborene dabei sterben«, sagte Doktor Freudensprung, als er das Kind der Amme übergab. Und zu Franzisca gewandt fügte er hinzu: »In vielen Haushalten wird die Nachgeburt heutzutage noch in irdenen Töpfen verwahrt und in den Kellern vergraben, dort«, er deklamierte es lächelnd und kopfschüttelnd, »›wo weder Sonne noch Mond hinscheint‹. Stellen Sie sich bitte diesen Aberglauben vor, in unserem aufgeklärten Jahrhundert!«

Gallus, der sein Schlussexamen mit Bravour absolviert hatte, war von Weishaupt herzlich, aber wie gewöhnlich nicht ohne ironische Winke verabschiedet worden. »O bone vir salveto!«[27], murmelte er mit bedeutungsvollem Blick und sprechenden Gesten unter Glückwünschen.

Dem alten Ickstatt war es gelungen, den jungen Ehemann sogleich beim Münchner Hofrat unterzubringen. Hofräte gab es in München wie Sand am Meer, sie wurden jämmerlich bezahlt, weshalb sie unentwegt nach Gratifikationen, Sonderpensionen und Sinecuren[28] Ausschau hielten, unter denen die Kaffeesiedergerechtigkeit die begehrteste war. Denn die wurde vom Kurfürsten gerne anstelle einer Pension vergeben und befreite dazu die Inhaber von allen Abgaben und Steuern, weshalb sie sich auch den Hass der Bevölkerung zugezogen hatten.

---

[27] Es soll dir wohl ergehen, guter Mann!
[28] Verkürzt aus dem Lateinischen »sine cura animarum« (ohne Sorge für die Seelen) bezeichnet es ein Amt, mit dem Einkünfte, aber keine Amtspflichten verbunden sind.

Es kam viel Besuch in das neue Heim, zunächst vornehmlich des Barons alte Freunde und Bekannte, dann zunehmend Mitglieder der besten Gesellschaft, sobald der Oheim Franzisca, die man als seine Tochter bezeichnete, bei Hofe eingeführt hatte. Dort erregte nicht nur ihre ungewöhnliche Schönheit Aufsehen, die Franzisca durch eine ebenso ungewöhnliche Eleganz unterstrich, sondern auch ihre Bildung und besonders ihre Sprachgewalt. Franzisca las bei den Gesellschaftsabenden, die von der Kurfürstin oder der Gattin des Hofratkanzlers veranstaltet wurden, ihre Aufsätze und Gedichte vor. Bald galt sie in der Residenzstadt als Schriftstellerin und bei Hofe als Muse.

Es war ein angenehmes, ein fast familiär zu nennendes Klima, das in der Münchner Residenz herrschte. Max und seine Gemahlin hatten keine Kinder, und es war bekannt, dass beide darunter litten, obwohl sie nicht darüber sprachen. Die Kurfürstin hatte sich zwar bereit erklärt, aus Liebe zu ihrem Gemahl und aus Sorge um den Fortbestand des Thrones, zugunsten einer Gattin zurückzutreten, die ihm Kinder schenken könne. Aber Max wollte davon nichts wissen. »Gott hat es so gefügt«, sagte er, »und anders werden wir es nicht halten.« Und so schwebte die Sorge um den Fortbestand des Thrones weiter unausgesprochen über der heiteren und prächtigen Residenz, denn Max war der Letzte in der Linie der altbayerischen Wittelsbacher und nach ihm würden die Vettern aus der Pfalz an die Regentschaft kommen.

Die Kurfürstin, die Schwester des Kurfürsten und deren Damen lasen viel, französische und englische Schriftsteller wurden bevorzugt. Reizend parlierten die Hofdamen in der französischen und italienischen Sprache, denn dies gehörte noch immer zum guten Ton und zum weltgewandten Betragen, seitdem die schöne Enrichetta Adelaide mit ihrem halb französischen und halb italienischen Hofstaat als Braut des Kurfürsten Ferdinand Maria nach München gekommen war. Auch war der Ausspruch des englischen Gesandten noch in allgemeiner Erinnerung, der vor ein paar Jahrzehnten nach Hause gemeldet hatte: » *Wer in München einen anständigen Rock trägt, der spricht italienisch.* «

Seit damals fanden sich auch die vielen französischen und italienischen Namen in der Stadt und der gelehrte Westenrieder murmelte verdrossen: » *Wo in der Stadt ein Kramladen zu finden ist, da endigt sich der Name auf -ano oder -ino.* «

Im von Cuvilliés erbauten prächtigen Theater, dem kurfürstlichen Hoftheater, fanden dreimal pro Woche Trauer- Lust- und Singspiele sowie Ballettabende statt. Opern gab es hingegen im alten Opernhaus, dem »Comedihaus« hinter der Salvatorkirche, das aus dem uralten Haberkasten nach dem Vorbild des Palladio-Theaters in Parma umgebaut worden war, und nun sollten dort auch deutschsprachige Schauspiele aufgeführt werden. Denn seitdem der viel geliebte Kurfürst gegen den Widerstand der Jesuiten die Akademie der Wissenschaften in der Residenzstadt gegründet hatte und die alten bayerischen Urkunden veröffentlicht worden waren, zeigte sich nicht nur unter den Gelehrten ein starkes Interesse an der vaterländischen Geschichte.

Außerdem gab man im Redoutenhaus an der Prangersgasse im Carneval Maskenbälle und sogenannte Akademien, das waren literarische und musikalische Veranstaltungen. Bei den intimeren Gesellschaftsnachmittagen am Hofe, wenn sich Spiel, Unterhaltungen und Vorlesen ablösten, ertönte viel Gelächter über die sonderbaren Tiere, die der Kurfürst hielt, die Äffin Madame Schmiedl, die frei herumsprang, und die große Dogge Donau. Zum Lachen reizte auch der zwergenhafte Hofmusikant Georg Pranger, das sogenannte Prangerl, der letzte Hofnarr, der keine Späße auf seine Person duldete und sich mit seinem Stock Respekt verschaffte.

Längst zählte die Residenzstadt mehr als 50 Kaffeehäuser, neben den »pfuschenden oder heimlichen«, wie Westenrieder missmutig bemerkte. Es gab von ihnen die verschiedensten Arten und für alle Schichten der Gesellschaft, für Damen, Herren, Soldaten und Dienstpersonal. Und so, wie in München der Weingenuss allmählich dem Biergenuss gewichen war, so hatte nun der Kaffee der heißen Schokolade den Rang abgelaufen.

Franzisca durchstreifte die Residenzstadt mit Bewunderung und Freude. Nach dem kleinen und engen Ingolstadt meinte sie, hier fliegen zu können. Die Straßen waren sauber, alle Samstage wurden die Vorplätze der Häuser von den Knechten und Mägden der Hausbesitzer gründlich gereinigt. Laternen hatten längst die stinkenden Unschlittpfannen abgelöst und beleuchteten die Gassen, auf denen die Wachen patrouillierten. Ein Wasserturm versorgte alle Stadtteile mit Wasser. Neben den düsteren Mauern der zahlreichen Klöster leuchteten schöne, reich bemalte Hausfassaden, auf denen häufig die riesenhaften Gestalten der beiden morgenländischen Heiligen Christophorus und Onuphrios einen Ehrenplatz hatten. Hieß es doch, dass, wer sie erblicke, am selben Tag nicht sterben würde. So galt es also, möglichst viele von ihnen darzustellen.

Die Furcht vor Bränden war allgegenwärtig. Mancher Hausbesitzer versuchte, nicht nur über das Bild des heiligen Florian, den er auf seiner Fassade mit dem Wassereimer abbildete, seine Wohnung vor dem Feuer zu bewahren, sondern baute auf direkte Beschwörung. Sie hatte ein Haus entdeckt, auf dessen Mauer eine züngelnde Flamme gemalt war, über der die Worte standen: »Sta flamma non ulterior ure!«[29] Das war ebenso rührend wie sonderbar.

Franzisca widmete sich hingebungsvoll der Erziehung ihres ersten Kindes, das nach ihr auf den Namen Maria Franzisca getauft war. Die Mutter nannte sie aber nur Fanny und so wurde das Mädchen von allen im Hause und von den Freunden auch so gerufen. *Sie ist die zweite oder jüngere Fanny*, sagte der Dichter Schubart, der gerade zu Besuch in München weilte. Er war von der Fünfjährigen tief beeindruckt. Fanny konnte längst lesen und schreiben, sie improvisierte am Klavier und sang Melodien, zu denen sie die Texte verfasste. Aufmerksam verfolgte sie die Gespräche der Erwachsenen und warf skeptische Bemerkungen ein, ohne dabei von ihrer Beschäftigung aufzublicken.

Am meisten jedoch interessierte den Dichter das Gedächtnis der Kleinen: Es genügte ihr nämlich, eine Textseite zu lesen, danach konnte sie bei zugeschlagenem Buch die gesamte Seite auswendig wiederholen. Ebenso gab sie eine Zahlenreihe, die man ihr vorsprach, in rückwärtiger Reihenfolge wieder, ohne zu stocken.

»Wie machst du das?«, wollte der erstaunte Schubart wissen.

»Ich höre doch den Klang«, entgegnete die Kleine den Kopf zurückwerfend mit triumphierendem Lächeln und spannte dabei anmutig, wie ihre Mutter, die Augenbrauen hoch.

Auch eine Melodie, die sie einmal hörte, sang sie sogleich nach und spielte sie auf dem Klavier.

Schubart, der gerade an seiner Biografie des alten Ickstatt arbeitete, hielt sich seit dem Herbst auf der Suche nach einer Anstellung in München auf. Aus seiner württembergischen Heimat war er wegen politischer Aufmüpfigkeit verbannt worden. Seither hatte er sich in Heilbronn, Schwetzingen

---

[29] Steh still, Flamme. Lodere nicht weiter!

und Mannheim herumgetrieben. Dort war es ihm zwar gelungen, kurzfristig die Gunst des pfälzischen Kurfürsten Carl Theodor zu gewinnen, doch verscherzte er sich diese bald wieder, denn Schubart konnte seine aufrührerische Zunge nicht im Zaume halten. Zum Glück bot sich ihm die Hand des kurbayerischen Gesandten, der ihn mit in die bayerische Residenzstadt brachte. Hier hatte der Dichter Freunde und zusammen mit ihnen wollte er ein Mitkämpfer der geistigen Revolution werden. *»Im Heißhunger nach Celebrität«*, wie er seufzend einräumte, sagte er seine Mitarbeit zu und unterstützte den alten Freund und Gastgeber Lori bei dessen Entwürfen zur Reform des Unterrichtswesens.

Daneben gab er Unterricht in Literaturgeschichte und am Flügel und bei Hofe und in befreundeten Häusern trug er die Oden Klopstocks und altbayerische Lieder vor. Aber eine schwere Last drückte sein Gewissen und vereitelte seine Versuche, Fuß zu fassen. Schubart war ja Lutheraner und alle seine Unternehmungen wurden behindert, weil er sich nicht dazu entschließen konnte, im katholischen Bayern zur katholischen Kirche überzutreten. Aber es graute ihm nicht nur davor, sein Gelübde zu brechen und ein »Überläufer« zu werden, er sah, dass er dennoch nie zu Ruhe und Sicherheit gelangen würde. Osterwald – einst ein geachteter und gesuchter Kopf – führte nun vereinsamt und gemieden ein kummervolles Leben. Das Volk hasste die Überläufer. Da war nichts zu machen. Bedrückt schilderte der Dichter den Freunden im Hause Heppenstein seine Seelenlage: *»Wenn ich aufs Land ging, so sah ich in jedem hohlen Baume, in jeder Blende eines Hauses ein flittergoldenes Bild irgend eines Heiligen, und die betrogene Einfalt davor knien – in Wäldern, Nischen und eingenagelten fünf Wunden – unter dem Volke überhaupt einen so erniedrigenden Aberglauben, daß ich oft in den Zeiten des dicksten Heidentums zu leben glaubte.«*

Heppenstein gefiel das alles wenig. Zwar mochte auch er die Pfaffen nicht, ebenso wenig schätzte er aber auch aufwiegelnde Besucher. Dazu auch noch im eigenen Hause. Zu seiner Erleichterung musste Schubart im Frühjahr aufgrund einer Denunziation die Residenzstadt verlassen, um einer weiteren Ausweisung zuvorzukommen. Seine wenig schmeichelhaften Bemerkungen über die Geistlichkeit waren nicht ungehört verhallt. Heppenstein atmete auf, endlich würde ein ruhigeres Leben zurückkehren.

Übrigens nannte er seine Frau nicht nur weiter beharrlich Franzisca –

während er die Kleine Fanny rief –, er warf ihr auch vor, sie mache viel zu viel Aufhebens um die Gaben des Kindes. »Es ist ja wie im Zirkus«, sagte er missbilligend, »willst du denn einen Zirkusaffen erziehen, so einen, wie die Schmiedl am Hof?«

»Derartige Gaben, mein Lieber«, entgegnete ihm seine Frau, »bedürfen auch einer besonderen Förderung, und zwar jetzt, solange das Kind klein ist: Der Zweig muss in die gewünschte Richtung gebogen werden, solange er biegsam ist. Mein Oheim hat es gerade so mit mir gehalten, und deshalb bin ich die geworden, die ich heute bin.«

Eben, dachte Heppenstein und schwieg.

Er kam besser mit der um zwei Jahre jüngeren Tochter Magdalena aus, auf die Franzisca weniger Aufmerksamkeit verwendete. Sie dichtete, sang und komponierte nicht, dafür schaute sie gerne in der Küche nach und im Garten zu und fand Interesse am Einkochen von Marmelade und dem Räuchern der Schinken. An der älteren Schwester hing sie mit verehrungsvoller Liebe. Was die kleine Sabina betraf, die nun ein halbes Jahr alt war, so vermochte Heppenstein in ihren Zügen nicht die geringste Ähnlichkeit mit seinen eigenen zu entdecken. Er hütete sich zwar, dies Franzisca gegenüber zu äußern, aber es beschäftigte ihn und stärkte zunehmend die Überzeugung, dass das Kind nicht seine Tochter sein könne. Sabinas Wesen glich auch nicht dem seinen. Jedoch zeigte sie in heftigen Anfällen von Wut und Entschlossenheit große Ähnlichkeit mit Fannys Wesen.

Aber Fanny hat dunkelblaue Augen, sinnierte Heppenstein, und Sabina hat diese merkwürdigen grüngelben, diese … ja, diese Sumpfaugen, wie … der Priester …

Lanz war nämlich ein weiterhin gern gesehener und häufiger Gast im Haus auf dem Schönfeld und Heppenstein konnte ihm – trotz seiner an Sicherheit grenzenden Vermutung – nicht gram sein. Er kannte auch niemanden, der es fertigbrachte, Lanz gram zu sein. Außerdem begegnete der Geistliche dem Ehemann mit solch unverstellt herzlicher Offenheit, dass Heppenstein an diese Freundschaft nicht nur gern glaubte, sondern sie auch als willkommen und wohltätig empfand. Denn alles Interesse, alle Verehrung und Aufmerksamkeit im Kreis und im Umkreis der Familie von Heppenstein konzentrierte sich auf die Hausherrin und fiel nur als matter Pflichtschein auf den Ehemann zurück. Dieser rief sich hin und wieder gewisse süße Erinnerungen an die erste gemeinsame Zeit mit Franzisca vor

Augen, konnte aber kaum mehr glauben, dass solche Zärtlichkeiten wirklich einst seiner Person gegolten hatten. Man begegnete ihm mit Achtung, aber Gallus spürte es dennoch: Diese Achtung sollte verhüllen, dass man ihn nur als Anhängsel seiner beeindruckenden Gattin sah, die in der feinen Gesellschaft und bei Hofe glänzte. Da es aber nun einmal so war, und wohl auch nicht mehr anders werden würde, folgte Gallus weiter seiner bisher angewandten Philosophie, nämlich, dass es besser sei, nicht allzu viel darüber nachzudenken.

Der alte Ickstatt war unermüdlich im Dienste des Kurfürsten tätig und unterwegs. Er fertigte Grenzverträge und handelte Heiratsbündnisse aus, daneben verfasste er Schriften über die Rechte des Fürsten und die Pflichten der Untertanen, die ihm von seinen Kollegen als *von orientalischer Auffassung* ausgelegt wurden, was man bereits dem Neffen Peter Ickstatt vorgeworfen hatte. Wer aber diese Auffassung Ickstatts vorurteilsfrei- und vor allem neidlos – zu betrachten imstande war, der erkannte staunend, dass hier ein Geist wirkte, der in einer völlig neuen demokratischen Sicht die Rechte und Pflichten beider zum gemeinsamen Wohle formulierte.

Dabei gab es das immer schon alte und doch immer wieder neue Problem zu berücksichtigen: die ewige Geldnot des Fürsten nämlich, und wie dieser, ohne größere Empörung auszulösen, dennoch effizient beizukommen wäre. Dabei traf hierbei Maxen noch die geringste Schuld unter all seinen Vorgängern, die diesen Abgrund in der Staatskasse zu verantworten hatten, suchte er doch alle Ausgaben einzuschränken, die unnötigen Pomp und gleisnerische Pracht betrafen.

Wegen all dieser Schwierigkeiten fand Maxens bewährter Berater Ickstatt nur noch selten Zeit, die er bei den Seinen verbringen konnte. Er war ja in absentia Direktor der Hohen Schul geblieben und leitete weiter deren Geschicke aus der Ferne.

Franzisca verfolgte alle Tätigkeiten des Oheims mit wachem Interesse. Die Nähe, die sie zu ihm empfand, wurde nicht von seiner Anwesenheit oder Abwesenheit beeinflusst, sie blieb immer gleich fühlbar, so, als sei er stets in ihrer Nähe. Den Gedanken an seinen Tod wagte sie nicht, zu Ende zu denken. Sie meinte, sein Fehlen ebenso wenig ertragen zu können wie Lanzens Verlust.

Aber der Oheim war schon über 70 Jahre alt und er führte ein so anstrengendes und bewegtes Leben, wie es manch jüngerer Mensch nicht ausgehalten hätte. Jedem Brief, den der Bote brachte, sah Franzisca mit Herzklopfen entgegen. Solche Gedanken, Gefühle und Erwägungen teilte sie jedoch nicht mit Gallus. Aber zu Fanny sprach sie über den Oheim, über seine wichtigen Aufgaben und seine Bedeutung. Und über Lanz sprach sie zu ihr, ihren verehrten Lehrer und seine anerkannten und bewunderten Forschungen. Für Fanny sollte Lanz nur der geniale Forscher und außergewöhnliche Priester bleiben, der in ihrer Mutter die Begeisterung für die Naturwissenschaften geweckt hatte. Deshalb achtete Franzisca sorgfältig darauf, in dieses Bild, das sie von Lanz zeichnete, keine anderen Züge einfließen zu lassen und im Beisein des Kindes behandelte sie den Priester, den sie Professor nannte, mit respektvoller Ergebenheit. Auf den Professorentitel hatten nämlich alle Benefiziaten Anspruch, die Unterricht in ihrer Gemeinde erteilten. Und was Lanz betraf, so fand er überall etwas zu erklären und richtigzustellen, allerorten stieß er auf Bauern, Kinder, Knechte und Mägde, die eine mangelnde Kenntnis der Naturgesetze zum Aberglauben verführte. Sie förderte die Gespräche zwischen Lanz und der Kleinen, die über Gott und das Böse, die Vorsehung und das Leben nach dem Tode reden wollte.

Furchtlos las das Kind in der »legenda aurea« vom Leben der Heiligen und Märtyrer von den Qualen, die diese erduldet hatten. Sie wollte von Lanz wissen, ob Gott das überhaupt wünsche, und ob der Vater im Himmel – was sie bezweifle – wirklich alle Menschen gleichermaßen liebe.

Franzisca beobachtete mit Rührung, wie Lanz bei solchen Unterhaltungen nicht vorgefertigte Antworten im Sinne der Kirche gab, sondern über Fannys Fragen nachdachte, auch manchmal sagte, er wisse es nicht oder – niemand wisse es. »Wie kannst du es aushalten, dass du das nicht weißt?«, fragte ihn Fanny eines Tages, als er so auf ihre Frage antwortete, warum Gott das Böse denn überhaupt geschaffen habe. Und der Priester erwiderte: »Das wundert mich auch.«

»Du musst sie fröhlich halten«, mahnte Lanz immer wieder, wenn er mit Franzisca allein war, »das Kind ist zu ernst, es denkt zu viel, und du gibst dem zu sehr nach. Schaff ihr mehr Ablenkung! Denn, wenn ein Mensch sich so früh mit so ernsten Gedanken beschäftigt, dann bildet sich in ihm die Überzeugung, dass er einzigartig sei, und das entfernt ihn von den anderen. Du, mein Mädchen, bist ihr schon Beispiel genug für Einzigartigkeit, glaub mir! Halte sie fröhlich, lache mit ihr und lass sie mehr in Gesellschaft von Kindern!«

IX

Tagebuch Franzisca

Ingolstadt, Mai 1776

Heute hat Fannys Wesen uns tief beeindruckt. Eigentlich hat sie uns alle beschämt. Es war ihr neunter Geburtstag. Wir saßen im Garten unter den Bäumen bei Kuchen und Kaffee. Der Kuchen war ein Obstkuchen, und viele Bienen umschwirrten uns. Die Tante und meine Basen versuchten, sie mit den Servietten zu vertreiben, nur Fanny unternahm gar nichts. Sie sagte nur: »Warum lasst ihr sie nicht in Frieden? Sie wollen auch essen.«

Alle lachten und die Tante scherzte: »Gut, lassen wir sie also essen!« Inzwischen war eine der Bienen in die Sahne gefallen.

»Das geschieht ihr recht«, sagten die Basen, »das hat sie jetzt davon.«

»Wir müssen sie doch retten«, rief Fanny.

»Das nützt nichts«, beschied die Tante, »die Sahne ist zu schwer für die Flügel, sie kann nicht mehr fliegen und kommt nicht mehr zu ihrem Stock.«

Fanny fischte die Biene vorsichtig aus der Sahne, setzte sie auf ihren Handrücken und beobachtete, wie das Tierchen seinen beweglichen Hinterleib zielbewusst und emsig gegen die Flügel rieb. Mit den Beinchen nahm es dann die Sahnereste vom Hinterleib und saugte sie ein. Das dauerte eine gute halbe Stunde, währenddessen Fanny das Auge nicht von der Biene wandte, bis diese sich erhob und fortflog. Sie hat auch, während die Biene mit sich beschäftigt war, nicht weitergegessen. Danach zeigte sich Fanny so glücklich, als hätte sie ein Menschenleben gerettet.

»Aber ja«, rief sie, »für uns ist es ein Menschenleben. Für die Bienen ist es ein Bienenleben. Das ist doch das Gleiche.«

Ich dachte an Lanz und wie sie ihm doch nachschlägt. Seine Güte gegen alles Lebendige, sein Mitleid mit allem, was sich nicht selbst verteidigen kann. Fanny hat es geerbt, wie bin ich glücklich darüber. Ich werde es ihm erzählen. Er wird antworten, dass die Juden recht haben, wenn sie sagen, dass wer ein Leben rettet, die ganze Welt rettet.

Ein Lehrer hat mir etwas Rührendes von Lanz berichtet: Er sei einst bei einer Gruppe von Kindern vorbeigekommen, die ihre Köpfe lachend über etwas zusammensteckten. Er sah, dass sie sich anschickten, eine Schlange zu töten. Da sagte er zu ihnen: »Ihr könnt sie schon töten. Aber könnt ihr sie auch wieder lebendig machen?«

Seither genießt Lanz große Achtung bei den Kindern.

Ach Lanz!

München, Juli 1776

Wovor ich mich immer gefürchtet habe, das ist eingetreten.

Mein geliebter Oheim hat die Welt verlassen.

Der Tod ereilte ihn nach dem Mittagessen, da er sich gerade wieder an seinen Schreibtisch begeben hatte. Die böhmischen Grenzverhandlungen beschäftigten ihn gänzlich in den letzten Wochen, seitdem er im Kloster Waldsassen weilte. Er arbeitete ständig, trotz der großen Hitze. Und das hat den Schlagfluss, der ihn so unvorbereitet traf, wohl verursacht.

Ich kann es nicht fassen, dass ich ihn nie wieder sehen und hören soll.

Ich fühle mich beraubt und haltlos, wie ein Spalierbaum, hinter dem die Hausmauer zusammenbrach. Nun ist die alte Zeit – und mit ihr meine Vergangenheit – vorbei. Ich finde mich nicht mehr darin.

Die Tante hat seinen Tod mit viel Fassung aufgenommen. Es sind nicht nur die zwölf Jahre, die sie nun schon meist von ihm getrennt lebte, seitdem er aus Ingolstadt nach München ging. Sie war ihm nie so nah, wie er mir, und wie ich ihm.

In der Moritzkirche ist für morgen eine große Trauerfeier angesagt. Die »Hohe Schul« hat ein Marmorepitaph in Auftrag gegeben. Es soll neben Peters Epitaph angebracht werden und ebenso wie das seine mit den »gehörigen« – wie die Tante sagt – Worten beginnen: Siste gradum viator Qui natalem scis tuum fatalem nescis ...[30] Ich finde diese Formel immer zum Schaudern. Sie ist so bedrohlich.

Aber der Oheim lachte nur darüber. So sei es denn!

Fanny ist ernst und weint immer wieder. Aber sie hat begonnen, dem Oheim ein kleines Requiem zu komponieren.

Weishaupt hat in Ingolstadt mit den Mitgliedern des Circles einen geheimen Orden gegründet. Jetzt heißen sie nicht mehr Perfektibilisten, son-

---

[30] Halt an, Wanderer, der du den Tag deiner Geburt, nicht aber den Tag deines Todes kennst!

dern Illuminaten, die die Tugend fördern und die Welt besser machen sollen. Lanz hat es mir berichtet. Er hält viel von Weishaupt, und dem Orden sagt er eine große Zukunft voraus.

Aber ich kann mir für Weishaupt, der sich so sehr von allen und allem abschließt und dabei ein solcher Tyrann ist, und so eitel, keine große Zukunft vorstellen.

Nun habe ich nur noch Lanz. Er geht schon auf die 50 zu, und auch er führt ein sehr bewegtes Leben. Ich habe Angst um ihn.

Ich bin nicht so stark, wie man es von mir glaubt. Aber ich habe auch keine Vorstellung davon, wie schwach die meisten anderen sind. Fanny sagt: Weine doch nicht, Mama! Der Oheim ist immer noch da. Wir sehen ihn nur nicht.

Was für ein herrliches Kind!

X

Elle est une allumeuse

München ab 1776

Franzisca versuchte, sich an Gallus zu gewöhnen. Immerhin musste sie einräumen, dass es sich bei ihm um einen gutartigen Zeitgenossen handelte. Er rührte sie sogar manchmal, wenn sie an kleinen Gesten und Antworten bemerkte, dass er sie immer noch liebte. Ja, er erinnerte sich an ihre Verlobungszeit wie an die goldene Ära einer mythischen Epoche, die durch beharrliche Sehnsucht vielleicht zurückkehren würde.

Aber leider ließ sich in den gelehrten Zirkeln kein Staat mit ihm machen. Gallus fand kein Interesse an der Literatur. Während der Musikeinlagen unterhielt er sich gerne mit seinen Nachbarn und bei leidenschaftlichen politischen Disputen votierte er weder pro noch contra, sondern meinte, das Beste wäre, alles beim Alten zu lassen, da alles irgendwann doch immer wieder darauf zurückgekommen wäre, wie es vorher gewesen war.

Eine größere Lebhaftigkeit legte er allerdings an den Tag, wenn es um Gabelfrühstücke und Diners ging, denen er dann mit sichtbarer Ermunterung zusprach. Dies wiederum trug nicht dazu bei, dass seine Züge geistvoller und seine Gestalt schlanker wurden. Und dabei war Gallus doch erst 25 Jahre alt. Bei seinen Kollegen, den Hofräten, erfreute er sich aber solider Wertschätzung, denn er war geradeheraus, ohne Tücken und arbeitsam.

Franzisca hatte bei ihrem Oheim eine unschätzbare Unterweisung genossen. Sie wusste nämlich, welche Menschentypen sich zu welcher Verwendung eignen. Heppenstein gehörte – was sich ja bereits erwiesen hatte – zu jenen, denen ihr Platz angewiesen werden musste, wenn ihre Befähigung sichtbar und wirksam werden sollte. So war es ihr rasch gelungen – zunächst durch die Unterstützung des alten Ickstatt und dann durch Kontakte, die sie weiter pflegte und selbst zu knüpfen verstand –, ihren Ehemann in aussichtsreiche und beförderungsfähige Positionen zu heben. Inzwischen galt sie als eine Frau mit vielen nützlichen Verbindungen.

Von vielen allerdings wurden diese ausschließlich ihrer Schönheit und ihren unübersehbaren weiblichen Reizen zugeschrieben. Diese Reize hatte der arme Gallus zwar täglich, jedoch nur schwer erreichbar vor Augen. Seinen immer bereiten ehelichen Umarmungen wich seine Frau aus, wann es nur anging. Nicht nur, weil sie nicht nach ihrem Geschmack waren, sondern auch, weil sie keine weiteren Kinder mehr wollte. »Dreie hatte ich«, sagte sie, »eines ist mir gestorben, eines haben wir bekommen, jetzt haben wir die drei Mädchen. Das ist doch genug!«

Heppenstein war darüber betrübt und insgeheim auch erzürnt. Nicht einmal ein eigenes Kind ist mir in dieser Ehe vergönnt, haderte er bei sich. Außerdem sehnte er sich nach einem Sohn, der einmal seinen Namen weitertragen würde.

Die Heppenstein waren nun schon ganze vier Jahre verheiratet und noch immer blieb das Ehebett unfruchtbar. Dazu gab es mehr oder minder diskrete Anfragen sowohl vonseiten der Freundinnen an Franzisca als auch der Kollegen an Gallus. Und sowohl diejenigen, die nachfragten als auch diejenigen, die nicht fragten, dachten sich jeweils das Nämliche.

Aus Ingolstadt hatte die Tante in einem kühlen Brief Franzisca wissen lassen, dass sogar die Studenten der »Hohen Schu« sich dieses Thema angelegen sein ließen und darüber anzügliche Witze rissen. Denn einige jüngere Jahrgänge unter ihnen erinnerten sich noch an Gallus und die Umstände, unter denen er von heut auf morgen zum Bräutigam der schönen Franzisca und Vater geworden war. Es habe sogar – teilte sie empört mit – ein lateinisches Pasquill kursiert, das sie augenblicklich einziehen ließ, in dem

Franzisca mit Messalina, der gelehrten und leichtlebigen Gattin des bedauernswerten Kaisers Claudius gleichgesetzt wurde. Diese Dame, die nachts in Verkleidung die Spelunken Roms zum eigenen Ergötzen zu durchstreifen pflegte, hatte nämlich auf derartige Fragen in wohlgesetzten Hexametern eine beeindruckende Antwort gegeben: »Auf viel befahrnen Straßen wächst kein Gras mehr.«

Franzisca quittierte diese Nachricht mit Gelächter. Aber Gallus erfuhr nichts von dem Brief.

Franzisca lebte nämlich jetzt endlich das Leben, von dem sie in Ingolstadt gehofft hatte, es einst führen zu können. Sie war 28 Jahre alt, gesund, schön, wohlhabend und bei Hofe und in der Gesellschaft angesehen. Die Mägde allerdings tuschelten untereinander hinter vorgehaltener Hand, dass man sie in der Stadt für hochmütig, stolz und unnahbar hielte. Und es war nicht zu leugnen, dass die Stubenmädchen und der Hauswart, der auch als Gärtner diente, gehörigen Abstand hielten, denn die Baronin schätzte keine Vertraulichkeiten. Ihre Schönheit und ihre Bildung waren in der Stadt sprichwörtlich und manche Damen orientierten sich an ihrer Garderobe, die Franzisca selbst entwarf. Es gab mehrere Männer, mit denen sie ein stummes, jedoch beredtes Spiel spielte. Ein Spiel, das mit Hoffnungen jonglierte, und Männer, die sich Chancen ausrechneten, und schließlich enttäuscht zurücksteckten. Hegnenberg und Törring, die nun auch in der Residenzstadt lebten und bei Hofe Ämter bekleideten, umhüllten sie weiter mit hoffnungsvoll glimmender Verehrung. Aber Törring, der der Kühlere von beiden war, sagte sich: Elle est une allumeuse![31]

Fanny war jetzt zehn Jahre alt. Sie lernte nicht nur leicht und gern, sie sog förmlich ein, was ihr der Unterricht bot. Franzisca hatte begonnen, sie in der lateinischen Sprache zu unterweisen. Es gab einen Hauslehrer für Geschichte und Geografie und einen für die Naturwissenschaften. An diesen Stunden nahm nicht nur Magdalena, sondern auch oft die Mutter teil, und sie ergänzte die Ausführungen des jungen Lehrers, der ihr beeindruckt lauschte.

Anders verhielt es sich mit dem Baron, dem man ungezwungen begegnen konnte. Heppenstein bildete eine Art Prellbock zwischen der Dienerschaft

---

[31] Sie ist eine, die das Feuer anzündet (aber nicht löscht).

und seiner Frau. Hin und wieder legte er ein mildes Wort für die Mädchen ein und entschärfte manche Situation.

Was die Geldgeschäft anbelangte, so hatte Franzisca auch hierin, wie ihr Oheim, eine glückliche und geschickte Hand. Es war, wie Lanz einst gesagt hatte: »Du bist zwar nicht mit ihm verwandt, und doch schlägst du ihm nach.« Die üppige Mitgift der beiden Töchter, die der Oheim testamentarisch verfügt hatte – einer jeden 30000 Gulden – hütete die alte Tante in Ingolstadt in wachsamer Verwahrung und leider zog sie auch daraus die Zinsen. Sie schwamm förmlich im Reichtum: Die berühmte Bibliothek Ickstatts mit weit über 6000 Bänden hatte sie zu Franziscas Leidwesen schon zu einer hohen Summe veräußert. Dazu nahm sie auch noch die Pachtgelder der beiden Schwaigen, der Wiesen und Wälder und der Vermietung zweier Stockwerke des Palais in der Schlossstraße ein. Die verbleibenden drei Etagen nutzte sie selbst. Es galt also, für das Haus Heppenstein, mögliche Einkünfte nicht aus den Augen zu lassen, denn die Hofräte wurden allesamt schlecht bezahlt.

Sogleich nach Peters Tod hatte Franzisca eine Eingabe gemacht, um die Besoldung des verstorbenen Ehegatten auf den zweiten zu übertragen, bis dieser in Amt und Würden stehe. Nicht nur das war ihr gelungen, sondern auch ihrer zweiten Bittschrift *meine drei lebenden Kinder* zu unterstützen, wurde entsprochen, obwohl sie mit dem dritten Kind, Sabina, damals noch schwanger ging. Dagegen hatte Heppenstein zwar einen schüchternen Einwand vorgebracht, war aber von seiner Frau mit der Antwort beschieden worden: »Ist das Kind etwa vor seiner Geburt nicht lebendig?«

Ja, man musste behänd und geschickt sein – und die Verbindungen sorgsam nutzen, wenn es darum ging, Pöstchen, Pensionen, Gratifikationen und Sinecuren zu erhalten. Denn die Staatskassen waren leer, gähnend leer, obwohl der gute Max der Verschwendung nach Kräften gegensteuerte. Aber der altererbte Schlendrian bei Hofe und bei den Beamten war ein undurchdringliches Dickicht. Posten, Nobilitierungen, Ausnahmeregelungen und Befreiungen wurden nach wie vor unter der Hand und gegen Bezahlung vergeben. Begehrte Gerechtigkeiten wie die des Kaffeesieders und Weingebs oder des Leitgebs, der Branntwein ausschenkte, verlieh der Kurfürst gern, weil sie anstelle einer Pension vergeben wurden, und ihn somit nichts kosteten. Die Inhaber aber blieben von allen Abgaben befreit, ebenso ihre Verwandten. Inzwischen gab es 60 unbürgerliche Kaffeeschänken und noch mehr unbürgerliche, von aller Last befreite Bierschänken. Diese sogenannten Hofschutzbefreiten waren deshalb im Volke geradezu verhasst.

Und das Land war ja arm. Wer es sehen wollte, der sah es, wie halbe Dörfer leer standen, wie die Felder brach lagen, Wilddiebstahl und Holzfrevel überhandnahmen und Bauernhöfe um ganz geringen Preis von einer Hand in die andere gingen. Denn der Bauernstand hatte sich von dem furchtbaren Krieg, der 30 Jahre gewütet hatte, noch nicht erholt, als die schreckliche Hungersnot vor wenigen Jahren Bayern heimsuchte. Der gute Max, den seine Minister gern vom Zustand der Not in seinem Lande fernhielten, erfuhr erst bei einer Ausfahrt, dass Hungersnot herrschte und viele Menschen Hungers starben. Der Kurfürst, der aus Gutmütigkeit und Gerechtigkeitssinn gegen jedermann sich oft nicht zu Entscheidungen durchringen konnte, handelte diesmal umgehend: Er strafte die Wucherer hart. Seine letzten Juwelen gab er daran und ließ öffentlich anschlagen, dass *alles Wild in seinen Wildfuhren abzuschießen und das Fleisch zu drei Kreuzer das Pfund an die Armen zu verkaufen* sei. Aus seiner eigenen privaten Schatulle ließ er sogleich Getreide im Wert von zwei Millionen Gulden für die hungernden Untertanen aus dem Ausland heranschaffen. Dazu sandte er den treuen Sabbadini in dessen Heimatland Italien, der dabei keinen einzigen Kreuzer von der anvertrauten Summe für sich abzweigte und keine Belohnung für sich haben wollte. (Allerdings avancierte er zum Kammerdiener.)

Das hat dem Kurfürsten keiner vergessen. »Ein Vater seines Volkes ist er«, hörte man überall rufen, und: »Lang, lang möge er leben!« Die Bayern quälte nämlich eine tiefe Sorge: Der gute Max hatte mit seiner gescheiten Gattin aus dem polnisch-sächsischen Königshaus keine Kinder. Und es würden auch keine mehr kommen, denn die Kurfürstin war schon über das gebärfähige Alter hinaus. Die Minister des Kurfürsten versuchten darum immer wieder, ihn zu einer Ehescheidung zu bewegen, damit er es in einem neuen Anlauf – wie sie sagten – versuchen möge.

Aber der schmächtige Max wollte davon nichts hören. Er liebte seine stattliche Gattin, in die er zweimal hineingepasst hätte, mit der er so schön musizieren und Theaterstücke aufführen konnte. Denn die Kurfürstin verfasste nach den bisher üblichen französischen und italienischen Opern und Schauspielen nun erstmals deutsche Theaterstücke. Die von Max begründete Akademie veröffentlichte seit Jahren die Bayerischen Urkunden, und das öffentliche Interesse an den alten Sagen und Legenden nahm zu.

Ja, es war ein freundliches, harmonisches Leben am Münchner Hof, wenn auch die Gesandten berichteten, man ginge hier schlecht gekleidet und die Hoftafel sei dürftig. Für die Münchner und die Bayern hätte es aber allemal ewig so weitergehen können, denn sie waren mit ihrem Kurfürsten und dem Hof ganz einverstanden und wollten gar nicht daran denken, was nach Max kommen würde. Es versteht sich allerdings von selbst, dass dieses tiefe Einverständnis nicht allein der Liebe und Untertanentreue entspross ...

Auch im Hause Heppenstein herrschte deshalb einige Bangigkeit. Waren doch alle empfangenen Vergünstigungen und kurfürstlichen Gnaden mit diesem Hofe verbunden. Und ob diese unter dem neuen Fürsten aus einer fremden Linie weitergewährt würden, das schien sehr unwahrscheinlich.

Wie schon manche seiner Vorgänger hatte auch Max durch Verträge festgelegt, dass ihm nur bayerische Kurfürsten auf den Thron folgen dürften, denn es gab alte Lehens- und Heiratsverträge mit dem Hause Österreich, das auf die Nachfolge lauerte. Und unvermutet und aus heiterem Himmel kamen nun diese Verträge zu ihrer Geltung. Denn der Kurfürst erkrankte im November und keiner von all den Ärzten, die sich um sein Lager drängten, vermochte, dem Übel auf die Spur zu kommen.

Allen zuvor gab sein Leibarzt, der Doktor von Senftl, den Ton an, der von der Mahnung der anderen Ärzte, es seien wohl die Blattern, nichts hören wollte. Denn Max fürchtete die Blattern, die gleich nach der Pest als die schlimmste Geißel angesehen wurden, wie nichts anderes. Sein Leben lang hatte er Angst davor gehabt und deshalb die Pockenimpfung in seinem Lande verordnet, die von England herübergekommen war. Er selbst aber wollte sich gegen die schreckliche Krankheit nicht impfen lassen.

Senftl tröstete und verharmloste und schlug die Warnungen der anderen Ärzte höhnisch in den Wind. Es seien nicht die Pocken, man müsse zuwarten. Er sei der primus ordinarius, und so musste sich ihm auch der Doktor von Branca, der secundus ordinarius, fügen. So verstrich Woche um Woche und mit dem Kranken wurde es immer schlechter. Senftl ermunterte und befahl Zuversicht. Nicht einmal die Kurfürstin kam gegen ihn auf. »*Gnädigste Frau, alles wird gut gehen!*«, versicherte er. Er zögerte und zögerte und als die anderen Ärzte auf eine Behandlung gegen die Pocken drängten, sagte er zum Kurfürsten: »*Wollen sich Ihro Durchlaucht durch solche Eseleien umbringen lassen?*«

Aber der Kurfürst flüsterte: »*Ich komme nimmer auf.*«

Und als Senftl schließlich nicht mehr aus noch ein wusste, da verordnete er dem Todkranken, geweihte Heiligenbildchen zu zerkauen und zu schlucken.

Heppenstein kam am Tag vor Weihnachten nach Hause und berichtete mit bedrückter Miene, dass die Stadttore heute schon vorzeitig geschlossen worden seien. Nur den Kurieren nach Kurpfalz war der Ausgang gestattet.

Die Stadt, die seit Wochen unter einer Decke aus Angst und Sorge zum Hof hin gelauscht hatte, vernahm, dass es keine Rettung mehr gäbe und der Kurfürst nach der Madonna aus dem Herzog-Spital verlangt habe. Dieser uralten Statue von der Größe eines fünfjährigen Kindes, die die Servitinnen in ihrem Kloster verehrten, wurden schon lange Zeit Wunder zugeschrieben. Als nun der Priester die in silberne und goldene Brokatgewänder gekleidete und kostbar bekrönte Madonnenstatue feierlich in die Residenz trug, folgte ihm ein unüberschaubar langer Zug von laut klagenden und betenden Menschen, denen sich an allen Toren und Ecken weitere anschlossen. Freilich war es Sitte und Brauch, dass jeder, der einem Priester beim Versehgang begegnete, niederkniete, bis das Allerheiligste vorüber war und dann in das Sterbezimmer oder davor nachfolgte. Aber einer Prozession wie dieser erinnerte sich niemand. Sie füllte die Gassen vom Kloster bis zur Residenz und kam erst in den Höfen zu stehen, wo die steinernen Wände von Gebet und Wehklagen widerhallten. *Sogar die Juden vergassen sich in ihrem Jammer, liefen zu der Geistlichkeit und brachten Meßstipendien für die Erhaltung von Max.*

Der Kurfürst küsste die Statue. Er konnte wegen der übermäßig angeschwollenen Zunge kaum mehr sprechen. Er grüßte die Gemahlin, die neben ihm ausharrte und sein schweißüberströmtes Gesicht immer wieder mit süßem Rahm säuberte: »*Lebe wohl, lebe ewig wohl, Liebe*«, waren seine letzten Worte an sie.

Am 30. Dezember starb der Kurfürst. Er war erst 50 Jahre alt.

Die Kurfürstin brach zusammen. Man schleppte sie in ihr Zimmer. Für Stunden bangte man um ihr Leben.

Als die Madonnenstatue in die Kirche zurückgebracht wurde, liefen die Menschen verzweifelt mit dem Bilde mit. Unter ihnen schlich sich Senftl nach Hause. Viele hießen ihn den Mörder Maximilians. Die silberne Büste des Stadtpatrons Benno, die in Bittprozessionen unter Klagen und Heulen des Volkes durch die Straßen geführt worden war, trug man leise wieder in die Stiftskirche zurück.

So ein trauriges Weihnachten hatte es seit den Tagen des großen Krieges nicht mehr gegeben. Schon war der Hofrat Andreas Andree, der bei der verwitweten Herzogin in allerhöchster Gunst stand, nach Mannheim unterwegs, um dem Vetter aus der zweibrückischen Linie die Nachricht vom Tode des letzten Wittelsbachers aus der bayerischen Linie zu überbringen. Einen Tag und eine Nacht fuhr er durch, bis er vor dem pfälzischen Kurfürsten anlangte, der gerade aus der Silvestermesse kam. Als Carl Theodor hörte, dass er den Münchner Thron geerbt hatte – und von nun an München seine Residenz sein würde, denn das war Teil des Vertrages, da seufzte er tief: »*Nun sind deine guten Tage vorbei.*«

Seine düstere Ahnung sollte ihn nicht trügen.

Vielleicht schwante auch dem Hofrat Andree, dass ihm durch diesen Nachfolger noch manches Ungemach widerfahren sollte. Und die Münchner, die ihren neuen Regenten ohne Freude erwarteten, wussten es wenigstens noch nicht, dass für die nächsten 21 Jahre die guten Tage auch für sie vorbei sein würden.

Tagebucheintrag Franzisca, Ingolstadt, Sommer 1783

Heute hätte es mit Fanny fast eine Tragödie gegeben. Wir sind seit zwei Wochen hier bei der alten Tante. Fanny und Magdalena unternehmen Ausflüge und Spaziergänge miteinander. Weil sie hier alle und alles kennen, lasse ich sie auch ohne Aufsicht ausgehen. Heute, ganz in der Früh, als Gallus und ich noch schliefen, sind beide heimlich spazierengegangen. *Fannys Vorwitz erstreckte sich so weit, daß sie auf dem hohen, oberen Pfarrthurme ohne mein Wissen das Brett bestieg, von welchem ein armer Maurer den Tag vorher aus Schwindel herabgefallen war. Es liegt ihr wie eine Krankheit im Blute, kühn und sonderbar zu seyn.*

Ich weiß nicht, was sie zu dergleichen Verwegenheiten treibt. Heute wurde mir zum ersten Male wirklich Angst um sie. Ich habe nicht vergessen, wie sie vor fünf Jahren schon einmal in Lebensgefahr geriet, als sie in die Donau stürzte.

Im eilften Jahre ging sie mit ihrer kleinen Schwester allein ans Ufer der Donau. Das Ufer sank mit ihr unter; ihre Schwester war weiter am Gestade,

warf sich auf die Erde und warf ihr Röckchen, das sie an die Füße befestig-
te, ins Wasser, und so kamen sie wieder nach einer Stunde zu mir auf dem
Lande.

Und damals wie heute hat mir Fanny geradezu triumphierend davon berichtet, so, als habe sie ein Abenteuer erwartungsgemäß siegreich bestanden.

Schon zweimal ist sie dem Tod entronnen. Aller guten Dinge sind drei,
heißt es.

Ich hoffe es. Mir ist ganz kalt ums Herz.

Wenn ich an ihre Kindheit denke, wie sie aus heiterster Laune ganz plötzlich in Schwermut fiel, wie sie auch jetzt noch in einer Minute lacht und
weint – ja, das Schlimmste, wie sie mit heiterer Miene sagt, sie werde einst
eines seltsamen Todes sterben – wie sich ihr Klavierspiel unversehens vom
Adagio zum feurigen Allegro steigert, dann wird mir bang ums Herz.

Sie erscheint mir wie ein Wesen, das nicht in diese Welt passt.

XI

*E*ckhardshausens Vortrag

Glückswürdigkeit, nicht Glückseligkeit

Franzisca ließ die Augen auf ihrem Teller ruhen. Die Hofratskanzlerin, die –
anlässlich eines Vortrags des Hofarchivars Baron von Eckardshausen – zum
Tee gebeten hatte, besaß wunderschönes Porzellan. Heute war der Teetisch
mit dem blaugrauen englischen Service gedeckt und Franzisca verlor sich in
den darauf abgebildeten Szenen einer idyllischen Landschaft.

Dies war eine höchst willkommene Möglichkeit, für eine Weile dem un-
vermeidlichen Austausch von Höflichkeiten und Komplimenten zu entfliehen, die solche Teenachmittage einleiteten, ohne die Schicklichkeit zu ver-
letzen. Denn Franzisca wahrte offensichtlich sorgfältig die Schicklichkeit.
So schien sie eben jetzt den lobenden Ausführungen über Eckardshausens
letzte Rede aufmerksam zu lauschen, jener »von der Achtung, die man dem
gemeinen Manne schuldig ist«, während sie sich in Wahrheit in die auf ihrem Teller gemalte Szene versenkte:

Vor einem niedrigen Gasthaus war soeben unter dem mit Reet gedeckten

Dach eine Reisekutsche eingetroffen. Der Kutscher stieg ab und öffnete den Schlag. Der Wirt trat aus der Tür und verbeugte sich, während er mit ausgestreckter Hand zum Eintreten einlud. Schon taten sich einige der kleinen, mit winzigen runden Scheiben verglasten Fenster auf, und neugierige Gäste spähten nach den Neuankömmlingen. Hinter dem Wirtshaus wand sich der ansteigende Weg durch eine Landschaft, in der kleine, weiße Hütten verstreut lagen, hinauf zu einer Burg auf dem Hügel.

Franzisca vermochte sich mit Leichtigkeit so in diese Szene zu vertiefen, dass sie Teil davon wurde. Sie verließ die Kutsche und ließ den Blick den Weg hinauf zur Burg wandern. Dann trat sie, sich unter der niedrigen Tür bückend, in das Gasthaus ein und stieg, von einem voraneilenden Diener geführt, eine an beiden Seiten von hohen, geschnitzten Brüstungen flankierte Treppe hinauf. An der ersten Windung verharrte sie und blickte nach oben, wo die Stufen auf einem Absatz endeten, von dem rechts und links die Gänge mit den Kammern abzweigten.

Gleichzeitig verfolgte sie mit halbem Ohr die entbehrlichen Äußerungen der Gräfin Spreti, die die Wichtigkeit des heutigen Themas unterstrich. Schon als Kind hatte Franzisca solche Spaziergänge auf dem Porzellan unternommen. In Ingolstadt besaß die alte Tante nämlich ein kostbares chinesisches Teegeschirr, das sie wie ihren Augapfel hütete, nur mit eigenen Händen reinigte und ausschließlich zu besonderen Gelegenheiten auftragen ließ. Auf diesen Tellern und den papierdünnen Wänden der Tassen waren in zartem Rot und Gold ländliche Szenen dargestellt mit in Gärten wandelnden Geishas und Dienerinnen, die kniend den Tee servierten. Franzisca hatte, wenn dieses Geschirr wieder einmal hervorgeholt wurde, es jedes Mal kaum abwarten können, sich unter die Gestalten in jene Gärten zu mischen. Es bedeutete für sie ein köstliches Vergnügen, unter ihnen wie in einem einstigen, längst vergangenen Leben umherzugehen.

Sie blickte auf. Westenrieder war an das Stehpult getreten, um in Eckardshausens Vortrag einzuführen. Seine Züge zeigten, dass er wieder leidend war, er sprach nur mit Mühe. Der Kinnbackenkrampf, an dem er schon länger litt und gegen den es kein Linderungsmittel gab, hatte ihm die weitere Lehrtätigkeit unmöglich gemacht. Seit drei Jahren war er vom Lehramt entbunden. Aber das war ihm auch recht, denn so konnte er sich ganz der Forschung und der Schriftstellerei widmen. Soeben war sein Buch »Das Leben des guten Jünglings Engelhof« erschienen, das lobende Aufnahme gefunden hatte. Westenrieder war ein empfindsamer und empfindlicher, strenger Mensch. Er suchte dies unter einer gleichbleibenden Höflichkeit zu verbergen. Es galt als nicht leicht, seine Gunst und Freundschaft zu erlangen. Einmal hatte sie ihn sagen hören: »*Leute, die mich nur zerstreuen und die flüchtigen Stunden ausfüllen helfen konnten, wollte ich nicht, und andere Leute fand ich nicht.*«

Diese selbst gewählte und stoisch ertragene Einsamkeit war in seine Züge eingegraben. Kritisch beobachtete er Menschen und Begebenheiten. Man wusste, dass er über alles, was er sah und hörte, Tagebuch führte. Es konnte also durchaus sein, dass man selbst bereits Gegenstand dieser Notizen war oder es bald werden würde. Franzisca und Westenrieder waren gleichaltrig. Aber während sie ein Bild blühenden Lebens bot, sah man in seinen gelblich blassen Zügen die Spur von Entsagung und Leiden. Er begann seine Einleitung damit, dass unser aller verehrter und hochgeschätzter Herr Hofarchivar keiner Vorstellung bedürfe. Denn allgemein sei er ja als ein wahrer »pozzo di sapienza«[32] bekannt, weshalb man mit gespannter Erwartung seinem heutigen Vortrag entgegenblicke. Bekanntlich arbeite er seit Längerem an einer Sammlung unerklärlicher Ereignisse und merkwürdiger Visionen, die er in der Zukunft herauszugeben hoffe, und eben über dieses Thema gedenke er heute zu referieren.

Lächelnd trat Eckardshausen an das Pult. Seine freie, vornehme und liebenswürdige Art machten es zum Vergnügen, ihm zuzuhören, umso mehr, als seine Ausführungen nie doktrinär oder belehrend waren. In seiner Person, so sagte man, vereinige sich wahre christliche Frömmigkeit mit wirklicher Aufgeklärtheit. »Meine verehrten Damen und Herren«, begann er, »selbst in unserem aufgeklärten Jahrhundert, das sogar das philosophische genannt wird, sind noch viele Ansichten und Meinungen anzutreffen, die schon allein dem gesunden Menschenverstande Hohn sprechen, geschweige denn unserem Stande der Wissenschaft. Noch immer verdunkelt der Aberglaube viele Lebensbereiche, wo längst das Licht der Vernunft leuchten müsste. Und leider maßen sich auch manche Zeitgenossen an, unter dem Mantel der Wissenschaft durch Bauernfängerei die Gemüter in die Irre zu leiten. Ich erinnere hier an Gaßner, *der lange ein simpler Weltpriester war, ehe er sich als Wunderheiler in ganz unerwarteter Mirakelmache feiern ließ-*

---

[32] Brunnen der Weisheit.

Max, unser geliebter, leider allzu früh dahingegangener Kurfürst, sagte über ihn, ehe er ihn seiner Lande verwies: ›*Es sind fisikalische Wirkungen aus ganz natürlichen Ursachen; nur ist zu bedauern, daß die Religion mit ins Spiel gemischt und beleidiget wird.*‹ Und eben dieses – die unwürdige Vermischung von Aberglaube und Religion ist mein Anliegen, ist es, worüber ich hier zu Ihnen sprechen möchte. Immer noch drohen Väter und Mütter ihren Kindern, die nicht schlafen wollen, mit dem schwarzen Mann. Immer noch glauben ledige Jungfern an gewissen Zeichen in bestimmten Nächten zu erkennen, wer dereinst ihr Eheliebster werden wird. Solches ist Relikt einer Zeit, die wir hinter uns gelassen haben, die wir abgestreift haben, wie die sich häutende Schlange die alte Haut abstreift, um die zu werden, die sie werden soll. Jedoch dürfen wir solchen Aberglauben nicht vermischen und verwechseln mit Erscheinungen ganz anderer Art, die manchmal in unsere gewohnte Welt einbrechen, Erscheinungen, die uns verwundern, ja, sogar verstören können. Phänomene nämlich, die Menschen zu allen Zeiten gekannt und bezeugt haben, und die uns unverändert auch in unserem aufgeklärten Jahrhundert geschehen, weshalb mancher darüber offen zu reden nicht den Mut findet, weil er fürchtet, als abergläubisch verspottet zu werden. Wir kennen aber alle solche Berichte, wo in Träumen oder Visionen der Tod eines nahestehenden Menschen angekündigt wird, wo Ereignisse, die erst in der Zukunft stattfinden, in der Gegenwart vorausgesehen werden. Und ich zweifle nicht daran, dass auch dem einen – oder der einen – oder anderen unter Ihnen, meine verehrten Damen und Herren, Derartiges widerfahren ist.«

Franzisca lächelte, sie hatte seinen raschen Blick aufgefangen.

»Solche Phänomene aber«, fuhr Eckardshausen fort, »sind – soweit die Berichte allen Nachforschungen standhalten – Zeichen einer Wirklichkeit, die wir nicht – vielleicht nur noch nicht – zu erfassen vermögen, an der wir aber gleichwohl Anteil haben. Unsere Sinne sind nämlich jener uns unbekannten Wirklichkeit zugeordnet, das bedeutet, unsere Sinne reagieren auf diese uns bisher nicht erfassbare Wirklichkeit, so wie sie gleichfalls auf die uns erfassbare, uns umgebende Wirklichkeit reagieren, indem sie uns deren Geruch und Geschmack, ihre Geräusche und Bilder mitteilen. Ebenso reagieren auf diese noch nicht fassbare Wirklichkeit auch die Tiere, ja, ebenso die Pflanzen. Denn *durch was kömmt die Blume empor? Durch was erhebt sich der Baum?* Wir erfahren es, aber wir wissen es nicht! *Was wirkt in der Materie? Ist es nicht eine Kraft? Und ist außer dieser Kraft die Materie nicht ohne Leben?* Wir erleben solche Wunder täglich vor unseren Augen – doch empfinden wir sie deshalb nicht als unbegreiflich, weil wir uns an sie gewöhnt haben. Jene Visionen aber, die uns plötzlich einen Blick in eine ferne Zukunft oder eine längst vergessene Vergangenheit tun lassen oder in eine räumlich weit entfernte Gegenwart, jene Ahnungen, die uns etwas ankündigen oder vor etwas warnen, sie erschrecken uns deshalb, weil sie vergleichsweise selten unser gewohntes Leben durchbrechen. Aber sie dringen dennoch zu uns durch aus jener gleichen Wirklichkeit, durch eben jene Kraft, die den Baum aufrecht hält, die aus einem Samenkorn Frucht bringt, die den Abend und den Morgen, den Sommer und den Winter erschafft. Welche Welt ist es, die sich da der unseren zuneigt, welche Wesen lassen uns Einblicke in Vergangenheit und Zukunft tun?

Wäre es nicht möglich, daß diese Wesen auf eine uns verborgene Weise mittels der Einbildungskraft auf uns wirken, und, daß die Einbildungskraft das Organ ihrer Thätigkeit wäre? Und, wenn die Herrschaft der Vernunft die Einbildung bey dem Menschen schwächt oder gar aufhebt, nimmt vielleicht die Macht dieser Geister ab?

Ich meine ja, und eben darum werden solche Botschaften aus jener Wirklichkeit so oft für Aberglauben gehalten, mit dem sie jedoch nichts gemein haben und werden deshalb verschwiegen oder gar verspottet.

Jedoch besteht eine Gefahr: Es gibt Menschen, die meinen, sich jener Geister bedienen zu können, sie sich dienstbar machen zu dürfen, um Einblicke in jene uns verborgene Wirklichkeit zu erhalten. Dieser Weg ist nicht nur ein falscher, er ist ein höchst gefährlicher, denn diese Geister wissen von uns, wir aber nicht von ihnen. Wir müssen lernen, den Wust des Aberglaubens vom Schleier des nicht Erkannten zu trennen. Wir müssen aber ebenso lernen, die Erscheinungen lichter und dunkler Geister voneinander zu unterscheiden. Erinnern wir uns an die Worte Christi, wir sollten darum beten, dass uns die Unterscheidung der Geister gelehrt werde. Und erinnern wir uns auch daran, was er uns in dem von ihm gelehrten Gebet auftrug, wenn er sagt: Und führe uns in der Versuchung. Denn so lautet die wahre und richtige Übersetzung im Vaterunser und nicht die seit Jahrhunderten gedankenlos heruntergeleierte falsche: ›Und führe uns nicht in Versuchung‹ – die unsere Priester nicht zu berichtigen imstande sind. Wie denn könnte und wollte Gott seine Kinder in Versuchung führen? Vielmehr will Gott uns führen in der Versuchung, der wir aus eigener Kraft nicht zu widerstehen vermögen, denn, so fügte Jesus Christus hinzu, es kommt ›die Nacht, in der niemand mehr wirken kann‹. Ebenso aber müssen wir uns fragen: Warum brechen solche Phänomene in unser Leben ein? Warum geschehen sie uns? Was wollen sie uns sagen? Sie haben uns etwas mitzuteilen, wie rätselvoll sie sich auch oft äußern. Und viele von ihnen haben wir schon zu deuten gelernt im Lauf der Jahrhunderte, in denen sie sich den verschiedensten Menschen offenbarten. Ich will damit beginnen, Ihnen einige solcher gut beglaubigten Fälle vorzulegen. Jeder mag sie für sich dem Bereich des Aberglaubens oder dem einer anderen Wirklichkeit zuordnen. Anfangen werde ich mit einer Vision, die der große Swedenborg hatte, die er uns selbst überlieferte, eine nämlich, die ihn von der Völlerei heilte.«

Alle lachten und applaudierten, und Eckardshausen las vor, wie einst, als sich der Seher einem reichlichen Mahl hingab, es im Zimmer immer dunkler wurde und schließlich in einer Ecke ein riesiger, sitzender Mann erschien, der zu ihm sagte: »*Iss nicht so viel!*«

Franzisca hatte aufmerksam zugehört. Sie lauschte auch noch der rührenden Geschichte von dem jungen englischen Edelfräulein, dem kurz vor der Vermählung eines Nachts die lang verstorbene Mutter erschien und ihr sagte: »Morgen um zwölf Uhr wirst du bei mir sein!« Das Mädchen wurde von dem eilig herbeigerufenen Arzt für völlig gesund befunden. Am nächsten Morgen schrieb es an seinen fernen Vater einen langen Brief, in dem es ihm von der Erscheinung und der Vorhersage berichtete. Dann versiegelte es ihn ruhigen und heiteren Gemüts, setzte sich auf einen Stuhl mit fester Lehne, wie berichtet wurde, und spielte auf ihrer Zither. Als die Uhr zwölf Uhr schlug, starb sie plötzlich.

Franzisca versank in ihren eigenen Gedanken. Derartige Erlebnisse waren ihr nicht unbekannt und sie trug immer eine heimliche Sehnsucht nach weiteren im Herzen. Denn solch unerklärliche Geschehnisse umzogen die gewohnte Welt mit einem verheißungsvollen Strahlenkranz, der blitzartig hinauswies in Bereiche, in denen die rätselhaften Einzelteile des Lebens zu einem Gesamtbild gefügt waren.

Mit einem Ohr vernahm sie, wie Eckardshausen die Worte des verwandelten Paulus zitierte, die dieser nach der Vision ausrief: »*Gott weiß es – ich weiß es nicht – aber sie sind mir wirklich erschienen.*«

Paulus, den Lanz immer wieder in ihren Gesprächen hervorhob. Wie oft hatte er auf ihre Fragen dessen Worte angeführt: »*Jetzt sehen wir wie in einem Spiegel. Dann aber von Angesicht zu Angesicht.*«

Franzisca sprach zu niemandem – außer zu Lanz – über die seltsamen Erlebnisse, die hin und wieder in ihr Leben einbrachen und die sie nicht ängstigten. Sie spürte, dass diese Botschaften aus einem Zusammenhang zu ihr gelangten, der sie betraf, den sie aber nicht zu erfassen vermochte. Mehrmals im Leben war ihr eine rätselhafte plötzliche Hilfe zuteil geworden, die ihr Schlimmes ersparte.

Zum Beispiel hatte Franzisca die fatale Gewohnheit, beim Gehen die Fußspitzen ungenügend zu heben, insbesondere, wenn sie in Gedanken versunken war. So hatte es sich mehrmals ereignet, dass sie stolperte und stürzte. Und zwei Male war dies nicht im Haus, sondern draußen auf steinigem, abbrechendem oder zerklüftetem Grund geschehen. Einmal dergestalt, dass sie aus der Höhe auf ein Gitter im Boden und ein andermal gegen zwei eiserne Stangen zu stürzen drohte. Beide Male spürte sie, wie sie im Fallen gestützt und der Sturz dadurch abgemildert wurde. Im Falle der beiden eng nebeneinanderstehenden Stangen schien es nahezu unmöglich so zwischen sie zu stürzen, wie sie gefallen war, da der Zwischenraum nicht breiter als ihr Körper war.

Wenn sie daran dachte, fiel ihr die zwölfte Fee aus dem Märchen Dornröschen ein, die das Kind zwar nicht befreien konnte von dem auf ihm lastenden Fluch, nur zu lindern vermochte sie ihn. So wandelte sie die tödliche Verwünschung in einen 100-jährigen Schlaf.

Da war er wieder, der Kampf der guten und der bösen Mächte, die miteinander um den armen Menschen rangen. Und weil die guten und die bösen Mächte gleich stark waren, konnte keine von beiden siegen, und die guten Mächte vermochten den Fluch nur zu lindern.

Franzisca erinnerte sich auch an ihr Erlebnis im Frühsommer vor zehn Jahren, als Peter Ickstatt wenige Monate zuvor gestorben war. Damals saß sie lesend an einem schönen Sommernachmittag in Ingolstadt am offenen Fenster ihres Zimmers, das auf den Garten hinausging. Sie befand sich allein auf ihrem Stockwerk. Die Tante hielt im ersten Stock ein Schläfchen, und die beiden kleinen Mädchen beaufsichtigte die Magd im Garten. Plötzlich schreckte sie ein wohlbekanntes Geräusch aus ihrer Lektüre auf. Es war das rasche Ins-Schloss-Fallen einer Zimmertür. Und nur eine Tür auf diesem Stockwerk fiel mit diesem Geräusch zu: die Tür von Peters Arbeitszimmer.

Sie fuhr in die Höhe und gleich vernahm sie schon seine charakteristischen, leicht schleppenden Schritte, die sich auf dem Korridor her zu ihrem Zimmer bewegten. Vor Grauen sträubte sich ihr das Haar schmerzend auf der Kopfhaut. Sie wich bis ans Fenster zurück und umklammerte den Fenstergriff, aber sie konnte nicht schreien.

Nun waren die Schritte draußen an der Tür angekommen und hielten inne. Sie sah, wie der porzellanene Türknauf sich langsam drehte und dann wie unschlüssig sich wieder zurückwand.

Da kehrte ihr die Stimme zurück und sie schrie durchdringend: Nein! Noch einmal drehte sich der Knauf zögernd, aber die Türe öffnete sich nicht. Nach einem kurzen, furchtbaren Augenblick entfernten sich die Schritte und dann fiel die Tür des Arbeitszimmers ins Schloss.

Natürlich hatte sie Angst gehabt. Natürlich hatte es ihr gegraut. Dennoch wünschte sie sich, es möchten ihr noch mehr solcher Erlebnisse zuteil werden. Sie wunderte sich auch nicht im Geringsten über diese Erfahrungen. Sie sind wundersam, sagte sie sich, aber die Wunder geschehen denen, die sie nicht verwundern.

Sie entsann sich auch eines Traumes, den sie träumte, als Fanny noch ein Kind war. Ein Traum, von dem sie deutlich spürte, dass er sich ihr erst in der Zukunft enträtseln würde: Sie sah sich und Fanny, die da schon ein erwachsenes Mädchen war, in Kähnen über einen See gleiten. Jede saß in einem eigenen Boot und die Szene sah nach einem heiteren Ausflug aus. Jedoch lag der See in tiefem Dämmerlicht und schien sich im Inneren einer Grotte zu erstrecken. Die beiden Nachen kreisten wie im Spiel umeinander, ohne sich jedoch aufeinander zu zu bewegen. Sie sah, dass Fanny lächelte, ohne dabei ihre Mutter anzusehen, denn ihre Augen ruhten auf einer Ansammlung von Seerosen, die ihre weißen Häupter zwischen ihren Booten über die dunkle Wasserfläche hoben.

Dieser Traum schien ihr wie eine drohende Wolke, die darauf wartete, sich zu entladen. Sie hatte Fanny nie von ihm erzählt. Nicht nur, weil sie vermied, überhaupt daran zu denken, sondern, weil es eine von Fannys Marotten war, in merkwürdiger Gelassenheit von einem seltsamen Tod zu sprechen, den sie einst sterben würde. Und der Traum mit seinem stillen, dunklen Wasser, das durch eine unterirdische Grotte floss, erinnerte allzu erschreckend an den Lethe der Unterwelt, den die Toten auf ihrem Weg überqueren müssen.

Franzisca schob diesen bedrückenden Gedanken von sich und sah auf. Ihre Augen begegneten denen des Barons von Hegnenberg, der im Sitzen eine Verbeugung andeutete, wobei er leicht die Hand auf die Brust legte.

Soeben beendete Eckardshausen seinen Vortrag über seltsame Visionen und Ereignisse mit den Worten: »*Sich der Erscheinungen würdig machen, ist das Bestreben der Weisen. Sie zu provocieren ist das Werk der Unklugen.* Und nicht nur im Bereich der Erscheinungen aus einer anderen Wirklichkeit gilt dies, meine verehrten Damen und Herren, nein, ebenso in unserem täglichen Leben sollte uns stets vor Augen stehen, was in diesen Tagen ein höchst vielversprechender junger Schüler des großen Kant fordert: ›*Nicht die Glückseligkeit ist der Zweck unseres Daseins, sondern die Glückswürdigkeit.*‹[33]«

XII
Fanny lernt Franz kennen

München, Mai 1784
Fanny umarmte am Gartentor zum dritten Mal Mutter, Vater und die Geschwister, während Arco winselnd an der Kutsche hochsprang. Er kannte Geruch und Gestalt des Reiseproviantkorbes und wollte mit. Es war ein herrlicher früher Sonntagmorgen Anfang Mai. Von der Salvatorkirche läutete es. Die Rosa und die Theres knicksten noch einmal und beeilten sich, um nicht zu spät zur Messe zu kommen. »Behüt' dich Gott, Wandl«, sagte Fanny noch einmal zur Theres, dem Stubenmädel der Töchter, der sie diesen Namen gegeben hatte. Fritzchen, der kleine Bruder auf Franziskas Arm, hopste auf ihrem Arm auf und nieder und winkte Fanny beim Einsteigen mit den molligen Händchen zu. Der Kutscher blies ins Horn, schnalzte mit der Peitsche und das Gespann zog so kräftig an, dass Fanny auflachend rückwärts in die blauen Polster fiel. Ihr lebhaftes Mienenspiel und das we-

---

[33] Ausspruch des jungen Johann Gottlieb Fichte (1762–1814).

hende Tuch blieben noch sichtbar, bis die Pferde am Ende der Kapplerbräugasse um die Ecke bogen. Fanny atmete tief aus, rechts und links tastete sie nach den Taschen, um sich zu vergewissern, dass auch die Bücher und ihr Schreibkästchen nicht vergessen worden waren. Heftig wie ein Wirbelsturm packten sie Unternehmungslust und Reisefieber. Sie freute sich auf Ingolstadt, auf das wunderschöne, alte Haus, auf den Garten und auf die Schwaigen. Die Schwaigen waren eigene Welten, hinter deren Grenzen die Erde zu enden schien. So, wie auf den mittelalterlichen Seekarten, auf denen die neuen Kontinente noch nicht verzeichnet waren, weshalb die Seeleute Angst hatten, vom Rand der bekannten Welt hinab in den leeren Raum zu stürzen. Diese alte Vorstellung faszinierte Fanny von jeher. Sie liebte das Bild der Erdscheibe, auf der der Mensch ausgestreckt lag und über ihren Rand ruhig hinabspähte ins unermessliche Nichts. Diese Vorstellung war seltsamerweise weit entfernt von jeder Beunruhigung. Im Gegenteil. Sie rief in ihr die Empfindung neugieriger, schaudernder Freude hervor, wie sie der Ausblick auf unerhörte Abenteuer gewährt.

Die Erinnerung an die Schwaigen war mit der Person des Oheims verbunden. Der alte Ickstatt hatte sie schon als kleines Mädchen – wie einst ihre Mutter, die »erste« Fanny – mit auf seine geliebten Güter genommen und ihr dort aus seinen Büchern vorgelesen. Seine Bücher, das waren die Alten, die Griechen und Römer, die von den Liebeshändeln der Götter, dem Ackerbau, den Kriegen der Vorzeit und den Irrfahrten der Helden erzählten. Der Oheim las diese Berichte auf griechisch und lateinisch so mühelos als wäre es Deutsch. Und während er las, übersetzte er fließend für Fanny und führte noch schmunzelnd einiges dazu an, was gar nicht darin stand, aber von irgendeinem anderen Dichter noch dazu berichtet wurde oder er seinerseits für erwähnenswert hielt. In die Unterhaltung wie in seine Reden mischte er lateinische Zitate – meistens solche, die Spott oder Zweifel ausdrückten –, viele von ihnen waren Fanny in lebendiger und heiterer Erinnerung geblieben. Und sie hatte angefangen, auch ihr Reden damit zu würzen. Wenn der Oheim von den Göttern und Helden der Vorzeit erzählte, pflegte er hinzuzusetzen: »Auch, wenn das alles 2000 Jahre und länger her ist, mein liebes Kind, das waren Menschen wie wir, nicht besser und nicht schlechter. Es gab schon immer solche und solche! Und«, fügte er, die Stimme hebend, hinzu, »die Pfaffen waren auch schon immer die nämlichen, ob in Tempeln oder in Kirchen. Es gibt zwar sogar unter ihnen löbliche Ausnahmen, tamen ceterum censeo,[34] sei immer auf der Hut vor den Pfaffen!«

So haftete die Erinnerung an die Götter- und Heldensagen und des Oheims heitere Einschübe und scherzhafte Warnungen an den flachen, weiten, menschenleeren Wiesen dort, und die Herren- und die Gröbnerschwaige waren für Fanny bukolische Landschaften, in denen die einstigen Götter und Helden unsichtbar wandelten.

Auch auf die alte Patentante freute sie sich, worüber Franzisca noch bei der Abfahrt spöttisch ihrer Verwunderung Ausdruck gegeben hatte. Im Gegensatz zu ihrer Mutter kam Fanny nämlich gut mit der alten Tante aus, allerdings hatte diese ihre Großnichte auch hundertmal lieber als ihre Nichte Franzisca. Die alte Baronin war zwar verwitwet, jedoch keinesfalls untröstlich. Sie zehrte von Ansehen und Vermögen des heimgegangenen Gemahls und befand sich recht wohl seit seinem »Hintritt«. Man wusste, dass sie streng und wachsam war. Ihr besonderes Augenmerk galt der Sparsamkeit. Sie geißelte jede Verschwendung. Es war ein hochherrschaftliches, glänzendes Leben, das die Baroninwitwe in ihrem fünfstöckigen Palais führte, das nicht nur das prächtigste und höchste Haus von Ingolstadt war, sondern auch eines der schönsten im ganzen oberen Bayern. Seitdem ihr Mann, der Baron von Ickstatt, vor acht Jahren das Zeitliche gesegnet hatte, lebte sie nahezu allein in dem fürstlichen Anwesen. Das geräumige Erdgeschoß stand ganz ihrer Dienerschaft zur Verfügung, während sie in der Bel Etage residierte. Das zweite Stockwerk war Gästen vorbehalten, das dritte an einen Professor vermietet und der vierte Stock diente weiter als private Burse für adelige, zahlungskräftige Studenten. Das fünfte Stockwerk bestand noch immer nur aus einem riesigen Tanzsaal, der ringsum mit Fenstern versehen und zudem durch ein Glasdach belichtet war. Hier wurden wie früher Festlichkeiten abgehalten und die Hochzeiten der Familie gefeiert. Zwischen dem Palais und dem weit dahinter liegenden ummauerten Garten zog sich der lang gestreckte Hof hin, der den Pferdestall, das Kutschenrelais mit der darüber liegenden Kutscherwohnung und den Geräteschuppen beherbergte. Auch das gegen den Fuchs gesicherte Haus für das Geflügel befand sich dort sowie der Abtritt für die Dienerschaft. Die Baronin selbst und ihre

---

[34] Dennoch bin ich der Ansicht.

Gäste bedienten sich natürlich bequemer Nussholzmöbel, die diskret in ihrem Innern versteckt, die Leibschüsseln enthielten. Der alte Oheim hatte ein solches in Engelland erworben, ein seltsames Monstruosum aus mit Leder überzogenem Holz. In Gestalt von längs und quer übereinandergelegten bunten Folianten schien es so täuschend einem Stapel großer, alter Bücher ähnlich, dass erst, wenn man die oberste Scharteke anhob, diese sich als Deckel erwies, unter dem ein prächtiges Gefäß aus glasierter Fayence zutage trat. Von der alten Baronin war Fanny dieser Foliantenthron zur alleinigen Benutzung bei ihren Besuchen zugestanden worden.

Sie machten einen Halt, um die Pferde zu füttern und zu tränken und noch einen, um Post mitzunehmen und beim Angelusläuten fuhren sie in Ingolstadt durch das Donautor ein. Als sie in die Schlossstraße einbogen, erblickte Fanny schon die Magd Vroni, die nach der Kutsche Ausschau hielt und sogleich ins Haus zurückstürzte, um die endliche Ankunft zu melden.

Die Baroninwitwe empfing Fanny mit weit ausgebreiteten Armen, die sie ihr aus ihrem Lehnstuhl entgegenstreckte, denn ihre Kammerfrau setzte ihr gerade eine frische Spitzenhaube auf. Sie war nun fast 80 Jahre alt – ihrer Beleibtheit wegen verwendete sie beim Gehen einen Stock mit einem silbernen Vogelkopf – am liebsten aber führte sie ihr Regiment von ihrem gepolsterten Lehnstuhl aus.

»Lass dich anschauen«, sagte sie und drehte Fanny an der Hand rechts und links herum. »Ein schönes Mädel bist du geworden, meiner Treu, und so groß. Als ich jung war, sind die Mädeln nicht so hoch aufgeschossen, aber wirst halt auch gut genährt«, schloss sie und ließ ihr Lorgnon einschnappen. »Gleichst viel mehr deinem Vater als deiner Mutter«, setzte sie noch mit unverhohlener Befriedigung hinzu. Fanny warf lachend die Locken zurück. Das war nichts Neues. Die Tante und die Mutter hatten nicht viel füreinander übrig. Aber es schickte sich, so zu tun, als habe man das gar nicht gehört.

Die Baronin fragte nach allen Geschwistern einzeln und nach dem Stiefvater, den sie gerne bedauerte. Sie ließ auch keine Gelegenheit aus zu erwähnen, dass er daheim ja wenig zu lachen habe. Und auch dieses Mal seufzte sie: »Er hats halt nicht gut getroffen, der Arme!« Dass ihr verstorbener Gatte daran allerdings nicht ganz unschuldig war, ließ sie wohlweislich unerwähnt. Erst zuletzt kam die Mutter daran. »Hat sicher wieder ein Gedicht veröffentlicht und einen Aufsatz verlesen!«, sagte die alte Baronin mit herabgezogenen Mundwinkeln. Fanny versicherte mit diebischer Freude, dass die Mama anlässlich der letzten Einladung bei der Hofratskanzlerin durchaus wieder bella figura gemacht habe. »Hast denn noch keinen Schatz?«, wollte die Tante dann wissen. Das war die übliche Reihenfolge und das fragte sie auch immer in ihren Briefen nach München. »Aber nächste Woche ist ja Concert beim Grafen Pappenheim im Schloss«, fuhr sie fort. Da werden sie alle da sein, die hübschen jungen Leut' von den Aretin, Lerchenfeld, Hegnenberg und natürlich auch die Offiziere. Und da wirst du Klavier spielen – und singen musst du, das kannst du doch so schön – und, ja, an jedem Finger wirst du dann zehne haben! Das seh ich schon.« Die alte Dame tätschelte heiter die Wange der Großnichte. »Hast denn überhaupt standesgemäße Garderobe dabei oder müssen wir noch zur Putzmacherin?«

Fanny beugte sich gerührt über die alte Frau und küsste sie. »Nein, liebe Tante, ich hab schon alles dabei – aber … wer weiß?«

»Freilich«, eiferte sich die Baronin, »sag ichs doch! Deine Mutter hält das Geld ja immer im Sack. Wo mein gottseliger Gatte euch so reich ausgestattet hat! So, Vroni, bring jetzt den Kaffee für das Fräulein, aber mir bringst meine heiße Schokolade, sonst schlaf ich nicht auf die Nacht. Ich kann mich nicht anfreunden mit der neumodischen schwarzen Brüh. Aber lang mir noch zuerst mein Veilchenwasser herüber!«

Gleich am nächsten Tag fuhren sie auf Fannys Bitten in die Schwaigen hinaus, nach Hundszell. Der Pächter und seine Frau standen am Hofeingang zuseiten des geschwungenen Torbogens, den der Oheim mit seinem Wappen hatte bemalen lassen, und verbeugten sich. Castor schoss herbei und wirbelte vor Freude laut winselnd auf den Hinterpfoten um sich selbst, als er Fanny erkannte. Er folgte ihr auch in die Kapelle zu dem alten Gemälde, auf dem das Ickstatt'sche Palais in seiner schlichten und strengen Gestalt vor dem Umbau zu sehen war. Zu seinen Füßen las sie wieder die Geschichte des Muttergottesbildes, das einst seinen Giebel geschmückt hatte, als es noch nach seinem alten Besitzer das »Crollolanza«-Haus hieß.

In dem von niedrigen Gebäuden eingefassten Hof schritten bunte Hühner, deren leises Gegacker unterging im Plätschern des Wasserstrahles. In der Hofmitte erhob sich aus dem viereckigen Becken die steinerne Säule des Laufbrunnens. Auf der Bank vor dem Pächterhaus lag zusammengerollt die rote Katze. Alles war noch immer so, wie sie es seit jeher gekannt hatte – unverändert, freundlich und zugewandt, wie im Paradies.

Fanny schlug Kaffee und Erfrischungen aus, es zog sie gleich auf die Wiesen hinaus. Die Baronin nahm dagegen die Gelegenheit wahr, einen Blick in die Pachtbücher zu werfen.

Fanny lief mit ausgebreiteten Armen jubelnd auf dem Mittelpfad durch die unendlich scheinende, flache Graslandschaft, bis sie außer Atem gegen einen Baumstamm taumelte. Schon als kleines Mädchen war sie so in die menschenleere Landschaft hinausrufend gelaufen, Laute suchend, von denen sie hoffte, es möchte sie vor ihr noch niemand ausgestoßen haben. Rechts und links hielten die weidenden Rinder inne, wandten sich um und näherten sich ohne Hast mit großen, runden Augen über den mahlenden Mäulern. Fanny hatte nicht vergessen, einen Klumpen Salz in ihrer Kleidertasche mitzubringen. Mit geschlossenen Augen, leise kichernd und kreischend, überließ sie ihre Hand den rauen, kraftvoll saugenden Zungen, die ihre Finger nicht wieder freigeben wollten. Von der anderen Seite trabten Fohlen mit langen, hellen Mähnen heran und prusteten durch die samtenen Mäuler.

Nur der Oheim fehlte.

Sie schloss die Augen und meinte, ihn unter den Bäumen zu sehen, wie er langsam auf und ab gehend, hin und wieder leise lachend über einem Buch nickte. Die gänzlich menschenleere Landschaft, die in der Ferne mit dem Horizont verschmolz, erweckte den Eindruck, allein mit den Tieren auf der Welt zu sein. Diese Vorstellung hatte etwas unendlich Wohltuendes und Süßes. Zugleich aber lauerte auf dem Grunde solcher Süßigkeit auch etwas Wehes, etwas wie eine Warnung. Alles Verwunschene warnte ja davor, sich ihm gänzlich zu überlassen, es ließ einem sozusagen noch eine letzte Möglichkeit zur Rückkehr ins Leben. Denn das Äußerste an süßer Heimeligkeit grenzte schon an das Unheimliche, so wie eben jedes Übermaß bereits in sein Gegenteil hinüberlockte. »Nil nimis!«[35] hatte der Oheim oft gesagt und Fanny sah ihn dabei wie leibhaftig vor sich, wie er schmunzelnd bei hochgezogenen Brauen und gesenktem Haupt den Zeigefinger hob.

Der reinblaue Himmel nahm allmählich eine satte und dunklere Färbung an, und hin und wieder zog ein Windstoß durch die Äste. Es würde ein

---

[35] Nichts im Übermaß!

Gewitter geben, dachte Fanny. Sie sollte eigentlich den Rückweg antreten. Allerdings würde sie das nur aus Gehorsam und Pflichtgefühl tun. Sie liebte nämlich die Gewitter und es war ihr eine Lust, unter prasselndem Regen, brüllendem Donner und zuckenden Blitzen mit ausgebreiteten Händen jubelnd zu laufen. Auf halbem Wege hörte sie auch schon die Pächterin nach ihr rufen, und sah Castor mit pflichtbewusstem Bellen ihr entgegenspringen.

Am Nachmittag, als sie schon wieder in die Stadt zurückgekehrt waren, begann es erneut zu regnen. Und das bot die willkommene Gelegenheit, die alte Tante um den Schlüssel zum Dachboden zu bitten. Dort lagen nämlich in einer Truhe die Ballkleider der Mama, als sie noch ein Mädchen war, zusammen mit Bändern, Rüschen, künstlichen Blumen aus Seide und samtenen Pelerinen. Dazu gab es Fächer an perlmutten Stängchen in ihren schmalen, seidengefütterten Schachteln und feine Schuhe auf hohen Absätzen. Diesen vergangenen Herrlichkeiten entströmte ein sonderbarer Duft wie von wehmütiger und verlorener Erinnerung. Vom Garten herauf drangen die scharfen Schreie der Pfauen. Ihre durchdringenden Stimmen wollten gar nicht zu ihrer herrlichen Erscheinung passen. Als Fanny dies der alten Baronin gegenüber äußerte, antwortete sie, dies sei erst nach dem Sündenfall geschehen. Im Paradies hätten die Pfauen wie die Nachtigallen gesungen und seither schrien sie schrill aus Trauer.

Endlich kam der Tag heran, an dem abends das Konzert im Haus des Statthalters, Graf Pappenheim, stattfinden sollte.
Als Fanny neben der alten Baronin eintrat, wandten sich viele Köpfe nach ihr um, und manche neigten sich flüsternd zueinander. Graf Pappenheim war ein Mitglied des Illuminatenordens, dem längst eine große Zahl seiner Offiziere und der Adeligen der Stadt angehörte. Der Gründer Weishaupt stand im Gespräch mit dem Grafen Seinsheim und dem Gastgeber zusammen. An der Art, wie alle Weishaupt behandelten, war zu sehen, dass er inzwischen eine ehrfürchtig geachtete Persönlichkeit darstellte. Er war kaum mittelgroß und von schmaler Statur, sehr aufmerksam, wachsam und kalt. Seine Augen wechselten von steingrau ins Grünliche und quollen leicht hervor. Er ist ein leiser Tyrann, dachte Fanny, und der Ausdruck gefiel ihr. Dabei wettert er doch immer gegen die Tyrannen.
Von rechts sah sie den Grafen Hegnenberg zielbewusst auf sich zusteuern.

Sie kannte ihn von München, wo er ja nur ein paar Häuser entfernt von ihnen wohnte. »Wie geht es«, fragte Hegnenberg, während er sich verbeugte, »der gnädigen Frau Mama? Ich bin untröstlich, sie heute nicht unter uns zu haben.«

Der Aretin und der Lerchenfeld sind auch untröstlich, hätte Fanny gern kichernd in einem ihrer fatalen Anfälle von sarkastischer Heiterkeit geantwortet. Aber sie bezwang sich noch eben und antwortete knicksend, dass es auch der Mama schrecklich leid sei, dass aber Papas Geschäfte sie noch in der Residenzstadt hielten.

»Freilich, die Geschäfte«, sinnierte Hegnenberg, und es war leicht zu sehen, dass es nicht Geschäfte waren, an die er dachte.

Lanz kam herein. An der Schwelle nahm man ihm den langen, dunklen, faltenreichen Mantel ab und den an drei Krempenseiten hochgebundenen schwarzen Hut. Er sah stattlich aus in der violetten Samtweste mit den großen Silberknöpfen, die unter dem knielangen Überrock sichtbar wurde. Heute trug er auch seidene Strümpfe und Schuhe mit Schnallen aus geschlagenem Silber. Das war eine Seltenheit, gewöhnlich erschien er in schlechten, abgetragenen Kleidern, denn weder sah er auf sein Äußeres, noch besaß er Geld. Die Mama hatte Fanny einen Beutel voll Gulden mitgegeben, mit der eindringlichen Mahnung, diesen nur dem Herrn Professor selbst und erst dann auszuhändigen, wenn sie ihn allein antreffen würde.

Lanz trat auf Weishaupt und Seinsheim zu und begrüßte beide mit der ihm eigenen lebhaften Heiterkeit. Es war bekannt, dass nicht nur Graf Seinsheim es mit seinem Benefiziaten gut getroffen hatte, sondern auch Lanz mit seinem Brotherrn. Ließ doch Seinsheim seinen Benefiziaten dessen Interessen und Neigungen nachgehen, ohne auf Lanzens Residenzpflicht zu bestehen. Man hatte sich längst daran gewöhnt, dass der Pfarrer der Nachbargemeinde gewöhnlich für Lanz die Messen hielt, der sich mehr in Ingolstadt und München als in seiner Erdinger Gemeinde aufhielt.

Seitdem er zuletzt bei uns war, ist er stärker geworden, dachte Fanny, und älter auch. Aber die würdige, freundliche Ruhe, mit der er beim Eintreten alle und alles in seinen Blick fasste, löschte augenblicklich diesen Eindruck. Dabei fiel ihr ein, was sein Lieblingsdictum war, das die Mama oft zitierte: Die Ruhe des Gemüts steht über aller Wissenschaft.

Weishaupt begrüßte seinen treuesten und umtriebigsten Anhänger spöttisch mit: »Ave fulgurator«[36], was allgemeine Heiterkeit bei denen auslöste, die in der Nähe standen. Wussten doch alle von Lanzens Leidenschaft für Blitze. Wie die alten Etrusker pflegte er die Stellen, wo es auf freiem Feld eingeschlagen hatte, in Steinkreise einzuschließen. Sie seien nun sakrale Orte, erklärte er, und müssten unangetastet bleiben. Also hatte ihn Weishaupt, der für seine Anhänger die Ordensnamen wählte, scherzhaft mit dem Beinamen »fulgurator« belegt, wie einst die römischen Auguren den die Blitze herabziehenden Jupiter genannt hatten. Nirgendwo gab es schon so viele Blitzableiter wie in Bayern und das war auch Lanz zu verdanken. Allerdings hatte er einen schweren Kampf deswegen mit den Bauern führen müssen.

Die anderen Illuminaten begrüßten ihn mit seinem Ordensnamen »Sokrates« und sogleich bildete sich um ihn ein Kreis von redenden und lauschenden Gästen. Beim besten Willen kann er nicht schön genannt werden, sagte Fanny zu sich. Und dennoch streben alle zu ihm hin und ich auch. Sie verstand, dass Lanz zu den wenigen Menschen zählte, von denen ihre Mutter mit Verehrung und Achtung sprach.

Sie trat in seine Nähe und er bemerkte sie sogleich.

»Ich hab schon vernommen, dass du angekommen bist, mein Kind«, sagte er, fasste sie an den Schultern und blickte ihr freundlich in die Augen. »Du bist ja eine wirkliche junge Dame geworden, seitdem ich dich zuletzt gesehen habe.« Er fragte nicht nach Franzisca, sondern wollte nur wissen, ob daheim alle gesund und wohlauf seien.

An den Spieltischen hatte sich schon eine Gruppe von Damen und Herren versammelt und am Flügel spielte sich ein eleganter Offizier die Finger warm.

Der Graf Johann Friedrich zu Pappenheim, der nun im dritten Jahr den Posten des Statthalters innehatte, war ein vitaler, beleibter Herr um die 50 mit einem energischen und freundlichen Gesicht. Drei Ehefrauen waren ihm schon weggestorben, was ihm Kommentare verschiedenster Art eintrug – nun hatte er bereits die vierte und dazu mehrere Kinder. Er war bei seinen Kavalieren beliebt und nicht minder beliebt waren seine heiteren und üppigen festlichen Konzerte und Empfänge, die er im Schloss gab. Wie gewöhnlich bei diesen Empfängen verkündete er nun, was der Abend an

---

[36] Heil dir, o Blitzbezwinger!

Darbietungen und Überraschungen bringen würde. Unter den angekündigten Programmpunkten gab es Solostücke am Cello, mit der Flöte und an der Gambe, dazu würde sich die Mademoiselle Fanny am Klavier und als Sängerin präsentieren.

In Fannys in hellblaue Seide gebundenem und mit einem winzigen silbernen Stift versehenen Ballbüchlein standen die Namen ihrer Tanzpartner vermerkt. Der nächste, der für den Walzer vorgesehen war, ein Herr Franz von Vincenti, entpuppte sich als der Offizier, der gerade am Klavier saß und sie später beim Singen begleiten sollte. Es war ein ansehnlicher junger Mann in der hellblauen Montur der kurfürstlichen Armee, der jetzt bescheiden auf sie zutrat und sich im Näherkommen zweimal verbeugte. Vincenti, vom Regiment Deux ponts, stellte er sich vor und legte, als er sich aufrichtete, die rechte Hand auf die Brust. Es kam ihr so vor, als erröte er dabei, jedoch fand sie das ganz in der Ordnung, und es nahm sie für ihn ein, wie sicher, jedoch voll geradezu ehrfürchtigen Respekts er sie beim Tanz führte. Sie spürte seine Hand kaum, mit der er sie stützte. Er tanzte leicht und elegant und dabei hielt er sie so, dass ihr schien, er höbe sie über den Boden, sodass ihre Füße ihn gar nicht berührten. Mit Vergnügen verfolgte sie, dass man sie und ihn beobachtete und dass sichtlich anerkennende Urteile gefällt wurden.

Vincenti sprach nur wenig, aber seine Augen, die die Farbe reifer Brombeeren hatten, blieben auf ihrem Antlitz ruhen, während sie heiter und lebhaft allerlei erzählte. Sein Vater war Hofkriegsrat in München, jetzt wusste sie auch, warum ihr sein Name so vertraut geklungen hatte, ihre beiden Väter waren ja Kollegen im Hofrat. Vincenti sagte, er habe sie schon in den vergangenen Tagen in der Stadt – und auch schon in München – hin und wieder gesehen. Leider habe sie ihn aber nie zu bemerken geruht. Sie lachten beide und Fanny wünschte, sie hätte alle noch folgenden Tänze nur an ihn vergeben.

Vincenti, ja, jetzt erinnerte sie sich auch, dass der Papa öfter seinen Namen mit Achtung genannt hatte und erwähnt, dass die Vincenti – wie viele andere italienische Familien – vor über 100 Jahren, im Gefolge der savoyischen Prinzessin Enrichetta Adelaide, nach Bayern gekommen waren. Als dann vor sieben Jahren Carl Theodor den Thron bestieg, hatte auch er seinen pfälzischen Hofstaat aus Mannheim in die Residenzstadt mitgebracht, und darunter war auch Jakob von Vincenti, den er zum Hofkriegsrat ernannte.

Fanny erzählte von den ersten fünf Jahre ihres Lebens, die sie in Ingolstadt verbracht hatte und dass sie häufig noch hierher – zur alten Patentante – auf Besuch käme. Es stellte sich heraus, dass Franz darüber bestens Bescheid wusste – denn auch er pendelte zwischen Ingolstadt und den Besuchen bei seinen Eltern in München hin und her.

Fanny winkte der Baroninwitwe, die unter den Ehrengästen auf der mit Blumengirlanden geschmückten Tribüne ihren Platz hatte, beim Tanzen zu. Und Miene und Geste, mit der die Tante antwortete, drückten Anerkennung und Zustimmung für den Tänzer aus. Auch Lanz sah nach ihr und manchmal winkte er auch. Aber sie bemerkte, dass er nachdenklich war, und sie hätte gern gewusst, was er dachte.

Dass die Vincentis ursprünglich aus Italien stammten, das war dem Franz noch immer anzusehen. Er hatte nicht die oft ins Rötliche spielende Haut der Bayern und auch nicht ihren oft groben Körperbau. Seine Gestalt bewies – so befand Fanny bei sich –, dass ein Körperbau zwar zartgliedrig, dennoch aber kräftig sein konnte. Ebenso, wie auch ein Lächeln – seines nämlich – zugleich heiter und dennoch melancholisch wirkte. Eine contradictio in adiectu, würde dazu der Oheim sagen, ein Widerspruch in sich selbst, aber so widersprüchlich waren eben die Südländer, so harmonisch sie auch wirkten. Fanny wusste das von ihrer Mutter, die aus ihrer Neigung zu den Südländern keinen Hehl machte. Vincentis starkes, welliges Haar schimmerte in den Tönen der Kastanie, wenn die Sonne darauf fällt, und die Haut seines Gesichtes und seiner Hände erschien im Licht der unzähligen Kerzen wie mattgoldenes Wachs.

»Sie werden mich also dann am Klavier begleiten«, sagte sie, als er sie zu ihrem Platz zurückbrachte, und er antwortete mit einer Verbeugung leise auf Italienisch: »Non vedo l'ora!«[37]

Offenbar setzte er voraus, dass sie die Bedeutung dieser Worte kannte und sie verstand sie auch wirklich, hatte doch der Oheim gern ironisch so geantwortet, wenn einer sich unterstehen wollte, ihm längst Bekanntes zu unterbreiten.

Schließlich – endlich – war es so weit. Im Programm erschien unter dem Punkt Gesang: Baronesse Franzisca von Ickstatt: »Der Liebe Macht herrscht Tag und Nacht« und »An den Schlaf« begleitet am Clavicord von Leutnant Franz von Vincenti.

---

[37] Ich kann es kaum erwarten!

Kräftiger Applaus erhob sich, als Fanny neben dem Klavier stehend das erste Lied ankündigte, und Franz nach einer Verbeugung Platz nahm. Mit einem Arpeggio – sozusagen als Begrüßung und Huldigung an das Instrument – begann er und blickte dann abwartend zu Fanny auf. Und Fanny begann zu singen. Sie kannte kein Lampenfieber, weder wenn es ums Singen noch ums Reden oder ums Improvisieren am Klavier ging. Im Gegenteil, sie sang, spielte und redete mit großem Vergnügen vor Publikum. Aber diesmal würde sie nur für ihn singen, für Franz, denn, wie seltsam und wunderbar traf es sich, dass es auch sein Lieblingslied war, das zu singen sie angekündigt hatte.

XIII

Die erste Liebe

München, Juni 1784

Nach sechs Wochen kehrte Fanny in die Residenzstadt zurück. Als sie in München einfuhr, fühlte sie sich, als käme sie aus einem anderen Leben. Das lag nicht daran, dass sie nach dem kleinen altertümlichen Ingolstadt mit seinen holprigen, gewundenen Gassen jetzt wieder Münchens breite Straßen mit seinen prächtigen Gebäuden und bunt bemalten Fassaden erblickte. Es lag an ihrer inneren Welt, die noch in Ingolstadt und den Erlebnissen geblieben war. Und es kam vor allem von ihrer heftigen, unstillbaren Sehnsucht nach Franz, den sie schon jetzt quälend vermisste.

Er hatte sie zur Abfahrt an die Kutsche gebracht und sich mit einem letzten Kuss beim Einsteigen verabschiedet. In den offenen Schlag schüttete er ihr einen Korb voll roter Rosen in den Schoß, den sein Bursche unter einem Tuch verhüllt getragen hatte. »Ich komm ja bald nach München«, flüsterte er ihr ins Ohr, »im August bekomm ich ganz sicher Urlaub.«

Dann zogen die Pferde an und ihre vor dem Fenster ineinander verflochtenen Hände wurden unerbittlich auseinandergerissen. Fanny biss sich auf die Lippen, um nicht aufzuschluchzen. Sie winkte nur mit einer Hand, die andere hielt sie vor den Mund gepresst. Erst, als Franz immer kleiner werdend schließlich verschwand, überließ sie sich ihren Tränen. Ach, es war ja erst Mitte Juni, und bis er nach München kommen könnte, würden noch zwei Monate vergehen.

Die vergangenen Wochen umhüllten sie in Bildern voller Seligkeit und Süße: Die Ausfahrten mit Franz und der Tante an die Donau, die Bootsfahrten auf der Schutter, die Picknickgesellschaften im Garten des Ickstatt-Palais und die Abende im Theater, wenn sie Franz aus ihrer Loge heraus mit dem Theaterglas nahe zu sich zog. Dann die Sonntage, an denen sie einander über das Gestühl hinweg in St. Moritz oder in der wunderschönen Kirche Maria de Victoria zulächelten. Ach, München würde leer sein, solange sie ihn nicht wieder an ihrer Seite hatte. Wie hatte sie bisher leben können, wie sich glücklich wähnen, bevor sie ihn kannte?

Alles, was sie sah und hörte, war wie durch Zauber mit Franz verbunden. Sie meinte, ihn überall zu sehen, sein Flüstern noch an ihrem Ohr zu hören, ja seine Hand zu spüren, die um ihren Nacken fasste, und sie an seine Brust zog. Fanny zitterte. Sie lachte und weinte gleichzeitig und sie schalt sich dabei.

Allmählich aber wandten sich ihre Gedanken einer Sorge zu: Die Mama hatte auf ihre Briefe, in denen sie von der Begegnung nach Hause berichtete, nur beiläufig geantwortet: Schön, dass du angenehme Gesellschaft gefunden hast, mein Kind, es freut mich, dass dir der Aufenthalt Vergnügen bereitet, und so weiter. Ein anderes Echo hatten Fannys Jubelschreiben über den jungen, eleganten Offizier, seine Liebenswürdigkeit, sein Klavierspiel und seine Tanzkünste nicht in ihren Antworten hinterlassen. Sogar die Zettelchen der alten Tante, die sie Fannys Briefen mit Lobesworten und Komplimenten für Franz hinzugefügt hatte, waren keiner Reaktion gewürdigt worden.

Und auch jetzt, wenn sie von ihm erzählte, fand sie wenig Interesse bei der Mama. »Aber Kind«, erwiderte sie, »erst Leutnant mit 25 Jahren und man weiß ja, wie elend der Kurfürst besoldet. Das ist doch wirklich kein Kandidat für dich!«

Ich kann mir das Leben ohne ihn nicht mehr denken, sagte Fanny zu sich. Sie zitterte in einer seltsamen Mischung aus Entschlossenheit und Bangigkeit. Das Glücksgefühl, das sie bei der Vorstellung einhüllte, ihr Leben mit Franz zu verbringen, wurde von der Furcht unterhöhlt, die Mama könnte ihrer Wahl ernstlich entgegenstehen. Denn Franz war nicht reich. Das hatte er ihr sehr bald gesagt.

»Ich darf mir keine Hoffnung auf dich machen«, hörte sie noch seine

Stimme, die die Tränen mühsam unterdrückte. »Ich habe noch elf Geschwister und meine Familie besitzt kein Vermögen.«

»Ach, Liebster«, war ihre Antwort gewesen, »meine Aussteuer reicht für uns beide für ein wundervolles, langes Leben – und für unsere Kinder. Mach dir deshalb keine Sorgen!«

So hatte sie zu ihm gesprochen. Aber sie selbst machte sich ja Sorgen: Die Mama war bei allem recht auf die Glücksumstände bedacht, wie sie agreable Verhältnisse nannte. »Fanny«, pflegte sie zu sagen, »glaub mir, sogar die Gefühle wollen weich gebettet sein, wenn sie am Leben gehalten werden sollen. Ich weiß, wovon ich rede!«

Die 60 000 Gulden, die der Oheim ihr und der Magdalena – je zur Hälfte – als Aussteuer hinterlassen hatte, lagen zwar bei den Vormündern, aber die alte Tante zog die Zinsen daraus, bis zum 18. Geburtstag oder der Heirat der Mädchen. Und das waren bei all ihrem Reichtum, in dem sie schwamm, erkleckliche Summen. »Auch davon kriegst du noch von mir«, hatte die alte Dame versprochen, als Fanny ihr jubelnd gestand, dass sie Franz heiraten wolle. »Und dazu ein Hochzeitskleid, wie es die Welt noch nicht gesehen hat.«

»Meinen Sie, liebe Tante, dass die Mama einverstanden sein wird?«

Fanny ließ das Gespräch noch einmal an sich vorüberziehen: »Nun, liebes Kind, du weißt ja, deine Mutter ist hinter dem Gulden her, wie der Teufel hinter der armen Seel! Kaum war sie mit dem armen Heppenstein verehelicht – da hat sie schon um die Übertragung der Pension deines seligen Vaters auf ihn nachgesucht, bis er die Besoldung als Hofrat erhalten würde. Damals ist er nämlich noch im Examen gesessen.« Die alte Dame nahm eine Prise Schnupftabak. Fanny hörte ergeben zu. Sie kannte die Geschichte, die die Tante nie aufzutischen vergaß. Sie wusste auch, was gleich folgen würde. »Und kurz darauf – da war sie schon mit der Sabina hoch in der Hoffnung«, die Baronin zögerte kurz, ob sie noch etwas hinzufügen solle, entschied sich aber dagegen, »da hat sie ein Gnadengesuch um Unterstützung eingereicht. ›Für meine drei lebenden Kinder‹, hat sie geschrieben. Dabei war die Sabina noch gar nicht geboren!« Die alte Dame schüttelte mit zusammengepressten Augen ihr spitzenummanteltes Haupt und nieste kräftig.

»Und der gute Max hat ihr alles beide gewährt«, schloss sie. »Gott hab ihn selig!«

»Sie meinen also, Tante …?«

»Nun, es wird sich schon finden, Kindchen«, begütigte die alte Baronin, »und du weißt ja, auf mich kannst du zählen!«

Ich muss umsichtig vorgehen, überlegte Fanny, ich darf nicht zu sehr darauf drängen. Es ist besser, damit zu warten, bis Franz selbst nach München kommt, damit die Mama ihn kennenlernen kann. Dann wird sie sehen, wie wunderbar er ist ... dass er für mich der Richtige ist.

Das Schlimmste war, dass die Mama ihre Liebe nicht einmal ernst nahm.

»Du bist eben verliebt, mein Kind«, sagte sie mit hochgezogenen Augenbrauen, als handele es sich um eine Fahrlässigkeit. »Gewöhne dich erst einmal wieder nach München, dann wirst du alles anders sehen.«

Sie wollte auch, nachdem sie Fannys begeisterte Beschreibung des ersten Abends beim Grafen Pappenheim mit sichtlichem Geduldsaufwand noch einmal angehört hatte, nichts weiter erfahren.

»Meine Liebe«, schloss sie, »er ist ja nicht der einzige hübsche junge Mann aus gutem Haus auf Gottes Erdboden. Und ein schönes Gesicht und ein einnehmendes Wesen sind beileibe nicht ausreichend für ein gemeinsames Leben – vor allem nicht für ein standesgemäßes. Dieser Vincenti hat ja nichts – da frage nur Papa – außer noch elf Geschwistern! Von seiner Familie ist also auf keine Zulage zu hoffen. Meinst du, dass du dann ein Leben wie bisher weiterführen könntest? Mit einem Haus in der Stadt und einem auf dem Land? Mit einer Equipage und Personal? Fanny, sei vernünftig! Willst du all das denn daran geben? Also, solange dieser Vincenti keine besseren Aussichten hat, ist an eine Verlobung nicht einmal zu denken!«

»Platz ist in der kleinsten Hütte für ein glücklich liebend Paar«, deklamierte Fanny.

»Ja«, erwiderte Franzisca mit einem kleinen spöttischen Auflachen, »ja, liebes Kind, für eine Woche.«

Aber Fanny war beharrlich und zudem hatte sie den sprichwörtlichen Eigensinn ihrer Mutter geerbt. Ich will und kann ohne Franz nicht leben, sagte sie sich. Ich muss nur standhaft bleiben, dann wird die Mama schließlich nachgeben.

Außerdem habe ich die alte Tante auf meiner Seite.

Heppenstein hatte versucht, etwas zugunsten der jungen Liebenden vorzubringen. »Der alte Vincenti ist doch ein hochgeachteter Mann«, sagte er, »und die Familie ist angesehen.«

»Vom Ansehen aber kann man nicht herunterbeißen«, beschied ihn seine Frau kurz, und Heppenstein verstand, dass dazu nichts mehr zu sagen war.

Gottlob aber gab es die Post zwischen München und Ingolstadt. Zweimal täglich brachte und holte sie Briefe und einmal in der Woche kamen und gingen Sendungen zwischen der Residenz und der Universitätsstadt hin und her.

Franz hatte ihr auf ihr dringendes Bitten ein Medaillon mit seinem Bild gesandt und sie sich dafür mit ihrem eigenen revanchiert. Nun trug sie den Porzellananhänger, auf dem sein Gesicht in bunter Emaille glänzte, an einem Samtband Tag und Nacht um den Hals, jedoch versteckt im Dekolleté. Von vielen Küssen und Tränen, die häufig abgewischt wurden, hatten seine Züge schon gelitten.

Allerdings tauschten die Liebenden nicht nur Schwüre und Seufzer aus, sondern auch Gedanken und Meinungen zu aktuellen Ereignissen und zu neuen Erscheinungen auf dem Gebiet der Literatur. Am wichtigsten aber waren doch die Ausblicke auf den Urlaub, den Franz nun wirklich im nahen August erhalten sollte und den er bei seinen Eltern in München verbringen würde. Fanny fieberte und flatterte dem Wiedersehen entgegen. Manchmal glaubte sie, bis dahin nicht mehr durchhalten zu können.

»Kann man denn vor Liebe sterben?«, fragte sie sich selbst und die Wandl. »Ich mein schon«, antwortete die Wandl, »aber halt nur dann, wenn man einander nicht kriegt.« Die Wandl befand sich nämlich in einer ähnlichen, wenn auch durchaus hoffnungsvollen Lage: Sie war mit dem Aushilfsturmschreiber verlobt, den sie heiraten würde, sobald der das Amt erhielte.

Als Fanny endlich an einem Nachmittag im August Vincenti an der Frauenkirche wiedersah – er schien sich schwebend auf sie zuzubewegen und es kam ihr eher wie eine Erinnerung vor, denn wie ein gegenwärtiges Geschehen flog sie in seine Arme und flüsterte: »Nie mehr lasse ich dich von mir, nie mehr!«

Fanny war selig, die Mutter hatte ihr erlaubt, Franz in schicklicher Weise – wie sie stets betonte – täglich an der Kirche zu treffen. Die Wandl freilich musste dabei immer mit. Jedoch zeigte sie dem schönen jungen Offizier gegenüber nicht nur die gebotene bewundernde Ehrfurcht, sondern hielt sich auch stets in einer gerade noch verantwortbaren Entfernung, wenn die beiden jungen Leute einander am Kaiser-Ludwig-Grabmal trafen. Dort standen sie Hand in Hand im bunten Dämmerlicht der vielfarbigen Glasfenster und flüsterten miteinander von der Zukunft.

Aber Franz hatte nur 14 Tage Urlaub, und die waren um, als Fanny meinte, ihn erst gestern wiedergesehen zu haben. Jedoch gab es einen Trost, ja
eine überwältigende Hoffnung: Franz versicherte, es würde ihm gelingen,
durch Vermittlung seines Vaters, des Hofkriegsrates, sich von Ingolstadt
nach München ins kurfürstliche Leibregiment versetzen zu lassen.

XIV
Mir hat Eros die Sinne erschüttert

München, September 1784
Franzisca lehnte am offenen Fenster ihres Schlafzimmers. Die tiefe Nacht war
noch sommerlich warm. Unsichtbar huschte und zirpte es in den Bäumen und
Hecken des Gartens. Das Plätschern des Springbrunnens ließ sich manchmal
laut und manchmal leise vernehmen, es klang wie zärtliches Flüstern.

Ach, zärtliches Flüstern.

Heute war sie 36 Jahre alt geworden. Der angesehene Schriftsteller Rot-
hammer hatte ihr seine gerade erschienene Biografie des vor sieben Jahren
verblichenen Kurfürsten zum Geschenk gemacht. Darin feierte er Franzisca als »am Leibe eine teutsche Venus und im Geiste eine Sappho« und er
nannte sie darin einen »Stern unter den Schönen«. Ihr zu Ehren hatte Fanny
gesungen und Vincenti, dem es gelungen war, sich nach München ins kurfürstliche Leibregiment versetzen zu lassen, durfte sie am Klavier begleiten.
Danach war Franzisca gebeten worden, aus ihren Gedichten vorzulesen
und hatte langen Applaus geerntet.

Heute war der Höhepunkt ihres Lebens erreicht.

Das empfand sie mit einer Tiefe und Sicherheit, als verkünde es ihr der
Schicksalsengel selbst. Vor Freude und hochgespanntem Glück konnte sie
nicht einschlafen. Und noch etwas hielt den Schlaf fern und Franziscas
Hand flehend ausgestreckt. Denn noch etwas musste das Schicksal gewähren, die Krönung all dieser Gaben: Liebe.

Sie war eine schöne, hochgebildete und gefeierte Frau. Sie lebte sorglos im
Wohlstand. Aber ihr Herz blieb leer dabei. Es bebte schon lange nicht mehr
vor Begehren und Erwartung. Und was war das Leben, wenn es nicht mehr

das zitternde Glück, das Hoffen und Bangen, das Verlangen nach ersehnter, süßer Erlösung bereithielt? Der gefeierte Dichter aus Weimar hatte die Worte dafür gefunden: »... und lieben, Götter, welch ein Glück!«

Dieses Glück genoss Fanny. Die Mutter sah es, wenn die Tochter nach Vincenti Ausschau hielt. Sie sah es neidlos, aber mit tiefer Sehnsucht. »Was für ein schönes, junges Paar«, hatten die Gäste geflüstert, »und wie gut sie zueinander passen!« Hin und wieder war die Frage laut geworden, wann denn die Verlobung bekannt gemacht werden würde.

Bis vor kurzer Zeit hatte Franzisca diesen dringenden Wunsch Fannys in unbestimmter Ferne belassen, um ihren Widerstand nicht zu bestärken, denn die Tochter hatte den Eigensinn der Mutter geerbt. Es war aber auch in der Hoffnung geschehen, Fannys Gefühle würden allmählich verblassen. Denn wie könnte sonst ein standesgemäßer Mann in ihr Leben treten, ein angesehener und wohlsituierter, der schon etwas galt und dem man nicht noch den Weg bereiten musste wie diesem Jungen, der kein Vermögen besaß und erst Leutnant war.

Und einen standesgemäßen Bräutigam zu finden, war nicht schwer. Thiereck und Eckardshausen würden Fanny nicht ungern für ihre Söhne sehen, wenn sie auch die Extravaganzen des Mädchens humorvoll betonten. Und der nicht mehr junge, jedoch reiche und kultivierte Hofrat von Egckher ließ ernstes Interesse erkennen. Allerdings gestalteten sich diese Pläne Franziscas nicht so reibungslos, wie sie gedacht hatte. Denn Fanny war nicht nur verliebt, sie wollte ihren Vincenti wirklich heiraten und sie arbeitete von Tag zu Tag beharrlich darauf hin, ihr Vorhaben so bald wie möglich zu verwirklichen. Unbeeindruckt von Franziscas abwiegelnden und ausweichenden Reaktionen sprach sie von Zukunft, Kindern und Familie. Ja, sie machte sich Gedanken, ob die Hochzeit besser in Ingolstadt oder in München ausgerichtet würde, und wann – jedenfalls, sobald es nur die Jahreszeit erlaubte – die Feier anzusetzen wäre. Es war, als höre und sehe, als wünsche und denke sie nichts anderes mehr als diesen Vincenti.

Also hatte Franzisca sich jüngst genötigt gesehen, zum ersten Mal klare Wort zu sprechen. »Fanny«, sagte sie, »jetzt ist es genug! Bis jetzt habe ich sicher geglaubt, dass du aufhörst zu träumen, dass du wieder zur Vernunft kommst. Aber ich sehe, dass du den Blick für die Realität gänzlich verloren hast. Es ist Zeit, dass du erkennst, wohin dein Weg führt, wer du bist und wer dieser Vincenti ist, der dir nicht das Wasser reichen kann. Ein kleiner

Leutnant, ohne Vermögen und ohne Aussichten. Wach auf! Nach einem halben Jahr – oder schon früher – würdest du jegliches Interesse an ihm verloren haben, würdest dich zurücksehnen nach deinem früheren Leben. Aber dann wäre es zu spät!«

Aber da war es zum ersten Mal zu einer ernsten Auseinandersetzung zwischen Mutter und Tochter gekommen. Zuerst schien Fanny wie erstarrt, dann brach es aus ihr heraus. Kalkweiß im Gesicht warf sie der Mutter Hochmut und Dünkel vor. Und noch Schlimmeres! »Du weißt ja nicht, was Liebe ist«, schrie sie, »du hast ja nie geliebt, sonst würdest du wissen, dass es noch anderes gibt als Vermögen, Ansehen und Geltung in der Gesellschaft! Ich liebe Franz. Ich will mit ihm leben!« Und nach einer unheilschwangeren Pause fügte sie mit leiser, entschlossener Stimme an der Tür hinzu: »Und ich werde mit ihm leben! Auch ohne deine Zustimmung.«

Seither wich Fanny jeder Auseinandersetzung aus, aber auch jedem Versuch Franziscas, noch einmal über das Thema zu reden. Die Mutter war klug genug, der Tochter nicht den weiteren Umgang mit Vincenti zu verbieten, um ihren Widerstand nicht noch zu befeuern. Außerdem setzte sie auf Zeit. Man musste Fanny erst einmal gewähren lassen. Die Augen würden ihr dann schon aufgehen!

Aber inzwischen war etwas geschehen, das in diese Pläne einen Keil trieb. Plötzlich gefiel es nämlich dem Schicksal, die Augen der Mutter auf Vincenti zu lenken. Zuerst erschien dies Franzisca als gänzlich gefahrlos, ja, sie nahm die ehrfürchtige Verehrung des jungen Mannes als reizendes Spiel, das ihr Gemüt wie mit Seide auskleidete. Und da sie Vincenti nicht als Schwiegersohn in Betracht zog, ging sie ein auf dieses Spiel, das mit Bewunderung und Ergebenheit lockte, ihrer Eitelkeit schmeichelte und ihre Strahlkraft sichtbar steigerte. Aber diese Strahlkraft brauchte stets neue Nahrung, um nicht zurückzusinken von ihrer errungenen Höhe in die frühere Lähmung. Sie schrie nach Aussichten und Verheißungen, sie hielt begierig Ausschau nach Aufmerksamkeit, nach Anzeichen von Neigung und Bewunderung.

Am Anfang hatte sie Vincentis Scheu als angemessenes und angenehmes Verhalten gesehen. Was musste ihre schöne und hochbegabte Fanny mit 30 000 Gulden Heiratsgut sich in einen solchen armen Schlucker verlieben, der nichts hatte als sein schönes Gesicht!

Schön allerdings war Franz, fast berückend schön, und die Ehrfurcht, die er ihr erwies, erweckte den Anschein, als sei er sich seiner Schönheit nicht einmal bewusst. Außerdem verhielt er sich geradezu unterwürfig, was bei Theres und Rosa unterdrücktes Kichern und bei Heppenstein amüsierte Kommentare zeitigte: »Eigentlich könnten wir Arco abschaffen«, sagte er, »der Vincenti hat doch jetzt seine Aufgabe übernommen, die Mama nicht aus den Augen zu lassen.« All das schmeichelte ihr, und es schmeichelte auch Fanny, dass selbst ihr Franz ihre gefeierte Mutter verehrte.

Franzisca war nicht nur eine schöne und elegante Frau. Es umgab sie auch ein Flair von Verführung und Verführbarkeit. Die Affäre mit Lanz war bekannt, sie wurde nie erwähnt und bildete doch den Hintergrund aller Beobachtung, der ihre Person ständig ausgesetzt war.

Aber dieser Hintergrund stellte eine »Warteposition« dar, die nach Bestätigung dürstete. Heppenstein galt allgemein als redlich, aber uninteressant. Er war einer von denen, die nur als Beilage zum Hauptgericht zur Welt gekommen zu sein schienen und ihr Eheleben gestaltete sich ohne ergötzlichen Aufwind. Den ehelichen Pflichten kam Franzisca nur nach, wenn sie sich ihnen nicht mehr entziehen konnte. So waren Margareta und Fritzchen auf die Welt gekommen, die jetzt fünf und drei Jahre zählten.

Einige von Franziscas Aufsätzen und Gedichten waren gedruckt worden und am Hofe nannte man sie die zehnte Muse. Aber das waren Zierden, die sich für ihren Nachruf eigneten, während das Leben selbst ohne Reiz und Überraschung dahinfloß und für alle Zukunft mit ebensolch erdrückendem Gleichmaß drohte. Was sie vielmehr brauchte, was sie ersehnte, waren überwältigende Eindrücke des Gemütes und der Sinne.

Und da war Vincenti aufgetreten. Manchmal kam er in die Nähe des Hauses, um Fanny abzuholen oder sie heimzubegleiten. Dabei hatte Heppenstein ihn einmal angetroffen und mitgebracht. »Gebt doch dem Kavalier unserer Fanny einen Bissen zu essen und ein Tröpfchen zu trinken«, sagte er, »es ist keine leichte Aufgabe, ihr den Hof zu machen.«

Und seither fand sich Vincenti immer wieder ein und inzwischen begleitete er die Familie in die Oper und in Konzerte. Fanny war selig. Nun würde einer Hochzeit nichts mehr im Wege stehen. In der Gesellschaft wartete man bereits auf die Ankündigung der Verlobung.

Aber mittlerweile hatte sich etwas ereignet, das – selbst, wenn die Mutter Fannys Drängen hätte nachgeben wollen – jeden Gedanken an eine Verlobung beiseite schob: Franziscas von langer Entbehrung geschärftem Gespür entgingen Vincentis rasch niedergeschlagene Blicke nicht, die er auf ihr Antlitz und auf ihre Gestalt richtete. Sie verhehlte sich auch nicht, dass sie sich in seiner Gegenwart mit bewusster Anmut bewegte und ihre Garderobe auf seine Anwesenheit ausrichtete. Sie betrachtete verstohlen seine Hände, seinen Mund und seine geschmeidigen, kräftigen Glieder, und ihr Blut floß schneller dabei.

Neulich war sie in der Halle auf ihn getroffen, als er das Haus betrat, und sie es eben verlassen wollte. Er blieb stehen, verbeugte sich und wartete, bis sie auf ihn zutrat. Als sie voreinander standen, neigte er sich über ihre Hand, wie er es sonst auch tat. Aber dieses Mal hielt er ihre Finger fest umschlossen und drückte seine Lippen lange darauf, ehe er sie wieder freigab. Als er sich aufrichtete, traf sie sein geballter Blick wie ein Schlag. Etwas in ihr erbebte und gab nach.

Und seither träumte sie von ihm. Seit einigen Nächten reihten sich zarte und zärtliche, beglückende Szenen aneinander, in denen seine brombeerdunklen Augen unter gestammeltem Flüstern schimmerten, indes er ihre Hände mit Küssen bedeckte. Und an den Tagen zwischen diesen Nächten sah sie ihn, wenn er Fanny abholte oder manchmal auch zu Pferd bei der Parade. Und die Szenen beider Wirklichkeiten, der geträumten und der gelebten, strebten danach, sich miteinander zu verbinden und ineinander aufzugehen. Und nun hatten sie sich zu einem köstlich schimmernden Gespinst verwoben, in das Franzisca gänzlich eingehüllt war. Sie dachte mit Entzücken an ihn, und dass sein Name de Vincenti »einer der Siegenden« bedeutete. Sie konnte, wie heute Nacht, vor seligem Taumel nicht einschlafen. Ich, dachte sie lächelnd, ich, die deutsche Sappho.

Und sie sprach sie leise vor sich hin, die wundervollen Verse der echten, der griechischen Sappho:

»*Mir hat Eros die Sinne erschüttert,*
Wie der Wind vom Gebirge
Auf die Eichen herniederstürzt.«

Der Ton ihrer Stimme ernüchterte sie allerdings. »Was rede ich da«, sagte sie verstimmt zu sich. »Wohin soll das führen?« Aber ebenso laut meldete sich eine andere Stimme, die rief: Für Fanny ist er doch kein Mann. Er hat nichts und er ist nichts. Sie würde seiner doch bald überdrüssig werden. Ja, dachte Franzisca. So ist es. Aber ich – ich könnte ... und er, er würde ... Ist es nicht mein Recht? Endlich wäre ich wieder lebendig!

XV

Die Würfel fallen

München, Oktober 1784

Franzisca stand am Fenster. Sie zog ein großes, seidenes Tuch um die Schultern, das in warmen Gold-, Orange- und Brauntönen schimmerte. Es sah aus wie herausgepflückt aus dem von bunten Blättern bedeckten Garten, in dem es leise raschelte. Der Wind wehte den mildwürzigen Duft eines schönen Oktobernachmittages zu ihr herüber. Sie hatte wieder von Vincenti geträumt. Sonderbarerweise stieg der Traum angesichts der gelbbraunen Blätterpracht mit dem aromatischen Duft des bunten Laubes in ihr herauf. So süß, dachte sie, wie nur der nahende Verfall ist, so süß, wie nur ein gefangener Vogel singt.

Unter Verbeugungen war er auf sie zugeschritten, den Blick dabei unverwandt auf sie gerichtet, unterwürfig und lauschend. Dazu hatte eine Stimme im Traum gesprochen: Er wartet, bis er aufgerufen wird. Und ein lang nachhallendes Echo wiederholte: bis er aufgerufen wird.

Franzisca fühlte sich sonderbar verwirrt und beunruhigt, als stehe sie vor einer unbekannten Entscheidung.

»Bis er aufgerufen wird?«, fragte sie.

Vincentis Blick lag unverwandt auf ihr.

Ihre Unruhe wuchs.

Was ist nur mit mir?, fragte sie sich. Er ist doch gar nichts, ein leeres Blatt. Das Echo wiederholte: Ein leeres Blatt.

Sie lächelte still für sich: Ja, ein leeres Blatt, das endlich beschrieben werden will. Wieder trat ihr sein Blick vor Augen und da erkannte sie den Ausdruck darin, den Ausdruck eines Gejagten, der dies zu verbergen sucht. Sie erschrak. Franzisca, sagte sie zu sich, und es schien ihr, als spräche Lanz zu ihr, sei auf der Hut!

Aber da stieg noch etwas in ihr herauf, ein alles beiseite drängendes Ungestüm, eine wilde Lust, die Möbel, das Haus, die Menschen darin, ihre ganze bekannte Welt von sich wegzuschleudern, wie der über die Ufer getretene Fluss sich vom Geröll befreit. Ja, sich die Kleider vom Leibe zu reißen und hinauszustürzen, um sich in dem süß duftenden Garten voll Entzücken im Laub zu wälzen.

Wovor soll ich auf der Hut sein, fragte sie sich, und wozu?

Es klopfte. Heppenstein trat ein. Er trug Perücke und Amtstracht. Sein Anblick missfiel ihr noch mehr als gewöhnlich. Er bemerkte es und errötete. »Ich werd zum Nachtessen nicht da sein«, sagte er und blickte zur Seite. »Der Hofrat tritt zusammen. Es wird länger dauern.« Er zögerte ein wenig. Dann verließ er mit einem kurzen Nicken ihr Zimmer.

Wenige Minuten später meldete Rosa den Offizier. Er musste mit Heppenstein noch in der Halle zusammengetroffen sein. Franzisca prüfte ihr Gesicht im Wandspiegel. Der Herbst trug ihre Farben: das satte Gelb, das warme Rot, das matte Gold. Sie lächelte: »Führ Sie ihn herein, Rosa!«

Vincenti trat ins Zimmer, den mit silbernen Borten gesäumten Dreispitz in der Hand. Wie in ihrem Traum kam er unter schrittweisen Verbeugungen und lauschendem Blick auf sie zu. »Ich hab das Fräulein Fanny nach Haus gebracht«, meldete er, als erwarte er ein Lob.

Ein merkwürdiger Übermut überfiel sie, eine heftige Lust, zu spielen und sich zu vergnügen. »Da dank ich Ihnen vielmals dafür«, sagte sie, »und auch, dass Sie mir das so gehorsam melden.« Sie streckte ihre Hand aus. Er trat näher, stand nun aufrecht vor ihr und neigte sich über ihre Hand, ohne sie aus seinem Blick zu lassen. Es kam ihr so vor, als ob sich um sie und ihn ein Kreis bilde und schlösse. Ihre Finger zogen ihn näher heran. Mit seiner Hand in der ihren lehnte sie sich zurück an den Wandspiegel und blickte in seine Augen, in die jetzt eine Entschlossenheit, ja eine Wildheit trat, die sie nie zuvor an ihm wahrgenommen hatte.

Sie entzog ihm ihre Hand und trat beiseite. »Wo ist Fanny?«, fragte sie beiläufig.

Seit diesem Nachmittag träumte sie häufig von Vincenti. Einige Nächte lang reihten sich zarte und zärtliche, beglückende Szenen aneinander, in denen seine dunklen Augen unter gestammeltem Geflüster schimmerten, indes er ihre Hände mit Küssen bedeckte.

Und sie meinte zu wissen, dass auch Vincenti die gleichen Träume träume, und dass sich so eine zweite Wirklichkeit um sie beide zog und sie einhüllte.

In der anderen Wirklichkeit des hellen Tages sah sie ihn, wenn er Fanny abholte oder wenn sie in der Oper zusammentrafen, manchmal erblickte sie ihn von der Kutsche aus auch zu Pferde.

Sie war eine schöne Frau, und ihre Schönheit war von seltener Art. Das erfuhr sie immer wieder. Neulich, bei ihrer Geburtstagsfeier, war nach dem allgemeinen Toast der Graf von Törring zu ihr getreten und hatte gesagt: »Gnädige Frau, Ihre Schönheit ist schier beunruhigend. Sie sollten, wie die Göttinnen im Altertum, im Tempel stehen, dem gemeinen Volk verborgen, und nur der Hohe Priester dürfte sich Ihres Anblicks erfreuen.«

»Und Sie, lieber Törring«, hatte Franzisca geantwortet, »wären dann der Hohe Priester?«

Törring hatte mit einem langen Blick sein Glas an das ihre klingen lassen.

Franzisca lächelte, als sie an diese Szene dachte. Sie verursachte ihr ein inneres Prickeln – wie eine unterirdische Quelle, die ungeduldig sprudelnd den ruhigen Wasserspiegel des Sees durchbricht.

Immer, wenn sich dieses Prickeln meldete, empfand sie die quälende Lähmung ihres inneren Lebens, und zornigen Unwillen über die Fesseln, die ihr eine Lebensgemeinschaft aufzwang, die den Sinnen keine Würze gönnte. Ihre Gedanken kehrten zu Vincenti zurück. Er war ein hübscher, jedoch ein ganz unbedeutender Junge, ohne Genie. Was nur Fanny an ihm fand? Er war ihr doch gar nicht gewachsen, nach einem halben Jahr schon würde er sie langweilen. Schon, mischte sich eine kichernde, innere Stimme ein, schon, aber das halbe Jahr lang nicht.

Ein halbes Jahr lang mit Vincenti zu verbringen? Mit ihm allein, in Freiheit. Diese Vorstellung verfehlte nicht ihre Wirkung. Franzisca spürte, wie das Blut ihrem Unterleib zuströmte, und eine sinnliche Unruhe sie erfasste. In ihrer Ehe ereignete sich dergleichen leider nie. Heppenstein war trostlos langweilig in seiner einförmigen, ehelichen Mäßigung, die seine Frau wie eine Scheintote über sich ergehen ließ. Und morgen, morgen jährte sich ihr Hochzeitstag zum elften Mal. Ach, elf Jahre ehelicher Ödnis und stummer Beobachtung! Dagegen wäre ein halbes Jahr mit diesem schönen Jungen, der sicherlich ein stürmischer und unermüdlicher Liebhaber sein würde, tausend Mal effizienter – und vor allem interessanter – als eine Kur in Bad Kissingen, die sie seit Margaretas Geburt alljährlich gebrauchte. Endlich aus dieser Starre erlöst zu werden, die ihr Leib und Seele voneinander trennte. Sie seufzte.

»Ach was«, sagte wieder die kichernde Stimme, »das ist dein Recht! Für Fanny ist er jedenfalls kein Mann. Er ist nichts und er hat nichts! Basta!«

»Ja«, stimmte sie zu, »als ältester Sohn von zwölf Kindern, und einer Familie, die zur Miete wohnt, ganz am Ende der Stadt. Und Fanny hat 30 000 Gulden Mitgift. Natürlich strengt er sich da an, bella figura zu machen.«

»Aber nicht nur wegen Fanny!«, beharrte die Stimme.

In den folgenden Tagen beobachtete Franzisca, dass Vincenti versuchte, sie allein anzutreffen und sie spürte, wie sein Blick stets auf sie gerichtet war. Ja, sie spürte seinen Blick auch dann, wenn er gar nicht anwesend war.

Er beeilte sich, die Karten für Opern und Akademien rechtzeitig zu reservieren, beim Ab- und Anfahren kam er dem Stallburschen zuvor, um ihr behilflich zu sein.

Franzisca erkannte plötzlich, dass sie Vincenti als etwas empfand, das vor ihren Füßen lag und sie am Weitergehen hinderte, etwas, das man erst aufheben muss, bevor man den Weg fortsetzen kann. Und sie entschloss sich, dieses Hindernis zu beseitigen.

Es ist der Wille, der der Verwirklichung eines Wunsches den Weg bereitet. Franzisca kannte die Macht des wünschenden Gedankens. Seit ihrer Kindheit bediente sie sich dieser Macht und die Erfolge, die sie damit verzeichnen konnte, waren überzeugend. Der helle und stolze Verstand spricht: Nein, eine solche Macht gibt es nicht. Doch die Ereignisse, die durch die Gewalt der Sehnsucht herbeigezwungen werden, führen ihn ad absurdum.

Etwas, irgendetwas muss geschehen, damit alles ins Rollen gerät, sagte sie sich und ging rasch im Zimmer hin und her, ungeduldig das Seidentuch an den Schultern auf und ab ziehend. Ich muss nichts weiter dazu tun, als dies mit all meinen Kräften – doch ohne Drängen – zu wünschen. Denn der Wille ist nicht nur das Vehikel, das zur Verwirklichung führt, er ist auch ihr Lenker. Und sie begab sich in diese Warteposition und hielt Ausschau nach einem Wink.

Am nächsten Tag erschienen einige Gäste im Hause Heppenstein, die dem Ehepaar zum elften Jahrestag ihrer Verbindung ihre Glückwünsche darbrachten. Es waren Mitglieder der beiden Familien Heppenstein und Ickstatt, dazu Geschwister und Verwandte der Freifrau sowie die nahen Freunde von Erdt und von Salching. Vincenti war natürlich nicht dabei, aber an ihn dachte Franzisca beständig, während sie Glückwünsche und Komplimente entgegennahm und sich langweilte. Heppenstein machte eine gute, freundliche Figur, es schien fast so, als glaubte er, was die Gäste sich bemühten vorzuspielen, nämlich, dass es sich hier um ein vom Schicksal bevorzugtes, in Harmonie vereintes Paar handle. Franzisca verspürte kurz Mitleid für Heppenstein, ein Mitleid, das sie aber nicht rührte. Mitleid, ohne gerührt zu sein, das ist eine so kurios widersprüchliche Sensation wie Hunger ohne Appetit, dachte sie. Viel besser wäre es andersherum!

Er tut mir ja leid, sagte sie sich, aber dafür kann ich nichts. Auch ich tue mir leid. Die unsere ist nun einmal eine Verbindung zweier Elemente, die nichts miteinander zu schaffen haben. Wie Wasser und Öl, die bringen auch nur widerwillig eine Emulsion zustande.

Die Gäste verabschiedeten sich. Als Franzisca die Treppe zum Obergeschoss betrat, um sich von Rosa umkleiden zu lassen, trat Heppenstein auf sie zu. Er hielt einen Strauß orangefarbener Rosen in der Hand – ihre Lieblingsrosen. Mit der Andeutung einer Verbeugung überreichte er sie ihr und murmelte etwas, wobei er sich verhaspelte. Franzisca verstand nur: »... und wollen wir es so halten und immer besser werden lassen.« Er blickte auf. Sie sah in sein Gesicht. Er errötete. Er trank wohl zu viel.

»Ja, mein Lieber, danke auch«, sagte sie und gab ihm einen kurzen Kuss auf die Wange. »Wir müssen uns fertigmachen für die Oper.«

Eine von den Rosen befestigte sie an ihrem jadegrünen Kleid. Die beiden Farben ergänzten einander aufs Vollkommenste – Heppenstein würde es mit Genugtuung vermerken. Und ihr Haar – ihr berühmtes rosakupferfarbenes Haar – würde darüber wie eine Krone leuchten.

Ob Vincenti schon im Hof wartete?

Sie musste an sich halten, um nicht aus dem Fenster zu schauen, denn da stand schon Fanny und winkte ihm hinunter. Er war also bereits unten.

»Geh voraus, Kind«, sagte sie, »ich nehme nur noch die Brosche. Wo ist sie denn wieder, Rosa, ich meine die mit dem Smaragd und den Diamanten?«

Als sie hinunterkam, stand Vincenti am Kutschenschlag. Heppenstein wollte später nachkommen und Fanny war bereits eingestiegen.

Vincenti verbeugte sich tief, er erschien ihr geradezu berückend schön in seiner goldbestickten Weste und dem üppigen Spitzenjabot. Seine olivfarbene Haut, das lockige, tiefbraune Haar und die wie reife Brombeeren schimmernden Augen lösten ein schwebendes Glücksgefühl in ihr aus. Sie wusste, dass der kurze Blick, mit dem sie ihn begrüßte, eine Verheißung war, und sie sah, dass er es verstand. Als sie den Fuß auf den Tritt setzte und er ihr mit einer tiefen Verbeugung die stützende Hand reichte, umfasste er mit der anderen ihren Knöchel und liebkoste ihn kräftig. Mit niedergeschlagenen Augen schloss er den Wagenschlag und stieg auf der anderen Seite ein, wo er Fanny gegenüber Platz nahm.

Franziscas Herz tobte. Sie wusste, dass sie kein Wort sprechen könnte, ohne ihre Erregung zu verraten. Also blickte sie schweigend aus dem Fenster.

Fanny schmiegte sich an sie und flüsterte: »Mama, ist dir nicht wohl, bist du böse?«

Die Mutter drückte die Tochter wortlos und beruhigend an sich.

XVI

Fanny fasst einen Entschluss

November 1784

Der Unterricht bei Madame Dumont war für heute zu Ende. Die fünf Mädchen, die seit einem Jahr bei der Französin lernten, wie ein Haushalt nicht nur elegant, sondern auch ökonomisch zu führen sei, hüllten sich in ihre Pelze. Draußen an der Weinstraße wartete schon eine Kutsche auf zwei der Schülerinnen, die weiter weg wohnten. Madame Dumont ermahnte alle, die Pelzmützen auch aufzusetzen, es sei sehr kalt, und der Wind wehe stark. Als die Außentür aufging und der Kutscher sich in einem Schwall eisiger Luft verbeugte, huschte sie nach innen und rief den Mädchen noch einen Gruß zu: »Au revoir mes Dames, mon Dieu, come ça fait froid! À demain!«[38]

Fanny, Magdalena und ihre Freundin Georgine von Salching brauchten keine Kutsche, sie hatten nur den gleichen, kurzen Weg zurückzulegen, auch Georgine wohnte nicht weit vom »Comedihaus«. Die Mädchen schritten rasch die Salvatorgasse entlang und duckten gegen den scharfen Wind die Köpfe in ihre Pelze. Magdalena musterte die Schwester von der Seite mit besorgtem

---

[38] »Auf Wiedersehen meine Damen, mein Gott, wie das kalt ist! Bis morgen!«

Blick. Fanny hatte heute noch kein einziges Mal gelacht und beim Unterricht hatte sie einsilbig und gedankenverloren neben ihr gesessen. Georgine hatte deshalb schon in der Pause Magdalena beiseite gezogen und geflüstert: »Nun, wie steht es? Hat sich eure Mutter immer noch nicht erweichen lassen?«

Nein, es war sogar noch viel schlimmer geworden.

Gestern war Fanny weinend aus dem Zimmer gelaufen, nachdem die Mama wieder Baron von Egkher erwähnt hatte, der im eigenen Hause in der Kaufingerstraße in glänzenden Verhältnissen lebe.

»Ich nehm den Egkher nicht«, hatte Fanny geschrien. »Ich nehm nur den Franz oder keinen. Basta!«

Seither herrschte Gewitterstimmung im Haus Heppenstein.

Magdalena spürte, dass die Schwester etwas ausbrütete. Sie musste sie zum Reden bringen.

»Warum sagst du denn gar nichts, Fanny, hm?«, begann sie vorsichtig. »Ich merks, dass du auf was sinnierst. Red doch mit mir!«

»Die Mama ist wie ausgewechselt«, antwortete Fanny düster. »Seitdem gestern die beiden Vormünder da waren, ist sie wie eine Wand.«

»Du musst es anders machen«, riet Georgine. »Du musst anfangen zu weinen, aber leise, und dich irgendwo abstützen, als ob du gleich fallen tätst. Das wirkt!«

»Leider ist unsere Mama nicht wie deine«, antwortete Fanny. »Unsere würd nur sagen: ›Lass bitte das Theater!‹«

Als sich die Freundin verabschiedet hatte, schob Magdalena ihren Arm unter den der Schwester.

»Heut morgen hab ich noch einmal versucht, mit ihr zu reden. Da hat sie gesagt: ›Du weißt doch, wie die Vormünder entschieden haben. Die Angelegenheit ist erledigt. Ich will davon nichts mehr hören!‹«

»Und zu mir hat sie gesagt«, ergänzte Fanny, »›entweder du kommst endlich zur Vernunft oder du kannst im Kloster über die Sache nachdenken!‹ Ich verstehs einfach nicht. Warum hat sie mir dann die ganze Zeit erlaubt, den Franz zu treffen?«

»Wo er doch schon mit in der Oper und im Konzert war und bei uns im Haus«, murmelte Magdalena.

»Irgendetwas ist im Gange«, flüsterte Fanny. »Wie ich neulich grad ins Zimmer will, hör ich drinnen den Papa zu ihr sagen: ›Du hasts noch in der Hand!‹«

»Aber ich weiß jetzt, wie ichs mache, dass sie zustimmen muss.«

»Unternimm um Himmels willen nichts gegen die Mama«, beschwor sie Magdalena, »du weißt ja, wie sie aufgeht, wenn man ihr nicht dergleichen tut. Dann steckt sie uns vielleicht wirklich ins Kloster.«

»Mach dir keine Sorgen, ich lass es sie erst gar nicht merken. Und nachher muss sie einwilligen.«

Die Schwestern kämpften sich schweigend voran. Als sie am Haus angekommen waren, drückte Fanny Magdalenas Arm: »Du kannst ganz ruhig sein, ich mach es schon richtig!«

Fanny musste ihren Plan vor der Schwester geheim halten. Der Magdalena sah es die Mama nämlich immer gleich an, wenn sie etwas mit sich herumtrug. Und dieser Plan bot die letzte Möglichkeit und den einzigen Ausweg, um Franz nicht zu verlieren. Denn auch Franz machte ihr Sorgen.

Er war so merkwürdig lahm geworden, so handzahm wie ein Hänfling. Nur noch zu Geduld und Abwarten mahnte er sie. »Aber Franz«, hatte sie gestern gerufen, »tu doch etwas, damit meine Mutter sieht, dass du entschlossen bist, dass du nicht auf mich verzichtest! Franz, du musst mich entführen, denn dann … dann muss sie zustimmen!«

Aber dafür war Franz überhaupt nicht zu haben. »Dich entführen, Fanny?«, hatte er gefragt. »Mein Leben würde ich um dich wagen. Aber dich entführen, nein! Das hat mir mein Vater verboten. Und deine Mutter, glaube ich, würde dich enterben. Und dann würden wir Not leiden!«

Das waren nun zwar nicht die Worte eines glühend Verliebten, dachte Fanny niedergeschlagen, eher die vorsichtigen Überlegungen eines Steuereinnehmers. Aber freilich, Franz war ehrenhaft, kein romantischer Hitzkopf, sondern ein verantwortungsvoller Bräutigam. Und ein Offizier musste nach einer Entführung den Dienst quittieren.

Es gab nur noch einen Weg.

Immer wieder hatte ihr die Mama wegen der Treffen mit Franz Andeutungen gemacht bezüglich Tugend und Ehre. Fanny brauste jedes Mal auf, sie brauche solche Ratschläge nicht. Und wirklich hatte sie nie auch nur im Traum an dergleichen gedacht. Aber inzwischen …

»Die Männer sind alle gleich«, sagte die Wandl, wenn sie verschämt kichernd von ihrem Torschreiber sprach.

In der alten Zeit konnten weder die Kirche noch die Eltern bestimmen, wer wen heiratete. Allein die freie Entscheidung des Mannes und des Mädchens füreinander besiegelte damals das Ehebündnis.

Und nur so war es richtig, dachte Fanny.

Es gab keinen anderen Weg.

Tagebucheintrag Franzisca, München, November 1784
Heute ist es geschehen. Ich wusste es schon am Morgen.

Es gibt Ereignisse, die reif sind wie Früchte: Sie drohen vom Baum zu fallen, wenn sie nicht gepflückt werden.

Ich hatte seinen Wink verstanden, um welches Quartier es sich handelt, das ihm – nur ihm – während der Parade zur Verfügung steht. Es ist merkwürdig, wie sich die Dinge fügen, wenn etwas geschehen soll – ganz gleich, ob es dem Heil oder dem Unheil dient.

Plötzlich, während ich mich ankleiden ließ, stand mir scharf umrissen vor Augen, was ich im Begriff war zu tun. Es stand mir so vor Augen, als handle es sich nicht um mich, sondern um eine andere Person. Da wusste ich, dass ich mich entschieden hatte.

Der frühe Nachmittag ist immer günstig. Heppenstein war im Amt, Fanny und Magdalena bei der Madame in der Schule. Die Amme kümmerte sich um die beiden Kleinen und Sabina spielte bei ihren Freundinnen.

Und ich – ich habe von jeher den Nachmittag geliebt, er ist die sinnlichste Tageszeit, weit mehr als die Nacht, in der ich lieber schlafe.

Die Nacht liebt den Menschen nicht und auch die Wesen, die in der Nacht zu Hause sind, wollen dem Menschen nicht wohl.

Dazu hat der Nachmittag einen gewissen Ewigkeitscharakter, seine Stunden verrinnen widerwillig, als wollten sie nicht vergehen, und deshalb bleiben auch die Erinnerungen, die in diesen Stunden erschaffen werden, im Gedächtnis wie festgebannt.

Alles fügte sich wie von Geisterhand bereitet. Ich hatte natürlich eine Mietkutsche genommen, der Kutscher sollte mich nach zwei Stunden wieder holen. Dieser Ort kann nicht noch einmal gewählt werden, das wäre zu auffällig.

Ich blieb während der ganzen Fahrt verschleiert, bis ich im Haus und an dem Zimmer war, das er mir genannt hatte.

Ich fühlte mich jung und magnetisch prickelnd wie einst bei Lanz.

V. empfing mich an der geöffneten Tür, die er hinter mir verschloss.

Er zitterte am ganzen Leibe, als er sich tief verneigte. Seine Hand lag dabei auf der Brust, als vermöchte er die Beteuerungen, die sich in ihm überschlugen, nicht in Worte zu fassen. Ich verstand, dass er nicht wagte, mir den Schleier abzunehmen. Also tat ich es, aber so rasch, dass es ihm nicht gelang, den Ausdruck überwältigten Entzückens in seinen Zügen rechtzeitig zu beherrschen. Aber auch ich konnte mein Entzücken über diesen schönen, vor Begehren zitternden Jungen nicht zügeln. Ich zog ihn an mich und küsste ihn wie ein Verdurstender eine überreife Frucht an sich reißt und in sich hineinschlürft.

Ja, ich war eine Verdurstende.

Er taumelte und wir sanken nebeneinander auf das Sofa. Er hatte Sorge getragen, die Vorhänge zuzuziehen, wie ich daran gedacht hatte, meine Kleidung nicht allzu hinderlich zu gestalten.

Ich wusste es nicht, aber ich war der Überzeugung, dass er eine sinnliche Schwäche für ein gewisses Rot habe, einen weichen Ton, wie das antike pompejanische Rot. Vielleicht deshalb, weil ich diesen Farbton liebe. Diese schmeichelnde Farbe erhöht nicht nur den Bronzeton meiner Haut, sie steigert zugleich auch Heiterkeit und Lust, sodass beide sich gegenseitig verstärken.

Und ich hatte mich nicht getäuscht. Bei der raschen Bewegung glitt mein Kleid zurück und das rote Untergewand trat hervor. V. fiel vor mir auf die Knie – jetzt zitterte er nicht mehr, er ergriff meine beiden Hände und bedeckte sie stammelnd mit Küssen. Eine behielt er umschlossen, während seine Lippen sich auf meine Fußknöchel pressten, dann wanderte langsam sein Mund bis zu meinen Knien hinauf, und sein Kopf hob dabei meine Röcke ganz langsam, als erwarte er meine Einwände. Ich wusste wohl, dass solche Einwände unsere freudige Qual noch verlängert hätten, aber ich wollte keine längere Qual, und er noch viel weniger. Ich ließ mich rückwärts auf das Sofa sinken, während er – sein Blick wird mir immer im Gedächtnis bleiben – sich über mich neigte. Er entblößte meine linke Brust und saugte daran, während seine Hand unter meine Röcke glitt. Dann warf er sich über mich. Ich presste das Kissen auf meinen Mund, als ich auch ihn keuchen hörte. Und nach einem Kampf voll wilden Entzückens vernahm ich seinen langen, erlösten Klagelaut. Unsere Lippen fielen wieder übereinander her, als seien wir zwei miteinander ringende Raubtiere.

Und wirklich hat das Liebesspiel, wenn es von Begehren gepeitscht wird, etwas von einem Kampf auf Leben und Tod.

Als wir uns aufrichteten, wagte er nicht, mir in die Augen zu sehen. Er zitterte wieder. Um meinem Blick auszuweichen, kniete er nieder und legte mir mit einer reizenden Fürsorglichkeit die Schuhe an. Ich strich dabei durch sein herrliches, dickes, lockiges Haar, und er hob erst jetzt die Augen zu mir auf, die voll waren von trunkener Anbetung.

»Du musst einen anderen Ort finden«, sagte ich und küsste seinen Hals.

Er nickte stumm und mit einem Ausdruck in den Augen, als wolle er wieder über mich herfallen. Ich musste lachen. »Gib mir einen Spiegel«, sagte ich, »und etwas zu trinken, sonst sterbe ich.«

Jetzt erst lachte er zum ersten Mal. Ich sah seine vollkommene leuchtende Zahnreihe und musste mich beherrschen, um nicht noch einmal diesem Mund Gewalt anzutun.

Er brachte mir den Spiegel, und ich machte mich bereit, wieder vor die Außenwelt zu treten, während er eine Karaffe und Gläser holte.

»Bist du stumm?«, neckte ich ihn, mit der Hand auf seinem Knie, während wir den Brandy tranken, und sah ihn lachend von unten herauf an.

»Ja«, antwortete er und drückte meine Hand an sein Herz, »du raubst mir die Sprache.«

Nach einer Weile, während der wir schweigend aneinandergeschmiegt dasaßen, hörte ich die Kutsche einfahren. Noch einmal riss es uns zueinander, als zögen Magnete an uns.

Ich bin wie betrunken.

Heute abend, zu Hause, war ich heiter, Heppenstein streifte mich mit einem erstaunten Blick.

Ach, nach so viel ehelicher Mäßigung ohne Lust und ohne Begehren fühle ich mich wie von innen gereinigt.

Tagebucheintrag Franzisca, München, Dezember 1784
Ich weiß, es ist Unrecht, es ist sogar unter meiner Würde.

Bisher galt es mir für ausgeschlossen, dass ich irgendetwas unternehmen oder billigen könnte, das unter meiner Würde ist.

Aber es ist die Erscheinung, in der etwas auf uns zutritt, es ist die Gestalt, die das Schicksal der Falle verleiht, die sie für uns offenhält.

Er ist meiner nicht würdig. Er erkennt mich nicht!

Er ist nur gefangen und verzückt, dass ihm unvermutet etwas Herrliches zugefallen ist.

Etwas, das ihn berauscht, das er festhalten will, das einzigartig und unbegreiflich ist – und das nicht dauern kann. Das bin ich für ihn.

Aber was ist er für mich?

Ich liebe ihn nicht!

Wenigstens soweit bin ich mir erhalten geblieben, dass ich nur Ebenbürtiges lieben kann.

Und der einzige Schutz, der mir geblieben ist, besteht eben darin, dass ich ihn nicht liebe.

Wenn ich ihn liebte, müsste ich untergehen.

Meine Sinne waren schon zu lange unbeschäftigt und ohne Nahrung. Und als das Insekt sich der Blüte näherte, da griffen die Tastarme zu.

Meine Rache an ihm wird sein, dass er mich nie wird abschütteln können.

Für immer bleibt er von mir besiegt.

Seine Rache an mir wird sein, dass er mich in den Augen der Welt entehrt hat.

XVII

Die Tragödie beginnt

Fanny betrat mit der Wandl das Haus. Beide Mädchen waren dicht mit Schneeflocken, wie mit weißem Fell bedeckt. Sie schüttelten vor der Schwelle Mäntel und Mützen ab und zogen die Galoschen aus. Rosa nahm Fannys Pelzmantel und Pelzhäubchen entgegen und teilte flüsternd mit, dass die Baronin schon nach Hause gekommen sei und ihre Tochter oben erwarte.

Fanny prüfte im Vorbeigehen im Spiegel ihr Gesicht und den Zustand ihrer Frisur, ehe sie die Treppe hinauflief. Vom Geländer aus sandte sie der Wandl einen beredten Blick zu und legte den Finger auf den Mund. Die Wandl antwortete mit wissendem Nicken.

Fanny betrat sogleich ihr Zimmer und setzte sich ans Klavier. Sie war überglücklich, erregt und verstört. Sie zitterte. In diesem Gemütszustand bedurfte es nur einer Winzigkeit, um sie in lautes Weinen oder unstillbares Gelächter ausbrechen zu lassen. Wie ein zum Zerreißen gespanntes Seil fühlte sie sich.

Immer wieder tauchte Vincentis Antlitz auf, sein Blick, der in überwältigter Seligkeit verging, seine Hände, die ihre Brüste liebkosten, während er nahe an ihrem Mund Liebesworte flüsterte. Vor diesen Bildern meinte sie hinab in einen Strudel zu stürzen, der sie ins Bodenlose riss. Das war es also, wovon sie alle raunten …

Fanny lachte, während ihr die Tränen aus den Augen stürzten, ihr Herz pochte so hart und heftig, als stürme sie mit letzter Kraft voran.

Es gab keine bekannten Melodien, die sie jetzt hätte spielen mögen. Sie waren ja schon von irgendjemandem aus irgendeinem Gefühl geschaffen worden, ein Gefühl, das mit dem ihrem nicht das Geringste zu tun hatte. Ganz neue Töne, unerhörte Melodien drängte es sie zu finden, um den Aufruhr abzubilden, der in ihr stürmte. Nur bisher nie gehörte Klangfolgen vermochten die überwältigende Erfahrung von heute zum Ausdruck zu bringen. Sie suchte nach unbekannten Klängen, wie sie als kleines Mädchen nach noch nie ausgestoßenen Lauten und nach noch nicht entdeckten Farben geforscht hatte.

Bunte Akkorde bäumten sich wie sturmgepeitschtes Meer zu dröhnenden Wellenbergen auf, brachen in haltloses Schluchzen aus, trippelten in perlenden Läufen und zerstoben schließlich in irrem Gelächter. Ja, Himmel und Hölle verschmolzen so ineinander, wie auch Wollust und Schrecken einander durchdrangen.

Franzisca betrat das Zimmer. »Endlich bist du einmal guter Dinge. Wie war es bei Madame Dumont?«

Fanny improvisierte weiter, ohne zu antworten. Die Mutter trat neben sie: »Du hast doch nicht vergessen, dass wir morgen bei der Hofratskanzlerin eingeladen sind? Auch der Hofrat von Egckher wird da sein. Er hat wieder nachgefragt, ob du diesmal auch wirklich kommst. Und er hat zu verstehen gegeben, dass er sich erklären … dass er dir einen Antrag machen will.«

Fanny antwortete nicht.

»Hörst du mir nicht zu?« Franziscas Stimme klang ärgerlich.

»Nein«, antwortete Fanny, ohne aufzusehen.

»Was erlaubst du dir?«, brauste die Mutter auf.

»Ich brauche keinen Antrag, ich bin schon gebunden.«

»Lass endlich dieses Gerede! Eine Heirat mit Vincenti kommt nicht infrage. Du hast doch gehört, was die Vormünder sagen!«

»Das ist mir gleich«, entgegnete Fanny, ohne ihr Spiel zu unterbrechen.

Franzisca trat an die andere Seite des Klaviers, sodass sie der Tochter jetzt voll ins Gesicht sehen konnte.

»Fanny, wenn du nicht endlich Vernunft annimmst, dann stecke ich dich wirklich ins Kloster. Dort wirst du deine Meinung ändern. Glaub mir!«

Da unterbrach Fanny ihr Spiel und wandte sich ihrer Mutter zu: »So wie die arme Nonne Magdalena Paumann auf dem Anger? Was werden dazu unsere aufgeklärten Freunde sagen?«

»Das lass nur meine Sorge sein! Heute gebe ich dir noch einmal drei Tage. Wenn du dann den Antrag des Hofrates nicht zumindest erwägst ... die Äbtissin in Indersdorf wartet schon auf dich.«

»Die Äbtissin wird mich aber nicht haben wollen!«

»Und warum nicht?«

»Weil ich Vincentis Gattin bin!«

»Was soll das heißen?«

»Du hörst es doch: Wir haben die Ehe vollzogen.«

Franzisca wich einen Schritt zurück. Sie starrte die Tochter an. In ihren Zügen malte sich der Versuch, das zu fassen, was sie eben gehört hatte. Endlich sagte sie sehr leise: »Hüte dich, uns eine solche Schande anzutun! Und – was Vincenti angeht – er weiß, dass dieser Schritt das Ende seiner Laufbahn bedeuten würde.«

Fanny begann wieder zu spielen. Begleitet von einem perlenden Lauf über die ganze Tastatur, der wie spöttisches Auflachen klang, erwiderte sie gleichmütig: »Es ist heute geschehen, daran kannst auch du nichts mehr ändern! Und ich bin glücklich darüber!«

Sprachlos rang Franzisca nach Worten. Sie schnellte vor und holte zum Schlag aus, aber Fannys Blick hielt ihre Hand in der Luft fest.

»So steht es also bei dir mit Tugend und Ehre«, sagte sie schließlich.

Fanny wandte sich ihr zu: »Tugend und Ehre? Bist nicht du hochschwanger an den Altar getreten? Das kann ich auch, wenn du mir keine Wahl lässt!«

Franzisca stürmte hinaus, die Tür schlug krachend hinter ihr zu. In ihrem Zimmer sank sie in einen Sessel und vergrub ihr Gesicht in den Händen. Sie spürte einen Druck auf der Brust und plötzliche Atemnot. Mit zitternden Fingern goss sie sich Eau de Cologne über Dekolleté und Hals und verrieb es schwer atmend. Sie lehnte den Kopf zurück und presste die Hand auf das heftig pochende Herz. Bleibe ruhig und halte dir die Situation vor Augen, gebot sie sich wie schon so oft.

Aber eine unbekannte warnende Furcht ließ sie keinen klaren Gedanken fassen. Bedrohliche Bilder jagten einander: Sie sah sich einen im hohen Gras versteckten Pfad entlang eilen, der auf einen in Gestrüpp verborgenen Abgrund zulief. Vergeblich rief sie sich eine Warnung zu. Aber die Gestalt, die sie selber war, hörte nicht, sie eilte weiter, glitt ab und wurde vom Dickicht verschlungen. Dann erblickte sie sich laut weinend mit vor die Augen gepressten Händen, hin und her schwankend, als hagelten Schläge auf sie nieder.

Es war die furchtbare Realität eines Albtraums, die nach dem Erwachen nicht weichen will.

Franzisca schlug die Hände vor das Gesicht. Für einen Augenblick wurde ihr so Angst, dass sie sogar Heppenstein als Zuflucht erwog. Auf ihren Zügen erschien ein leeres Lächeln, das wie ein Staunen aussah. Gab es wirklich keine Seele, bei der Hilfe zu finden war? Nur Lanz. Nur Lanz! Und gerade ihm kann ich es nicht sagen.

Derweil improvisierte Fanny weiter am Klavier. Die Nuancen ihrer Stimmungen malten sich in den Akkorden und Läufen, die sie griff. Sie überdachte ihre Lage: »Wenn ich dich entführe«, hatte Franz gesagt, »wird deine Mutter dich enterben und wir würden Not leiden.« Soweit würde es die Mama aber nicht kommen lassen. Vor einem solchen Skandal scheute sie zurück – und es gab ja auch noch die alte Tante, die da ein Wörtchen mitzureden hatte, und sie stand auf Fannys Seite. Zwischen der alten Baronin und der Mutter war nie ein herzliches Einvernehmen gewesen – schon allein deshalb, weil der Oheim sein Pflegekind vergöttert hatte.

Es gilt jetzt einfach, beharrlich zu bleiben, beschloss Fanny. Dieser Meinung ist ja auch Franz. Beharrlichkeit siegt am Ende immer!

Sie beendete das Glissando mit dem hohen C.

Franzisca erhob sich mühsam aus dem Sessel und durchquerte ihr Zimmer in ungewohnt langsamem Gang.

Franz hatte Fanny verführt!

Wie oft hatte sie ihn davor gewarnt. Zwar war dies vielmehr aus einer Art Koketterie heraus geschehen, denn ihrer Wirkung auf ihn und seiner Abhängigkeit von ihr war sie sicher gewesen. Sie wunderte sich, dass keine heftigen Reaktionen in ihr aufkamen. Weder Abscheu noch Verachtung oder gar Wut. Immer wieder hallte Fannys triumphierende Stimme durch ihre Dumpfheit: »Jetzt bin ich seine Gattin!«

Eine sonderbare Verwirrung und Trübung hielt Franziscas Geist gebannt. Es kam ihr so vor, als entgleite ihr die Situation, die sie sich mit Willensanstrengung vor Augen zu halten suchte. Und plötzlich überfiel sie die Erkenntnis: Sie hatte Angst.

XVIII
Das verlorene Billett

München, Ende Dezember 1784

Im Haus war es still. Papa war im Amt, Mama ausgegangen und Magdalena war noch bei der Madame. Im Kaminzimmer trippelte die Amme mit Fritzchen, der einschlafen sollte, summend hin und her. Die kleine Margareta kniete vor dem Kamin, schnitt Bilder aus und zeigte sie Arco, der zufrieden, die Schnauze zwischen den Pfoten, in der Wärme röchelte. Fanny saß mit Sabina im Gesellschaftszimmer. Auf dem Tisch am Fenster hatte sie ihr Maskenkleid ausgebreitet, an dem noch die Bänder und die Rüschen fehlten. Die Schwester nahm aufmerksam und begierig Anteil am Fortgang der Ballgarderobe.

»Ach, warum bin ich nicht schon 16?«, schmollte sie, »dann könnte ich auch mit auf die Redoute. Mein Kleid wäre genau so schön wie deins, Fanny, gell?«

»Mindestens«, antwortete Fanny heiter und strich der Schwester übers Haar! »Die fünf Jahre sind schnell um«, setzte sie hinzu, »wirst sehen!«

»Wart ein bissel«, sagte sie nach kurzem Sinnen über dem. Kleid. »Ich geh schnell was vom Dachboden holen. Bin gleich wieder zurück!«

Auf dem Vorsaal schritt sie auf und ab. Wie gut, dass sie allein war und niemand sie störte. Sie hätte gern mit der alten Tante über ihre Sorgen geredet, die einzige, die ihr ab und zu noch Mut in einem Briefchen machte, aber die Tante war weit weg. Und mit dem Papa konnte sie in dieser Angelegenheit nicht sprechen. Das wusste sie schon. Beim letzten Versuch hatte er zu ihr gesagt: »Fanny, es ist mir leid, aber das bestimmen deine Mutter und die Vormünder, das weißt du doch!«

Seit dem Treffen mit den Vormündern hatte sich die Mama jedes weitere Wort über Heiratswünsche verbeten, aber Franz auf der Redoute zu treffen nächste Woche, das wenigstens hatte sie ihr nicht untersagt. Fanny seufzte. Sie verließ den Vorsaal. Jetzt musste sie wirklich auf den Dachboden, um nach den Rüschen zu schauen. Die Sabina wartete ja schon.

Zwischen der nach oben und nach unten führenden Hinterstiege lag ein zusammengefalteter Zettel. Fanny hob ihn auf. Was mochte das sein? Sie entfaltete das leicht duftende, gelbliche Papier, auf dem nur wenige Worte in zwei Zeilen standen. Die Schriftzüge kamen ihr vertraut vor. Sie las:

»Am gewohnten Ort, zur gewohnten Stunde. Ich brenne, dein …«

Hier folgte ein geschwungenes, großes »F«.

Mit diesem »F« unterschrieb Franz alle seine Billetts an sie. Fanny wendete und drehte den Zettel. Aber sie kannte ihn nicht. Und was wollte Franz ihr mit dem gewohnten Ort und der gewohnten Stunde sagen?

Und was sollte das: »Ich brenne« bedeuten?

Sie steckte den Zettel in ihren Ärmel und dabei durchfuhr sie ein Bild, das sie heute Morgen nicht bewusst wahrgenommen hatte und das nun auftauchte: Ihre Mutter hatte sich am Vormittag zum Ausgehen umgezogen. Mit Rosas Hilfe legte sie das Morgenkleid ab. Als sie aus dem Gewand herausstieg, das auf die Erde sank, fasste sie in den linken Ärmel, als suche sie darin etwas. Nach kurzem Innehalten legte sie dann das prächtige grünrot gewirkte Ausgehkleid an.

»Lass Sie hier alles liegen, so wie es liegt, Rosa«, sagte sie. »Ich räum es auf, wenn ich wiederkomme, ich will an dem Morgenkleid etwas ändern.«

»Wie die gnädige Frau wünschen«, hatte die Rosa knicksend geantwortet und sich entfernt.

Großer Gott. So war es also! »Ich brenne«, hatte Franz geschrieben.

In Fannys Kopf war eine plötzliche Leere, die sich schnell ausdehnte. Sie lehnte sich an die Wand. Gleich fall ich um, dachte sie. Ich muss vorher hinunter.

Als sie taumelnd am Vorsaal ankam, bog gerade Heppenstein um die Ecke. Sie stürzte auf ihn zu und umklammerte ihn. Mit aufgerissenen Augen sah sie zu ihm auf, denn sie konnte nicht atmen. »Um Gottes Willen, Kind, was ist dir denn?«, rief der Hofrat. »Rosa, Theres, herbei!« Er schüttelte sie sanft und da kehrte der Atem zurück. Mithilfe der beiden Mädchen setzte er sie auf den nächsten Stuhl. Sabina kam gelaufen und fing zu weinen an.

»Es ist schon wieder gut«, stammelte Fanny, »ich hab nur plötzlich keine Luft mehr gekriegt.« Sie war totenblass und in ihrem Kopf drehte es sich. Dennoch versuchte sie aufzustehen, aber sie sank zusammen.

»Rosa«, gebot der Baron, »hol Sie gleich den Doktor Freudensprung. Und Theres bring Sie die Fanny zu Bett. Wo ist meine Frau?«

»Die gnädige Frau ist ausgegangen«, berichtete die Theres mit niedergeschlagenen Augen.

»Ah, ausgegangen«, antwortete der Hofrat. »Und? Weiß man wohin?«

Fanny lag in ihrem Bett, das sich mit ihr drehte. Sie musste die Augen geschlossen halten, damit ihr nicht übel wurde. So war das also. Darum also war Franz seit einiger Zeit so geduldig und hatte nichts mehr gegen das Abwarten auf bessere Zeiten. Die besseren Zeiten waren ja schon da. Und dennoch hatte er sie … konnte er sie umarmen, als wäre sie seine … einzige Geliebte. Vielleicht hatte er sich ja nur deshalb dann so verzweifelt gebärdet. Konnte Franz wirklich so ein doppeltes Spiel spielen?

Fanny fragte sich nicht, wie das hatte geschehen können. Sie fühlte, dass sie das Nachforschen darüber nicht ertragen würde. Aber wie kam der Zettel an die Hintertreppe? Es musste ihn jemand dorthin gebracht haben. Aus dem Haus konnte das niemand sein, Franz erst recht nicht und auch sein Bursche nicht. Am hinteren Eingang war viel Kommen und Gehen von Dienstleuten und Lieferungen. Es musste also ein Fremder sein, von dem die Mutter die Botschaft dort oder am Fuß der Hintertreppe entgegengenommen hatte. Dann war sie hinaufgestiegen, um ihn unbemerkt zu lesen. Und dann hatte sie ihn nicht tief genug in den Ärmel geschoben – vielleicht war sie auch durch irgendetwas gestört worden – und hatte ihn in der Hast nicht wegflattern sehen.

Ja, so, mit leichter Hand – vielleicht mit Vorbedacht – zertrümmerte das Schicksal ein Leben!

Der Arzt kam herein. Der Doktor Simon Freudensprung war nicht nur ein geachteter Accoucheur, er genoss auch auf weiteren Gebieten hohes Ansehen. Er fühlte ihr Stirn und Puls, und sah ihr in die Augen. »Das Fräulein hat sich stark erregt«, sagte er schließlich. »Ich gebe Ihnen heute ausnahmsweise ein wenig Laudanum. Dann schlafen Sie und morgen ist alles wieder gut.«

Fanny lächelte, aber ihre Augen füllten sich mit Tränen. Sie sah es dem

Doktor an, dass er gern nach ihrem Kummer gefragt hätte, dies aber nicht für schicklich hielt. Als er sich erhob und seine Tasche nahm, beugte er sich noch einmal über sie und berührte tröstend ihre Schulter. Unversehens überkam Fanny die Gewissheit, er wisse von ihrem Kummer und kenne den Grund.

Als er gegangen war, sagte sie zu Wandl: »Richt der Mama aus, wenn sie heimkommt, dass ich schon schlaf. Sie soll mich heut nimmer stören.«

»Und das Nachtessen?«, fragte die Wandl beunruhigt, denn es war erst fünf Uhr.

»Ich will heut nix mehr«, antwortete Fanny und drehte sich zur Wand. »Ich glaub, ich will gar nix mehr.«

XIX

*E*in Heilmittel gegen die Liebe

Fanny hatte die Wandl hinausgeschickt. Sie empfand gar nichts. Ihr schien, nur ihr Kopf wäre lebendig in einem Leib, der nichts fühlte und der nicht zu diesem Kopf gehörte, der blendend hell mit einem scharfen Licht ausgeleuchtet war. Und das war seltsam angesichts der Dunkelheit draußen und der schüchtern flackernden Kerze neben ihrem Lager. Den Zettel hatte sie unter ihr Hemd geschoben. Sie vermochte seine Botschaft nicht mit ihrem Leben in Zusammenhang zu bringen: Franz, der ihrer Mutter billets d'amour schrieb, die sie zu einem Liebestreffen einluden.

War es das erste oder das zweite oder das wievielte Treffen?

Aber das konnte ja gar nicht sein! Franz, den sie liebte, der sie liebte … Erst gestern hatte er an ihrer Brust geflüstert: »Nur du – keine andere – wird je deinen Platz in meinem Herzen einnehmen.«

Es musste ein Traum sein, denn die Welt war doch noch die nämliche, wie gestern, alles war wie immer, es musste ein Traum sein. Aber nein, sie schlief ja nicht, und der Zettel kratzte leicht an ihrer Haut.

Sollte sie die Wandl fragen? Vielleicht wusste die Wandl ja was. Oder vielleicht eher die Rosa? Die Rosa kleidete ja die Mama immer an und aus, und der sagte sie auch gewöhnlich, wo sie hinging. Nein, die Rosa konnte sie nicht fragen. Aber vielleicht hatte ja die Wandl von der Rosa etwas gehört.

Die Mägde wussten immer alles gleich, man erfuhr es aber erst dann, wenn man sie aushorchte.

Ihre Gedanken kehrten zu Franz zurück: Er und die Mama, das war doch unmöglich … Er zeigte immer großen Respekt vor der Mama, fast Ehrfurcht, sodass der Papa sich schon öfter über ihn lustig gemacht hatte: »Freilich muss er der Frau des Hauses die honneurs machen«, sagte er, »er will ja unsere Fanny mit den 30 000 Gulden Heiratsgut.« Aber über den alten Vincenti, und überhaupt über die Familie Vincenti, sprach er mit Achtung.

Die Mama und Franz?

Aber wie die Mama sich immer wieder über Franz ausließ, das zeugte nicht von Interesse an seiner Person, ja nicht einmal von besonderer Wertschätzung. »Er hat ein tadelloses Benehmen, ja«, sagte sie, »das muss er ja auch als Offizier, aber außer ein bisschen Klavierspiel und glatter Konversation, liebe Fanny, hat er doch nichts zu bieten! Geistreich ist er auch nicht und mit der Bildung – scheint mir – ist es auch nicht sehr weit her. Kind, nach ein paar Monaten würde er dich schon langweilen, glaub es mir! So redete die Mama über den Franz.

Ach … Redete sie vielleicht deshalb so, damit …?

In Fannys Kopf begann es sich wieder zu drehen, der Wirbel erfasste ihren ganzen Körper und drohte, sie aus dem Bett zu werfen. So musste es sein, wenn die schrecklichen Kreisstrudel im Meer die Schiffe erfassten und in den Abgrund rissen. Sie klammerte sich an die Pfosten, aber auch das Bett drehte sich, es schien ihr, als würde sie gleich samt dem Bett in den Raum geschleudert. »Wandl«, schrie sie, »Wandl!« Die Magd stürzte ins Zimmer. Offenbar hatte sie vor der Tür gewartet.

»Was hams denn, Fräulein Fanny?«, fragte sie ängstlich.

»Mich drehts so arg«, rief Fanny sich mühsam aufrichtend, »halt mich fest!« Sie zog das Mädchen so heftig zu sich, dass die Wandl aufs Bett zu sitzen kam und umschlang sie.

»Weißt du, wo die Mama hingegangen ist? Hat sie die Kutsche genommen?«

»Die gnädige Frau hat zur Rosa gesagt, dass sie zur Frau von Erdt geht.«

»Wann ist sie weggegangen?«

»So uma halba drei, da war ich von der Madame schon wieder daheim.«

Ah, die Mutter wartete also, bis Fanny in der Schule war, und dann ging sie zu ihm. War sie bei …«

Sie blickte der Wandl ins Gesicht, die sie furchtsam musterte.

»Wandl, sagst du mir ehrlich was, wenn ich dich frag?«

Die Wandl nickte und schluckte. Fanny zog den Zettel aus dem Hemd, entfaltete ihn und las ihn dem Mädchen vor, denn die Wandl konnte ja nicht lesen. »Den hab ich auf dem Weg zum Dachboden gefunden. Er ist vom Franz, aber an mich ist er nicht.« Die Wandl senkte den Kopf. »I wüsst nix«, hauchte sie unter einem zagen Blick auf Fanny.

Von der Halle herauf hörten sie die Tür gehen. »Die gnädige Frau!«, rief die Wandl leise und sprang vom Bett auf. Sie winkte Fanny einen Gruß zu und verließ rasch das Zimmer.

Heppenstein ging seiner Frau entgegen, die summend die Halle betrat. Sie legte Pelzmütze und Handschuhe ab und übergab der bereitstehenden Rosa ihren beschneiten Pelz. Dann nahm sie Platz, um sich von ihr die Stiefel ausziehen zu lassen.

»Fanny hat sonderbare Zufälle gehabt«, meldete Heppenstein mit besorgter Stimme, »ich hab den Doktor kommen lassen. Sie schläft jetzt.«

»Zufälle, schon wieder«, murmelte Franzisca. »Ich geh nachschauen.«

Leise betrat sie das Zimmer. In dem flackernden Lichtkreis sah sie Fanny aufrecht im Bett sitzen, die Augen unverwandt ihr entgegengerichtet.

»Was hast du denn? Heute Mittag war dir doch noch ganz wohl.«

»Ja, heute Mittag, ja, da hatte ich auch noch nicht diesen Zettel gefunden, den du verloren hast.« Sie hielt der Mutter das Stück Papier in den Lichtschein.

Franzisca fasste nach dem Papier, aber Fanny hielt es fest. Ihre Blicke trafen sich. Franziscas Züge blieben unbewegt, aber Fanny spürte, wie die Mutter in rascher Abfolge mögliche Ausflüchte eine nach der anderen als nicht tauglich verwarf.

»Du schweigst?«, fragte Fanny.

»Was für ein Unsinn«, ließ sich Franzisca mit ruhiger Stimme vernehmen, »er ist ein dummer Junge, ich habe mir seine Kindereien schon verbeten. Wir werden ihn nicht mehr empfangen.«

»Aber er brennt doch«, schrie Fanny mit verzweifelter Ironie, »er brennt, der Arme, da hast du dich ja seiner erbarmen müssen.«

»Schweig«, zischte Franzisca, »was redest du da, wie kannst du dergleichen auch nur denken. Ich glaube wirklich, dir ist nicht ganz wohl.«

Da begann Fanny laut zu schreien, sie trommelte wie besinnungslos mit Fäusten und Füßen gegen die Bettpfosten, und warf den Kopf hin und her. Sie meinte, nie mehr mit dem Schreien aufhören zu können. Der Zettel entfiel ihrer Hand, Franzisca nahm ihn schnell an sich. Die beiden Mägde stürzten ins Zimmer, hinter ihnen erschien Heppenstein. Franzisca raunte Fanny zu: »Kein Wort mehr! Ich warne dich!«

»Aber was fehlt ihr denn?«, fragte Heppenstein erregt. »Warum schreit sie, hat sie Schmerzen?«

»Ich glaube wirklich, sie deliriert«, antwortete Franzisca. »Ich gebe ihr etwas Laudanum.«

»Der Arzt hat ihr schon welches gegeben«, wandte Heppenstein ein.

»Ausnahmsweise, hat er gesagt«, ergänzte die Wandl schüchtern.

»Ein wenig davon macht nichts«, entschied Franzisca, »sie muss jetzt unbedingt schlafen. Rosa, helf Sie mir mal.«

Und von der Mutter und der Rosa festgehalten, gelang es, der sich heftig wehrenden Fanny eine nicht zu geringe Dosis Laudanum einzuflößen. Franzisca blieb neben dem Bett stehen, bis Fanny wimmernd in Schlaf fiel. Als die Magd das Zimmer verlassen hatte, steckte Franzisca den Zettel sorgfältig ins Dekolleté und ging hinaus.

Heppenstein hatte vor dem Zimmer auf seine Frau gewartet. »Ich will wissen, was geschehen ist«, sagte er mit ungewohnter Heftigkeit, »so ein Zusammenbruch kommt doch nicht von ungefähr.«

»Du weißt ja, sie will unbedingt den Vincenti heiraten«, antwortete Franzisca kühl. »Aber das ist doch kein Mann für sie. Er hat nichts und er ist nichts. Ich hatte ihr ja schon gesagt, dass sie sich die Heirat aus dem Kopf schlagen muss.«

»Aber bisher warst du doch gar nicht so dagegen«, erwiderte Heppenstein verwundert. »Immerhin frequentiert er ja schon unser Haus.«

»Ich habe nicht so kategorisch Nein sagen wollen. Verbote bringen gar nichts. Und du weißt ja, wie sie sich aufführt, wenns nicht nach ihrem Kopf geht. Ich hab auch bisher gedacht, wenn sie ihn öfter trifft, dann wird sie schon sehen, dass er ihr nicht das Wasser reichen kann. Aber sie ist ganz vernarrt in ihn.«

»Ich bitte dich«, gab Heppenstein zu bedenken, »die Gesellschaft rechnet doch schon mit der Bekanntmachung der Verlobung.«

»Nun, da hat sie sich eben verrechnet!«

Heppenstein schüttelte missbilligend den Kopf. »Das wird ein Aufsehen machen«, sagte er, »und das haben die Vincenti nicht verdient, dass mit ihnen so umgesprungen wird.«

»Es geht nun einmal nicht mehr anders«, entgegnete Franzisca. »Und Vincenti sollte schnellstens wieder zurück nach Ingolstadt, wo er hingehört.«

»Das wird das Mädchen aber hart ankommen«, murmelte Heppenstein.

»Es gibt ein Heilmittel gegen die Liebe«, sagte Franzisca mit hochgezogenen Augenbrauen.

»Ach ja?«, fragte Heppenstein. »Was für eins?«

»Die Abwesenheit«, antwortete Franzisca in leisem höhnischen Ton. »Sag den Kindern, ich komm heute nicht zum Essen hinunter. Ich habe schlimmes Kopfweh. Gute Nacht.«

Heppenstein sah ihr nach, bis sie in ihrem Zimmer verschwand. Sie war eine fremde Frau, seine Frau. Er wunderte sich, dass ihm diese Erkenntnis erst jetzt kam, dafür aber mit endgültiger Klarheit. In manchen Augenblicken in diesen gut elf Jahren, die sie nun verheiratet waren, hatte er gemeint, sie zu kennen. In solchen Momenten schien so etwas wie eine schüchterne Liebe zu ihr wieder aufzuflackern, die aber immer wieder erloschen war im Luftzug ihrer kühlen Unnahbarkeit und unfehlbaren Tüchtigkeit. Ein Augenblick hätte genügt, um in ihm wieder diese verstörende und beseligende Leidenschaft von einst aufflammen zu lassen. Ein Augenblick ihrer Zuwendung zu ihm. Das wusste er. Denn seine Liebe schlief nur. Aber nie hatte sich ein solcher Augenblick ereignet. Und erst jetzt ging ihm auch auf, dass er diesem unentwirrbaren Rätsel nicht hatte nachspüren wollen, weil er sonst eine Entscheidung hätte treffen müssen, eine Entscheidung, die sein ganzes Leben verändert haben würde. Er seufzte.

Um Fanny tat es ihm leid. Sie war zu sehr im Bannkreis der Mutter gefangen, viel zu sehr auf sie ausgerichtet und ihr nacheifernd. Ein Wechsel der Umgebung, ein anderer Einfluss würde ihr von Vorteil sein. Und der junge Vincenti war doch ein warmherziger Mensch und aus einer guten Familie. Wenn er nur nicht immer so ersterben würde vor seiner Frau in Ehrerbietung und Verehrung! Wenn er wüsste, wie sie wirklich ist, dann tät ers nimmer!

Heppenstein schüttelte verdrießlich den Kopf und begab sich zum Abendessen hinunter.

XX

Nimm mich Gott von meinem Jammer

13. Januar 1785

Die Wandl lauschte erst ins Treppenhaus hinaus und glitt dann ins Zimmer. Fanny saß am Kamin. Vor ihr auf dem Schreibtischchen lagen zerknitterte und zerknüllte Briefbögen, der Papierkorb quoll über von zerrissenen Exemplaren. Ihr Gesicht war sehr bleich. Sie sah aus wie jemand, der mehrere Entschlüsse gefasst und wieder verworfen hat und nun nicht weiter weiß.

Die Wandl stellte den silbernen Becher mit dem eingelassenen Porzellannapf auf den Kaminsims. Über der dampfenden Schokolade flüsterte sie Fanny ins Ohr: »Die gnädige Frau hat gesagt, dass wir heute nicht aus dem Haus sollen, weil Sie noch zu schwach sind.«

Fanny nickte müde. Sie hätte gar nicht zur Madame gehen wollen und auch Franz wollte sie nicht mehr sehen. Wenigstens … heute nicht. Konnte es denn wahr sein, dass er sich mit Mama heimlich traf – vielleicht schon seit Wochen? Sie hatte Angst, ihn offen danach zu fragen. Und sie wusste auch warum. Plötzlich hielt sie es nämlich für möglich, dass er lügen würde oder irgendwelche Ausflüchte finden. Und seitdem sie diesen Gedanken zugelassen hatte, setzten Erinnerungsfetzen an solche Situationen, in denen sein Verhalten und seine Reaktionen ihr merkwürdig erschienen waren oder ihr weniger als gewöhnlich gefallen hatten, sich zu einem Ganzen zusammen, das einen anderen Vincenti zeigte.

Ja, dachte Fanny, wir sehen das, was wir sehen wollen.

Wie voll, wie von praller Fülle war ihr Leben gewesen, als Pläne, Ziele und Hoffnungen einander jagten und sich wie ein unendlicher Teppich vor ihr ausbreiteten. Aber auch zugleich verwirrend wie ein reich mit Früchten behangener Baum, bei dem man nicht wusste, wonach zuerst zu greifen. Heute dagegen herrschte in ihr eine Klarheit, als sei die Welt von Anfang bis Ende ausgeleuchtet in einem scharfen bläulichen Licht, das nur Umrisse zeigte.

»Es ist schon recht, Wandl«, sagte Fanny und tätschelte dem Mädchen die Wange. »Tu mir einen Gefallen. Ich wollt schon lang was über die Stiftskirche schreiben, aber ich war ja noch nie droben. Meld uns für morgen an, dass wir hinaufsteigen, eh wir zur Madame gehen. Aber die Mama darf nichts wissen.«

Die Wandl nickte und war insgeheim froh. Die Fräulein schien jetzt endlich auf andere Gedanken gekommen zu sein. Beim Hinausgehen traf sie auf die Baronin.

»Ist meine Tochter auf? Wie geht es ihr?«

Die Wandl knickste: »Ganz gut, gnä Frau, ich hab grad die Schokolade gebracht.«

Als Franzisca das Zimmer betrat, sah Fanny nicht auf. Mit einem Blick erfasste die Mutter die Unordnung auf dem Schreibtisch und die aufgeschlagenen und übereinanderliegenden Bücher auf dem Sofa.

»Du sollst jetzt nicht lesen und schreiben«, sagte sie ungewohnt sanft, »du solltest ruhen und schlafen. Und bitte, geh heute nicht zu Madame Dumont, es schneit zu stark.«

Fanny sah auf. »Das hätt ich eh nicht getan«, erwiderte sie kurz und kalt. Nach einer Pause fügte sie hinzu: »Und den Franz werde ich auch nicht mehr treffen.«

Franzisca war entschlossen, ihre gestrige Position beizubehalten. »Ich hab dir doch schon gesagt, das war von Vincenti ein dummer Jungenstreich, es bedeutet gar nichts. Ich bitte dich, Fanny ...«

»Und weil es gar nichts bedeutet, hast du sein Billett gestern auch gleich wieder an dich genommen.« Fanny sagte es mit gleichmütiger Stimme und sah dabei aus dem Fenster.

Franzisca schien das nicht gehört zu haben. Sie zog sich die Pelerine fester um die Schultern. »Ich werd der Rosa läuten«, sagte sie, »sie soll nachlegen, es ist kalt im Zimmer.«

Fanny antwortete nicht. Das Schneegestöber hatte sich verdichtet, die Welt da draußen lag wie hinter seidenweichen Gardinen von ihr getrennt.

»Fanny«, begann die Baronin wieder, »ich will nur dein Bestes: Der Franz ist doch kein Mann für dich, er ...«

Dass die Mutter ihn beim Vornamen nannte, steigerte Fannys Erbitterung. Sie fiel ihr mit flammendem Blick ins Wort: »Aber für dich schon! Hör auf zu lügen. Hört beide auf zu lügen! Es ist genug!«

Franzisca machte ein paar Schritte durch das Zimmer. Sie schien ihre Antwort zu überlegen. Schließlich blieb sie vor Fanny stehen und sah die Tochter ruhig an. »Und wenn es so wäre«, sagte sie mit einem seltsamen Lächeln, «was würde ich dir nehmen, was dich nicht nach drei Monaten schon langweilen würde? Was hat er denn außer seiner hübschen Larve und seinen glatten Worten? Er würde dir nicht genügen, glaub es mir!«

»Aber dir genügt er«, schrie Fanny, »für dich ist er der Richtige.«

Franzisca sah mit einem müden Lächeln aus dem Fenster, als spräche sie zu einem unverständigen Gegenüber, mit dem man Geduld haben musste.

Fanny starrte Franzisca an. War das ihre Mutter? Blitzschnell tauchten winzige Szenen und abgerissene Bilder aus der Vergangenheit auf, die solche Gedanken schon öfter mit sich gebracht, aber auch immer wieder mit sich genommen hatten. Nun aber ließ sich dieser Zweifel nicht mehr verscheuchen und zugleich brachte er ein neues, ein bisher gänzlich unbekanntes Gefühl mit: Fanny wurde plötzlich gewahr, dass ihr die Mutter fremd war – und dann überfiel sie eine schreckliche Ahnung: Sie fürchtete sich vor ihr.

»Jetzt hör mir zu, meine Liebe.« Franzisca trat einen Schritt näher. Ihr Ton war schneidend. »Ich weiß, was ich tue, und ich kenne deinen Franz besser als du. Er ist nicht der schmachtende Kandidat, der nur Tränen der Verzückung an deinem Hals weinen will. Und – wenn eine von uns beiden ihm winkt, dann bin ich es, zu der er eilt, nicht du. Da sei sicher!«

Das also war die Wahrheit!

Fanny bückte sich. In einem heftigen Impuls wollte sie ein brennendes Scheit nach der Mutter schleudern. Aber Franzisca wich behände aus und sah jetzt Fanny direkt in die Augen, ohne die Lider zu senken. Es war etwas Sprungbereites in ihrem Blick.

»Ich hasse dich«, schrie Fanny, »ich hasse und verachte dich, dich und deinen Franz. Geh, geht mir aus den Augen.« Sie stürzte zur Tür, die in diesem Moment von Heppenstein geöffnet wurde.

Er trat hastig ein und wies hinter sich Rosa, die gelauscht hatte, mit einem gebieterischen Wink zur Treppe zurück. Er schob Fanny wieder ins Zimmer und lehnte sich gegen die geschlossene Tür. Sein Gesicht war stark gerötet, er sprach keuchend, als wäre er gelaufen: »Was ist das für ein Geschrei? Schämt Ihr euch denn gar nicht vor den Mägden? In der Stadt wird ja schon über eure schamlosen Weibergeschichten geklatscht.«

Die Baronin wollte an ihm vorbei aus dem Zimmer, aber er hielt sie auf und sagte fest: »Es ist mir gleich, was du tust. Du und ich, wir sind schon lang geschiedene Leut – das weiß ich endlich –, doch eins bitt ich mir aus, ruinier nicht den Ruf meiner Familie!« Und beim Hinausgehen fügte er zurückblickend hinzu: »Und deiner Tochter nicht die Zukunft.«

Franzisca hatte nach ihm schweigend das Zimmer verlassen.

Fanny trat ans Fenster. Das also waren die Menschen, die sie als ihre Nächsten angesehen, bei denen sie sich so lange geborgen und geliebt geglaubt hatte. Die Mutter, die plötzlich nicht mehr Mutter war, sondern eine Frau, der es nur um ihren Geliebten ging. Der Stiefvater, der zu schwach war für seine Frau, die ihn missachtete und benutzte. Und Franz, der der Mutter erlegen war. Er hatte nicht nur keinen Mut gehabt, es zu gestehen, er hatte die Mutter und sie gleichzeitig ... er hatte sie beide ... Was für ein schrecklicher, was für ein schändlicher Verrat!

»Es ist in Ewigkeit unverzeihlich«, sagte Fanny laut.

Sie nahm an ihrem Schreibtischchen Platz. Entschlossen zerriss sie die schon beschriebenen Blätter und warf sie zu den anderen in den Papierkorb. Sie nahm einen frischen Bogen und schrieb rasch und ohne einmal innezuhalten. Als sie den kurzen Text faltete und siegelte, hatte sie ihn nicht mehr überlesen. Den Papierbogen legte sie unter ihr Kopfkissen. Was gab es jetzt noch zu tun?

Erstaunt stellte sie fest, dass es nichts weiter zu tun gab, jetzt, da ihre Welt ganz plötzlich leer geworden war. Diese Leere hatte endlich Ordnung hergestellt. Wenn ich schlafen gehe, sieht morgen vielleicht alles anders aus, erwog sie.

Aber sie entlarvte diesen Impuls sogleich als feigen Versuch, sich der schrecklichen Wahrheit zu entziehen. So ist es, sagte sie zu sich, und es kann nie mehr anders werden.

Es ist genug!

Der Gedanke tauchte auf, dass es vielleicht gut wäre zu beten. Aber er schlug keine Wurzel in ihr. Wozu beten, sagte sie sich, es ist ja geschehen. Und wozu sollte gut sein, was da geschehen ist. Ich möchte nur schlafen, nur schlafen und nie mehr aufwachen.

Sie hörte unten die Haustür zuschlagen. Vom Fenster sah sie die Wandl, die über sich und den Einkaufskorb das große Wolltuch schlug, das schon dichte Schneeflocken bedeckten. Jetzt geht sie und meldet mich für morgen auf den Turm an, dachte Fanny. Der hohe Frauenturm mit seiner heiteren grünen Haube erhob sich vor ihr. Schon lange hatte sie einmal hinaufsteigen wollen. Die Münchner gingen da allerdings nicht gern hinauf, sie zogen den Turm der Pfarrkirche zu St. Peter vor, der nicht so hoch und nicht so eng war und bei dem man ganz oben hinaus und rundum ins Freie treten konnte. Morgen würde sie also da hinaufsteigen, die mehr als 400 Stufen ... dann noch höher zu den Glocken ... Und vielleicht sogar noch in die Turm-stube hinauf, wo der Türmer wohnte. Nur auf dem Nordturm gab es einen Türmer, darum konnte man auch nur den Nordturm besuchen. Und mor-gen war Schranne, die größte Schranne des Jahres. Die ganze Stadt würde voll sein mit Menschen, Vieh und Waren. Da müsste sie jedenfalls mit der Wandl durch die Kirche gehen auf dem Weg zur Madame in die Weinstraße, denn auf dem Platz würde ja gar kein Durchkommen sein.

Wenn aber der Franz da wäre ... wenn er dann in der Kirche wäre ... am Kaiser-Ludwig-Grab, wo sie sich immer getroffen hatten. Wenn er dann mit ihr reden wollte ... ihr erklären würde ... Aber was gäbe es denn noch zu erklären?

Schon gestern und heute waren ihr von seinem Boten kurze Billetts aus-gehändigt worden. Im ersten hatte er geschrieben: Ich muss mit dir reden, dringend! Bitte heut, wie immer, in der Kirche. In Liebe, dein Franz. Aber sie hatte nicht geantwortet, und sie war auch nicht zur Kirche gegangen.

Und im heutigen Billett stand: Ich fleh dich an, ich werde dir alles erklären. Komm unbedingt heute zur Kirche. In ewiger Liebe, dein Franz.

Auch heute war sie nicht zur Kirche gegangen und die beiden Billetts hat-te sie gleich in den Ofen geworfen. Dort brannten sie, die Nachrichten des brennenden Franz und seiner ewigen Liebe. Alle seine Briefe hatte sie heute seinem Boten gleich mitgegeben, verschnürt und versiegelt.

Sie lachte kurz und bitter auf.

Morgen würde sie auf den Turm steigen, seine engen runden Windungen hinauf, die sich kalt und düster nach oben schraubten und nur hin und wieder einen Blick nach unten freigaben in eine immer kleiner und ferner werdende Welt, eine Welt, der sie nicht mehr angehören wollte. Was hätte sie denn noch zu erwarten, in einer Welt, in der es weder Mutter noch Vater, nicht Ehre noch treue Liebe gab. Nur Lüge und Verrat. Und sie zweifelte jetzt auch nicht mehr daran, dass die Mutter sie wirklich ins Kloster stecken würde. Denn dann würde sie ihr endlich aus dem Weg sein!

Fort, nur fort aus dieser Welt!

Aber da gab es etwas, das sie hielt, ja, etwas, das sie zurückzuhalten suchte. Fanny spürte es als Warnung und als Last. Es waren die Geschwister und die Wandl. Sie erschrak, als sie sich vorstellte, was ihr Tod für die Wandl bedeu-ten würde – noch dazu ein Tod, den sie ahnungslos hatte ansagen müssen.

Fanny sah sie alle vor sich hintreten, eins nach dem andern, in einer kleinen Prozession nach Alter und Größe gestaffelt: Zuerst die Wandl, fassungslos mit ausgestreckten Händen um Worte ringend, hinter ihr mit erloschenem, gesenktem Antlitz Magdalena, die ihr immer eine liebevolle Schwester gewesen war. Es gab Fanny einen Stich ins Herz. Die Magdalena würde das nie verwinden können, sie weinte ja noch immer um eine Katze, die vor zwei Jahren gestorben war. Dann folgte Sabina, klein für ihr Alter von elf Jahren. Sie klammerte sich an Magdalenas Rock und lugte dahinter hervor, während die vierjährige Margareta und der zweijährige Fritz furchtsam aneinandergeschmiegt sich bei den Händen hielten und anklagend zu ihr hinschauten.

Fanny schluchzte auf. Sie warf sich auf ihr Bett und vergrub das Gesicht in den Kissen. Ach, wenn doch schon alles vorüber wäre! Ach, wenn doch all das nicht geschehen wäre! Wie grausam war das Schicksal – und warum?

Plötzlich brach ihr Schluchzen ab. Sie war verwundert über den Gedanken, der unversehens ihre Verzweiflung beiseiteschob und ihr Kraft gab. Sie richtete sich auf und trocknete die Tränen: Du bist nicht die Erste, hatte ihr eine Stimme gesagt, eine klare und gleichmütige Stimme. Viele, unendlich viele haben vor dir gelitten, sie haben es getragen oder haben es nicht getragen. Du bist nur eine in einer unendlichen Schar. Reihe dich ein!

Fanny schüttelte erstaunt den Kopf: Das war eine neue Art von Trost, einer, der nicht in die gewohnte Richtung, zur Hoffnung, wies, der nicht einlud zu vergessen oder auszuhalten oder es noch einmal zu versuchen. Es war ein Trost, der einen ganz anderen Weg wies. Sie spürte mit freudiger Sicherheit, dass die Gemeinschaft der Menschen nicht nur aus den Lebenden bestand, sondern auch aus denen, die nicht mehr am Leben waren, und aus jenen, die erst ins Leben treten würden. Und all diese Wesen standen einander gegenüber – in sichtbaren und unsichtbaren Scharen –, sie lösten sich aus diesem Kreis, und sie traten wieder in ihn ein – und alle wussten voneinander. Sie würde sich nicht sündhaft *herausreißen aus der Kette der Lebenden*, wie es ein Dichter genannt hatte. Wohl würde sie heraustreten aus der Gemeinschaft der Menschen, jedoch auch wieder in sie zurückkehren. Das war ein tiefer Trost.

Und jetzt verstand sie mit einem Mal die Ruhe und Gelassenheit in den Abschiedsbriefen der Selbstmörder, deren Veröffentlichung in den letzten Monaten große Aufmerksamkeit in den Intelligenzblättern erregt hatte. Eben in diesem Januar und verstärkt seit der Mitte des vergangenen Jahres war die Zahl der Suizide alarmierend hochgeschnellt. Überwiegend junge Menschen aus allen Schichten nahmen sich das Leben. Und die philosophische Gelassenheit, mit der sie in den Tod gingen, erregte Beunruhigung in der Öffentlichkeit und Interesse bei den Gelehrten. Die Bevölkerung teilte dabei durchaus nicht die Ansicht der Regierung und der Geistlichkeit, die den Freitod ein Verbrechen und eine Todsünde nannten. Sie sah ihn als das an, was er war, als eine Tragödie. Stimmen häuften sich, die eine Verbesserung der sozialen Bedingungen forderten, um den Suizid einzudämmen. Eine Flut von Fallbeispielen, gesammelt und verfasst von Menschenfreunden und Ärzten, von Lehrern und Schriftstellern, ja sogar von Geistlichen überschwemmte seit geraumer Zeit den Markt. Diese Geschichten offenbarten, dass die Lebensmüden einem Sog gehorchten, der sogar Todesangst und Furcht vor Schmerzen hintanstellte und nur ein Ziel kannte: Endlich diesem Dasein ein Ende zu setzen! Und die Mehrheit dieser Unglücklichen ging nicht nur im festen Vertrauen auf Gottes barmherziges Verständnis in den Tod, sondern geradezu mit heiterer Erleichterung.

Fanny kannte diese Veröffentlichungen, die das »Journal von und für Deutschland« und das »Pfalzbayrische Museum« laufend veröffentlichten. Mit Staunen und unklarer Ahnung hatte sie der abgeklärten Ruhe, der geradezu freudigen Entschlossenheit nachgesonnen, die aus den letzten Nachrichten dieser Selbstmörder sprach, von denen nahezu alle jungen Menschen waren.

Zweie davon schnitt sie damals aus der Zeitung für sich aus – damals im Herbst –, als noch kein Schatten das Bild ihrer Zukunft verdunkelte. Jetzt erinnerte sie sich daran. Sie nahm die beiden Meldungen aus der Mappe, in der sie Texte und Publikationen aufbewahrte, über die zu schreiben sie sich vorgenommen hatte, und las:

Ein junger französischer Offizier namens Bordeau schrieb in seinem Abschiedsbrief: *Mit einem Wort, ich bin aller möglichen Wünsche, der Menschen, der Welt und meiner selbst, satt. Aus dieser Entdeckung mußte ich natürlicherweise einen Entschluß ziehen, es war der: Wenn uns alles verdrießt, so müssen wir alles verlassen.*

Und diese Erkenntnis fasste er in ein Gedicht:

Quant' à moi, j'arrive au trou
Que n'échappe ni fou, ni sage
Pour aller – je ne sais où.

Fanny nickte zustimmend.

Die andere Meldung bezog sich auf den Freitod eines jungen Handwerkers. Auch er hatte ein Gedicht als Abschiedsbrief hinterlassen:

Nimm mich, Gott, von meinem Jammer
Und von meiner Feinde List.
Führe mich in meine Kammer,
Bis Dein Zorn vorüber ist.

Fannys Augen füllten sich mit Tränen. Die kindlich fromme Ergebenheit, die aus diesen Zeilen sprach, rührte sie tief. Wie sie diese beiden verstand, die ihr in heiterer Entschlossenheit voraus gegangenwaren. Ach, welche Erleichterung, nicht hier bleiben zu müssen!

Als die Theres hereinschaute, um leise zu melden, dass sie für den Turmbesuch hatte ansagen lassen, blickte sie seit Langem zum ersten Mal wieder in Fannys lächelndes Gesicht.

XXI
Wappne dich Herz, jetzt!

»Rühr mir Fanny nicht an!« Dieser Satz Franziscas, den sie bei ihren regelmäßigen Treffen immer wieder geäußert hatte, haftete in seinem Gedächtnis wie ein Stachel. Ja, er beunruhigte Franz in einer Weise, die er sich zunächst nicht deuten konnte. Warum sagte sie das? Und noch dazu in der ihr eigenen Art zwischen schmeichelnder Verführung und versteckter Drohung.

Sein Wille war es von Anfang an gewesen, Fanny unberührt zu seiner Frau zu machen, und er hatte weder sich noch ihr einen Anlass gegeben, daran zu zweifeln. Aber jetzt verstand er diesen Satz Franziscas und seine tiefe Widersprüchlichkeit erschreckte ihn. Sie war nämlich nicht nur eifersüchtig auf die Tochter, »die jüngere Fanny«, wie sie das Mädchen manchmal nannte, sie fand auch, dass er ihrer nicht würdig sei. Das war aus dem Ton mancher Äußerungen zu schließen, wenn sie Fannys vielfältige Begabungen und Interessen erwähnte. Und einmal hatte sie zu ihm gesagt, während sie mit vielsagendem Lächeln ihre Strümpfe überstreifte: »So ist es nun einmal, mein Lieber, du bist eine Laune der Natur, der ich mich beugen musste. Das aber soll nicht auch Fanny zustoßen!«

Darin lag eine Herabwürdigung seiner Person. Aber war das denn nicht zugleich auch eine Herabwürdigung ihrer Person? Denn für Franzisca war er offenbar gut genug, gut genug allerdings nur für ihre Capriçen und ihren Appetit auf Entfesselung und Stillung der Lust. Und mit diesem tiefen Zwiespalt, von dem Fanny nichts wissen konnte, den sie aber wohl spürte, musste es auch zusammenhängen, dass sich ihrer beider Verhältnis seit Kurzem gewandelt hatte.

Seitdem Franzisca vor wenigen Tagen – als der Klatsch in der Stadt unüberhörbar geworden war – das Heiratsverbot verkündet hatte, flehte Fanny ihn an, sie zu entführen. Aber da war ihm siedend heiß jener andere Satz eingefallen, den er – wohl aus Beschämung – sogleich verdrängt hatte, jener andere Satz, den Franzisca ihrer Warnung angefügt hatte: »... denn dann würde ich meine Tochter enterben.«

Erst jetzt wurde ihm die Abgründigkeit ihrer Warnung ganz deutlich. Bisher scheute er sich, es Fanny mitzuteilen. So wiederholte er ihr nur, dass sein Vater ihm eine Entführung aus Gründen der Familienehre untersagt habe.

Und seither veränderten sich Fannys Liebkosungen. Bisher hatten ihre Umarmungen, ihre Küsse, ihr Lehnen an seiner Brust ihm keine besondere Selbstbeherrschung abverlangt. Er empfand sie vielmehr als ein seltenes Glück, als die ersten Wonnen eines künftigen, rechtmäßigen Genusses. Aber Fanny legte es nun darauf an, ihn zu verführen, das war unübersehbar, und er staunte insgeheim darüber, wie kundig sie sich dabei anstellte, obwohl sie von dergleichen doch eigentlich keine Ahnung haben konnte. Wie ähnlich sie sich sind, Mutter und Tochter, dachte er bei sich mit Unbehagen, fast wie ein und dieselbe Person.

Und so war geschehen, was er nicht beabsichtigt und nicht gewollt hatte: Er fand sich plötzlich in Fannys Armen. Ihre Hingabe und Glut waren so ekstatisch und selbstvergessen, dass ihm schien, er umschlinge nicht eine Frau, sondern die verlangende und gewährende Natur selbst.

Danach war Franz tief bestürzt. Er fiel vor Fanny nieder und stammelte unter Tränen, wie sehr er es bedaure, wie unendlich er es bereue, seinen Grundsätzen untreu geworden zu sein. Aber Fanny teilte seine Reue keineswegs, und seine Befürchtungen schlug sie in den Wind. Sie zeigte sich so glücklich, als sei sie gerade in einer vom Volk ersehnten, königlichen Hochzeit vermählt worden. »Nun bin ich deine Gattin«, wiederholte sie triumphierend und küsste ihn leidenschaftlich mit dem Ausdruck endlich befriedigten Besitzerstolzes.

Franz löste ihre Arme von seinem Hals und setzte sich vorsichtshalber ein paar Schritte entfernt von ihr nieder. An seine Mahnungen, dass ihnen dies nicht erlaubt sei, kehrte sie sich nicht. »Erlaubt?«, sagte sie wegwerfend. »Ich bestimme, ob ich gebunden bin, nicht der Pfaffe.«

Franz schaute ihr zu, während sie Leibchen und Mieder schloss und sich vor dem Spiegel frisierte. Wie Franzisca, dachte er, wie Franzisca. Warum sehe ich das erst jetzt?

Eine nie gekannte Bangigkeit hielt ihn seither in ihren Fängen. Sie zwang ihm ein Bild vor Augen, das er nicht mehr loswerden konnte: Er sah sich in einem tiefen Felsspalt gefangen. Vom Rand der engen Schlucht weit oben schauten Gestalten auf ihn herunter und deuteten mit höhnischen Ausrufen auf ihn. Und so sehr er sich auch wand und drehte, es gelang ihm nicht, sich den höhnischen Rufen und Gesten zu entziehen.

Franz hätte viel darum gegeben, einem echten Freund – wie hieß es doch so zutreffend –, einem »genauen Freund« sich anvertrauen zu können. Aber so einen hatte er leider nicht. Und seitdem er sich Fannys wegen nach München hatte versetzen lassen, kannte er von seinen Kameraden nur Baumgartner näher. Baumgartner war gleichaltrig und Auditeur im kurfürstlichen Leibregiment. Er schien immer gut informiert über Neuigkeiten und Klatsch und berichtete davon gern mit der spöttischen Miene eines Menschen, der hinter die Kulissen blickt.

Neulich hatte er auf dem gemeinsamen Heimweg augenzwinkernd bemerkt: »Kompliment, Vincenti, du schlägst ja gleich zwei Fliegen mit einer Klappe. Wie schaffst du das nur mit Mutter u n d Tochter?«

Franz war ärgerlich aufgefahren, aber Baumgartner legte ihm lachend die Hand auf die Schulter: »Dann darfst du dich halt nur mit einer von beiden zeigen, mein Lieber, e n t w e d e r mit der Mutter o d e r mit der Tochter! Aber warum hat die Baronin plötzlich eure Heirat verboten?«

Wenn es der Schnüffler Baumgartner wusste, dann wusste es das ganze Leibregiment, dann wussten es auch die Dienstboten. Und wenn es erst einmal die Dienstboten erzählten, dann erfuhr es auch die Herrschaft.

In diesen Tagen, die Franz als unheilschwanger empfand, lernte er sich als einen Menschen kennen, von dem er bisher wenig gewusst hatte. War sein Gefühl für Franzisca Liebe? Und was war es dann, was er für Fanny empfand? Hatten ihn vielleicht wirklich nur Glanz und Geld gelockt, wie es viele böse Zungen verbreiteten? Und – war er überhaupt fähig zu lieben?

Bestürzt stellte er fest, dass er gar nichts mehr empfand, weder für die eine noch für die andere. Es war schrecklich, aber schienen sie nicht ein und dasselbe Wesen mit zwei Köpfen? Ein furchtbar verlockendes und unheilbringendes Geschöpf aus der Mythologie. Mit verzweifelter Sehnsucht wünschte er sich in die Zeit vor dieser Verstrickung zurück, als elegantes Auftreten und die Suche nach Zerstreuung seine Tage ausgefüllt hatten. Sicher war der Klatsch schon bis in sein Elternhaus gedrungen. Wie konnte es anders sein, der Vater und Heppenstein trafen einander ja täglich im Amt. Franz sank der Mut, wie sollte er seinem Vater unter die Augen treten?

Als er sich soweit ermannt hatte, dass er beschloss, den Heimweg anzutreten, denn heute sollte er zu Hause speisen, brachte ihm sein Bursche ein eiliges Billett von der Baronin. »Der Bote warte draußen auf Antwort«, sagte er. Franz erbrach das Siegel mit alarmierten Gefühlen. Franzisca wünschte ihn dringend zu sprechen. Wenn irgend möglich, sofort. In diesem Fall solle der Bote nicht mehr zurückkommen. Das klang nicht einladend, und das Papier war diesmal weiß und parfümiert.

Franz machte sich auf den Weg. Er fühlte sich, als ginge er seinem Urteil am jüngsten Tag entgegen. Wie ewig schienen doch glückliche Stunden und wie jäh brach das Unheil über den Menschen herein. Franzisca hatte ihn zu sich nach Hause bestellt, das bedeutete, dass Fanny bei der Madame und Heppenstein im Amt waren. Er pochte leise am Tor, weil er sich scheute, das eiserne Sphingenhaupt anzuschlagen, dessen Klang durch das Haus hallte. Sogleich wurde der kleine Einlass im Torflügel geöffnet, Rosa hatte dahinter sein Eintreffen abgepasst. Sie knickste und meldete im Wegeilen, die Baronin erwarte ihn im Gesellschaftszimmer. Mit welch stürmischen Gefühlen hatte er hier schon die Stufen erstiegen, ohne sich Zeit für die Ölbilder und Spiegel längs des Treppenaufgangs zu nehmen. Im Haus war es ganz still. Auch von den Kindern vernahm er nichts. Als er den Vorsaal erreichte, von dem links und rechts die Zimmer abgingen, sah er noch die nach ihm äugende Rosa rasch um die Ecke biegen. Aber die Zeit, die verstrich, bis er zu Franzisca ins Zimmer trat, nahm er nicht wahr. Sein Bewusstsein setzte erst wieder mit dem Bild der Baronin ein, die zwischen den beiden Fenstern mit verschränkten Armen stand. So sah die Schicksalsgöttin aus, die sich anschickte, ihr Urteil zu verkünden. Nie zuvor hatte er sie in dieser Haltung gesehen.

Im Kamin loderte es, der dichte Schneefall draußen hüllte den Raum in einen milchigen, leblosen Schein. In Vincentis Kopf war es leer, er fühlte sich merkwürdig schwebend und schwach und für einen Augenblick meinte er vornüber zu fallen. Sehnlichst wünschte er sich fort aus diesem Zimmer. Er verbeugte sich und blieb zwei Schritte vor Franzisca stehen. Noch nie bisher hatte er das fertiggebracht, wenn sie beide allein gewesen waren. Immer war er sogleich in ihre Arme gestürzt.

Er verneigte sich noch einmal. Franzisca trat auf ihn zu, ohne ihn zu berühren. Sie sah ihm direkt in die Augen: »Erkläre mir, was das heißen soll. Fanny sagte mir heute, sie sei deine Gattin.«

Eine Bilderprozession zog an Vincentis innerem Auge vorbei, Fanny singend und er am Klavier in Ingolstadt. Franzisca mit ihm im Garten scherzend auf und ab gehend, Fanny mit ihm in der Frauenkirche am Kaiser-Ludwig-Grab, Franzisca jubelnd in seinen Armen, und dann, ja dann – Fanny und er in Liebe umschlungen.

»Ich«, hörte Franz sich sagen, »ich hab es nicht gewollt.«

Franziscas Augen sprühten, mit einer Hand fuhr sie in sein Haar und riss seinen Kopf hin und her, die andere schlug sie ihm ins Gesicht. »Der Arme«, höhnte sie, »er hat es nicht gewollt. Und warum hat er es dann getan?«

Er setzte an zu sprechen, er wollte ihr sagen, dass das Unheil sich notwendig so hatte entfalten müssen, dass der erste Schritt auf dem falschen Weg alle folgenden falschen gezeugt hatte, dass er jetzt nicht mehr verstand, wie sie beide es so weit hatten kommen lassen können, und dass er alles – ja wirklich alles – tief bereue.

Aber er war nicht imstande zu sprechen. Er brachte keine Silbe heraus. Und es schien ihm, er gleite nun langsam auf Rollen zurück, weg von Franzisca, die immer ferner rückte.

Sie schaute ihn an, einen winzigen Moment lang erschien etwas wie Rührung oder Mitleid in ihrem Blick. Er wollte vor ihr auf die Knie fallen, aber sie hielt ihn zurück.

»Fanny hat dein Billett von gestern gefunden. Sie ist außer sich.«

Franz fühlte, wie ihm das Blut aus dem Gesicht wich. Er taumelte.

»Du musst fort«, flüsterte sie, »so schnell wie möglich, bevor es Kreise zieht. Ich werde an deinen Vater schreiben, er kann dafür sorgen, dass du auf Werbung geschickt wirst.«

Franz versuchte einzuwenden, dass nicht dies der Ausweg sei, dass sie zurück müssten, zurück bis dahin, bevor sie den falschen Schritt getan hatten. Aber der Ausdruck, der nun in Franziscas Augen trat, erstickte jeden Einwand.

»Und Fanny schicke ich aus der Stadt, bis Gras über diesen Klatsch gewachsen ist«, schloss sie.

Franz sah sie an, zwei schreckliche Impulse durchfuhren ihn: Er kannte diese Frau nicht und – er fürchtete sich vor ihr. Wozu wäre sie wohl imstande?

Unversehens lächelte Franzisca. Ihr Antlitz erfüllte sich mit einem Licht, das wie Güte schien. Aber es war keine Güte. Es war der Hochmut, mit dem der Unterlegene dem Sieger seine Verachtung bekundet. Sie tat einige Schritte von ihm weg und wieder auf ihn zu und als sie wieder vor ihm stand, sagte sie leise lachend: »Ich bin dir zugefallen, wie der reife Apfel dem Gras zufällt. Das Gras hat keinen Verdienst daran und den Apfel trifft keine Schuld.« Dann fügte sie in kaltem Ton hinzu: »Ich wünsche nicht, dass du Fanny noch einmal triffst.«

Franz starrte sie an. »Ich darf mich nicht einmal von ihr verabschieden?«

»Du kannst ihr schreiben! Und geh jetzt, Heppenstein wird gleich kommen!« Sie reichte ihm die Fingerspitzen und entzog sie ihm sogleich.

Franz taumelte hinaus.

Als die Tür hinter ihm ins Schloss gefallen war, drehte Franzisca sich zur Wand.

Mit geballten Fäusten flüsterte sie:

»Wappne dich Herz, jetzt!
Nie wirst du dich betten!«

XXII

Vincentis Gespräch mit dem Vater

Franz verließ das Heppenstein'sche Haus durch den Hinterausgang, um einem möglichen Zusammentreffen mit dem Hausherrn zu entgehen. Er fürchtete ihn nicht, aber er schämte sich vor ihm. Und erst jetzt trat ihm dessen peinliche und unverdiente Lage vor Augen und er sah den Ehemann Franziscas wie eine Art Leidensgenossen. Wie froh war er, aus dem Haus zu kommen. Er hob sein Gesicht den Schneeflocken entgegen und saugte begierig die kalte, frische Luft ein.

Alles, alles, was hinter ihm lag, wünschte er abschütteln zu können wie ein Hund nach dem Regen die Tropfen. Es hätte nur eines kurzen Umwegs bedurft, um Fanny abzupassen, die um diese Zeit ihren Heimweg von der Madame aus der Weinstraße antrat. Aber er hatte nicht die Kraft, ihr gegenüberzutreten. Was hätte er ihr sagen können – oder sagen müssen? Nein, er wollte niemanden sehen und nichts hören. Wenn eine Fee ihm einen Wunsch freigegeben hätte, dann hätte er sich gewünscht, mit einem Satz wieder in sein einstiges Leben in Ingolstadt zurückzuspringen und alles zu vergessen, was sich inzwischen ereignet hatte. Nicht nur das Gefühl von Feigheit und Versagen bedrückte ihn, sondern eine tiefe, dumpfe Niedergeschlagenheit.

Glanz, Freude und prickelnde Erwartung, all das war jäh verflogen und hatte sich in Nichts aufgelöst. So, als wäre alles nur ein Traum gewesen, sagte er zu sich. Und wie war er von Franzisca behandelt worden! Wie einen Hausierer hatte sie ihn hinausgeworfen.

Er war entschlossen, alle unerfreulichen und lästigen Verpflichtungen, die ihn noch mit diesem so plötzlich beendeten Dasein verbanden, rasch zu erledigen, um dann ins Vergessen zu tauchen. Franzisca würde an seinen Vater schreiben und um seine Versetzung nachsuchen – wie auch immer sein Vater das aufnehmen mochte –, Franz war damit einverstanden. Jedoch, er musste mit ihm reden, ehe der Brief eintraf. Dennoch hielt er an der Kirche des Heiligen Geistspitals an.

Er schnallte den Degen los und kniete nieder. Gerne hätte er ein demütiges Gebet verrichtet, eine Bitte um schnelle Errettung aus diesem Netz, in dem er hilflos zappelte. Aber er vermochte seine Gedanken nicht zu sammeln unter der Last der Niedergeschlagenheit und des Schuldgefühls: Wie hatte er sich versündigt gegen alles, was man ihn gelehrt und wovor man ihn gewarnt hatte. Er wagte nicht, zur Madonnenstatue aufzuschauen, der man so viele Wunder zuschrieb. Er verdiente ja keines. Wie glücklich war er doch gewesen, ehe er in diesen Schlingen gefangen und all seiner Freiheit beraubt wurde. Wie vielversprechend war ihm seine Zukunft erschienen, wie leicht zu erreichen seine Träume. Aber er war der Leidenschaft zum Opfer gefallen, ein Spielball dieser Frau war er geworden, die ihn zu sich gezwungen hatte wie die Schlange den Hasen.

Und das Schlimmste, er hatte Fanny entehrt und verraten.

Tiefe Seufzer drangen hinter seinen vor das Gesicht geschlagenen Händen hervor. Er fühlte sich hilflos und hoffnungslos. Wenn er jemals ein Mann gewesen war, ein mutiger und lebensfrischer Mensch, so lag das zurück wie in einem anderen Zeitalter. Franz konnte sich nicht vorstellen, jemals wieder Selbstvertrauen und Lebenslust zu gewinnen.

Mit gesenktem Haupt trat er aus der Kirche. Als er neben dem Weiberspital durch das Tor die Abkürzung in die Marktgasse nehmen wollte, warf er wegen eines laut wiehernden Pferdes einen Blick zurück. Da wurde er in der Ferne eben noch Fannys gewahr, die in ihren Pelz gehüllt, am Ende des Marktplatzes aus den Lauben schlüpfte und in die Gasse gegenüber eintauchte.

Es war nur ein Augenblick, ausreichend gerade, um sie verschwinden zu sehen, und dennoch hielt dieser Moment Fanny so eindringlich und unauslöschlich fest, wie der Bernstein das eingeschlossene Insekt festhält in einem zur Ewigkeit geronnenen Augenblick.

Eine Wand in ihm stürzte nieder und dahinter brachen Szenen und Gefühle hervor, die voller Glück, Zartheit und Hoffnung waren. Bitterliches Schluchzen schüttelte Franz so heftig, dass er für eine Weile in einer Mauervertiefung Zuflucht suchen musste. Als er sich wieder gefasst hatte, nahm er erstaunt wahr, dass er tiefe Erleichterung empfand.

Auch sein Mut war zurückgekehrt.

Ein Plan tauchte in ihm auf, wie schon seit Langem vorbereitet: Ich werde meinen Vater um die Dienstabtretung bitten, er hat ja schon einmal von dieser Möglichkeit gesprochen. Dann bekomme ich viel höheren Sold. Und dann kann der Vater auch um Fanny anhalten. Franz schlängelte sich an den auf der Straße spielenden Kindern, an den Maroniverkäufern und kleinen Händlern vorbei. Aus den Hinterhöfen drangen die lauten Geräusche der Spängler und Fassmacher, sie rissen die Stimmen der Frauen, die sich trotz der Kälte von Tor zu Tor rufend unterhielten, in Satzfetzen.

Früher hatte Franz es nach Möglichkeit vermieden, zu dieser Tageszeit, wenn alles auf den Beinen war, die Marktgasse zu betreten. Er scheute ihre Gerüche, ihren Lärm und ihre Menschen. Heute jedoch fühlte er sich daheim und allen zugehörig, und er erwiderte den Gruß der Nachbarn, die wohlgefällig lächelten, mit Herzlichkeit.

Vor dem Haus blieb er stehen und hielt Ausschau nach Westenrieder, der in der Mansarde wohnte. Manchmal betrachtete der Gelehrte, der in der Residenzstadt hohes Ansehen genoss, von seinem Dachfenster aus das Treiben auf der Gasse. Was er durch die Beobachtung des Alltagslebens erfuhr, das floss in seine Schilderungen der Bayern und der bayerischen Lebensart ein. Er war sehr freundlich und hörte den Menschen mit Interesse zu. Franz hätte gern ein paar Worte mit ihm gewechselt, aber er sah ihn nirgends und ihn aufzusuchen, das wagte er nicht.

Im Hausflöz roch es nach Wirsing und Rindfleisch. Heute erfreute ihn der Duft und erregte seinen Appetit. Oben am Ende der ersten Treppe stand seine Mutter, sie hatte ihn wohl vom Fenster aus kommen sehen.

Sie sah besorgt aus. Noch ehe Franz die letzte Stufe erstiegen hatte, neigte sie sich zu ihm. In seiner Umarmung flüsterte sie: »Der Vater will dich sehen. Die Baronin hat einen Boten mit einem Brief geschickt. Geh gleich hinein.«

Franz schnallte den Degen ab und hängte Dreispitz und Mantel an den Haken. Er legte sich nicht zurecht, was er sagen wollte, sondern vertraute darauf, dass der Mut, den er gefasst hatte, ihm die rechten Worte eingeben würde.

Der Vater saß im Lehnstuhl am Fenster. Er hielt einen eng beschriebenen Bogen in der Hand. Franz erkannte Franziscas energische, stolze Schriftzüge, als er nähertrat. Der Vater schlug mit der flachen Hand auf das Papier: »Was soll des heiße?«, fragte er erregt.

Bei Gemütsbewegungen verfiel Carl Jakob von Vincenti stets ins heimatliche Pfälzisch. Franz überschwemmte plötzlich heißes Mitleid mit seinem Vater und tiefes Bedauern darüber, in welche Lage er ihn gebracht hatte. Im Gefolge des neuen Kurfürsten war er vor sieben Jahren in die Residenzstadt gekommen und zum Hofkriegsrat ernannt worden. Franz wusste, wie ängstlich bestrebt der Vater war, das Vertrauen zu rechtfertigen, das Carl Theodor in ihn setzte.

»Erst willst du wegen dem Mädchen nach München«, fuhr der Vater fort, »und ich tu alles, was in meiner Macht steht, dass du hier ins kurfürstliche Leibregiment kommst. Und jetzt, nach nicht einmal einem Jahr, fordert die Baronin, dich wieder versetzen zu lassen. Und«, hier schlug er wieder auf den Brief, »eine Hochzeit mit ihrer Tochter, die untersagt sie ausdrücklich, und ganz plötzlich.« Er reichte Franz das Schreiben.

Franz las die Zeilen, die von einer besorgten und liebenden Mutter verfasst schienen, die bisher nicht das Herz gehabt hatte, der verliebten Tochter jede Hoffnung auf eine Heirat zu rauben. Nun aber sei es an der Zeit, zur Vernunft zu kommen und den beiden jungen Leuten die Augen für die Wirklichkeit und deren Erfordernisse zu öffnen. »Da aufgrund der leider herrschenden Besoldungsverhältnisse eine Verbindung zwischen Ihrem ehrenwerten Sohn und meiner Tochter nicht möglich ist« – schrieb sie – »beide sich aber nicht darein zu schicken bereit sind, ist eine Trennung der jungen Leute zur Beendigung eines unhaltbar gewordenen Verhältnisses unabdingbar. So wende ich mich jetzt als Mutter an den Vater, mit der Bitte, daß Euer Hochwohlgeboren um baldigste Versetzung Ihres Sohnes bemüht sein möchten. Eine Sendung auf Werbung würde sich dafür aufs Beste eignen. Was meine Tochter betrifft, so werde ich sie für eine Zeitlang aus der Residenzstadt entfernen, bis die laufenden Verlobungsverhandlungen mit dem Baron von Egckher abgeschlossen sein werden.«

Franz blickte auf und direkt in die Augen seines Vaters.

»Ich hab dich bisher nicht fragen wollen«, sagte Carl Jakob ruhig, »ich wollt, dass du von selber zu mir kommst. Meinst du, ich hab nichts gehört von dem Geschwätz? Und die Blicke von allen im Hofrat und der Heppenstein, der mir ausweicht? Jetzt red endlich!«

»Es ist ja wahr«, stammelte Franz, »das mit der Baronin. Ich hab ihr ... einfach nicht widerstehen können ... ich versteh es nicht mehr.« Er kämpfte mit den Tränen.

Carl Jakob sah den Sohn starr an, dann ließ er den Kopf sinken und schlug die Hände vors Gesicht. »Gott im Himmel«, stöhnte er. »Hast du denn den Verstand verloren?«

Franz nickte stumm.

»Weiß die Fanny davon?«, fragte der Hofkriegsrat nach langem Schweigen.

»Ich hoff zu Gott, noch nicht ... und darum Vater ... ich will ja alles wieder gut machen, vielleicht gibt es noch die Hoffnung, dass wenn du mir deinen Dienst abtrittst ... dass ich dann die Fanny doch noch erhalte.«

Carl Jakob musterte seinen Sohn ungläubig: »Es wundert mich, dass du daran denkst«, sagte er. »Nachdem, was geschehen ist, wird sie dir doch nicht die Tochter geben. Du kennst sie nicht, sie spielt die Penelope, aber sie ist eine Circe.«

Und nach einer Weile fügte er, ohne Franz anzuschauen, hinzu: »Du bist nicht ihr erstes Opfer – und auch nicht das letzte. Der arme Heppenstein kann einen nur dauern.«

»Ich bitt dich inständig, Vater«, flehte Franz, »versuch es dennoch. Ich hab so viel gutzumachen.«

Sein Vater maß ihn mit einem eindringlichen Blick. Franz meinte in seinen Augen eine Frage zu lesen, die der Alte zu stellen sich scheute.

Schließlich sagte er: »Ist es dir denn auch ernst damit, willst du das Mädchen wirklich heiraten, Franz? Glaub mir, die Töchter schlagen den Müttern nach, auch wenn es erst nicht so aussieht.«

»Ja, Vater, ich will – und ich muss.«

Noch einmal traf ihn der eindringliche – und wie es Franz jetzt schien –, wissende Blick seines Vaters.

Carl Jakob seufzte und ließ das Gesicht wieder in die Hände sinken.

»Nun«, sagte er endlich, »dann schreibe ich, dass ich dir meinen Dienst abtrete, und dass ich für dich um die Fanny werbe.«

Franz beugte sich unter Tränen über die mit braunen Flecken bedeckte Hand des Vaters.

14. Januar 1785

Der Bote hatte ein eiliges Schreiben des alten Vincenti gebracht. Darin hieß es, dass der Hofkriegsrat alles in die Wege geleitet habe, damit sein Dienst an den Sohn abgetreten werden könne. Er selbst würde den kommenden Tag sich erlauben, im Hause des Hofrates vorzusprechen, um seine Werbung für den Sohn vorzutragen. Er hoffe von ganzem Herzen, somit alles getan zu haben, um eine Verbindung des Offiziers mit der Baronesse zu ermöglichen, die seinen Sohn zum glücklichsten Menschen auf der Welt machen würde.

Franzisca überflog das Schreiben, während sie im Zimmer auf und ab ging.

Heppenstein erbat es sich und las es langsam. »Es sind sehr ehrenhafte und ordentliche Leute«, sagte er dann, als er es ihr zurückgab. »Freilich haben sie nicht viel. Und dennoch verzichten sie auf den Dienst zugunsten des Sohnes. Das bedeutet, dass sie den Gürtel noch enger schnallen müssen.«

»Ja«, antwortete Franzisca, »und sie wohnen zur Miete hinter dem Markt und haben noch weitere elf Kinder. Und das, findest du, sind angemessene Verhältnisse für unsere Fanny?«

»Wenn sie glücklich wird«, sagte Heppenstein nach kurzer Pause. »Ist das nicht das Wichtigste?«

Dabei sah er sie an und sie wusste, was er nicht aussprach, nämlich, soll sie so unglücklich werden wie wir beide miteinander?

Franzisca zog die Augenbrauen hoch, und Heppenstein verstand. Es hieß: Es ist meine Angelegenheit und ich entscheide.

»Ja«, sagte er, »natürlich, es ist deine Tochter – und deine Verantwortung.«

Dann verließ er das Zimmer, und Franzisca fühlte sich verstimmt, wie gewöhnlich, wenn Gallus ihr seine Ansicht darlegte, die mit der ihren nicht übereinstimmte. Aber auch sie konnte sich einer gewissen Rührung nicht verschließen, die ihr der Brief des Hofkriegsrates einflößte. Die Eltern waren bereit, alles für diesen Sohn zu tun, der mit 25 Jahren erst Leutnant war. Und dabei hatten sie noch elf weitere Kinder. Ja, sie liebten diesen Sohn selbstlos und bedingungslos.

War sie einer solchen Liebe fähig?

Sie warf einen Blick hinüber zu dem zweijährigen Fritz, den die Amme eben hereingebracht hatte. Er saß in seinem Laufställchen und spielte unter leisen Jauchzern mit seinem Stofflöwen. Solange sie so klein waren, konnte man das nicht wissen. Erst später, wenn sie ihren eigenen Willen hatten, dann erst würde man das sehen, wie stark die Liebe zu ihnen war. Und wieder – immer dann, wenn sie derartige Fragen an sich stellte – fiel ihr Lanz ein, und was er ihr jetzt antworten würde. Er würde Paulus zitieren, dachte sie und wurde traurig dabei, dieses Wort von der Liebe, die alles weiß, alles verzeiht, alles glaubt, et cetera.

»Et cetera«, wiederholte sie laut und lachte unfroh.

Aber selbst, wenn ich es jetzt noch erlauben wollte, dachte sie – bevor nicht die Schauspieler von der Bühne verschwinden, kann das Stück nicht enden. Und, es muss alles ein Ende haben, so, als wäre es nie gewesen. Soll ich diesen Milchbart denn mein Leben lang als Schwiegersohn vor Augen haben – und immer erinnert werden – und auch er würde sich immer erinnern. Nein! Es muss eine neue Handlung auf die Bühne! Und, was die augenblickliche Situation betrifft, so gilt es, nicht den morgigen Besuch des Hofkriegsrates abzuwarten, das würde ja den Eindruck der Zustimmung erwecken. Ich muss ihm unverzüglich absagen.

Und sie setzte sich an ihren Sekretär und schrieb an den alten Vincenti, dass ihr Entschluss unverrückbar feststünde, und dass auch sein achtungswertes Opfer für den Sohn daran nichts ändern könne. Sie ersuche ihn hiermit, noch einmal um schleunige Versetzung des Leutnants, dessen Verbleib in der Residenzstadt angesichts des öffentlichen Interesses sich kaum günstig auf seine Laufbahn auswirken könne. Außerdem sei jede weitere Verzögerung einer Entscheidung für die beiden jungen Leute unverantwortlich, da ihnen dadurch Hoffnungen gemacht würden, die nun einmal nicht zu erfüllen seien. Was ihre Tochter betreffe, so werde sie diese auf einige Zeit in ein Kloster geben, damit deren Vorbereitung auf ihren nahen Ehestand ungestört erfolgen könne. Sie ließ dieses Schreiben sogleich austragen, ohne Heppenstein davon Kenntnis zu geben.

Der kleine Fritz streckte vergnügt lallend die Händchen nach ihr aus. Franzisca hob ihn auf und ging mit ihm in den Armen auf und ab. Draußen schneite es in dichten Flocken. Sie dachte an ihr Maskenkleid, das sie übermorgen bei der Redoute tragen würde, eine neue Robe, die eben erst fertig geworden war. Bei jedem neuen Kleid variierte sie immer die nämlichen Farben, allerdings in verschiedenen Nuancen: Gold, Jadegrün, Nussbraun und ein Rot, das zwischen Zimt und Malve changierte. Diese Farbkombination war für ihre Erscheinung charakteristisch, sie verlieh ihr in der Gesellschaft ihre Unverkennbarkeit, wie das einer Dame eigene Parfüm ihr die Erinnerung sichert.

Hoffentlich kommt Vincenti übermorgen schon nicht mehr auf die Redoute. Fanny allerdings müsste teilnehmen, nicht nur weil ihre Abwesenheit Fragen aufwerfen würde, sondern auch weil Hofrat von Egckher sie unbedingt zu sprechen wünschte. Er ist fast 20 Jahre älter als das Mädchen, dachte Franzisca, während sie den Kleinen sanft schaukelte, was macht das schon! Ein Mann, der keine Erfahrung mit Frauen hat, hinterlässt einen unmännlichen und unerfreulichen ersten Eindruck. Und das ist kein guter Auftakt für eine Ehe. Dazu ist Egckher reich und hat gute Manieren. Außerdem schätzt er Fannys Verstand und ihre Begabungen. Was will sie mehr? Romanzen kommen später ganz von selbst!

Sie warf im Vorbeigehen einen Blick in den Wandspiegel. Smaragde standen ihr zweifellos am besten zu ihrem hellkupferfarbenen Haar, das am Hinterkopf aus dem Spitzenhäubchen in einer Lockenfülle hervortrat.

Erst jetzt wurde sie der Geräusche gewahr, die von der Straße heraufdrangen.

Sie hatte sie bisher nicht beachtet. Nun aber fing der Lärm an sie zu stören, ja, es klang, als befänden sich laut rufende Leute vor der Haustür. Sie näherte sich einem Fenster. Eine unruhige Menge hatte sich vor dem Tor versammelt, die der Hausdiener von den Stufen zu weisen suchte. Weitere Personen drängten sich rufend und gestikulierend die Salvatorgasse herauf.

Heftige Bangigkeit umkrallte plötzlich Franziscas Herz. Sie hob eben die Glocke, um nach Rosa zu schellen, als an der Zimmertür geklopft wurde. Die Magd war kreideweiß im Gesicht und hielt die zitternden Hände vor der Brust gekreuzt. Sie blieb im Türrahmen stehen. Vergeblich setzte sie zu sprechen an, vermochte aber nur zitternd zur Straße hinunterzudeuten. Hinter ihr tauchte mit fliegenden Rockschößen und ohne Hut und Mantel Heppenstein auf. »Es ist ein Unglück geschehen«, rief er im Davoneilen, »ein Unglück mit der Fanny. Ich lauf hin.«

»Die Leut«, setzte die Rosa bibbernd an, »die Leut sagen, die Fräulein Fanny ist … ist vom Turm heruntergefallen, von der Stiftskirche.«

Träume ich? Es kann ja gar nicht sein, was sie da sagt! Fanny vom Turm gefallen. Sicher träume ich das, ich kann ja oft nicht unterscheiden, ob ich etwas erlebt oder geträumt habe. »Ist sie tot?«, hörte sich Franzisca mit fremder Stimme fragen.

Die Rosa nickte mit aufgerissenen Augen.

Franzisca schaukelte immer noch den Kleinen in ihren Armen. Sie fühlte gar nichts, ihr Kopf war ganz leer, ihre Glieder empfand sie wie die Arme und Beine der Marionetten, die sich an Schnüren bewegen. Irgendwo im Haus hörte sie eine Uhr schlagen, aber es gab keine Zeit mehr, die verging, sondern nur eine, die stillstand.

Die Rosa rührte sich auch nicht. Sie starrte die Freifrau an, die aussah wie eine Statue aus Stein mit einem lebendigen Kind in den Armen.

Es ist wie im Märchen vom Dornröschen, fuhr es der Rosa durch den Sinn, wo alle sich plötzlich nicht mehr regen und 100 Jahre lang so stehen bleiben, wie sie grad standen.

Heppenstein trat ein, immer noch ohne Hut und Mantel. Offensichtlich war er gelaufen, er atmete schwer, sein Gesicht zeigte rote Flecken. Rosa verschwand lautlos. Der Hofrat trat zu seiner Frau. »Sie ist vom Turm der Stiftskirche gesprungen«, sagte er keuchend, »aus der Türmerstube. Mit dem Kopf hat sie das Dach vom Benefiziatenhaus durchgeschlagen. Ich hab sie liegen sehen.«

Er musterte sie schnell von der Seite: »Besser, du schaust sie nicht an. Der Stiftspfarrer hat schon den Hof- und den Stadtrichter gerufen. Der Türmer hat die Theres heruntergeführt, damit sie nicht auch noch springt. Beide sollen vernommen werden. Ich muss gleich nach Gegenzeugschaften schauen, weil der Dekan schon eine Staffette zum Bischof geschickt hat. Ich muss schnell eine nachschicken.«

Die Baronin rührte sich nicht. Sie starrte geradeaus. Ihre Arme bewegten sich mechanisch in der Schaukelbewegung. »Ich geh«, sagte der Hofrat und streifte seine Frau mit einem scheuen Blick, »ich muss für Zeugen sorgen, bevor die Richter kommen.«

XXIII

Der Schrannentag

14. Januar 1785

Es war ein ungewöhnlich kalter Januar und die Münchner hatten in diesem unbarmherzigen Winter schon viel gefroren. Das Holz war schon wieder teurer geworden. Wer unbedingt sich im Freien aufhalten musste, machte sich damit Mut, dass Bewegung warmhält, ohne daheim Brennmaterial zu verbrauchen. Heute waren aber trotz der eisigen Kälte Straßen und Gassen seit dem frühen Morgen voller Menschen, denn an diesem Freitag wurde Schranne gehalten, die größte und wichtigste im ganzen Jahr. Bürger und Bauern, Knechte, Mägde und Schaulustige drängten sich in den engen Gassen, die rund um die Stiftskirche zum Marktplatz führten. Die ganze Kaufingerstraße war ein unübersichtliches Gewimmel von Menschentrauben, Buden, Hunden, schreienden Kindern, Schaustellern und aufgetürmten Säcken. Dazwischen versperrten die Ochsenkarren und Pferdegespanne den Weg. Unter den Lauben zwängten sich zwischen den Waren die Leute hindurch, denn auf dem Schrannenplatz war in dem Gewimmel kein Durchkommen. Nur die jüdischen Händler in ihren Kaftanen waren heute nicht zu sehen. »*Juden ohne Ende*«, hatte neulich Westenrieder kopfschüttelnd zu seinem Freund Oefele gesagt. Dennoch aber taten sie ihm leid, machte man es ihnen doch schon schwer genug. Zum Begraben mussten sie bis nach Kriegshaber, ins Augsburgische hinaus, und nur der älteste Sohn durfte sich jeweils ansiedeln. Vor Kurzem hatte der Kurfürst jedoch verfügt, dass die Weiber nicht mehr zum Gebären die Stadt, wie bisher, verlassen mussten. Arme Menscher!

»Aber schlau sind sie«, sagte Oefele, »schlau.«

»Freilich«, erwiderte Westenrieder, »und zach, wie einer halt wird, wenns ihm ewig an den Kragen geht.«

Aber heute war Freitagnachmittag, und die Juden rüsteten sich daheim für den Schabbes, der mit Sonnenuntergang anbrechen würde. Von Unserer Lieben Frau hatte es gerade zwei Uhr geschlagen. Vor dem Gasthaus zum »Schwarzen Adler« stand Herr Albert, der Wirt, die Hände hinter dem Rücken verschränkt, und schaute die Straße hinauf und hinab. Der Blick reichte hinauf bis zum schönen Turm und hinunter bis zum Neuhauser Tor, das man jetzt Karls Tor nennen sollte, nach dem Kurfürsten aus der Pfalz, dem Carl Theodor. Aber die Münchner sagten weiter Neuhauser Tor dazu, weil sie den Pfälzer nicht mochten, der Bayern an die Österreicher verscherbeln wollte und die schon eh viel zu enge Stadt mit seinem mitgebrachten Mannheimern und »Überrheinern« verstopfte. Seinen ganzen Hofstaat – an die 3000 Leut – hatte er mitgebracht, die schnappten den Altbayern alle Posten und Wohnungen weg. Es gab keine Gärten mehr innerhalb der Mauern, alles wurde zugebaut, und wo es nur eben noch anging, setzten die Hausbesitzer weitere Stockwerke zu weiter steigenden Mieten auf. Es waren keine guten Zeiten, nein!

Dabei war der neue Kurfürst jetzt schon sieben Jahre in München, aber die Münchner wollten sich nicht an ihn gewöhnen. Weder mochten die Bayern ihn noch mochte er die Bayern, und das verbarg der neue Herr nicht einmal. Und immer bigotter wurde er und immer mehr lieh er sein Ohr den Pfaffen und den Mönchen, allen voran seinem Beichtvater, dem verhassten Ex-Jesuiten Frank, und dem Lippert, den die Münchner den Gottseibeiuns nannten. Und immer ungnädiger und misstrauischer wurde dieser Fürst, der doch in der Pfalz als menschenfreundlich und aufgeklärt gegolten hatte. Mit Kerker, Verlies und peinlichen Verhören war er so schnell bei der Hand, dass sogar der große Kreittmayr, dem man weiß Gott keine Milde nachsagen konnte, neulich geseufzt hatte: »*Er will nur henken, einsperren und strafen.*«

Mit seinen heutigen Geschäften jedoch war Herr Albert zufrieden. Seit dem Morgen hatte sich alles gut angelassen. Wer gut verkauft hatte, der kehrte zwar auch beim »Römischen König« ein, »Zum goldenen Kreuz« oder »Zum Londoner Hof«, aber der »Schwarze Adler« nahm es leicht mit ihnen auf, denn sein Haus war weithin berühmt für seine Gastlichkeit. Dazu hatte sein Wirt nicht nur für alle ein aufgeräumtes und belehrendes Wort, er war in seiner Stadt eine gesuchte und hochgeachtete Autorität, die sogar Gelehrte in ihren Schriften lobten. Jüngst hatte ihn der bekannte Benediktiner Nepomuk Hauntinger in seiner bayerischen Reisebeschreibung einen Mann genannt, den kennenzulernen für die Residenzstadt noch größeren Gewinn darstelle als deren Denkmäler gesehen zu haben. Wer konnte das von sich sagen! Denn Herr Albert, einst Professor für Chirurgie und Geburtshilfe an der Akademie zu Ingolstadt, war heute einer der angesehensten Münchner Ratsherren, dazu Inspector der Bierbrauerei. Er hatte auf eigene Kosten große Strecken Moorlandes urbar machen und dort Früchte ziehen lassen. Als Erster hatte er Maulbeerbäume gepflanzt und die Seidenspinnerei eingeführt, und nicht genug damit, sogar ein Mittel erfunden, alle Getreidegattungen frisch und dem Ungeziefer unerreichbar zu halten. Den Armen und Kranken, den Witwen und Waisen, ja sogar den Bienen erwies er unaufhörlich Wohltaten. Seine Maschinen, die er erfunden hatte, um den Hebammen und den Bettlägerigen das Leben zu erleichtern, wurden gepriesen und nicht zuletzt hatte er eine mildtätige Gesellschaft gegründet, die verwaisten und armen Kindern Erziehung und Unterhalt ermöglichte. Zudem versammelte sich in seinem schönen Haus jede Woche eine literarische Lesegesellschaft. Und was dabei am allerschönsten war: Herr Albert tat all das aus wahrer und uneigennütziger Menschenfreundlichkeit.

Mit solchen Gedanken gingen viele, die zu oder von der Schranne kamen, mit ehrerbietigem Gruß an ihm vorbei und dachten, was er doch für ein Segen für die Stadt sei. Ob nun einer kaufte oder verkaufte, so wollte er doch die Waren oder die Leute in Augenschein nehmen oder beides, und vor allem, wer heute Geschäfte gemacht hatte und wer nicht, und was sich daraus für die nächste Schranne profitieren ließ. Andere wollten das ganze

Gewimmel wie eine Theateraufführung genießen, um zu sehen und gesehen zu werden, und dazwischen in einem der vielen Kaffeestuben dem neuen Laster huldigen, *der schwarzen Brühe*, von der schon der bucklige und blitzgescheite Kohlenbrenner in seinem Intelligenzblatt ebenso dringend wie erfolglos abgeraten hatte. In der Stadt wimmelte es von Kaffeestuben, und ihre Zahl war sogar noch im Zunehmen. Aus der Dienerstraße erschollen die Rufe der Tragsessel- und Sänftenträger, die sich in ihren blauen Röcken und den breiten roten Schärpen um die Mitte eine Schneise durch das Gedränge bahnten, gefolgt von den Mägden, die – ihre Körbe schützend auf dem Kopf – auf dem kürzesten Weg nach Hause und in die Küchen ihrer Herrschaft zu gelangen suchten.

Die Kapplerbräugasse herunter kamen zwei junge Mädchen, wohl vermummt gegen die schneidende Kälte. Am Eck des Castellischen Hauses blieben sie kurz stehen, die eine wechselte ein paar Worte mit dem französischen Legationssekretär von Schalgrain, der gerade herauskam. Sie war ein hübsches Fräulein, mit einem sogenannten polnischen Pelzhäubel auf dem hochfrisierten Hinterkopf, das die blonden Locken freiließ, wie es gerade in Mode war. Dass sie zur gehobenen Gesellschaft gehörte, zeigte schon der helle, lange Pelz, der bei jeder Bewegung aufschlug und sein Futter aus roter Atlasseide wies. Das andere Mädchen, das sie begleitete, zählte zum dienenden Stand. Es trug eine wollene Mütze und hatte vom Hals bis über die Knie ein dickes, wollenes Tuch umgeschlagen. Nun verabschiedete sich das schöne Fräulein mit einem Lächeln. Auch Schalgrain lächelte und der Blick, mit dem er ihr nachsah, sprach von Bewunderung und von Nachdenklichkeit.

Ja, ein schönes Mädchen war sie, die junge Baronesse Franzisca von Ickstatt, die zu Hause und von ihren Freunden Fanny gerufen wurde. Obwohl Fanny doch irgendwie dunkel klang und nicht passte zu einem so lichtblau und sonnenhell strahlenden Geschöpf. Viel besser passte er doch zu ihrer Mutter, der Baronin, die eine rätselhafte Schönheit war mit ihrem kupfergolden leuchtenden Haar. Dieser Name, Fanny, der nicht geläufig war, sollte wohl als Hinweis auf ihre gefeierte Bildung dienen. Denn kaum jemand, wie die Baronin gern betonte, hatte bislang hier in München Klopstocks Oden auf seine erste Geliebte gelesen, die eben diesen Namen trug.

Die junge Fanny aber war bezaubernd, trotz ihrer hohen Bildung, die ihre Mutter sich hatte so angelegen sein lassen. Sogar Lateinisch – hörte man –

konnte sie verstehen, sie schrieb vaterländische Theaterstücke, wie es seit einiger Zeit in Mode war und studierte dafür den Aventin. Sein Fall, dachte Schalgrain, wäre das nicht, aber dafür tanzte sie herrlich, er hatte auf der Redoute schon manches Mal das Vergnügen gehabt. Und zu all dem soll sie ja auch noch beeindruckend singen und schön Klavier spielen. Ja sogar vom Komponieren war die Rede. Ein bisschen viel auf einmal war das schon. Nun ja! Suum cuique![39]

Wen sie wohl heiraten wird? Immerhin war sie bald 18 und noch gab es – außer allerhand Gemunkel – keine Bekanntmachung. Ja, Gerüchte liefen schon seit ein paar Monaten um, und auf die konnte man sich keinen Reim machen. Zwar war der junge Franz von Vincenti ohne Zweifel ein hübscher und attraktiver Bursche, so attraktiv – Schalgrain lachte leise, während er weiterging und seinen Hut wieder aufsetzte –, dass es auch Mutter Franzisca nicht verborgen geblieben war. Aber viel mehr als ein schönes Gesicht und einen schneidigen Auftritt hatte er halt nicht. Denn alle miteinander waren sie arme Schlucker, diese Offiziere. Und auch der Umstand, dass sein Herr Vater in München Hofkriegsrat war, brachte ihm nichts ein, außer der Ehre. Der Arme musste ja seine zwölf Kinder ernähren und wohnte zur Miete. Da konnte man es dem Franz gut nachfühlen, dass er sich das schmucke Fräulein angelacht hatte. Sie soll ja 30 000 Gulden Mitgift haben, die ihr berühmter Oheim, der alte Ickstatt, ihr hinterlassen hat, und ebenso ihrer Schwester, der Fräulein Lenchen. Aber die war bei Weitem nicht so hübsch wie die Fanny, ein bisserl hager und brav sah sie aus, da schlug eher der hochgelehrte verstorbene Vater, der junge Ickstatt durch als die Mutter Franzisca, die einst bei Hofe »am Leibe eine teutsche Venus« genannt worden war.

Ja, diese teutsche Venus war vor einigen Jahren mit dem redlichen Hofrat Gallus von Heppenstein hochschwanger an den Altar getreten. Der Kindsvater nämlich – und das war nicht der Hofrat – durfte nicht an den Altar, weil er ja ausgerechnet – Schalgrain lachte nun lauter – weil er ein Priester war. Das Gemunkel und der Klatsch über diesen Coup der schönen Baronin war inzwischen verhallt und die Frucht der Sünde, die kleine Sabina, inzwischen schon fast ein Fräulein. Was solls, dachte Schalgrain, in ein paar Jahren ist sowieso alles aus und vergessen. Wozu das ganze Spektakel um

---

[39] Jedem das Seine!

Ansehen und Geltung, wo doch nichts lange währt! Wie hatte der schlaue Pfälzer, der Lipowsky, so treffend gesagt: »*Des Menschen Los ist nicht nur, dass er sterben muss, sondern auch, dass er vergessen wird.*«

Genau! Und eben das war ja gerade das Beste von allem, dass es einmal enden würde, dieses Leben, dass das ganze Spektakel jedenfalls ein Ende hat, schloss Schalgrain seine Überlegungen, denn er war ein Melancholiker und Philosoph.

Aber seine Gedanken kehrten noch einmal zu Franz von Vincenti zurück: Es war eine Schande – allerdings durfte man das nicht laut sagen –, dass der Kurfürst das Militär so knapp hielt. Die Soldaten blieben monatelang, oft noch länger, ohne Sold, durften aber dennoch nicht nebenher arbeiten. Und Carl Theodor ließ auch die Festung Ingolstadt verkommen, die ja eigentlich den Zweck hatte, ganz Bayern zu schützen. So verkamen eben auch die Soldaten in Ingolstadt, die mit ihrer freien Zeit nichts anderes anzufangen wussten, als mit den Studenten Händel zu beginnen. Sogar die Delinquenten wurden ja einfach unter die Soldaten gesteckt. Wie konnte es da besser werden?

Nein, so ein Soldat, wie der arme Franz, war nicht zu beneiden. Er hatte ganz recht gehabt, sich nach München ins kurfürstliche Leibregiment versetzen zu lassen. Freilich war ihm das nur gelungen, weil sein Vater Hofkriegsrat war. Viel besser wurden die Soldaten zwar auch hier nicht bezahlt, denn Carl Theodor brauchte all sein Geld – und auch das Geld, das gar nicht seins war, wie die 3 000 000 Gulden des bayerischen Zweiges der aufgelösten Jesuiten – für die Versorgung seiner natürlichen Kinder. An allererster Stelle natürlich rangierte da sein einziger Sohn, den er zum »Fürsten von Bretzenheim« gemacht hatte. Die ganze Residenzstadt lachte über diesen Titel, der sich zwar auf ein linksrheinisches Fürstentum bezog, aber doch eigens wie für München geschaffen schien.

Schalgrain seufzte. Die Illuminaten hatten zumindest darin nicht Unrecht, wie sie die Regierenden und die Klerisei sahen. Und er deklamierte halblaut im Rhythmus seiner Schritte in seiner Muttersprache ihr Credo: »Tous les rois, et tous les prêtres, sont des fripons et des traîtres.«[40]

Dann kehrten seine Gedanken wieder zu Franz von Vincenti zurück. Auf der Redoute, die diese Woche begonnen hatte, gewährte ihm die schöne Fanny fast alle Tänze. Ein hübsches Paar waren sie schon, das hörte

---

[40] Alle Könige und Priester sind Schurken und Verräter.

man überall. Nun, man würde wohl bald erfahren, wie es mit den beiden weiterging!

XXIV
Der Gang zum Turm

Inzwischen waren die beiden Mädchen am Ende der Kapplerbräugasse angekommen. Fanny hob den Kopf zu den beiden Türmen, die jetzt ganz nah gerückt waren und bedrohlich und schroff in den bleichen Himmel ragten. »*Sie sind aber schon arg hoch*«, sagte sie zu der Magd. Sie löste die beiden großen, silbernen Nadeln, die das Mützchen an der Frisur hielten, und reichte sie der Wandl. » *Wie mir so warm ist*«, rief sie. Dabei öffnete sie den Pelz, schüttelte ihn und blies die Backen auf.

Die Wandl wunderte sich, wie einem bei dieser zähneklappernden Kälte warm sein konnte. Aber die Fräulein hatte ein hitziges Temperament, das wusste man, aufgehen konnte sie wie eine Dampfnudel, und gleich danach ganz trübsinnig in sich versinken. Die Wandl nahm die Mütze und die Nadeln, barg alles unter dem Wolltuch und folgte.

Beide passierten den Steg zur Poetenschule und traten durch das Bennoportal in die Liebfrauenkirche ein. In der riesigen Halle war es eisig kalt. Der Lärm, der von außen hereindrang, bildete einen sonderbaren Kontrast zu der Stille in der Kirche. Fanny ging rasch auf den Altar des heiligen Benno zu. Sie kniete unter dem breiten Holzbogen vor seinem silbernen Brustbild nieder und legte ihr Gesicht in die Hände. Dabei flüsterte sie etwas, was die Wandl, die sich diskret beiseite hielt, nicht verstehen konnte. So blieb das Fräulein eine kurze Zeit knien und es kam der Wandl so vor, als hätten dabei ihre Schultern gezuckt. Sie wird beten, dachte sie, dass noch alles gut nausgeht mit dem Herrn Offizier und der Mama. Gott gebs!

Als Fanny sich erhob, schien es der Wandl so, als entfiele ihrer Hand ein Stück Papier. Sie wollte herbeieilen, um es aufzuheben, aber Fanny wehrte ab: »Lass nur, ich brauch es nimmer.«

Die Mädchen wandten sich wieder zurück und hielten auf das Pförtchen zu, das in den Nordturm hinaufführte. Es war versperrt. »Hast du es denn nicht ausgerichtet?«, wunderte sich Fanny. Die Wandl versicherte, den Befehl treulich ausgeführt zu haben. »Wart hier«, sagte Fanny, »ich geh fragen.« Sie durchquerte wieder das Schiff und betrat am andern Ende die Sakristei. Dort saß zusammengekauert der Türmchenwächter Xaveri. Er schlotterte vor Kälte.

»Das Pförtchen ist verschlossen«, sagte Fanny, »ich hab doch gestern ansagen lassen, dass ich gegen zwei Uhr auf den Turm will.« Der Messner erhob sich.

»Ja, Fräulein, die Magd hat es bestellt, aber wegen der Kälte hab ich nicht geglaubt, dass die Fräulein kommen.«

»Doch, doch«, sagte Fanny, »mir macht die Kälte nichts, schließ er nur auf.« Dabei reichte sie ihm ein Geldstück. Der Mesner holte den Schlüssel und sperrte auf. Dann bot er seine Begleitung an.

»Ich dank schön«, sagte Fanny, »aber der Weg ist ja nicht zu verfehlen, und ihm werden die vielen Stufen doch schwer.«

»Wohl wahr, Fräulein«, erwiderte Xaveri, »es sind ja 32 Treppen und 464 Stufen bis hinauf, da merkt man schon die Knie in meinem Alter.«

Mit sichtlicher Erleichterung schloss er hinter den Mädchen die Tür und hörte noch, wie die eine der beiden anfing zu singen. Siehst du, Alter, sagte er zu sich, das ist die Jugend!

Erst in der Glockenstube machten die Mädchen Halt. Fanny ging von einem der hohen Fenster zum anderen und schaute aus jedem hinaus. Die Wandl drückte sich eng an die Stiege, ihr war bang vor den riesigen Glocken, sie fürchtete, sie möchten plötzlich dröhnend schwingen und sie würde dann hilflos zwischen ihnen hin und her taumeln. Alle Fenster waren vergittert.

»Von hier aus kann man ja gar nicht hinuntersehen«, rief Fanny. »Komm, wir müssen ganz hinauf!«

Die Wandl wurde unruhig. Daheim hatten sie nichts davon gesagt, dass sie auf den Turm wollten, denn man hätte sie ja nicht gelassen. Sie gab zu bedenken, dass die Zeit drängte, dass die Herrschaft schon auf sie warte, und dass die Fanny zu spät zur Madame kommen würde.

»Ach, die Madame! Heut ist Sticken und Klöppeln daran, sie weiß schon, dass ich dazu nicht taug«, antwortete Fanny und war schon um die nächste Treppenwindung verschwunden. In der runden Türmerstube hatte der Türmer, der in einen ausgebleichten Schafspelz gewickelt war und riesige

Galoschen aus Stroh trug, sie bereits kommen hören. Er war erfreut, bei dieser Kälte und in seiner Einsamkeit so hübschen Besuch zu bekommen und zeigte sich gleich bereit, ihnen alles zu erklären, was es bei ihm zu sehen gab.

Fanny schien nur halb bei der Sache, während sie in dem runden Raum von einem Fenster zum anderen ging und hinausspähte. Der Wandl graute es vor der Höhe, also blieb sie lieber in der Mitte stehen, während Fanny herumging und die Aussicht kommentierte. Derweil erzählte der Türmer von der großen Uhr und ihren bemalten Zeigern und ging gleich zur nächsten Sehenswürdigkeit über, der riesigen Wetterfahne aus rotbraunem Filz, die er bei Feuer heraushängen musste und zwar immer aus dem Fenster, das in die Richtung des Brandes wies.

Fanny war inzwischen bei dem Fenster ganz rechts stehen geblieben, das auf die Pfarrkirche St. Peter schaute. Nur hier war das Gitter etwas geöffnet. Sie wandte sich zum Türmer: »*Sei er doch so gut, und spreiz er mir das Gitter ein wenig auf, dann kann ich besser sehen.*« Und zur Wandl sagte sie: »*Geh einmal da links hinüber, da hast du eine besonders schöne Aussicht.*«

Sie wird nach dem Vincenti ausschauen wollen, dachte die Wandl bei sich und begab sich zögernd auf die andere Seite. Der Türmer trat zu Fanny, um das Gitter ganz aufzuziehen und kehrte gleich nach hinten zurück, wo er anfing, die große, rote Wetterfahne zu entrollen.

Da vernahmen beide Fannys Ruf: »*Bhüt dich Gott, Wandl, wir sehn uns nimmer.*«

Fanny war verschwunden, aber ein dumpfer Aufprall und darauf ein grässliches Krachen und Splittern weit unten ließ ihnen vor Entsetzen den Atem stocken.

XXV

Am Dechantenhaus

Eben bog die alte Kreittingerin aus der Windenmachergasse um die Ecke am Benefiziatenhaus, um in die Nachmittagsmesse zu gehen. Sie schaute nach dem Himmel. Ob es wohl wieder Schnee geben wird? Da – sie traute ihren Augen nicht – etwas, das aussah wie ein großer Vogel flatterte aus einem Fenster der Türmerstube, prallte auf das schneebedeckte Steildach, glitt daran herunter und stürzte durch die leere Luft hinüber auf die andere Straßenseite, wo es kopfüber das Dach des niederen Benefiziatenhauses durchschlug.

Das träumt mir, dachte die Alte, ganz gewiss träumt es mir am helllichten Tage, und sie schüttelte verwundert den Kopf.

Aber schon erhob sich lautes Geschrei, Leute rannten herbei, auch der Wirt Albert war unter ihnen. Vor der offenen Tür des Dechantenhauses stand wankend sein Bewohner, der Stiftszeremoniar Trauner. Kreideweiß war er und rang die Hände. Er brachte kein Wort heraus, wies nur zitternd hinein. Drinnen lag in einem aufgeschlagenen Pelz ein Körper, der das Hausdach und die Zimmerdecke durchschlagen hatte. Das Gesicht war voller Blut und bis zur Unkenntlichkeit entstellt. Der Dechant von Effner, ein Sohn des berühmten Hofbaumeisters, war gerade zufällig zugegen. Er eilte herzu. Was er da sah, konnte er sein Lebtag nicht mehr vergessen, er hätte gewünscht, an diesem Tage nicht zur Stelle gewesen zu sein. Vor ihm lag eine junge Weibsperson mit zertrümmertem Haupt. Das linke Auge war tief im Kopf, das rechte Ohr war ganz fort, und das rechte Auge lag – noch durch einen wässrig-blutenden Faden verbunden – auf der rechten Wange. Die halbe Hirnschale war aufgebrochen, und das lange, blonde Haar klebte, vom herausquellenden Gehirn festgehalten, an Balken und Ziegeln. Was ihn aber noch mehr als dieser Anblick erschütterte – und was ihn noch für Jahre immer wieder in seinen Träumen quälen sollte –, das waren die Finger der rechten Hand, die sich bewegten, wie in einem letzten, schwachen Hilferuf.

Der Stiftszeremoniar Trauner war noch immer unfähig zu reagieren. Er lehnte an der Wand, beide Hände vor den Augen. Eine Frau begann unter lautem Heulen wie ein Kreisel um sich selbst zu rotieren. Da nahm Effner seinen Mantel von den Schultern und deckte die Leiche zu. »Holt den Stadt- und den Hofrichter«, gebot er in die Menge.

Derweil musste der Türmer in seinem Stübchen mit der Wandl kämpfen. Sie schluchzte und schrie, als hätte sie den Verstand verloren und wollte um keinen Preis hinunter aus Angst vor ihrer Herrschaft. Ja, sie drohte dem Türmer, sich auch hinabzustürzen, falls er sie mit Gewalt hinunterbringen sollte.

Dem Türmer graute es, so hoch oben, ganz allein und weit weg von aller Hilfe. Er konnte nicht fassen, was sich da vor seinen Augen abgespielt hatte:

Das vornehme, schöne Mädchen, das da in aller Ruhe herumging, um sich den geeigneten Platz zum Sprung in den Tod zu wählen. Vielleicht war es ja eine Hexe, das schöne Mädchen, die Hexen waren ja doch heutzutage überall, und man erkannte sie erst, wenn es zu spät war. Und dazu noch diese Rasende hier, die sich mit Händen und Füßen gegen ihn zur Wehr setzte. Der Türmer wurde ihrer nur mit Mühe Herr. Er wollte nicht auch noch den Verstand verlieren. Mit der einen Hand zog er das offene Fenstergitter zu, mit der anderen hielt er das heftig um sich schlagende Mädchen fest. Er redete ihr gut zu, bis sie endlich schluchzend zusammenbrach und sich hinunterbringen ließ. Aber ein Weinkrampf schüttelte sie so, dass der Türmer sie mehr tragen musste als führen.

Unten erwartete sie schon eine tobende Menge. Die Leute überschrien einander, die Magd sei schuld, weil sie das Fräulein da hinaufgebracht habe, manche schwangen die Fäuste gegen sie und riefen, man solle sie festsetzen. Das arme Mädchen, das noch das Schlimmste vor sich hatte, nämlich ihrer Herrschaft zu berichten, war dem Umsinken nah. Laut weinend schrie sie in die Menge: »*Die Fräulein ist doch mit Fleiß hinaus gestürzt. Ich hab sie nicht erhalten können.*«

Diese Äußerung der Wandl wurde unverzüglich über die Köpfe hinwegrufend nach rückwärts mitgeteilt, denn in der dicht gedrängten Menge war kein Umwenden möglich.

Mühsam und nicht ohne Grobheit bahnte der Türmer sich und dem Mädchen eine Gasse durch die murrende, nur widerwillig zurückweichende Menschenansammlung. Und jetzt gab es keinen Aufschub mehr für die Wandl. Taumelnd und die Hände an den Schläfen schleppte sie sich heimwärts. »Ach, wär ich doch mit ihr hinuntergefallen«, wimmerte sie.

Inzwischen war der Ceremoniar Trauner soweit wiederhergestellt, dass er den beiden Richtern Bericht erstatten konnte, wie er in seinem Zimmer gesessen und plötzlich ein Getöse im Dach und dann vor seiner Tür gehört hatte. Wie er aufstand und draußen ein blutendes, sterbendes Frauenzimmer liegen sah.

»*Zuerst dachte ich, es ist eine Diebin*«, sagte er. »*Versuchen doch manche sogar durch das Dach einzubrechen.*«

Der Dechant von Effner hatte nach den kurfürstlichen Hof- und Stadtoberrichtern geschickt, weil er nicht wusste, ob die Tote vom Hof oder von der Stadt stammte, denn ihr Gesicht war nicht mehr zu erkennen. Und jetzt wartete er auf den Stiftspfarrer Scherer, denn der hatte zu entscheiden, ob die Leiche überhaupt in die Totenkapelle gebracht werden durfte. Nach den Worten der Magd und des Türmers war das Mädchen ja selbst aus dem Turmfenster gesprungen und nicht gefallen, und Selbstmörder durften nicht in der Totenkapelle aufgebahrt werden.

Die Gaffer, die es bis in die erste Reihe geschafft hatten, wussten Bescheid: »*Das ist die Fräulein Franze*«, riefen einige und andere bestätigten: »Ja, es ist die Fräulein von Ickstatt.«

Noch während die Rufe hin und her gellten, entstand in der dicht gedrängten, erregt wogenden Menschenmenge eine Bewegung. Die Köpfe wandten sich nach rückwärts, mühsam bildete sich eine Gasse, in der sich ein Mann nach vorne arbeitete. Es war ein etwas korpulenter Herr in mittleren Jahren, ganz außer Atem und ohne Hut. Sein Gesicht zeigte rote Flecken. Mit gezogenem Degen trat er vor. Einige Leute lüfteten die Mütze und verbeugten sich, und der Dechant von Effner erkannte den Hofrat von Heppenstein, der jetzt erbleichend auf die Tote starrte.

»*Ist es wirklich Ihre Tochter, Herr Baron?*«, fragte der Dechant mit stockender Stimme.

»*Ja, die ists*«, antwortete der Herr, »*da hats die Mutter, geht mich nicht an, sondern die Vormünder.*«

Er vermied es, den Dechanten anzusehen und wandte sich nach einem knappen Gruß zum Gehen. Sein Gesicht war kalkweiß, und die Leute, die ihm am nächsten standen, sahen, dass der Hofrat am ganzen Leibe zitterte.

Murmelnd und flüsternd machte die Menge ihm Platz.

Gleich darauf trafen die Boten des Kurfürsten und der verwitweten Herzogin ein, um die näheren Umstände zu erfragen.

Der Sakristan Xaveri saß zitternd in der Grärlin[41]. Er vermochte nicht, seine Gliedmaßen unter Kontrolle zu bringen, sie gehorchten ihm einfach nicht. Stehen konnte er schon gar nicht, im Sitzen schlugen seine Knie aneinander, und seine Finger brachten es nicht fertig, sich um die Armlehnen zu klammern. Er hatte zwar schon den ganzen Tag gefroren, aber jetzt schlotterte er nicht vor Kälte, sondern vor Entsetzen. Er versuchte, die Fassung zurückzugewinnen, indem er mit sich redete, laut aussprach, was wortlos

---

[41] Ein heute nicht mehr bekanntes Wort. Vermutlich die Bezeichnung für einen Verschlag oder eine kleine Kammer.

nicht zu ertragen war. Und es gab ja auch Zuhörer, die in die Kirche strömten, um von ihm Einzelheiten zu erfahren.

Und so erzählte Xaveri wieder und wieder, wie beim Messeläuten zwei Mädchen in die Stiftskirche getreten waren, ein Fräulein und ein Stubenmädel und sich hin zu St. Bennos Büste knieten und da eine kleine Weil beteten. Wie sie dann zu ihm kamen und fragten, warum das Turmtürchen versperrt sei, da doch die Fräulein sich schon gestern hatte ansagen lassen, dass sie heute zu dieser Stunde auf den Turm kommen wolle, die Gegend während der Schranne zu besehen. Wie er wegen der Kälte vom Turmbesuch abgeraten habe, aber umsonst, die Fräulein wollte hinauf, und da habe er den Schlüssel geholt und aufgesperrt. Die Fräulein wollte keine Begleitung und ist singend hinauf, hurtig und munter, und ihr Mädel hinterher. Wie er dann zurückwollte in die Grärlin und am St.-Benno-Altar vorbei, da hat er da, wo vorher die Fräulein gebetet hat, einen Zettel gefunden. Und was auf dem Zettel gestanden hat, das weiß er nicht, weil er nicht lesen kann. Aber furchtbar Angst ist ihm da geworden – denn wer betet erst vor St. Benno und lasst dann einen Zettel da und will dann auf den Turm hinauf. »Und«, jetzt schluchzte Xaveri laut, »da bin ich hinauf, so schnell mein altes Gebein mich tragen wollt, und hab hinaufgeschrien, von einer Windung zur nächsten, der Türmer soll sie festhalten, aber wer wollt mich da schon hören, es sind ja 464 Stufen und 32 Wendeltreppen, da dringt kein Rufen nicht hinauf. Und da hab ich auch schon das Getös gehört von draußen und gesehen, wie die Leut herbeistürzen, und da hab ich gewusst, dass es zu spät war.« Er weinte heftig.

Seit 40 Jahren diente er in der Stiftskirche als Türchenwächter, dass er so was noch erleben musste – dass gerade er es sein musste, der dem Fräulein das Türchen zum Turm aufgesperrt hat! Xaveri sackte schluchzend in sich zusammen, aber die Leute ließen ihm keine Ruh. »Wo ist der Zettel? Zeig ihn her«, riefen sie. Xaveri schüttelte den Kopf und presste die Hände zuseiten seines schmerzenden Kopfes: »Ich hab ihn ja nicht mehr. Weiß Gott, wo er hingekommen ist. Verloren muss ich ihn haben, wie ich zum Turm hinauf bin. Und wie ich zurückkomm, und der Zettel fallt mir wieder ein, da war er fort. Ich hab gesucht und gesucht, es muss ihn irgendwer genommen haben.«

Ein Murmeln ging durch die Zuhörer. Manche schüttelten bedauernd den Kopf oder hoben tadelnd die Augenbrauen, andere lächelten ein verächtliches, wissendes Lächeln, bevor sie sich zum Gehen wandten mit den Worten: »So was habe ja kommen müssen bei einer derartigen ›Wirtschaft‹, wie sie herrschte im Hause des Hofrates.«

Der Dekan von Effner war in seine Wohnung zurückgekehrt, nachdem er den Hof- und den Stadtrichter an den Unglücksort hatte rufen lassen. Die Worte Heppensteins wollten ihm nicht aus dem Kopf: »Geht mich nicht an, da hats die Mutter und die Vormünder.« Das war doch eine ganz und gar unfassliche Reaktion auf dieses entsetzliche Unglück und das war auch nicht der Hofrat, den er kannte, das war nicht der Heppenstein, ein redlicher Mann, der hinter seiner hofierten Gattin gern – und wie es schien, geniert – zurücktrat.

Aber die Gerüchte, natürlich, der Klatsch, den er seit Wochen vernahm – nicht nur von den Dienstboten der besseren Häuser, auch von Bekannten der Familie –, der redete eine deutliche Sprache: Die Baronin, die Mutter, hätte eine Affäre mit dem Leutnant, den die Tochter liebte, und nun wär die Tochter hinter das Verhältnis gekommen. Die Mutter soll das Mädchen auch geschlagen haben, ihr mit dem Kloster gedroht, sogar einen alten Beamten hat sie ihr aufzwingen wollen, sagen die Leut. Nur damit sie den Offizier für sich behält. Effner schüttelte den Kopf. Was die Leidenschaft aus den Menschen macht, dachte er, eine Hölle, denn Liebe – Liebe – das ist es nicht. Liebe handelt so nicht. Liebe schont den anderen.

Effner wusste das, er war zwar ein Geistlicher, aber er hatte geliebt und diese Liebe hatte er nie überwunden. Sie würde mit ihm sterben, und damit war er auch einverstanden.

Er kannte das Mädchen, die Baronesse Maria Franzisca von Ickstatt, das *im Hause Fanny mußte benambset werden* wie der Stiftspfarrer von Scherer tadelnd bemerkt hatte, und die Mutter, *dieses vereitelte Weib*, wie er sie nannte. Aber das Mädchen war ein liebes Kind, recht gescheit und mit einem mitleidigen, guten Herzen. Sie sammelte die Regenwürmer nach dem Regen von der Straße und päppelte die aus dem Nest gefallenen Vögel auf. Das hatte ihm die Theres erzählt, die er manchmal am frühen Morgen in der Stiftskirche traf.

Aber die Mutter, diese hochmütige und selbstherrliche Dame, die vor Jahren mit dem armen Heppenstein in hochschwangerem Zustand an den Altar getreten war – mit dem Kind eines Priesters unter dem Herzen – sie war die geblieben, die sie von jeher war: gottlos und lüstern. Ach, das arme Mädchen.

Effner wischte sich die Augen. Ich muss es aufschreiben, dachte er, für die Nachwelt. Es darf nicht vergessen werden und ich muss dazu alles sammeln, was ich erfahren kann. Dann trat er an sein Stehpult, um dem Bischof in Freising von dem furchtbaren Vorfall Bericht zu erstatten.

Wandls Heimweg

Derweil schleppte die Wandl sich heim, mehr tot als lebendig. Zornige Rufe und misstrauische Blicke begleiteten ihren Spießrutenlauf. Wenige mitleidige waren darunter und viele verächtliche. Immer wieder wurde sie aufgehalten von Neugierigen, die ihr höhnisch oder ungläubig den Weg verstellten. Ach nur heim, nur heim! Weg von diesem Getöse und diesen schrecklichen aufgerissenen Mündern, die schrien und heulten. Ach heim, sie ging ja nicht heim! Sie musste zu ihrer Herrschaft, zu den Heppenstein, und das war kein Zuhause.

Obwohl schreckliche Angst und Unruhe sie vorantrieben, suchte sie doch, den kurzen Weg hinauszuzögern, in der Hoffnung, die Nachricht möchte schon zu der Herrschaft durchgedrungen sein. Wie konnte sie es denn wagen, der gnädigen Frau mit dieser Botschaft unter die Augen zu treten? Ach, warum war sie der Fräulein nicht gleich nachgesprungen? Dann wär wenigstens alles aus. Alles in ewiger Ruh! Was war das denn für ein Herrgott, der solches zuließ, der so Schreckliches zuließ? Vielleicht hatten doch alle die recht, die sagten, es gäbe ja überhaupt keinen, und nachher wär alles aus. Ja, wär denn das nicht das Beste?

Da kam ihr der Vers des Liedes in den Sinn, das die Fanny gestern Abend leise beim Auskleiden gesungen hatte: »Ich möcht am liebsten sterben. Da wärs auf einmal still.« Und dabei hatte sie nicht einmal Verdacht geschöpft – ja wie denn auch –, konnte doch die Fräulein in einem Augenblick laut auflachen und gleich darauf unter Tränen tief seufzen. Daran war man ja im Haus schon gewöhnt, seitdem alles sich so zugespitzt hatte, besonders, wenn sie am Klavier zwischen Verzweiflung und Jubel improvisierte. »Unser junges Genie schmachtet wieder«, hat dann die gnädige Frau immer gesagt und dabei die rechte Augenbraue hochgezogen.

Ach ja, für immer still!

Immer wieder wurde sie aufgehalten von dem hin und her flutenden Gedränge, von höhnischen Ausrufen und neugierigen Fragern, in deren Augen ein böses Glitzern zuckte. Es fand sich keine teilnehmende Seele, die das Mädchen an der Hand genommen hätte, um ihr Mut zu machen, um sie vor den lauernden und grausamen Gestalten zu schützen, die ihr bedrohlich den Weg verstellten. Im Gehen versuchte sie, sich die Ohren zuzuhalten, denn einige besonders rabiate Schreier blieben ihr auf den Fersen.

»Und dann hatte die Fräulein noch gesagt: ›Die Türme sind aber arg hoch.‹ Dass mir das nicht sonderbar vorgekommen ist!« Die Wandl konnte das nicht mehr begreifen. Sie taumelte heftig schluchzend weiter.

Trotz allen Hinauszögerns war sie jetzt am Ende der Kapplerbräugasse angelangt, an der Heppenstein'schen Wohnung zwischen der Salvatorkirche und dem »Comedihaus«. Sie wich ängstlich zurück, denn auch hier drängte sich eine erregte Menge vor der Tür. Der Hausdiener hatte alle Hände voll zu tun, die schreienden und gestikulierenden Leute von der Schwelle zu drängen. Die Vorhänge der Fenster im ersten Stock waren zugezogen.

Also wussten sie es schon!

Wenigstens wussten sie es schon!

Der Wandl gelang es, zum Hintereingang hineinzuschlüpfen. Am Geländer musste sie sich anlehnen, um nicht umzufallen. In dem großen Spiegel auf dem Treppenabsatz kam ihr das eigene kreidebleiche Gesicht wie ein Gespenst entgegen. Alles zerrann ihr vor den Augen. Die Stufen und die Bilder an der Wand drehten sich und wollten sie in einen farbigen Schlund hinabziehen. Sie hielt sich keuchend fest und lauschte. Nichts war zu hören, kein Schluchzen, kein Schreien, gar nichts. Sie schlug das Gesicht in die Hände: »Jessas, Mariand Josef, helfts ma doch«, flüsterte sie ungeachtet ihrer vorigen Zweifel.

Schwankend zwang sie sich weiterzugehen und jetzt, da sie an der Tür die Hand zum Klopfen ausstreckte, begann ihr Herz zu rasen. Kaum hatte sie den Fuß ins Zimmer gesetzt, brach sie zusammen und blieb laut schluchzend liegen.

Frau von Heppenstein stand aufrecht in dem dämmrigen Raum. Auf einem Tisch hielt sie den zweijährigen strampelnden Fritz fest. Ihr bräunliches, von Spitzen umrahmtes Gesicht zeigte keinen Ausdruck. Sie hätte auch ein Standbild sein können.

»Um Gottes Willen, was ists«?, fragte sie und straffte sich.

Die Wandl war nicht imstande zu antworten, obwohl sie ein paar Mal dazu ansetzte. Sie heulte herzzerbrechend.

»*Theres, erhol Sie sich*!«, rief die Baronin und tat einen Schritt auf das Mädchen zu. »*So red Sie doch!*« Sie rang die Hände: »*Jesus, meine Fanny kam gewiss unter einen Getreidwagen.*«

»Unter einen Getreidwagen?«, erklang ein verwundertes Echo in dem Mädchen und zugleich empfand sie, wie hart sich das »Theres« aus diesem Mund anhörte, und wie lieb das »Wandl« bei der Fanny geklungen hatte.

»Ach«, stammelte sie, während sie vergeblich versuchte, sich aufzurichten, »*wir gingen in die Kirche und auf den Turm.*« Bei diesen Worten sank sie wieder in sich zusammen, weil ihr die zitternden Glieder nicht gehorchten.

»*Wo ist sie, meine Tochter?*«, rief Frau von Heppenstein laut und gebieterisch.

Da brach es mit einem furchtbaren Schrei aus der Wandl heraus: »*Ach Gott, sie liegt zwischen den Häusern.*«

Die Hand der Baronin hielt noch immer den Kleinen auf dem Tisch, der seine Bewegungsfreiheit eingeschränkt fand und zu schreien begann. Sie nahm das Kind hoch. Ihr Blick ging ins Leere.

»*So beruhig Sie sich doch!*«, sagte sie zu dem Mädchen.

Aber die Wandl konnte sich nicht beruhigen. Sie war mit einem Meer von Tränen angefüllt, das sich jetzt gewaltsam und unaufhaltsam Bahn brach.

Es klopfte. Die Rosa spähte furchtsam herein und erbleichte, als sie die am Boden schluchzende Wandl gewahrte. Mit tränenerstickter Stimme meldete sie: »Gnä Frau, es wär der junge Herr von Vincenti da, und die von Eckardshausen und die von Salching und auch.«

»Ach«, unterbrach sie die Baronin und bedeckte kurz die Augen mit beiden Händen, »führ sie erst den Leutnant herein. Ist mein Mann schon zurück?«

»Ja, gnä Frau, grad redet er mit dem Herrn Stadtoberrichter.«

»Dann führ sie die Herrschaften nacheinander herein. Und, Rosa, bring sie derweil das Kind dem Fräulein Magdalena, und die Theres soll sich niederlegen!«

Die Rosa nahm den strampelnden Kleinen in den einen Arm und die haltlos schluchzende Theres in den anderen und ging hinaus.

Franzisca blickte in den Wandspiegel. Sie sah ein lehmfarbenes Antlitz. Sogar die Augen waren milchfarben, wie erblindet.

»Medea«, flüsterte sie, »Medea.«

Und da tauchten in ihrem Gedächtnis Medeas Worte auf und jetzt verstand sie ihren Sinn:

Denn über mein Bedenken siegte Leidenschaft,
Der Menschen schlimmste Unheilstifterin.[42]

Es klopfte wieder. Ein junger Mann in der hellblauen Uniform der kurfürstlichen Armee trat lautlos ein. Er schien sich schwebend auf sie zu zubewegen. Die brombeerdunklen Augen in dem olivfarbenen Gesicht waren unverwandt auf die Baronin gerichtet. Ohne den Blick von ihr zu lösen, verbeugte er sich schweigend.

Seine Mundwinkel bebten.

Als er sich wieder aufrichtete, sanken sich beide schluchzend in die Arme.

XXVI

Die Richter kommen

Am späten Nachmittag waren der Stadtoberrichter von Barth und der Hofrichter von Fischer ins Haus gekommen, um die Familie zu befragen. Sie hatten die bedrohlich vor den beiden Eingängen drängelnde und lärmende Menge angewiesen, den Vorplatz freizumachen und ihrer Wege zu gehen.

Es war schon dunkel. Rosa geleitete die Herren mit einem Leuchter die Treppe hinauf, wo sie Heppenstein antrafen. Franzisca saß mit dem Rücken zum Fenster, dessen Vorhänge zugezogen waren, aufrecht, die Hände um die Armlehnen gepresst. Ihr kupferfarbiges Haar, das warme Goldbraun des Kleides und das Antlitz, das die Kerzenflammen abwechselnd in Schein und Düsternis tauchten, erweckten das Bild einer Göttin der Vorzeit. Ihr Gesicht schien aus Alabaster gemeißelt.

Die beiden Richter verneigten sich an der Tür und baten um Nachsicht für die Pflicht, der sie jetzt nachzukommen hätten. Franzisca nickte stumm. Sie berichtete, dass Fanny – wie an jedem Nachmittag – mit der Magd ihren Weg in die Weinstraße genommen hätte, um zu Madame Dumont zu gehen. Da aber wegen der Schranne alle Gassen verstopft waren, mussten die Mädchen ihren Weg durch die Stiftskirche nehmen. Und da habe Fanny,

---

42 Aus dem Schauspiel »Medea« von Euripides.

weil sie ihren Vincenti nicht antraf, auf den Turm hinauf verlangt, um ihn von oben auszumachen. Tollkühn, wie sie von jeher war, habe sie sich dabei zu weit aus der Luke gelehnt und sei so herabgestürzt.

Der Stadtrichter brachte vor, dass aus so großer Höhe eine einzelne Person ganz unmöglich zu unterscheiden sei. Dazu habe der Türmer gesagt, dass Fanny sich am Vortag habe zur Turmbesteigung ansagen lassen. Und dass sie mit einem Lebewohl aus der Luke gesprungen sei. Auch die Magd habe das ja gehört.

Die Theres wurde herbeigeholt. Gestützt von der Rosa trat sie ein und fiel gleich laut weinend auf die Knie. »Ich bin weiter hinten gestanden, weils mir so vor der Höhe gegraust hat«, brachte sie heftig schluchzend heraus. »Es ist mir so vorgekommen, als hätt die Fraule ebbas gerufen, ich kanns nimmer sagen.«

»Hat sich die Baronesse denn nicht für heute auf den Turm ansagen lassen?«, fragte der Hofrichter.

»Ich weiß davon nix«, stammelte die Theres und dann schrie sie es fast: »*Ach machen mich die Herren doch nicht noch unglücklicher!*«

Kopfschüttelnd hießen die Richter sie gehen, und die Theres wankte hinaus. Man hörte noch von draußen ihr herzerweichendes Schluchzen, das sich entfernend verebbte.

Die beiden Richter verabschiedeten sich und kündigten für den folgenden Tag die Ermittlungen durch den Polizeidirektor Baumgartner an. Heppenstein erfuhr von ihnen noch, dass sie jetzt auf dem Weg zum Leutnant Vincenti seien. Als er wieder in das Besuchszimmer trat, fand er Franzisca nicht mehr vor. Rosa richtete aus, dass sich die Baronin zu Bett begeben habe.

Heppenstein stand lange an einem Fenster, das zur Seite hinausging, von wo er keine Beobachter zu fürchten hatte. Er lehnte die Stirn an die Scheibe und starrte in die Dunkelheit. Er empfand sein Leben wie einen Hindernislauf, der nun an sein Ende gekommen war. Alles war falsch, dachte er und nickte dabei im Takt seiner Erkenntnis gegen das kalte Glas. Falsch, falsch, falsch. Von Anfang an, und es konnte nicht anders werden als falsch. Ich wusste wohl, dass ich eine Schachfigur war, aber ich dachte, ich könnte mich hinaufbewegen in dem Spiel. Und die Schande, der Hohn, die Schadenfreude, die nun über die Familie hereinbrechen würden, die unverhohlene Empörung in den Augen des Hofkriegsrates heute Nachmittag – alle Beteiligten waren ja hohe Hofbeamte. Zwar bestand eben gerade darin die

Hoffnung, dass die Ermittlungen nur pro forma geführt werden würden, denn der Hof würde einen solchen Skandal kaum zulassen. Aber dennoch – alle wussten ja – wussten es ja!

Es klopfte zaghaft. Heppenstein ging öffnen. Es war Magdalena mit dem Kleinen auf dem Arm, der heftig weinte. »Fritzchen will zu Mama«, sagte sie, »aber Mama hat ihre Tür zugesperrt.«

Heppenstein nahm das Kind in die Arme. »Es ist schon gut, geh ruhig«, sagte er, »ich behalte ihn bei mir.« Als Magdalena den Raum verlassen hatte, drückte er den Sohn, der jetzt nur noch von letzten Schluchzern erzitterte, an sich. In sein feines, gelocktes Haar hinein flüsterte er: »Armes Kind, armes Kind.«

Der Samstag versank wie in einem klebrigen Nebel. Franzisca wiederholte dem Polizeidirektor gegenüber die schon gemachte Aussage. Aus Rücksicht auf ihre angegriffene Gesundheit entließ man sie bald.

Über Vincenti erfuhr man, dass er bewacht werde, weil man um seinen Verstand und sein Leben fürchte.

Theres war vom Büttel abgeholt und in das Gefängnis am Kosttörl gebracht worden, wo ehrbare Gefangene auf ihre Vernehmung warteten. Dort sollte sie zusammen mit dem Türmer befragt und dann wieder entlassen werden. Bevor man sie fortbrachte, hatte sie vor der Baronin auf den Knien gelegen und gefleht, man solle sie nicht aussagen lassen, sie könne – sie dürfe doch nichts sagen.

Gegen Abend erschien ein Bote des Stiftdekans und brachte die ersehnte Antwort des Bischofs aus Freising. Sie enthielt die bischöfliche Dispens.

Aufatmend las Heppenstein das Reskript:

Unseren Gruß zuvor. Würdig – Edl und hochgelohnter lieber Getreuer! Auf Euren – wegen der vom dortigen Stiftsthurme herabgefallenen Baronesse Franziska von Ickstad hierher erstatteten – Bericht, wird zur Resolution hiemit gnadigst angefügt, daß Ihr den entseelten Körper christkatholischem gebrauch nach zur Erde bestättigen sollet. Freising, den 15. Jänner 1785

Der Bischof hatte Fanny für »entseelt« erklärt, also eines natürlichen Todes gestorben und nicht für »entleibt«. Sie konnte demnach mit aller Feierlichkeit begraben werden.

Um den Gaffern auszuweichen, die sich hartnäckig in der Umgebung der Heppenstein'schen Wohnung hielten, brachte der Totengräber die verhüllte

Leiche erst im Schutze der Nacht auf seinem Karren ins Haus. Bis zur bischöflichen Resolution hatte er sie in seinem Geräteschuppen eingeschlossen behalten, auf Befehl des Stiftspfarrers »*ohne Wachslichte, nur bei einer Leinöl dumpfer Lampe*«.

Am anderen Morgen sollte die Seelnonne ihr Geschäft beginnen, nämlich, die Tote zu waschen, zu bekleiden und zu schmücken. Aber die Theres wollte nichts davon hören. »Es ist das Letzte«, sagte sie, »was ich für die Fräulein tun kann.« Und sie bestand auch darauf, die Seelnonne, die jetzt nur noch das Strohkreuz mit dem Ziegelstein und der Krone darauf vor das Haus zu legen hatte, für die entgangene Einnahme aus eigener Tasche zu entschädigen.

Niemand jedoch konnte ermessen, was dieser letzte Dienst an ihrem Fräulein für die Theres bedeutete: Es durfte ja, während sie den toten Leib unter bitterem Schluchzen wusch und bekleidete, keine Träne auf die Leiche fallen, weil die Verstorbene dann keine Ruhe im Grabe finden würde. Als dies mit vieler Mühe geschehen und Fanny mit dem weißen linnenen Totenhemd bekleidet war, netzte ihr die Magd nach altem Brauch Gesicht und Hände mit Wein. Das einst so schöne, nun zerstörte Antlitz verhüllte sie mit einem Schleier. Dann steckte sie ihr ein Rosmarinsträußchen zwischen die Hände und setzte ihr die hohe, spitze, mit kunstvollen bunten Blumen geschmückte Totenkrone auf. Die Totenkrone, die nur die unvermählt Verstorbenen erhielten, ähnelte der Brautkrone – der ersehnten Brautkrone, die das Schicksal Fanny nicht vergönnt hatte.

Als die Theres schließlich mit Rosas Hilfe die Leiche in den offenen Sarg gebettet und die Kerzen angezündet hatte, öffnete sie die Fenster, damit die Seele entweichen könnte. Die Uhren mussten im ganzen Haus angehalten werden und die Spiegel verhüllt, sonst könnte die Seele ja durch ihr Abbild im Diesseits festgehalten werden. Schließlich verharrte die Theres noch in einer letzten stummen Zwiesprache mit ihrem Fräulein, denn vor der Haustür versammelten sich bereits die Condolanten.

Die Baronin hielt sich in ihrem Zimmer eingesperrt. Sie verweigerte Essen und Trinken und war so still, als wäre sie schon tot. Nur den Arzt ließ sie am Sonntag ein, der ihr Laudanum gab und sie dazu brachte, ein wenig Brühe zu trinken. »Sie haben noch andere Kinder, Baronin«, sagte er ernst. »Das Unglück ist geschehen, aber diese Kinder leben und brauchen ihre Mutter.«

Sie streifte ihn mit einem Blick. Der Mann schien es ehrlich zu meinen. Vielleicht hatten ihn die Gerüchte noch nicht erreicht, vielleicht glaubte er ihnen auch nicht. Jedenfalls schien er von Herzen zu sprechen. Sie nickte.

Als er gegangen war, fiel sie wieder schluchzend in die Kissen zurück. Furchtbare Angst griff nach ihrem Herzen. Morgen Abend würde Fanny zu Grabe getragen werden. Sie ertrug es nicht, daran zu denken und brachte es dennoch nicht fertig, nicht daran zu denken. Sie nahm wieder vom Laudanum und schlief endlich ein.

Heppenstein wollte die Kinder nicht zu ihr zu lassen, aber Magdalena bestand darauf, am Bett der Mutter zu wachen. Nach etwa zwei Stunden begann Franzisca sich zu bewegen, aber sie war nicht bei sich. Heftige Krämpfe verdrehten ihre Glieder, sie röchelte. Der Arzt flößte ihr etwas ein, nach einer Weile fiel sie in Schlaf. Magdalena wankte, von Rosa umfasst, aus dem Zimmer und fiel in ihr Bett. Rosa übernahm die Nachtwache bei der Baronin.

Am späten Vormittag erwachte Franzisca.

Sie schaute mit stierem Blick um sich und schien in ihrem Geist nach etwas zu suchen. Mit einem Schrei schlug sie plötzlich die Hände vor das Gesicht. »Nein«, rief sie, »Nein!« Ihr ganzer Körper schüttelte sich, ihre Zähne klirrten aufeinander. Sie schlug den Kopf wieder und wieder gegen den Bettpfosten, ehe das Mädchen, das Hilfe herbeirief, ihr wehren konnte. Rosa flößte ihr wieder Laudanum ein. Langsam wurde Franzisca ruhiger. Sie starrte vor sich hin und flüsterte etwas. Ihre Züge verhärteten sich.

»Fluch über dich«, hörte Rosa sie zwischen den zusammengebissenen Zähnen zischen, »Fluch über dich!«

Dem Mädchen graute es. Sie beriet sich mit Magdalena, ob es vielleicht geraten wäre, den Priester Lanz zu rufen. Aber Franzisca hatte seinen Namen vernommen. »Nein«, schrie sie gellend, »niemand, ich will niemand sehen.« Die Nachthaube war ihr vom Kopf geglitten. Rosa starrte sie an und wich zwei Schritte zurück, die Hände vor dem aufgerissenen Mund.

»Was starrst du so«, schrie die Baronin, »bring mir den Spiegel!«

Das Mädchen brachte den schweren Silberspiegel und reichte ihn ihr aus sicherer Entfernung. Franzisca blickte hinein, ihr Unterkiefer sank herab: Über Nacht war ihr Haar schlohweiß geworden.

Heppenstein hielt es nicht aus an ihrem Bett. Er floh.

Im Lauf des Nachmittags trafen Franziscas Brüder und Schwestern ein. Sie umstanden das Lager mit gedrückten und gespannten Mienen. Rosa, die sich in einen Winkel zurückgezogen hatte, beobachtete sie alle und dachte, dass keine Liebe und kein Band zwischen den Geschwistern sei. Und zu diesem Mangel hatte sich nun auch noch die Schande und das schreckliche Unglück gesellt, und da ersehnten sie den Augenblick, wo sie das Haus verlassen und sich zur Beerdigung begeben könnten.

Gegen Abend tauchte plötzlich Lanz auf. Wie es schien, hatte er einen langen und beschwerlichen Weg zurückgelegt, sein Mantel war nass und schmutzig, und sein dunkles Haar hing wirr um das Gesicht. Er duldete nur, dass ihm Umhang und Stiefel abgenommen würden und bat, gleich zu der Baronin geführt zu werden.

Franzisca lag bewegungslos in ihrem Bett und starrte an die Decke. Man hatte ihr das Gesicht gewaschen und das Häubchen wieder aufgesetzt. Ihr Antlitz war wächsern und gelblich, die Wangen eingefallen.

Als Lanz eintrat, schloss sie die Augen. Er setzte sich an ihr Bett und blieb da sitzen, ohne zu sprechen oder sie zu berühren. Sie wandte ihm das Gesicht nicht zu, doch nach einer Weile lösten sich Tränen unter ihren geschlossenen Lidern und rannen die Wangen hinab. Da ergriff Lanz schweigend ihre Hand und behielt sie in der seinen.

XXVII

Mors pretiosa innocentium eius

Franzisca schreckte mit einem grässlichen Winseln in ihrem Bett auf. Wachte sie oder träumte sie? Ein furchtbares Traumbild hielt sie umklammert: Fanny stand vor ihr in einem Raum, nur durch eine offene Glastür von ihr getrennt. Sie trug das Maskenkleid, das sie auf der Redoute hatte anziehen wollen, und wies es der Mutter mit einem bedeutsamen Blick. Ihre Hände lagen an einem mehr als mannshohen Grabstein aus schwarzem, glänzend polierten Granit, dessen Wellengiebel fast die Zimmerdecke berührte. Ernst zeigte sie auf die Inschrift, die in goldenen Lettern auf der Vorderseite eingemeißelt war: MORS PRETIOSA INNOCENTIUM EIUS[43].

---

[43] Kostbar ist (dem Herrn) der Tod seiner Unschuldigen.

Und dann stemmte sie sich gegen den schweren Stein, um ihn durch die Türöffnung hindurch auf Franzisca zuzuschieben. Dies konnte ihr unmöglich gelingen, aber für Fanny schien der Stein federleicht zu sein. Sie bewegte ihn mit einem sonderbaren Lächeln, während sie hinter ihm hervorlugte. Das mächtige Monument rührte sich in langsamen, ruckartigen Bewegungen und schob sich auf Franzisca zu, die sich nicht von der Stelle zu rühren vermochte. Als die Türfüllung seinem Weg Einhalt gebot, schlüpfte Fanny mit eifriger Geschäftigkeit hinter ihm hervor und neigte es mit gewandter Bewegung so leicht, als wäre es aus Papier. Von Entsetzen gebannt, sah Franzisca, wie der Riese nun zur Seite geneigt die Türöffnung passierte, sich danach wieder aufrichtete und nun auf sie zuhielt. Mit einem Schrei war sie hochgefahren. Immer noch zitternd sah sie sich um.

Vor den Fenstern hing grau die Morgendämmerung. Da glitt eine Gestalt aus dem anstoßenden Raum. Sie hielt ein Licht, das sie mit der Hand schützte, das Gesicht lag im Schatten. Ein Gespenst schien sich Franzisca zu nähern. Wimmernd zog sie sich die Bettdecke bis an die Augen.

»Ich bin es doch nur, die Rosa«, flüsterte das Mädchen und beugte sich beruhigend über die Baronin, deren Kopf stöhnend zur Seite fiel.

Nach einer Weile fragte sie leise: »War der Professor Lanz wirklich da oder habe ich das nur geträumt?«

»Er war schon da, gnädige Frau. Aber die gnädige Frau sollten lieber noch ein bisserl schlafen. Schlaf ist das Beste, versuchen Sie es doch bittschön!«

Die Baronin atmete stöhnend aus. »Ja, Rosa«, sagte sie, »ja … wenn Sie hier bei mir bleibt, Sie muss aber am Bett sitzen bleiben … ganz nah und Sie darf nicht aufstehen.«

»Ganz neben Ihnen bleib ich sitzen«, versicherte die Rosa und dämpfte das Licht. Die Tränen verschleierten ihr die Stimme. Was war aus der stolzen Frau geworden! Bald vernahm sie die Atemzüge der Schlafenden, rasselnd, als kämen sie nur widerwillig aus der Brust.

Die Blicke des Mädchens ruhten jetzt zum ersten Mal, seitdem es im Hause diente, länger als einen Augenblick auf den Zügen der Baronin. Was für ein schönes – für ein beklemmend schönes – Antlitz war dies noch vor Kurzem gewesen, unbewegt und hoheitsvoll wie ein Stern. Und wie hatte dieses edle Antlitz es immer vermocht, die Empfindungen hinter der glatten Stirn zu zügeln. Nur der Mund, nur der Zug um die Lippen konnten Unmut oder Belustigung verraten.

Und nun war aus diesen Zügen alle Strenge verschwunden, und das Mädchen erkannte, dass eine sorgsam gebildete Maske von ihnen abgefallen war, und hier der arme Mensch lag, der sich dahinter verborgen gehalten hatte.

Die Baronin war sehr bleich, wie aus gelblichem Lehm erschien ihr Gesicht, das seine Willensprägung eingebüßt hatte. Es schien zu sagen: Lass mich, Schicksal, lass mich los, ich will versinken, versinken …

Manchmal murmelten die Lippen abgerissene Laute, und der Kopf zuckte dabei hin und her.

»Bleibt sie am Leben?«, fragte Rosa angstvoll. Der Arzt war sich nicht sicher. »Wenn die Baronin den morgigen Tag übersteht«, hatte er gesagt, »vielleicht. Aber sie muss leben wollen. W o l l e n«, betonte er. »Sonst ist wenig Hoffnung.«

Heppenstein war wortlos neben ihm gestanden, an des Doktors Lippen hängend. Der Arzt sah ihn an, in seinen Blick trat Rührung. Er senkte die Augen. »Sie haben ja noch weitere Kinder«, sagte er, »und besonders den Kleinen. Der wird sie retten, Herr Hofrat, Mut!«

Rosa wischte sich die Augen und unterdrückte ihr Schluchzen. Wie schrecklich war doch das Schicksal, wie heimtückisch und grausam! Und wie unsicher war des Menschen Los! Von heut auf morgen hatte sich ein glänzendes, herrschaftliches Haus in eine verhängte Grabkammer verwandelt. Der Kummer überwältigte das Mädchen. In die Falten der Bettvorhänge gesunken, schlief Rosa ein.

Ganz leise öffnete sich die Tür. Magdalena stand im Nachthemd und mit bloßen Füßen im Türspalt und spähte ins Zimmer. Als sie sah, dass die Magd eingeschlafen war, glitt sie ans Bett der Mutter und beugte sich über die Schlummernde. Das bleiche, dreieckige Mädchengesicht zuckte beim Anblick der mehligen Züge. Magdalena schlug die Hände vor die Augen, ihr magerer Körper bebte in lautlosem Schluchzen. Sie glitt an der Bettseite herab, bis ihre Stirn den Boden berührte. »Heilige Jungfrau«, flüsterte sie, »wenn du die Mama rettest, dann geh ich zu den Klarissen auf den Anger.«

Der offene Sarg stand den ganzen Tag, die Nacht und den folgenden Tag hindurch unten in der Halle. Die Vorschrift, die die allgemeine Furcht vor dem Scheintod mäßigen sollte, schrieb zwar 48 Stunden vor, in diesem Falle jedoch – da waren sich alle einig – bedurfte es der Einhaltung nicht. Niemand überlebte einen Sturz vom Frauenturm.

Es waren aber so viele Menschen, die – aus Mitleid oder Neugier – die arme Fanny noch einmal sehen wollten, dass diese Zeitspanne für all diese Condolanten gerade hinreichte. Wer das Fräulein gekannt hatte – und auch, wer nur von ihr gehört hatte, und das waren Unzählige – zog nun mit einem Rosmarinzweiglein als letztem Gruß an der stummen, verschleierten Gestalt vorüber. Das Antlitz der Leiche war – wie es der Brauch forderte – zur Haustür gerichtet, denn andernfalls könnte die Tote sich weigern, ihr Haus zu verlassen. Schließlich würde der Sarg dreimal unter ständigen Gebeten auf der Schwelle niedergesetzt werden, bevor er aus dem Haus getragen wurde, damit die Tote sich nicht in liebloser Weise verabschiedet fühlte und vielleicht feindlich gesinnt zurückkommen würde.

An diese Bräuche dachte Franzisca, die im Stockwerk über dem Erdgeschoß in ihrem Bett lag. Obwohl der Vorplatz und der Boden der Halle mit Stroh belegt worden waren, um die Geräusche der vielen Menschen zu dämpfen, obwohl sie sich die Ohren mit Wachs verstopft hatte, drangen Schluchzen, Wortgewirr und das Hinein und Hinaus vieler Schritte doch zu ihr hinauf. Wüster Aberglaube waren all diese uralten Riten für sie gewesen, Bräuche, die niemand mehr verstand, weil ihr Sinn mit dem Grund ihrer Anwendung längst im Nebel der Zeiten versunken war. Dennoch wurden sie noch ängstlich beachtet: Kein Mann begleitete die Leiche eines Kindes und keine Frau die eines Erwachsenen, sie wären denn die Hauptkläger, also die nächsten Verwandten und Freunde des Verstorbenen.

Welches Geheimnis verbarg sich hinter diesen Traditionen?

Was hatten die Alten erfahren, wovon nun niemand mehr wusste? Warum erhielten die Verstorbenen Totenkronen? Wofür wurden sie so ehrenvoll geschmückt?

Unheimliche Sitten, von denen ihr Lanz berichtet hatte, kamen ihr in den Sinn: Einsame Gehöfte, die weitab anderer Behausungen lagen, schafften ihre Toten von jeher auf den sogenannten Totenwegen zum Friedhof, die nur zu dieser Verrichtung befahren und begangen wurden. An diesen Totenwegen standen in bestimmten Abständen Kapellen, bei denen der Sarg niedergesetzt und ein Gebet gesprochen werden musste. Die Lebenden mieden diese Pfade scheu.

So sollen einst – hatte Lanz erzählt – in einer furchtbaren Winternacht, als ein Schneesturm tobte, und Mensch und Vieh unterm Dach Zuflucht gesucht hatten, die Hofleute eine Gestalt erblickt haben, die sich wankend vom Totenweg her näherte. Die Bauern hielten das Wesen für einen Wiedergänger und verrammelten Tor und Fenster. Als es herangekommen war und um Einlass flehte, überschrien sie seine Stimme laut betend bei geweihten Kerzen. Am anderen Morgen fanden sie die steifgefrorene Leiche eines verirrten Handwerksgesellen auf der Schwelle.

Lanz liebte solche Geschichten. Ihm graute nicht vor Gespenstern. Gewöhnlich hatte er einige gut beglaubigte Geistergeschichten parat, die er genussvoll mit glitzernden Augen furchtsamen Zeitgenossen aufdrängte.

In Italien – erzählte er – gäbe es noch viele alte Häuser mit zwei Eingängen. Der eine war nur für den Ein- und Ausgang der Lebenden bestimmt. Der andere diente nur dazu, die Toten – mit den Füßen voran – hinauszutragen. Hinter jedem Verstorbenen wurde diese Tür eilig vermauert, denn nur durch diese vermöchte der Tote zurückzukehren. Erst für den nächsten Toten wurde sie wieder aufgebrochen.

Franzisca brach in lautes Schluchzen aus. Ich muss an etwas anderes denken, dachte sie, sonst verlier ich den Verstand.

XXVIII
Das Begräbnis

Als es dunkel geworden war, erschollen von der Kaufingerstraße her die düsteren Stöße der Posaunen, in die die Kirchenglocken einfielen. Erst hoben die Glocken der Frauenkirche an, dann setzten die von St. Peter ein, gefolgt von Heilig Geist und schließlich jene der Salvatorkirche. In allen Kirchen nämlich, an denen der Sarg vorbeifuhr, wurde geläutet. Ihre tiefen und warmen, hellen und dunklen Stimmen brausten und dröhnten, klagend und mahnend, so feierlich und zugleich so beklemmend, dass manchem unwillkürlich die Tränen in die Augen stiegen. Die alte Kreitingerin, die sich aufmachte, um dem Trauerzug zu folgen, bekreuzigte sich noch einmal und murmelte: »So wird's einst ertönen am Jüngsten Tag.«

Von allen Seiten strömten die Leute zusammen, um sich der Prozession anzuschließen oder sie doch wenigstens vorüberziehen zu sehen. Denn ein adeliges Begräbnis war ein Schauspiel, so prächtig und erhebend wie im Theater. Und es galt dabei: Je höher der Rang, desto später die Stunde!

Es hatte aufgehört zu schneien. Die Straßen, auf denen sich der Leichenkondukt aus mehreren laternengeschmückten, mit Goldornamenten verzierten Kutschen unter klagender Musik im Schritttempo bewegte, waren schon von Eis- und Schneeresten sauber gefegt. Eine sechsspännige, offene Kutsche, deren Pferde in goldbetressten schwarzen Trauerschabracken verhängt gingen, trug Fannys von schwarzem Samt verhüllten Sarg, von dem, inmitten der Rosmarinsträußchen, die Wappen der Ickstatt und der Heppenstein herabhingen. Voraus schritten mit Fackeln in den Händen die Bruderschaften und die Geistlichkeit in lautem Gebet. Ihm nach folgten die Hauptkläger, die Klageweiber, die Guglmänner und endlich die Waisenkinder, deren Stimmen sich in Gesang und Litaneien abwechselten.

Manche der Hauptklägerinnen trugen noch die alte Trauertracht, die nicht oft mehr anzutreffen war, weil ihre starre Feierlichkeit als unheimlich empfunden wurde. Sie bestand in einem kurzen schwarzen Mäntelchen, das bis an die Mitte des Leibes ging, wozu man einen herabgestülpten, runden, sehr hohen, kegelförmig gespitzten Hut trug. Den unteren Teil des Gesichts verhüllte eine weiße, steife Binde, deren Ende rückwärts bis zur Erde herabstand. Den Jüngeren erschienen sie wie Gespenster, die gekommen waren, um die Tote abzuholen.

Die Männer gingen in den langen, schwarzen Klagmänteln, großen, schwarzen Hüten und weißen Leidzipfeln. Alle Fenster und Balkone waren dicht mit Schaulustigen besetzt und auch die Straßenränder, an denen der Leichenkondukt vorbeizog, säumten Menschentrauben.

Im Hause hatte Gallus vergeblich versucht, Franzisca davon abzuhalten, dem Trauerzug vom Fenster aus beizuwohnen. Rechts und links von ihm und der Rosa gehalten, schleppte sich Franzisca gebückt, aber mit erhobenem Kopf zum Fenster, das sie öffnen lassen wollte. Gallus, der sie gespannt im Auge behielt, verwies auf die grimmige Kälte, die ihr schaden würde. Aber sie hörte nicht zu und bestand – schließlich schreiend – auf ihrer Forderung.

In diesen drei Tagen war Franzisca um 20 Jahre gealtert. Ihr bleiches Gesicht übersäten rote Flecken. Die bebenden Lippen stammelten unablässig abgerissene Laute und in ihren Augen flackerte ein auf und ab tanzendes Licht, das Gallus an den Ausdruck Wahnsinniger erinnerte.

Als sie am Fenster anlangten, unter dem eben Fannys über und über mit Rosmarin und Myrten geschmückter Sarg vorbeifuhr, versuchte Franzisca, sich mit einem Ruck loszureißen. Aber Heppenstein hatte damit gerechnet und verstellte ihr mit einem Sprung den Weg.

Laut weinend brach sie zusammen.

Man hob sie auf. Ihr Körper war ganz starr. Sie schien tot. Wie ein Brett trug man sie auf ihr Lager. Der herbeigerufene Arzt stellte zwar mithilfe eines Spiegels, der leicht beschlug, und einer Flaumfeder fest, dass sie noch lebte, aber er gab ihr nur noch wenige Stunden. Heppenstein ordnete an, sie ständig zu bewachen und die Kinder nicht zu ihr zu lassen.

Die Beerdigung war vorüber. Blumengebinde und Kränze bildeten einen hohen Hügel auf Fannys Grab im uralten »Frauenfreithof« an der Salvatorkirche, der schon seit Langem hoffnungslos überbelegt war. Die Gräber standen so dicht aneinander, dass es zwischen ihnen kaum mehr ein Durchkommen gab.

So füllten nun alle Trauergaben, die am Grab keinen Platz mehr gefunden hatten, den Hof, den Garten und sogar die Halle. Von dort drang ihr Duft bis herauf in Franziscas Schlafzimmer, wo sie die Tage seit der Beerdigung zwischen Phasen von todähnlicher Starre, wacher, doch völliger Unempfindlichkeit und furchtbaren Anfällen lauter Verzweiflung zugebracht hatte. Besonders der schwache, doch sonderbar eindringliche Geruch des Buchsbaumes quälte sie. Buchs war der Geruch von Grab und Tod.

Die Seelnonne war gekommen und hatte die Aufstellung über die gesamten Aufwendungen der Bestattung vorgelegt, die sich auf mehr als 37 Gulden beliefen. In dieser Summe waren noch nicht die Zuwendungen an die Waisenkinder und die Klageweiber enthalten, deren Gebete extra honoriert wurden. Für dieses Geld mussten die Köchin, der Hauswart oder die Mägde ein Jahr lang arbeiten, und hier diente es nur dazu, einen Leib in die Erde zu senken, den dann Schnecken und Würmer langsam auffressen würden. Fannys schöner, junger Leib, umwimmelt von eklem Gewürm. Die Mutter schauderte. Diese Vorstellung und der furchtbare Anblick des entstellten Gesichts bedrängten sie abwechselnd und ließen sich nicht abweisen.

Es kam ihr so vor, als blicke das eine Auge Fannys, das in dem zerstörten Antlitz heil geblieben war, sie an. Unverwandt und drohend. Daneben auf der blutigen Wange lag das andere, mit der leeren Augenhöhle nur noch durch einen blutig-wässerigen Faden verbunden.

Schluchzend rief Franzisca die Tochter beim Namen, irgendwo musste sie doch sein, noch erreichbar sein. Sie musste mit ihr reden, sie musste ihr sagen, wie alles zugegangen war – obwohl auch sie selbst es nicht mehr verstand. Aber wohin Franzisca ihre Rufe auch richtete, sie prallten gegen eine undurchdringliche Wand, eine Mauer, stumm und taub. Und da konnte Franzisca sich nicht länger verhehlen, dass die Tochter diesen Schritt nicht aus blinder Verzweiflung getan hatte, sondern wohlüberlegt, um die Mutter und den Geliebten für den Verrat zu bestrafen. Ja, Fanny hatte dieses Ende gewählt, um sich zu rächen und dabei alle Umstände sorgsam bedacht: Am Tag der Schranne, der meistbesuchten des ganzen Jahres, mittags zur Zweiuhrmesse, wenn die Bürger und die Bauern der Umgebung, die Händler und die müßigen Gaffer versammelt, und die engen Gassen von Menschen verstopft sein würden, sodass die schreckliche Nachricht nur über die Köpfe hinweg schreiend verkündet werden könnte, dann, gerade dann, würde sie hoch oben aus der Türmerstube springen, um unten vor aller Augen zu zerschellen.

Plötzlich durchfuhr Franzisca die Sicherheit, dass auch sie auf gleiche Weise gehandelt hätte, dass auch sie nicht verziehen hätte, wäre ihr das Gleiche zugefügt worden – und, dass Fanny ihr nie vergeben werde. Mit widerwärtiger Eindringlichkeit drängte sich ihr wieder das Bild der prächtig gekleideten Leiche vor Augen, unter deren Gewändern sich das Gewürm regte.

Die Mutter stöhnte.

Eine Zeile aus einem uralten Psalm kam ihr in den Sinn, der sie als Kind beeindruckt hatte: *Und wirst Deinen Heiligen nicht schauen lassen die Verwesung.*

Sie schluchzte laut auf.

Die Tür wurde behutsam geöffnet. Theres, die draußen Wache hielt, spähte herein, und trat näher, als sie die Baronin wach fand. Franzisca streckte ihre Hand aus und zog das Mädchen zu sich heran. Endlich eine lebende Seele, der die Tränen des Mitgefühls in den Augen standen.

Franzisca konnte immer noch nicht das Bett verlassen. Mehrmals versuchte sie es, weil im Liegen die schrecklichen Krämpfe sie schüttelten. Aber sobald sie sich aufsetzte, überfielen sie Schwindelanfälle, die sie aufs Lager zurückwarfen. Und selbst, wenn sie hätte aufstehen können, würde sie das Haus nicht verlassen haben, denn man hörte immer noch von Drohungen und Verwünschungen, die die Münchner auf der Straße gegen sie ausstießen. Es war ihr auch zu Ohren gekommen, dass Vincenti immer noch Tag und Nacht bewacht werde, weil man um seinen Verstand und um sein Leben fürchte.

Schlafen konnte sie nur, wenn sie Laudanum genommen hatte, und sie nahm reichlich davon, obwohl der Arzt ihr abriet. »Was werden Sie tun, wenn das Mittel nicht mehr wirkt, weil Sie immer mehr davon brauchen?«, fragte er eindringlich.

»Dann bin ich nicht mehr am Leben«, antwortete sie mit geschlossenen Augen.

Den Wachzustand ertrug sie nicht. Sie suchte fieberhaft nach einer Möglichkeit, sich in einem unbemerkten Augenblick umzubringen und durchforschte ihr Gedächtnis und ihre Umgebung nach möglichen Todesarten, die ihr zu Gebote stehen könnten. Cellinis Bericht fiel ihr ein, wie er im Kerker versucht hatte, sich an der Mauer den Schädel einzurennen und dabei von einer unsichtbaren Hand zurückgeschleudert worden war.

Sie stöhnte. Das Schicksal war unerforschlich und voller Geheimnisse. Und des Schicksals wehrloser Spielball war der Mensch.

Sie glaubte nicht an Gott. So es ihn aber doch gäbe, so hasste sie ihn und sie spie aus in ihrem Bett.

Heppenstein hatte angeordnet, ihr das Laudanum nur noch in Rationen zuzuteilen. Er trat täglich einige Male an ihr Lager und setzte sich neben sie ohne etwas zu fragen oder zu sagen. Aber Franzisca blieb stumm und es graute ihm vor ihr. Sie hatten beide bisher viel zu wenig miteinander geteilt, um jetzt zueinander zu finden – wiewohl viele Paare doch durch ein gemeinsames Unglück wieder vereint werden.

Aber, das Geschehene war ja kein Verhängnis, das unverdient über beide hereingebrochen war, es war eine Tragödie, die sie allein verursacht und mit der sie auch noch Heppenstein verraten hatte. Dies empfand sie zwar kaum als Schuld, vielmehr fühlte sie sich gedemütigt, zornig und des Weiterlebens zutiefst überdrüssig.

Dann dachte sie wieder an Lanz. Als er neulich überraschend an ihrem Lager auftauchte, hatte er nichts gesagt und nichts gefragt, nur ihre Hand in der seinen behalten, bis sie eingeschlafen war. Dennoch spürte Franzisca, dass er wusste und verstand.

»Sub specie aeternitatis[44], alles ansehen, dann ist es richtig.« Das war viele Male seine Antwort auf ihre Fragen gewesen.

Sie zweifelte nicht, dass Lanz auch diese ihre Schuld und Schmach – sub specie aeternitatis – ansah. Und das bedeutete ja nicht, sie zu verzeihen, es bedeutete nur, dass alles, was Menschen in Glück und Unglück zustieß, an-

---

[44] Unter dem Blickpunkt der Ewigkeit.

gesichts des Todes seine Bedeutung verlor. Verlor denn nicht schon vorher alles an Bedeutung?

Franzisca saugte den letzten Tropfen aus ihrer Laudanumration und drehte sich zur Wand mit dem festen Entschluss, nie mehr – wirklich nie mehr – wieder aufzuwachen.

TEIL II

Was Geist ist, erfasst nur der Bedrängte.

Johann Wolfgang von Goethe

I

*G*erüchte und Anklagen

Das anhaltende Schweigen, das über das grausige Ende der Baronesse gebreitet blieb, beschäftigte die Fantasie der Münchner. Und die prächtige Beerdigung, bei der ein geradezu fürstlicher Aufwand getrieben worden war, heizte die Vermutungen über die Gründe dieses Schweigens an. Starkes Interesse galt der Person des Priesters, einem Freund der trauernden Familie, der nach dem Stiftspfarrer am Grabe eine von Tränen erstickte, ergreifende Rede gehalten hatte. »Nur der Allmächtige kennt die wahren Gründe unseres Handelns«, hatte er gesagt, »auch uns selbst bleiben sie oft verborgen.«

Und viele dachten, und manche flüsterten es: »Er weiß mehr, als er sagen darf!«

Von der Stiftspfarrersköchin war zu erfahren, dass das abendliche Begräbnis, das nur Adeligen zustand, mit Musik, Prozession und Blumenkränzen, den mit prächtigen Decken behangenen Pferden, den Klageweibern, Bruderschaften und Waisenkindern mehr als 37 Gulden gekostet hatte. Für diese Summe musste ein gewöhnlicher Mensch ein ganzes Jahr lang schwer arbeiten.

In der Stadt schwirrten die Nachrichten wie aufgescheuchte Spatzen hin und her, übertrafen einander und widersprachen sich. Obwohl der Sturz vom Frauenturm nahezu das einzige Gesprächsthema bildete, hatte keine einzige der drei Münchner Zeitungen ihm auch nur eine Zeile gewidmet. Lediglich am Tag der Beerdigung meldeten die »Münchner Nachrichten« in der Rubrik Sterbefälle pflichtgemäß: »*Die Titularin Maria Franzisca von Ickstatt, 17 Jahre alt, gestorben und begraben.*«

Die Bestattung der Baronesse verdrängte zunächst die allgemeine Verwunderung über die bischöfliche Resolution, laut der das Fräulein »vom Turm gefallen« war. Seine bischöfliche Exzellenz, der Celsissimus, habe aus *Nachsicht für das zarte Alter* gegen Freitod und für Unfall beschieden, ließ die Köchin des Stiftspfarrers sich im Vertrauen vernehmen. Einige Spötter kommentierten den bischöflichen Beschluss damit, die Baronesse sei ja tatsächlich vom Turm gefallen, zuvor aber sei sie gesprungen. Und daran zweifelte auch niemand. Nur, warum sie sich herabstürzte, das hätte man gern gewusst. Aber wie viele Gerüchte auch hinausposaunten, was für schreckliche Auftritte es gegeben habe in letzter Zeit im Hause des Hofrates, wie die Baronin und die Tochter so laut miteinander gestritten hätten um den Leutnant, dass es bis auf die Gasse hinaus zu hören gewesen sei, von Seiten der Familie erfolgte nicht die geringste Reaktion. Den Hofrat, der sich so sonderbar verhalten hatte an der schrecklich entstellten Leiche seiner Stieftochter, sah man nur auf dem Weg zum Amt und zurück zum Haus. Und da versenkte er das Antlitz tief im Pelzkragen. Niemand wagte ihn anzusprechen.

Die Baronin verließ das Haus nicht. Sie hüte das Bett und man zweifle an ihrem Aufkommen, hieß es. Auch die zweite Tochter, das Fräulein Leni, zeigte sich nicht. Jedoch hörte man, dass der Stadtoberrichter von Barth umgehend mit den Ermittlungen des Falles begonnen hatte, denn der Kurfürst und die verwitwete Herzogin drängten darauf. Allerdings hatten Carl Theodor und Maria Anna verschiedene Gründe, warum die Aufklärung der Hintergründe für sie von Bedeutung war: Carl Theodor fürchtete einen Zusammenhang mit den Umtrieben der Illuminaten, wusste man doch, dass die Heppenstein dem Orden nahestanden. Eine Schwester der Freifrau war ja mit dem bekannten Baron von Zwackh verehelicht, der schon seit einiger Zeit unter Beobachtung stand, weil er das erste Gründungsmitglied und Weishaupts rechte Hand gewesen war.

Der allerhöchste Argwohn richtete sich dabei allerdings nicht gegen den Hofrat von Heppenstein, der zwar dem Orden beigetreten war, aber nicht einmal einen Mitgliedsnamen erhalten hatte, sondern gegen seine Gattin, deren Haus geradezu als ein Hort der Freimaurerei, des Freigeists, ja als Keimzelle möglicher Umsturzbestrebungen galt. Und hatte denn der alte Ickstatt sie nicht sogar mit dem Weishaupt verheiraten wollen? Irgendeine Verschwörung schien dahinter zu stecken, der sich das Mädchen vielleicht durch den Sturz vom Frauenturm hatte entziehen wollen.

Carl Theodor wollte alles wissen und zwar sogleich!

Was die verwitwete Herzogin Maria Anna betraf, so kämpfte sie an einer anderen Front, obgleich auch dort die Illuminaten eine Rolle spielten: Ihr ging es darum, die Pläne des Kurfürsten zu durchkreuzen, der Bayern an Österreich verschachern wollte, um es gegen Belgien einzutauschen. König von Brabant, fand Carl Theodor, das hörte sich doch viel besser an als Kurfürst von Bayern.

In dieser Sache waren die Illuminaten gespalten, die einen erstrebten eine

Vereinigung mit Österreich, um ihrem Idol, dem aufgeklärten zweiten Josef näher zu rücken, von dem sie sich Unterstützung ihrer Ideen versprachen. Die anderen verabscheuten die Tauschpläne und hatten dem Orden schon den Rücken gekehrt, auch deshalb, weil sie Weishaupts Herrschsucht, Geheimnistuerei und »*unausgegorener Ideen* müde« waren. Sie hatten sich aufs Banner geschrieben, Carl Theodors Tauschpläne zu vereiteln und Bayern zu retten. Und ihr Herz und Haupt bei diesem Anliegen war eben Maria Anna, um die sie sich geschart hatten, und die sie als heimliche Herrscherin Bayerns ansahen. Ehrfürchtig nannte man sie: »*Unsere alte Frau.*« Unter der Leitung Utzschneiders, eines Sekretärs der Herzogin und abgefallenen Illuminaten, wurde der »Bund der bayerischen Patrioten« gegründet, der meist aus Adeligen und Mitgliedern angesehener bayerischer Familien bestand. Ihre heimlichen Treffen hielten die Patrioten im »Clemensschlössl« ab, der Sommerresidenz der Herzogin vor dem Neuhauser Tor.

Maria Anna war ihrem Schwager Carl Theodor an Entschlossenheit und Schläue weit überlegen. Offen warnte sie ihn vor den Umtrieben der Illuminaten, die einen Staat im Staate planten, und bewies somit ihre politische Treue. Heimlich aber hintertrieb sie mithilfe Friedrichs des Großen, der gleichfalls gegen diesen Tausch war, die Verhandlungen des Kurfürsten mit Österreich. Zu den Patrioten gehörten auch die Heppenstein und ihre Freunde, die sich inzwischen vom Orden distanziert hatten. Auch Franz von Vincenti war unter ihnen. Fast alle Patrioten verdankten ihre Position und ihr Ansehen dem vormaligen Hof und fühlten sich der Politik Max III. verpflichtet. Die Herzogin kannte sie alle persönlich. Sie wusste von der Romanze, die seit nahezu einem Jahr Franz und Fanny verband, und sie kannte die Gerüchte und den Klatsch, die sich um das plötzliche Heiratsverbot rankten.

Und nun war die reizende, schöne und hochbegabte Fanny tot. Tot unter so schrecklichen und rätselhaften Umständen. Maria Anna war erschüttert. Auch in ihrem Leben hatte die Liebe nämlich eine stürmische und umwälzende Rolle gespielt. Voller Unruhe wartete sie in ihrem Witwensitz, der Maxburg, auf Nachrichten. In ihrer Ehe mit dem gelähmten Herzog Clemens, einem Urenkel Max Emanuels, war ihr kein Liebesglück vergönnt gewesen. Nach seinem Tod verliebte sie sich in einen jungen Mann, den Bauernbuben Andreas Andrée vom Schreiberhof zu Rieden am Staffelsee. Er war als Lakai in den Hofdienst getreten und hatte sich hinaufgearbeitet. Zu dieser Zeit war Maria Anna aber schon über 50 Jahre alt und der Andrée hätte fast ihr Sohn sein können. Aber sogar in diesem Tumult des Herzens handelte die Herzogin weise: Sowohl der Vernunft, als auch der Neigung tat sie Genüge. Sie machte den Anderl erst zu ihrem Geliebten und Vertrauten, dann zu ihrem Zahlmeister und schließlich zu ihrem heimlichen Ehemann. »*Pour tranquiliser sa conscience*«[45] – wie dieser dazu bemerkte.

Carl Theodor hegte seine Tauschpläne schon lange. Ja, er hatte sie bereits aus der Pfalz mitgebracht, als er vor gut sieben Jahren nach München gekommen war, um den Vetter Max, den Vielgeliebten, aber dennoch Kinderlosen zu beerben. Aber er fühlte sich in München nicht wohl und damit würde es allen Anschein auch nichts mehr werden. Das Klima behagte ihm nicht und die Mentalität auch nicht. Diese Bayern waren ihm zu grob, zu querschädelig und zu schwerfällig, und dazu auch noch starrköpfig wie die Esel. Und was sollte er denn hier auch, so weit weg von seiner geliebten pfälzischen Heimat, wo es heitere Menschen, guten Wein und liebliche Landschaften gab? Und dort waren ja auch die österreichischen Niederlande in der Nähe. Das bot sich doch an gegen dieses weit entfernte Bayern, das ganz woanders auf der Landkarte lag. Außerdem mochten ihn die Bayern so wenig wie er sie. Nur Scherereien gab es mit ihnen, und das wollte er in seinem vorgerückten Alter am allerwenigsten, in dem ein behagliches Leben, reizende Damen und die Beschäftigung mit Kunst an erster Stelle zu stehen hatten. Gottlob hatte er wenigstens an die 3000 Pfälzer in seinem Hofstaat mitgebracht, die sich nun allerdings in dem finsteren, engen München drängten, weil schon alle Grundstücke überbaut waren, und diese vermaledeite Stadtmauer und ihre Befestigungsanlagen, die niemand mehr brauchte, alles wie in einer Muschel einpferchte. Ach, wie sehnte er sich doch nach seinem heiteren Mannheim, seinem prächtigen Schwetzingen, seinem königlichen Düsseldorf – um nur einige seiner Residenzen zu nennen – und hier war er in diesem finsteren, feuchten, rebellischen München gefangen wie in einer Oubliette.[46] Carl Theodor fuhr sich zornig durch sein nun leider schon schütteres Haar. »Euer kurfürstliche Excellenz sollten es mit denen Damen vielleicht doch ein wenig ruhiger angehen lassen«, riet ihm nun schon zum wiederholten Male sein Leibarzt Branca. Carl Theodor seufzte. Hatte er denn sonst noch eine Freud?

---

[45] Um ihr Gewissen zu beruhigen.
[46] Verlies.

Und zu diesen wenig erquicklichen Umständen kam nun auch noch dieser besonders unerfreuliche: Maria Anna, seine eigene Schwägerin, war der Kopf der politischen Gegenpartei! Schon einmal war es ihr gelungen, seine Tauschpläne zu durchkreuzen. Zwar ließ er sie seither beschatten, aber sie war listig und schlau und hatte viele ebenso schlaue Getreue, die sich geschickt zu tarnen wussten. Und eben wegen dieser Tarnung galt es achtzugeben, denn in dieser Selbstmordaffäre spielte ja ein junger Offizier seiner Armee die tragende Rolle, dieser Franz von Vincenti, der in Ingolstadt bei Deux ponts gedient hatte und sich dann ins Leibregiment nach München hatte versetzen lassen. Es hieß, er sei der Geliebte oder Verlobte – oder beides – der jungen Suizidantin. Die Mutter, eben jene hofierte und von allerhand Gemunkel umgebene Frau von Heppenstein, habe Anteil an dieser Tragödie, auch ihr soll der fesche Franz nicht gleichgültig gewesen sein. Und eben dieser Franz – dessen Vater zudem noch den Posten des Hofkriegsrates innehatte – sei auch unter den Ingolstädter Illuminaten gewesen oder sei es immer noch. Die Offiziersriege war, wie man hörte, durchsetzt von ihnen. Sogar der Stadtoberrichter von Fischer soll ein Illuminat sein, ja sogar der Statthalter von Ingolstadt, der Graf Pappenheim war einer, und weiß Gott, wer noch alles. Hinter dieser Tragödie schien mehr zu stecken, als nur ein Freitod aus Eifersucht oder Liebeskummer. Es galt nun, zuerst herauszufinden, was dieser Vincenti wusste. Sein Vater war ihm immer als ergebener Getreuer erschienen.

Aber wem war denn überhaupt noch zu trauen? Stündlich warnten ihn ja der geheime Rat von Lippert und sein Beichtvater, der Pater Frank, vor diesen gefährlichen Umtrieben, die ihn noch seinen Thron kosten würden, wenn er nicht schonungslos durchgriffe. Er konnte ja schon nicht mehr ruhig schlafen. Und diese entnervende Aufregung tat ihm gar nicht gut. Sein Appetit war nicht mehr der alte, weder der an seiner Tafel noch der andere mit den Damen … allerdings war er ja auch kein Jüngling mehr, mit seinen über 60 Jahren.

Carl Theodor seufzte und gähnte verdrossen.

Als Auftakt der Ermittlungen waren der Türmer und das Stubenmädel Theres verhört worden, zuerst getrennt und dann zusammen. Ihre Aussagen stimmten überein: Das Fräulein habe in der Türmerstube zuerst alle Fenster inspiziert und diese versperrt gefunden. Bei dem einzigen Gitter, das sie geöffnet fand, habe sie darum gebeten, es zu spreizen. Dann sei es ihr gelungen, den Türmer mit der Wetterfahne und das Mädel mit der Aussicht abzulenken und habe sich dann, ein Lebewohl ausrufend, aus eben diesem Fenster gestürzt, das direkt über dem Dachgrat liegt. Darauf waren der Türmer und das Stubenmädel vorerst wieder entlassen worden.

Als sie aber bei der nächsten Vernehmung ihre bereits protokollierten Aussagen beschwören sollten, da weigerte sich die Theres standhaft zu beeiden, dass sie gehört hätte, wie das Fräulein bei ihrem Sprung ein Lebewohl ausrief. Nein, dessen wäre sie sich jetzt keinesfalls mehr sicher.

Der Türmer aber beharrte darauf, ein Lebewohl gehört zu haben. Bei der folgenden Vernehmung wollten jedoch beide nicht mehr zu ihrer ersten Aussage stehen. Nein, einen Abschiedsgruß hätten sie nicht gehört. Obwohl man ihnen mit der Folter drohte, bestanden sie weiter darauf, kein Lebewohl vernommen zu haben. Dies war nicht nur dem Richter, sondern auch dem Kurfürsten seltsam erschienen: Würde doch die Bestätigung eines Abschiedsgrußes den Mordverdacht von den beiden genommen haben, der sie belastete. Es gab ja keine weiteren Zeugen.

Carl Theodor wiegte bedächtig den Kopf. Etwas ging da nicht mit rechten Dingen zu! Zudem wurde aus dem Haus Heppenstein unter der Hand berichtet, die Theres sei vor der Baronin schluchzend auf den Knien gelegen und habe um Schonung gebeten, da sie doch nichts sagen dürfe. Daraufhin hatte der Richter verfügt, dass der Türmer und das Mädchen bis auf Weiteres in den Turm am Kosttörl zu sperren seien und dass kein Besuch zu ihnen vorgelassen werden dürfe. Dies war allerdings ein Ort, in den keine Delinquenten gebracht wurden, sondern ehrliche Leute. Inzwischen sollte der Kapuzinerpater Cyprian Aschenbrenner, auch ein Beichtvater des Kurfürsten, mit ihnen reden.

Der Dekan von Effner war tief betroffen. In seinem nun über 50-jährigen Dasein hatte ihn kein Schicksal so wie dieses erschüttert. In den Berichten über die Familie Heppenstein, die ihm zu Ohren gekommen waren, ging es besonders um die Mutter. Dass es bei dieser Dame mit der Festigkeit im Glauben nicht weit her war, das sagte auch der Stiftspfarrer von Scherer, der die Familie noch von Ingolstadt her kannte. Und da irrte er nicht: Das Haus Heppenstein konnte geradezu als Hort aller Freigeister der Stadt bezeichnet werden. Darin schlug die Baronin ganz ihrem berühmten Oheim nach, dessen rebellische Gesinnung schon in Ingolstadt zum Dauerzwist mit den Jesuiten geführt hatte. Dazu missfiel dem Dekan der Ton gründlich, der in diesem

Hause herrschte, diese locker-zweideutige Redeweise, die der Freifrau unter dem Mantel der auserlesenen Bildung beliebte, und die wenig geeignet war für die Ohren ihrer jungen Töchter. Und auch was deren Erziehung betraf, so schien diese einerseits zu streng und andererseits zu frei. Zudem hieß es, die Mutter habe auch das Heiratsgut der Töchter nicht unangetastet gelassen.

Effner schüttelte missbilligend den Kopf. Das kam daher, wenn im Haus das Wort des Vaters kein Gewicht hat. Denn dass der Hofrat von Heppenstein daheim die zweite Geige spielte, das war allgemein bekannt. Und wie es schien, fanden alle, die sich dort versammelten, das sogar ganz in der Ordnung. Inzwischen war der junge Vincenti zum Kurfürsten gerufen worden, der ihn ohne Zeugen vernahm. Was zwischen ihnen über Motiv und Hintergrund der Tragödie zur Sprache gekommen war, davon drang nichts nach außen. Aber sowohl der Miene des jungen wie des alten Vincenti nach, konnte die Audienz nicht gar so übel verlaufen sein. Der Hofkriegsrat erfuhr von seinem Sohn, der Kurfürst habe ihm zugesichert, dass der tragische Unfalltod der Baronesse in keiner Weise seine Ehre als Offizier beschädige, noch künftig beeinträchtigen werde. Und, dass es ihm freistehe, wieder in sein altes Regiment nach Ingolstadt zurückzukehren, sofern er das wünsche.

Von der ganzen Familie, die seit Tagen wie stumme Schatten unter einer Glocke der Angst geduckt gehockt hatte, fiel endlich eine Zentnerlast ab. Aus dem Hofrat sickerte durch, dass der Kurfürst einen Selbstmord ausschloss. Denn – so sagte er – wer sich schon umbringen will, der sucht sich nicht gerade das Fenster über dem Grat des Steildaches aus, sondern doch eines, das freien Fall und einen schnellen, möglichst schmerzlosen Tod verspricht.

Die Aussagen der Wandl, dass dies das einzige nicht gänzlich vergitterte Fenster gewesen war, und die des Türmers, dass von der Türmerstube aus der Dachgrat gar nicht auszumachen sei, blieben ungehört.

$\mathcal{F}$annys Briefe

Fannys Sturz vom Frauenturm lag nun schon einen Monat zurück. Aber noch immer war diese Tragödie das eine der beiden Themen, die seither die Residenzstadt in Atem hielten. Das andere waren die Illuminaten, die mit Stumpf und Stiel auszurotten Carl Theodor sich aufs Banner geschrieben hatte. Sie seien ein Staat im Staate, darauf aus, die ganze Gesellschaft zu unterwandern und seinen Thron zu rauben. Zwar hatte das leidige Thema des Ländertauschs längst zur Spaltung des Ordens geführt: Die einen befürworteten ihn, die anderen lehnten ihn empört ab und hatten sich deshalb den »Patrioten« angeschlossen, die diese Pläne hintertrieben. Nach Meinung des Kurfürsten aber untergruben die einen wie die anderen seine Herrschaft. Es galt, andere Saiten aufzuziehen, um dieser Bedrohung endlich Herr zu werden.

Der Ex-Jesuit Pater Frank und der geheime Rat von Lippert, beide engste Berater des Kurfürsten, standen an der Spitze einer Geheimpolizei, eines »Sondergerichts«, das die Denunziationen gegen die Ordensmitglieder sammelte. Jeder konnte jeden denunzieren, der Kläger aber blieb anonym. Frank und Lippert, den die Münchner den »Gottseibeiuns« nannten, waren die meistgehassten Männer Bayerns. Es war kaum mehr auszuhalten in München – diese Klage hörte man allenthalben. Das Spitzel- und das Denunziantentum blühte, und so mancher, der seinen schlaffen Beutel aufzufüllen trachtete, beäugte nun aufmerksam Bekannte und Nachbarn. Und dazu noch diese elende Kälte, die einfach nicht aufhören wollte, und die steigenden Preise für Holz.

Franz hatte die vergangenen vier Wochen wie in einem Kokon zugebracht. Er wohnte wieder zu Hause, wo er ein Zimmer mit zweien seiner jüngeren Brüder teilte. Die ersten beiden Wochen hatte man ihn auf Weisung des Arztes unter ständiger Bewachung gehalten, weil er nachts schrie und wirr redete. Der alte Vincenti sagte kein Wort, er ging mit gesenktem Haupt und zusammengepressten Lippen herum. Die Geschwister hielten sich mucksmäuschenstill und die Mutter schluchzte, sobald sie sich einen Augenblick allein fand. Langsam besserte sich Vincentis Zustand und mündete schließ-

lich in eine seltsame Mattigkeit, die ihn wie ein dichter Nebelmantel um-
hüllte und keine Empfindungen zuließ. Franz dachte weder an Fanny noch
an Franzisca. Beide erschienen ihm wie Personen, von deren Schicksal er
einst gehört hatte. Gefühle wie Angst, Liebe oder Begehren waren ihm völlig fremd. Vielleicht bin ich schon tot und weiß es nur noch nicht, dachte er.
Es wäre auch das Beste!

Als vier Wochen vorüber waren, verließ er zum ersten Mal das Haus.
Die Kälte schlug zu wie ein wütendes Raubtier. Scharen von Bettlern win-
selten und wimmerten an allen Ecken um eine milde Gabe. Überall sah er
Niedergeschlagenheit und Mangel. Aber er bemerkte auch, dass man ihn
mit Freundlichkeit grüßte, ja sogar Trost und Ermunterung mischten sich
in die Grüße. Und da erkannte Franz zum ersten Mal in seinem Leben,
wie tröstlich allein das freundliche Gesicht eines Fremden sein kann und
allmählich fasste er Mut. Er fing an, seine Lage, und all das, was geschehen
war, zu überdenken. Mit beklommenem Staunen nahm er wahr, dass sich
das Bild des einst geliebten Mädchens nicht mehr vor seiner Seele einstellen wollte. Fanny erschien vor ihm als ein schweigendes Mahnmal und
verschwand wieder. Es ist so, weil sie nicht mehr an mich denkt, sagte er
sich, sie vergibt mir nicht. Und er hatte nicht einmal die Kraft, sie um ihre
Vergebung anzuflehen. Zu seiner Erleichterung erfuhr er, dass Franzisca
das Haus nicht verließ und auch auf längere Zeit nicht in der Gesellschaft
erscheinen würde. Er atmete auf, denn die Vorstellung, sie zu treffen erfüllte ihn nicht nur mit Unbehagen, sondern geradezu mit Schrecken. Seit
dem Unglückstag, an dem sie sich weinend in die Arme gefallen waren,
hatten sie einander nicht mehr gesehen – und Franz wünschte, ihr nie mehr
zu begegnen. Seine Gefühle für sie waren nicht nur gänzlich erloschen, er
vermochte sich die Glut, die ihn einst mit ihr verschmolzen hatte, nicht einmal mehr vorzustellen. »Es war Zauber«, murmelte er, »sie ist eine Hexe,
die Leute sagen es ja, sie hat mich verhext. Wie sonst hätte ich ihr erliegen
können?« Seines Vaters Worte fielen ihm wieder ein: »Gib acht, sie ist eine
Schlange – und du bist nicht ihr erstes Opfer!« Franz stöhnte. Er wollte
fort aus München, so schnell es nur irgend anging. Sein guter Vater hatte
schon alles in die Wege geleitet. Mit der Erklärung, der Leutnant könne da,
wo die Tragödie sich ereignet hatte, seinen Dienst nicht mehr bewältigen,
war ihm die Rückkehr in das Regiment Deux ponts bewilligt worden. Mit
Scham, Trauer und Groll dachte er an die überschäumende Freude, in der

er damals nach München ins kurfürstliche Leibregiment eingezogen war, in der Aussicht, endlich bei Fanny zu sein und nahe einem glücklichen, ja, glänzenden Leben. Und all das hatte diese Circe zunichte gemacht, alles Glück, alle Pläne, all seine Hoffnungen. Nur ein Grabstein war geblieben auf dem alten Frauenfreithof zu St. Salvator, an dem er so oft mit Fanny vorübergegangen war. Er wollte alle diese trüben Gedanken endlich von sich tun. Anfang März würde er wieder in Ingolstadt sein, er atmete auf. Dann fiel ihm Baumgartner ein, der kürzlich sein Gedicht »Traumgesicht« über Fanny veröffentlicht hatte und den »Sturz vom Frauenturm«. Das Kupfer, das sein Werk begleitete, zeigte die kopfüber herabstürzende Fanny wie einen Vogel mit ausgebreiteten Schwingen und markierte mit grausamer Deutlichkeit die Stellen des Absturzes und des Aufpralls. Ihr Kopf hatte die Ziegel und die Balken des Daches durchschlagen. Franz schauderte es.

Baumgartner drängte, es bestehe ein starkes Interesse an Fannys Briefen, die Franz hütete. Viele Köpfe, von denen sich gute Produkte erhoffen lassen, hätten schon bei ihm nachgefragt, hatte er hinzugefügt. Die Wahrheit müsste der Öffentlichkeit zugänglich gemacht werden, und außerdem ließe sich dabei auch einiges verdienen. Franz hatte sich daraufhin Fannys Briefe vorgenommen, ein umfangreiches Konvolut, das mit Seidenband verschnürt in einem Kirschholzkästchen – einem Geschenk Fannys – ruhte. Wieder ergriff ihn die Kraft ihres Ausdrucks, die Hochgemutheit, als richte sie ihre Worte von einem Thron herab. Aber zum ersten Mal empfand er auch etwas anderes dabei, nämlich, dass dies ja die Art und die Sprache Franziscas war. Er entfaltete zwei Briefe, sie stammten aus dem Sommer und dem Herbst des vergangenen Jahres, aus einer Zeit, die noch gänzlich ungetrübt war von Zweifeln und Befürchtungen, ja, im Gegenteil, ganz durchdrungen von der Sicherheit eines baldigen eheliches Glückes.

Im Julius 1784

Konnte Dich heute nicht sehen, lieber Vincenti, mußte mit meiner Mutter und einigen Frauen spazieren gehen. Da giengs durch die Herzogswiese über Galgenberg; und Dohlen und Raben flogen vor uns her, und stimmten eine gräßliche Musik an auf dem Richtplatz. Die zwei Weiber, die mit meiner Mutter giengen, sprachen uneingedenk an diesen bedeutenden Ort, wo der Mensch den Menschen würgt – sinn – und seellos von der unglücklichen O... und zausten sich mit der Ehre der O... wacker herum. Meine Mutter machte der

Sang und Klang aufmerksam. »*Wer doch ihre Sprache verstünde, denn gewiß philosophiren, disputiren, zanken, lieben und richten sich aus gegeneinander die Thiere, wie wir*« *Ey Mama! ich verstehe schon einen grossen Raben mit emporgerichtetem Hals und stolzen Blick, sehen Sie gnädige Frauen, er erzählt seinen Brüdern, wie schwarz dort die Alster[47] ist. –*
Meine Mutter gab mir einen Blick voll Ernst. Heut hab ich also meine Brühe wieder verschüttet. Daß auch meine unbändige Seele in der Hülle eines Weibes, nicht unter Weiber sich schmiegen will.
Die zwei Weiber lachten sich halb todt über meinen Einfall, und verstanden nicht den Sinn, meine Mutter lachte auch mit, aber wir verstanden uns.
Komm morgen ins Konzert, ich sitze linker Hand beim F. v. G. Ein Blick der Liebe sagt dir, wie sehr ich bin

deine Fanny

Franz faltete den Brief zusammen, legte ihn beiseite und öffnete den nächsten:

Im September 1784
Hier schick ich dir dein Buch zurück. Es lohnt sich wohl der Mühe, daß ich mich darauf freute, daß du mich aufmerksam darauf machtest, und daß ich es las, – hab auch einige Papiere davon zu Babillioten[48] verbraucht, damit dir die Lust nicht mehr anwandeln möge, irgend einen Frauenzimmerkopf damit zu beschweren. Was glaubst du denn, daß ich die Pflichten eines Weibes von deiner traurigen Philosophie lernen will, die einer von Euch hochweisen Herren schuf, um von uns gelesen zu werden?
Im Traum – wenn die Seele mit verschiedenen Bildern beschäftigt, und vom aufwallenden Blut benebelt wird, seh ich doch weit klärer, als auf dieser höckerichten Welt gut, gangbar, thunlich und nicht thunlich ist. Aber Pflicht, Sollen und Müssen und Schuldigkeit, streiche ja in dem Wörterbuche aus, nach welchem wir einstmals unsere Ehestandssache führen. Oder, wenns Euer Hochwohlgebohren gefällig wäre, mir die Ehestandsfesseln nicht von Rosen zu winden, so machens Hochdieselben doch wenigstens so, wies das

---

[47] Alster = Elster.
[48] Lockenwickel.

Schicksal mit uns allen macht ... und – Sklave wie man will – endlich hab ichs
gefunden, frei vom sichtbaren Zwange bin ich unsichtbar gebunden.
Nun guter Junge! Es wird schon gut werden. Für die Lieder und Musik dank
ich dir schönstens. Horch heut Abends am Fenster, und du hörst

> *Deine Fanny*

Seufzend und ungerührt faltete Franz die Blätter wieder zusammen und fügte sie dem Päckchen ein. Und wieder fielen ihm die warnenden Worte des Vaters ein: Die Töchter schlagen den Müttern nach, auch wenn es erst nicht so aussieht. Er nickte, klappte das Kästchen zu und schloss es ab. Wer weiß, wie es gegangen wäre – sinnierte er –, vielleicht würde ich gar nicht glücklich geworden sein mit Fanny, selbst, wenn ich dieser Schlange nicht zum Opfer gefallen wäre.

Baumgartner war wieder auf ihn zugekommen: »Graf Nesselrodes – du weißt ja, ein Freund von mir – Opern mit seinen libretti sind schon in München aufgeführt worden, er plant ein Werk über die unglückliche Geschichte – eine Wertheriade«, sagt er. »Er lässt anfragen, ob er vielleicht Fannys Briefe von dir erwerben könnte ... oder wenigstens Einblick nehmen ...« Baumgartner rieb vielsagend Daumen und Zeigefinger beider Hände aneinander und grinste vertraulich.

Franz verwünschte wieder einmal den Kurfürsten, der so unregelmäßigen und miserablen Sold zahlte, weshalb seine Soldaten sich stets in einer finanziellen Klemme fanden. Immer auf kurzem Fuß leben müssen, immer abhängig sein von Eltern und Vorgesetzten – wie er dieses unwürdige Leben verabscheute –, wann, ach wann würde es endlich aufhören?

Graf Nesselrode hatte eine überraschend hohe Summe für die Aushändigung der Briefe in Aussicht gestellt – offenbar versprach er sich einen großen Erfolg für seine Wertheriade – und sogar eine recht respektable Entlohnung nur für einen Einblick. Plötzlich sah es Franz von einer anderen Seite: Wer hatte denn das ganze Unglück verschuldet? Es war doch Franzisca, die nichts anderes, denn ihre Leidenschaft und Lüste im Blick gehabt und damit alle ins Unglück gerissen hatte. Und jetzt hüllte sie sich in eine Wolke der Trauer, die jede Schuld von sich wies und alles als ein tragisches Unglück hinstellte. Er biss die Zähne zusammen und ballte die Faust: So leicht sollte es ihr aber nicht gelingen. An ihn denken sollte sie noch, jawohl, wenn nicht so … dann eben anders. So leicht würde er nicht wegzuschieben sein – ohne auch nur eine Lücke zu hinterlassen –, etwas würde bleiben, das sie immer an ihn mahnen sollte. Ja, es wäre eine schöne Möglichkeit, sich an ihr zu rächen – und Geld bringen würde es auch, Geld, das er so dringend brauchte – und inzwischen würde er ja auch längst wieder in Ingolstadt sein. So beschloss Franz, erst einmal Nesselrode selbst zu hören. Dann könnte man ja weitersehen!

III
Zum immerwährenden Gedächtnis

Franzisca blieb noch lange nach der Beerdigung unter Bewachung in ihrem Zimmer. Zwar hatten die Krämpfe nachgelassen, doch an ihre Stelle war eine dumpfe Apathie getreten, die die Kinder erschreckte. Aber auch in gesundem Zustand würde sie das Haus nicht verlassen haben, denn Heppenstein und die Dienstboten hörten von Drohungen und Verwünschungen, die auf der Straße gegen sie ausgestoßen wurden. Man nannte sie eine Rabenmutter, die ihr Kind in den Tod getrieben hatte. Auch das Verschleudern von Fannys Heiratsgut durch Verschwendung warfen ihr die Leute vor und noch viel schlimmere Anklagen machten die Runde, von denen die Mägde nur hinter vorgehaltener Hand untereinander tuschelten.

Die Theres war nach wenigen Tagen Arrest im Turm beim Kosttörl wieder entlassen worden. Man hatte sie nicht dazu bringen können, ihre ursprüngliche Aussage zu beschwören, nach der das Fräulein mit einem Lebewohl aus dem Turmfenster gesprungen sei. Es komme ihr jetzt nicht mehr so vor, sagte sie stockend, nachdem die Baronin und deren Freundin, Frau von Erdt, mit ihr eine Unterredung gehabt hatten.

Bei dem Türmer, der auf seiner früheren Aussage beharren wollte, ließ es das Gericht damit bewenden. Man verzichtete auf seinen Schwur, und er stieg durch die Zähne knurrend wieder in seinen Turm hinauf.

Die Theres schlich gedrückt und verstört im Haus umher und brach in Tränen aus, wenn einer das Wort an sie richtete. Da die beiden Zeugen nun nicht mehr unter Mordverdacht standen, wurde der Fall zur weiteren

Untersuchung dem Hofgericht übergeben. Dass es sich um einen tragischen Unfall handelte, das bestätigte ja die bischöfliche Resolution, die umgehend am Tag nach dem Sturz eingetroffen war, andernfalls hätte die Baronesse nicht mit feierlichem Gepränge begraben werden dürfen. Und auch der Kurfürst hatte sich ja dieser Meinung angeschlossen.

Allerdings quittierten nicht wenige Leute mit wissendem Lächeln die Wendung der Dinge: War doch der Stiefvater selbst Mitglied des Hofrates. Und der Hofrat stellte bekanntlich das letztinstanzliche Gericht für Straf- und Zivilsachen dar. Ihm unterstand auch die Polizei. Wie hätte die Sache also anders ausgehen sollen! Alles, was dabei herauskommen werde, prophezeiten sie, das würde die Anordnung sein, die hohen Fenster der Türmerstube zu verkleinern, um solchen Unfällen künftig vorzubeugen. Und so geschah es denn auch wirklich.

Der Stiftspfarrer Scherer unterredete sich mit seinen beiden Freunden, dem Stiftsdekan Effner und dem Professor Westenrieder. »Freilich hat sich das arme Mädchen aus eigenem Entschluss heruntergestürzt«, sagte er, »und das wissen ja auch alle. Aber wem hätte es denn geholfen, wenn seine Exzellenz der Bischof auf Freitod erkannt hätte, statt auf Unfall? Nur Aufruhr und Schande über die Familie und ihre Kinder würde es gebracht haben. Und das Andenken der Baronesse wäre auf alle Zeit entehrt gewesen. Nein, Celsissimus hat in seiner Weisheit sehr richtig auf *veniam tenerae aetatis causa*[49] befunden. Und im Kirchenarchiv ist die Baronesse ja dennoch unter ›entleibt‹ verzeichnet.«

»Mittlerweile ahndet die Kirche, den milderen Sitten unserer Zeit entsprechend, den Suizid weniger hart«, ergänzte der Stiftsdekan. »Beschäftigt das Thema des Freitodes doch alle Schichten der Gesellschaft und wühlt gelehrte wie ungelehrte Gemüter zutiefst auf, seitdem solche Fälle sich so beängstigend häufen.«

»Bekanntlich hat«, fuhr Westenrieder fort, »sogar die Theologische Fakultät der Universität Göttingen jüngst eine Preisfrage an die Studenten ausgeschrieben, ob nach den Grundsätzen der christlichen Moral der Selbstmord verteidigt werden könne oder nicht. Ich bin recht gespannt, was dabei herauskommen wird!«

---

[49] Aus Nachsicht des zarten Alters wegen.

»Und unser geliebter Max«, nahm Scherer wieder das Wort, »hat ja auch schon der Grab-Christi-Bruderschaft gestattet, die Leichen von Selbstmördern und Hingerichteten in geweihter Erde zu begraben.«

»Wo die armen Teufel vor 20 Jahren noch unter der Richtstätte verscharrt wurden«, fiel Effner ein, »zusammen mit den Dirnen!«

»Oder sogar in einem verpechten Fass die Isar hinabtrieben«, flüsterte Scherer schaudernd.

»Und seither ist die Mutter Kirche geneigt, auch die Suizidanten in geweihte Erde gelangen zu lassen«, schloss Westenrieder.

»Und doch war die Baronesse ein liebes Mädel«, nahm Scherer wieder das Wort. »Eine Prädisposition zur Melancholie hat sie halt gehabt. Als ich noch zu Ingolstadt weilte, damals war sie noch ein kleines Kind, da hat sie schon diese signa maniae benignae gezeigt. Das hat mir der Professor Leveling berichtet. Aber sie hat auch die aus dem Nest gefallenen Vögel aufgepäppelt und nach dem Regen die Regenwürmer von der Gasse gerettet, damit sie nicht unter die Wagenräder geraten. Sie war ein recht empfindsames Kind.«

»Und darauf hat ihre Mutter zu wenig Acht gegeben«, fiel Effner ein, »weil sie aus der Tochter eine Berühmtheit machen wollte und nicht nur eine am Münchner Hof, wie sie selbst eine war, sondern eine, deren Glanz überallhin strahlen würde, wie bei der großen Karschin.«

»Der Schubart hat sie ja sogar dem Klopstock vorstellen müssen«, ergänzte Westenrieder. »Da muss das Mädel ja den klaren Verstand verloren haben. Und dann dazu die vielen Theatervorstellungen, die Liebesromane und das Getändel der Baronin ...«

»Es ist einzig die Schuld der Mutter«, bestätigte Effner. »Diese janusköpfige Schlange! In der Gesellschaft hat sie immer von einer Erziehung ohne schändlichen Zwang geredet, aber ich weiß von ihren Mägden, dass sie die Kinder geschlagen hat.«

»Sie wird es getan haben, um sie gefügig zu machen«, sinnierte Scherer, »sie soll ja beiden Mädchen mit dem Kloster gedroht haben, denn das Fräulein Leni hat immer auf ihrer Schwester Seite gestanden.«

»Und das alles, um den jungen Leutnant für sich zu behalten«, fuhr Scherer fort, »dieses liederliche, vereitelte Weibsbild! Fanny hat sie das Mädel benambst, wo doch kein Mensch so heißt!«

»Und jetzt«, warf Westenrieder ein, »muss die arme Magdalena öffentlich kundtun, dass die Verlobung mit Vincenti schon im Gange war. Dabei haben die Heppenstein mit der Familie Vincenti nie einen privaten Kontakt gepflegt.«

»Die Vincenti waren der Baronin halt nicht geldig genug«, murmelte Effner.

»Celsissimus hat weise so befunden«, stellte Scherer noch einmal fest. »Er hat mit seiner Resolution durchaus der Wahrheit entsprechend beschieden, denn das Mädchen tat diesen Schritt wirklich aus jugendlicher Verblendung.«

»Nun«, schloss Scherer, »wir wissen es, aber, weil Celsissimus auf ›entseelt‹ entschieden hat – muss unser Wissen im Verborgenen bleiben. Aber in Vergessenheit geraten darf dieses schreckliche Geschehen nicht, denn es ist symptomatisch für die Verderbnis unserer Zeit. Und darum muss jeder von uns das Seine dazu tun, indem wir festhalten, was wir davon in Erfahrung gebracht haben und noch bringen werden. Damit solches fürderhin nicht mehr geschieht.«

Er seufzte. Die beiden anderen nickten bewegt.

Sie beschlossen, ihre Informationen und Meinungen zu diesem traurigen Fall aufzuschreiben, um ihn dem Vergessen zu entreißen. Scherer versprach, alles, was ihm noch zu Ohren kommen würde, nach und nach im Totenbuch der Frauenkirche zu verzeichnen und deshalb für folgende Eintragungen Platz zu lassen.

Effner gab an, für die Nachwelt einen Bericht »Ad perpetuam rei memoriam«[50] zu verfassen.

Und Westenrieder, der sowieso über alle Begebenheiten in der Residenzstadt Tagebuch führte, hatte dort schon noch am Unglückstag alles notiert, was ihm zu Ohren gekommen war.

Dann sprachen sie noch darüber, dass der Kurfürst den jungen Vincenti zu sich in Audienz befohlen hatte, um von ihm die Hintergründe der Tragödie zu erfahren.

»Leider«, seufzte Westenrieder, »ist seine Durchlaucht mehr an Unterröcken denn an seinem Land interessiert. Aber eben, weil es so ist, gerade darum wird ihm daran gelegen sein, einen Skandal zu verhindern und den Mantel des Vergessens über diese unrühmliche Geschichte zu breiten.«

---

[50] Zum immerwährenden Gedächtnis.

»O tempora o mores!«[51], seufzte Scherer.

Und Effner setzte hinzu: »Unter dem Vater Max hätt es das nicht gegeben!«

So schieden sie voneinander.

Als Westenrieder in seiner Dachkammer angekommen war, in der Gottlob das Feuer im Ofen noch anzufachen war, machte er sich, wie jeden Abend, daran, die Ereignisse des heutigen Tages und seine Gedanken festzuhalten. Nachdem er die Feder geschärft und noch einmal alles bedacht hatte, was zwischen ihm und seinen Freunden beredet worden war, schrieb er: *Stündlich wächst meine Geringschätzung aller menschlichen Dinge, und oft deucht mir, es lohne nicht der Mühe, dies und jenes zu unternehmen oder nur anzuhören.*

Dann blätterte er die wenigen Seiten zurück und überlas noch einmal seinen Eintrag vom Tag der Tragödie:

Den 14. Jänner 1785, welches ein Freitag war, nachmittags, ein wenig vor halb 3 Uhr, stürzte Franziska Freiin v. Ickstatt, alt 17 Jahr, von dem Frauenturm, welcher nordwärts steht, zuhöchst, wo der Türmer wohnt, herab. Allen Nachrichten zufolge hat sie dies aus eigenem Entschluß getan. Sie liebte einen Leutnant (vom Zweibrückischen Regiment, das zu Ingolstadt liegt) Vincenti, einen hübschen Mann, der bei seinen Eltern in meinem Haus über einer Stiege wohnt. Da die Mutter des Mädchens nicht gleich und nur mit der Bedingnis, wann Vincenti ein hinlängliches Auskommen erhalten würde, darein willigte, und wie man erzählt, ihr drohte, sie nach einem Kloster zu schicken, so faßte sie dieses schreckliche Vorhaben, an welchem eine romanhafte weibliche Eitelkeit vermutlich einen großen Anteil genommen hat.

Einen Tag zuvor erhielt Vincenti von dem Haus des Mädchens eine schriftliche Erklärung, und er hatte izt am Freitag eben die Antwort fertig, als der Fall geschah, worüber sogleich die ganze Stadt in Bewegung geriet. Sie bestieg den Thurm in Begleitung ihres Kammermädchens mit heiterm Sinn, wie man denn nie einige Melancholie an ihr beobachtet hat, woraus man auf eine solche Unternehmung hätte schließen können. Da sie beide noch auf der Gasse waren, sah sie zu den Thürmen empor und sagte: »Sie sind aber gar so hoch«, und sonst nichts, das dem Kammermädchen einigen Argwohn hätte erwecken können. In der Kirche gab sie dem Mädchen zwei Haarnadeln, womit ihr

---

[51] Was für Zeiten! Was für Sitten!

Mützl oder kleine polnische Winterhaube auf dem Kopf angeheftet war. Sie ging, wie man sagt, sehr hurtig hinan, und als sie ganz oben bei dem Türmer war, blieb sie noch immer in derselben Fassung, heiter und munter.

Als er zu Ende gekommen war, schlug Westenrieder das Buch zu und verharrte sinnend, den Kopf in die Hand gestützt.

IV

D̃ie neuen Leiden der jungen Fanni

Franz würde die Residenzstadt verlassen und in seine Garnison nach Ingolstadt zurückkehren, sobald er sich genesen fühlte. Zum alten Vincenti sagte aus Scheu und Mitgefühl niemand ein Wort, und – schon allein um der Baronin eins auszuwischen – lobten die Münchner den jungen Offizier als einen braven Kerl, der unverdient in eine Schlangengrube gefallen war. Und nun kehrte dieser arme Junge wieder zurück nach Ingolstadt, weil er hier, wo so Furchtbares geschehen war, um seinen Verstand fürchten musste.

Schon seit Tagen schneite es nicht mehr. Es war aber noch kälter geworden, so kalt, dass die erregten Debatten auf dem Markt und unter den Lauben immer wieder unterbrochen werden mussten. Ohnehin hielten es die Leute nur von einem Fuß auf den anderen trippelnd und bis an die Augen und über die Ohren vermummt im Stehen aus. Wer nicht erfrieren wollte, der musste sich unablässig bewegen, und das taten viele schon deshalb, um daheim das teure Holz zu sparen. An einen so unbarmherzig langen, eisigen Winter wie diesen konnten sich selbst die ältesten Münchner nicht erinnern. Vögel fielen erfroren vom Himmel und die Holzpreise stiegen ins Unerhörte. Auf Holzfrevel standen nun drakonische Strafen und die Schar der Stadtarmen und Bettler, die sich vor den Klosterpforten um einen Löffel Suppe drängten, war unübersehbar und bedenklich angestiegen. Die Münchner waren bedrückt und missmutig. Zur Ungnade der Natur gesellte sich nämlich auch noch die ihres Kurfürsten, der es offenbar darauf abgesehen hatte, es sich gänzlich mit den Bayern zu verderben. Ein zweites kurfürstliches verschärftes Reskript gegen die Illuminaten war ergangen, die Schnüffelei und die Denunzierungen nahmen weiter zu. Keiner fühlte sich mehr sicher in seiner Haut. Jedes Wort im Wirtshaus und auf der Gasse musste nun sorgsam abgewogen werden. Ja, sogar in den eigenen vier Wänden hatte man sich vorzusehen, denn auch Väter hatten schon die eigenen Söhne angezeigt. Der Kurfürst war aus Angst um seinen Thron nun so bigott geworden, dass selbst die Frömmsten nur noch die Köpfe schüttelten. Auf Religionsspötterei standen jetzt harte Strafen: Es genügte, an Fasttagen Fleisch zu essen oder sich gegen Wallfahrten und ähnliches unvorsichtig zu äußern. Auch von den Idealen, die die rebellischen Franzosen hochhielten, durfte nur mit höchster Missbilligung gesprochen werden, wenn man nicht jahrelanges Gefängnis oder Landesverweis riskieren wollte. Leute niederen Standes konnten sogar zu Karwatschenhieben verurteilt werden. Nein, dergleichen hatte es in Bayern seit Menschengedenken nicht gegeben.

Im Heppenstein'schen Hause störten schon seit geraumer Zeit Vorwürfe und Anklagen in Gazetten und Blättern die starre Ruhe. Zwar hatte noch immer keine der Münchner Zeitungen die Tragödie erwähnt, Schreiberlinge aller Art fühlten sich aber zunehmend aufgerufen, in ausländischen Blättern diesen Sturz, seine Hintergründe und die kursierenden Gerüchte zu kommentieren. Da gab es Gedichte, Pamphlete, Aufsätze und Briefe, die so verschieden sie auch waren, alle darin übereinstimmten, dass die Baronesse aus verzweifelter Liebe und wegen häuslicher Bedrohung sich das Leben genommen hatte. Ins Kloster hat man sie stecken wollen, hieß es – man weiß ja, wie es da zugeht –, das Schicksal der armen jungen Nonne Magdalena Paumann vom Angerkloster war in München auch nach fast 20 Jahren noch in allgemeiner Erinnerung. Einen alten Beamten hätt das Mädel nehmen sollen, denn auf den Jungen hatte es ja die Mutter abgesehen.

Es gab genug Münchner, die ins bischöflich-freisingische Föhring weit vor den Toren der Stadt wanderten und von dort die ausländischen Blätter mitbrachten, die in München verboten und deshalb nicht zu haben waren. In der Residenzstadt gingen sie dann von Hand zu Hand, und was darin stand, das überraschte keinen.

Da Franzisca das Haus noch immer nicht verließ, wurden den Mägden üble Beschimpfungen auf der Straße nachgerufen, und was man der Baronin nicht offen vorwerfen konnte, das mussten die Theres und die Rosa täglich auf dem Markt stumm einstecken. Auch Magdalena vermied es, aus dem Haus zu gehen. Sie war mager und still und sah krank aus. Die beiden kleinen

Mädchen Sabina und Margareta hatte man zur alten Baronin nach Ingolstadt gebracht, weil sie sich vor der teilnahmslosen Mutter fürchteten. Um das Fritzchen kümmerte sich die Amme, die nun Tag und Nacht im Hause blieb. Am schlimmsten aber hatte es den Hofrat getroffen. Er war schweigsam und so abgemagert, dass man ihn kaum erkannte. Sein einst leicht gerötetes Gesicht blieb jetzt bleich und seine Miene unbeweglich. Er schirmte sich ab, wie er nur irgend konnte und vergrub sich in seine Arbeit. Dennoch blieben ihm nicht die Blicke, die höhnisch zusammengepressten Lippen und das überhebliche Schmunzeln seiner Kollegen erspart, lauter Botschaften, die ihm zuriefen: »Ja, wie man sich bettet, so liegt man!« Wie lange sollte denn dieser schreckliche Zustand noch andauern? Würde denn nicht endlich Gras darüber wachsen?

Aber es schien, dass eben deshalb, weil in der Residenzstadt darüber geschwiegen werden musste, die ausländischen Stimmen umso lauter davon reden wollten. Kein Tag verging nun mehr ohne eine öffentliche Anklage, ohne einen schneidenden Vorwurf in den Journalen, Gazetten und Damenblättern, die auch Fluten empörter Leserbriefe veröffentlichten. Und in der Stadt mehrten sich die Stimmen, die die Familie laut der Lüge bezichtigten. Es war ja kein Unfall, hieß es, nur so aussehen sollte es, damit nicht gefragt wird, warum das arme Ding sich hinuntergestürzt hat.

Und hatten denn nicht auch der Stiftspfarrer und der Dekan merkliche Überraschung darüber erkennen lassen, dass seine Exzellenz der Bischof den Sturz als Unglücksfall beschieden und die feierliche Beerdigung gestattet hatte? Vielleicht würde dennoch langsam und allmählich alles wieder ins Lot gekommen sein, da die Leute genug damit zu tun hatten, bei der entsetzlichen Kälte und zunehmenden Teuerung nicht den Mut zu verlieren – ganz abgesehen von dem Deckel des Misstrauens und der Überwachung, der über der Stadt lastete.

Aber da geschah etwas, das die Residenzstadt aus ihrem dumpfen Missmut emporriss: Der Kammerrat, Graf von Nesselrode, ein in München wohlbekannter Literat, warf eine Broschüre auf den Markt, deren Titelkupfer keinen Zweifel über ihren Inhalt ließ: Hinter einem trauernden Amor erhoben sich in unmissverständlicher Mahnung die Frauentürme der Residenzstadt, während der Titel bellte: »Die neuen Leiden der jungen Fanni. Eine Geschichte unserer Zeiten in Briefen.«

Das Werkchen war zwar bei Stage in der freien Reichsstadt Augsburg erschienen, da in der Residenzstadt niemand gewagt hätte, es zu verlegen, aber seinen Weg nach München fand es gleichwohl rasch. Es war, als hätte einer Feuer an eine Lunte gelegt. Im Handumdrehen schienen die erregten Gemüter wieder auf den Stand des Unglückstages zurückversetzt. Und nun brachen die Anklagen, bislang unter der Hand und verhüllt geäußert, erst richtig los, denn der Graf von Nesselrode schien hinter die Kulissen geschaut zu haben. Offenbar wusste er nicht nur genau, dass der Sturz vom Frauenturm ein Selbstmord, ja ein geplanter Selbstmord gewesen war, sondern auch, warum er sich ereignet hatte. Denn der Briefwechsel in seinem Buch enthielt all die Seufzer, Ängste und Schwüre, die in den letzten acht Tagen vor dem Ende der unglücklichen Fanni zwischen ihr und ihrem Geliebten gewechselt worden waren, den der Graf auch noch Franz zu nennen sich nicht scheute.

Aber nicht nur gut informiert war Nesselrode, er schien auch die Verhältnisse der adeligen Familie, der er mit seinem Werkchen sauber das Kraut ausschüttete, recht gut zu kennen. Nicht alle Gerüchte und Anklagen versammelte er nämlich auf ihren Häuptern, nein, er teilte sie sorgfältig in eine »äußere« und »innere« Erzählung auf: Der Briefwechsel der unglücklichen Liebenden schloss sich nämlich um eine fiktive Geschichte: Eine adelige, hartherzige Dame verbot ihrer Tochter Therese die Heirat mit Karl, ihrem unvermögenden Geliebten und drohte ihr das Kloster an, wenn sie nicht einen derben, reichen Freier annähme, den sie ihr gewählt hatte. Derweil hielt sie die Tochter zu Hause wie eine Gefangene, während der Geliebte seine Therese nachts heimlich in Frauenkleidern besuchte. Als alles Flehen nichts half, versuchte Karl als letztes Mittel, den ungeliebten Freier mit Gewalt zum Verzicht zu bewegen, wobei er festgenommen wurde. Um ihren Geliebten zu retten, willigte das Mädchen zum Schein in die Heirat ein, nahm aber Gift, ehe es an den Altar trat.

Die Fanni der »äußeren« Geschichte hoffte mit dem traurigen Ende der Therese ihren Franz zu einer Entführung bewegen. Davor aber scheute Franz zurück, wegen des väterlichen Verbots und der Drohung von Fannis Mutter, die Tochter zu enterben. Er tat nichts weiter, als Fanni zu Geduld zu mahnen und machte ihr Hoffnung auf bessere Aussichten, da sein Vater ihm seinen Dienst abtreten würde, und sie dann heiraten könnten. Aber diese Pläne kamen nicht zur Ausführung, und Fanni stürzte sich verzweifelt vom Turm.

Der Graf hatte auf zwei Geschichten die Anklagen und Vorwürfe aufgeteilt, die in der Residenzstadt gegen die Baronin kursierten. Die schlimmsten von der grausamen, geldgierigen Mutter waren in die fiktive Erzählung gepackt, weshalb man diese Beschuldigung dem Verfasser nicht zur Last legen konnte. Es blieb jedoch noch der Vorwurf gegen die Mutter in der »äußeren« Geschichte: Sie will für Fanni eine bessere Versorgung und hat deshalb für sie einen alten, reichen Freier vom Land gewählt.

Die Münchner saugten alles auf und hielten alles für wahr, weil sie der Baronin nicht nur das, sondern noch ganz anderes zutrauten. Woher der Autor diese Informationen hatte, das wurde ausgiebig abgehandelt und von allen Seiten kommentiert. Es war ja kein Geheimnis, dass der Graf Nesselrode mit dem Auditeur Baumgartner in Verbindung stand, beide kannten einander vom kurfürstlichen Leibregiment her. Außerdem galt Baumgartner, der sich für einen begnadeten Poeten hielt, als stadtbekannter, wichtigtuerischer Schnüffler. Und er hatte – wie alle bayerischen Landeskinder – an der Hohen Schul in Ingolstadt studiert, wo er die Gelegenheit zu nutzen wusste, die junge, unglückliche Baronesse kennenzulernen.

»Die neuen Leiden und die junge Fanni«, das beschwor die Erinnerung an das unheilschwangere Werk des Weimarer Dichters, den Werther, der vor elf Jahren erschienen war. Es hatte so viele junge Menschen in den Tod gelockt, dass es in Leipzig verboten worden war.

Mehrere Ausgaben von Nesselrodes Broschüre brachte der Baron von Hegnenberg auf seiner Rückreise von Augsburg nach München mit, um sie an seine Freunde zu verleihen. Und eins davon ließ er gleich aus nie erloschener und immer noch hoffnungsvoll glimmender Verehrung Franzisca zustellen: »Da Euer Hochwohlgeboren von diesen unglaublichen Anschuldigungen erfahren und sich zu verteidigen imstande sein müssen«, schrieb er dazu.

Schon nach wenigen Tagen wanderten in der Stadt unzählige Exemplare von Hand zu Hand. Und es gab bereits eine zweite Auflage. Trotz der beißenden Kälte fanden sich die Leute wieder in erregt diskutierenden Grüppchen zusammen und rieben sich die Hände. Diesmal aber geschah es weniger, um warm zu werden, sondern mehr aus Genugtuung: Hatten sie es denn nicht gleich besser gewusst?

Auch Nesselrode rieb sich die Hände. Dies würde das Glanzstück seiner Laufbahn werden, denn bereits bei Hofe las man sein Werk. Zwar überraschte dies keinen, war doch selbst die verwitwete Herzogin Maria Anna in eine pikante Liebesgeschichte mit ihrem Sekretär Andrée verwickelt gewesen und deshalb an amourösen Verstrickungen interessiert. Und in der guten Gesellschaft zitierte man schon aus den Briefen der unglücklichen Fanni, die sich umgebracht hatte, während ihr beklagenswerter Geliebter mit dem Wahnsinn rang.

Aber nicht Nesselrode sollte recht behalten, sondern der andere hoffnungsvolle Dichter – dessen revolutionäres Werk »Die Räuber« der Kurfürst Carl Theodor in seinen besten Zeiten hatte aufführen lassen – mit seinem Wort: »Doch das Unglück schreitet schnell.«

Franzisca ging lesend im Zimmer auf und ab, während Wut heiß in ihr aufbrodelte und Bangigkeit kalt in ihr hinabstürzte. Ja, das schienen Fannys Worte zu sein, ihre Bilder, ihre Wendungen. Die Briefe ihrer Tochter an Franz und seine Antworten hatte Franzisca zwar nie zu Gesicht bekommen – schließlich war sie eine aufgeklärte Mutter, die nicht in den Liebesbriefen der Töchter schnüffelte –, doch was dieser Nesselrode da auftischte, das verriet eine Vertrautheit mit ihrem Hause, die nur haben konnte, wer darin aus und ein ging. Sie las das Buch in einem Zug bis zu Ende. Manches las sie ein zweites und drittes Mal. Mehr als zwei Stunden brauchte sie dazu. Sie stöhnte. Sogar Fannys Kleider und Schmuck hatte dieser Schmierer beschrieben, die sie am letzten Tag getragen hatte. Und er scheute sich nicht einmal, ganze Sätze aus erregten Wortgefechten zwischen ihr und Fanny zu zitieren, ja, sogar die Drohung, die Tochter bei Entführung zu enterben, hatte er Franz in den Mund gelegt. Franzisca ließ die Stirn an die Fensterscheibe sinken. Woher hatte Nesselrode solche Kenntnisse? Franz, nur Franz konnte dahinterstecken! Das also war seine Rache.

Sie musste an sich halten, um nicht auszuspucken. Wie oft war er – hier in diesem Zimmer – nach einer Verbeugung sogleich in ihre Arme gesunken, mit verzücktem Blick und verstohlen nach draußen lauschend. Sie straffte sich. »Ich muss mich zusammennehmen und klare Gedanken fassen«, sagte sie und griff sich an die glühende Stirn. »Ich muss diese Anklage aus der Welt schaffen!«

Sie öffnete weit das Fenster und saugte tief die eisigfeuchte Luft ein, ohne der Schauer zu achten, die ihr über den Leib zuckten.

Auf ein Klopfen wandte sie sich um. Heppenstein trat ein, hielt bestürzt inne und beeilte sich dann, das Fenster zu schließen. »Willst du dir den Tod holen?«, fragte er barsch, um sein Erschrecken zu verbergen.

»Ich bekam keine Luft mehr«, sagte sie und reichte ihm das Buch. Heppenstein sank in den nächsten Fauteuil. Er schlug die Hände vors Gesicht und stöhnte: »Mein Gott! Das ist das Ärgste, das geschehen konnte: Graf Nesselrode, der kurfürstliche Kämmerer und Oberamtmann! Was für ein Affront!«

»Das liebe Geld!«, höhnte Franzisca. »Du weißt doch, was er anstellt, um zu ein paar Gulden zu kommen. Denk nur an sein lächerliches Lustspiel ›Julie oder die dankbare Tochter‹ oder letztes Jahr an sein windiges Melodram ›Dirimel und Laura‹. Die ganze Stadt hat ja gelacht!«

Sie bot alles auf. Ihrem Mann sollte die Frage nach Nesselrodes Quellen erst gar nicht in den Sinn kommen.

»Schon«, entgegnete Heppenstein zaghaft. »Immerhin ist es aber im Hoftheater aufgeführt worden!«

»Wir müssen etwas tun! Sofort! Der Hofrat muss diese Broschüre verbieten!«

Heppenstein fuhr sich über die Stirn. »Dazu muss erst ein Ersuchen an den Kurfürsten gestellt werden«, antwortete er verzagt.

»Dann leite das umgehend in die Wege«, antwortete Franzisca. »Es ist keine Stunde zu verlieren! Oder willst du warten, bis die ganze Stadt sich diese Brandschrift besorgt?«

V

*D*as Prisma und seine Façetten

Baumgartner schlenderte seit Tagen wie zufällig in der Nähe von Lentners Buchladen umher. Er wollte erfahren, welche Aufnahme sein neues Werk »Das Traumgesicht« gefunden hatte. Immerhin waren von einigen Personen schon anerkennende, sogar bewundernde Worte gefallen, doch leider meist aus dem Munde junger Frauenzimmer, die sich von dieser tragischen Liebesgeschichte persönlich angesprochen fühlten. Ihm lag aber daran zu erfahren, wie sein Produkt auf ernsthafte Leute wirkte, auf Persönlichkeiten von Rang und öffentlichem Ansehen. Für heute wollte er seinen Kontrollgang schon einstellen und zu seinen Pflichten als Auditeur zurückkehren, als er noch eben bemerkte, wie die Herren von Herigoyen und von Hegnenberg den Laden verließen. Hegnenberg hielt tatsächlich sein »Traumgesicht« in der Hand, und Herigoyen deutete hinein und äußerte gerade etwas zu seinem Nachbarn. Baumgartner tat einen Schritt in beider Richtung und grüßte dienernd: »Meine Verehrung, gnädige Herren!« Herigoyen wandte sich, als er Baumgartners ansichtig wurde, gleich um und empfahl sich mit einem flüchtigen Adieu. Nur Hegnenberg verhielt zögernd den Schritt.

»Ah, der Herr Auditeur, soeben war von Ihrem neuen Werkchen die Rede. Ich wollte es mir auch einmal ansehen, des Aufhebens um die traurige Geschichte ist ja kein Ende.«

»So ist es, Euer Hochwohlgeboren, in der Tat, die ganze Stadt spricht kaum von anderem. Wenn Euer Gnaden gestatten, dürfte ich vielleicht – für ein paar Schritte nur – meine Begleitung anbieten, Ihre Meinung, was diese Tragödie betrifft, wäre für mich von größtem Interesse.«

»Ach, mein lieber Auditeur, was könnte ich zu dieser tieftraurigen Sache noch sagen? Es ist ja bekannt, was für ein verwegenes Mädchen die Baronesse gewesen ist. Schon öfter entkam sie um Haaresbreite dem Tod bei ihren kühnen Unternehmungen, impavida virgo,[52] die sie war. Diesmal fiel ihre Wahl, wie das Unglück es wollte, auf den Frauenturm, und da glitt sie aus auf dem schneebedeckten Vorsprung, als sie sich aus dem Turmfenster beugte.«

»Aber warum, Euer Gnaden, sollte sich die Fräulein denn so weit aus dem Fenster beugen, und dazu noch an einem so eisigen Tag?«

»Nun, sie wollte das Gewimmel der vielen Menschen am Schrannentag von oben sehen, so hat doch auch ihr Stubenmädel beim Verhör ausgesagt.«

»Und sie soll nach ihrem Verehrer, dem jungen Vincenti, Ausschau gehalten haben, der an diesem Mittag säumte«, ergänzte Baumgartner.

»Mag sein«, antwortete Hegnenberg.

»Mit Verlaub«, erwiderte Baumgartner, sich den Schnurrbart streichend, »von solcher Höhe ist ja gar kein Mensch auszumachen, von so weit oben sieht alles aus wie ein wimmelnder Ameisenhaufen. Hingegen – warum säumte Vincenti?«

»Er säumte, wie man weiß, weil er noch eben an dem Brief schrieb, den er seinem Vater mitgeben wollte. Der Hofkriegsrat war ja im Begriff, für seinen Sohn um die Hand des Fräuleins anzuhalten. So jedenfalls«, sagte Baumgartner, »lautet die Erklärung der Familie.«

---

[52] Unerschrockene Jungfrau.

»Sie schließen sich dem also nicht an?«, fragte Hegnenberg kühl, der den Auditeur gern losgeworden wäre.

»Das dürfte schwer halten, angesichts all dessen, was man hört«, eiferte sich Baumgartner. »Die Baronin hat ja ganz plötzlich ihr entschiedenes Nein gegen eine Heirat verkündet, obwohl allgemein schon die Bekanntgabe der Verlobung erwartet wurde.«

»Die Baronin ist eine sehr kluge Dame und sie ist ebenso sehr eine liebende Mutter«, gab Hegnenberg zurück – und Baumgartner meinte jetzt eine Nuance von Verstimmung in seinem Ton zu bemerken –, »sie wollte wohl die Tochter erst gewähren lassen, um nicht sogleich mit einem Verbot ihren Widerstand zu wecken.«

»Aber – mit Verlaub – der Leutnant frequentierte doch schon das Haus seit vielen Monaten als Bräutigam in spe. Er begleitete die Damen in die Konzerte und in die Oper. Und da aus heiterem Himmel plötzlich das strikte Heiratsverbot. Wie passt das zusammen?«

»Die Baronesse hatte ja ihren eigenen Kopf«, antwortete Hegnenberg, wobei er sich suchend umblickte, ob vielleicht ein schicklicher Fluchtweg sich böte. »Die Mutter wird sich schließlich nur noch mit einem Verbot hinausgesehen haben. Und – mein Herr Auditeur«, fügte er hinzu, »eine glänzende Partie wäre der junge Vincenti ja nun doch nicht gewesen, erst Leutnant und dazu kein Vermögen. So eine erste Liebe, die vergeht, aber die beengten Verhältnisse – die bleiben. Man kann der Baronin da sehr wohl beistimmen in ihrer Entscheidung.«

Baumgartner wollte die Gelegenheit nicht ohne Weiteres vorübergehen lassen und setzte eben zu einem Loblied auf Vincenti an, auf seinen ehrenhaften Charakter und seine angesehene Familie, als der Graf mit einer Entschuldigung, er sei in Eile, seinen Hut zog. Es war ersichtlich, dass er diese Unterhaltung für beendet ansah. Baumgartner verabschiedete sich mit wiederholten Bücklingen und Hegnenberg lenkte seine Schritte in Richtung Prangersgasse, als er von Weitem den Baron von Eckardshausen entgegenkommen sah, der ihm schon mit gelüftetem Hut winkte. Gottlob, da traf er doch wenigstens einen erfreulichen Zeitgenossen.

»Ihrem beschwingten Gange nach eilen Sie bereits in die Akademie, mein lieber Archivar, während ich mich höchst prosaisch zum Mahle begebe«, begrüßte ihn Hegnenberg herzlich.

»Getroffen«, antwortete Eckardshausen und deutete auf das Heftchen in der Hand des andern. »Was hat der Schnüffler Baumgartner denn wieder zu unken?«

»In der Tat«, stimmte Hegnenberg zu, »er schleicht herum und horcht die Leute aus zu seinen Ergüssen.«

»Er wird es noch zum Polizeipräsidenten bringen«, sagte Eckhardshausen sarkastisch.

»Das verhüte der Himmel. Gottlob bin ich ihn gerade losgeworden. Ewig reitet er darauf herum, dass sich die Fanny vom Turm gestürzt hätte. Ebenso wie dieser Nesselrode mit seinem neuen Schundroman. Haben Sie den schon zu Gesichte bekommen?«

Eckardshausen nickte.

»Also, ich glaubs nicht«, fuhr Hegnenberg fort. »Das sind doch sentimentale Theatergeschichten. Warum hätt denn das Mädel das tun sollen? Die Baronin ist doch eine Mutter, wie sie sich eine Tochter nur wünschen mag!«

Eckardshausen antwortete nicht. Er schien nach den passenden Worten zu suchen. »Die Baronin ist eine interessante und beeindruckende Dame«, sagte er schließlich, »die ich verehre – wenn auch nicht ganz so uneingeschränkt wie Sie, mein lieber Hegnenberg«, fügte er schmunzelnd aufblickend hinzu. »Aber sie hat nicht nur e i n Gesicht, sie ist vielgesichtig wie ein Prisma – und die Tochter glich ihr durchaus im Charakter.«

»Wie ein Prisma«, sagte Hegnenberg überrascht, »wie seltsam, was meinen Sie damit?«

»Die Façetten eines Prismas«, antwortete Eckardshausen nachdenklich, »werfen ja das Licht zurück. Trifft kein Licht auf eine Facette, so bleibt sie opac und wie erloschen. So reagieren auch Menschen gegenüber den Lebenseinflüssen. Trifft aber Licht auf eine Facette, so bleibt sie unter dessen Einfluss und wirft es in der bestimmten Farbbrechung zurück. Andere Facetten jedoch unterliegen unter anderer Farbbrechung wieder ganz anderem Einfluss, und es kann sogar sein, dass mitunter zwei Facetten des selben Prismas gleichzeitig angestrahlt werden – und wehe, der Einfluss, dem sie unterliegen, harmoniert nicht zwischen ihnen.«

»Das kommt mir recht alchemistisch vor, mein lieber Eckardshausen«, sagte Hegnenberg lächelnd, »aber Ihrer Weisheit gegenüber beugen wir uns ja, wie Sie wissen, in Verehrung, jedoch, was meinen Sie im Falle der Mutter mit den verschiedenen Einflüssen, die einander widerstreiten können?

»Nun«, erwiderte Eckardshausen, »um im Bilde zu bleiben, die erste Facette, die im Leben der Baronin angestrahlt wurde, bezog sich auf ihre eigene Persönlichkeit und deren Darstellung nach außen. Auf diese Facette konzentrierte sich das ganze Licht, während die anderen unbeleuchtet blieben. Und in diesem Licht war zunächst auch die Tochter mit eingeschlossen, denn sie diente der Mutter und ihrer Wirkung nach außen als Verstärkung. Soweit kam es zu keinem Gegensatz.

»Ja«, stimmte Herigoyen nachdenklich zu, »darauf deuten auch die Namen: die beiden Fannys.«

»So ist es«, fuhr Eckardshausen fort, »und sie deuteten auch bereits auf eine bedenkliche Haltung. Nur lag darin noch kein Widerstreit, sondern erst nur hellerer Glanz. Denn Mutter und Tochter bildeten eine Doppelexistenz, ein Doppelgestirn, das sich gegenseitig beleuchtete. Beide erschienen mir oft, wenn ich sie in Gesellschaft sah, wie eine Mutter- und Tochtergottheit in Personalunion.«

»Ja, wie Demeter und Persephone, ehe Hades ihr die Tochter entriss«, fiel Hegnenberg eifrig und bekümmert ein.

»Nur erschien Hades in Gestalt des Attis«, stellte Eckardshausen lächelnd fest.

Hegnenberg starrte ihn an. »In Gestalt des Attis?«, sagte er und senkte verwirrt den Blick.

Beide schwiegen. Hegnenberg hätte gerne eine Frage gestellt. Aber nein, kein Wort gab es darüber zu sagen. Für einen Moment war ihm nach Lachen und nach Weinen zugleich zumute. Jedoch, irgendetwas musste er nun doch sagen. »Etwas, das den Schein wahrte, etwas zu ihrer Ehre. Seine Schwäche für die Baronin war ja nahezu stadtbekannt. Es war also doch wahr, was die Spatzen seit Langem von den Dächern pfiffen. Glauben Sie wirklich?«, fragte er mit schwacher Stimme.

Eckardshausen gab darauf keine Antwort, sondern fuhr fort: »Für die Tochter war die Mutter das Vorbild, und für die Mutter war die Tochter das Idealbild. So verschmolzen beide Sehnsuchtsbilder miteinander zu e i n e r Person. Und dann erschien Attis auf der Bühne, und jede von beiden wandte sich ihm zu. Und da zerbrach die Personalunion, und nun fiel das Licht auf eine zweite Facette im Prisma der Freifrau und brach sich in einer anderen Farbe. Diese beiden Farben aber harmonierten nicht miteinander.«

Hegnenberg wurde sich zu spät bewusst, dass ihm ein jäh abbrechender Klagelaut entfahren war.

»Armer Heppenstein«, sagte er rasch.

Eckardshausen quittierte beide Äußerungen mit einem stummen Nicken.

»Es konnte nicht gut gehen«, schloss er. Und nach kurzem Zögern, schon zum Gehen gewandt, fügte er hinzu: » *Viele Dinge können wir unmöglich erklären, wenn wir uns nicht bemühen, die feinen Nuancen kennenzulernen, wo das Materielle ins Unmaterielle übergeht.* «

»Was wollen Sie damit sagen?«, fragte Hegnenberg .

»Ich meine, dass wir in unseren Entscheidungen beeinflusst werden von Kräften, die wir nicht kennen, ja, vielleicht nicht einmal wahrnehmen.«

Hegnenberg nickte ratlos.

Beide Herren trennten sich nach einem kurzen Gruß.

Hegnenberg setzte seinen Weg nach Hause in tiefer Niedergeschlagenheit fort. Er hoffte, auf niemanden mehr zu treffen und möglichst rasch sich ungesehen in sein Zimmer begeben zu können. Vincenti – Attis? Ja, amor vincit omnia. Amor siegt über alles. Auch sein Name passte ja trefflich dazu. So also war alles abgelaufen!

Bilder voller Leidenschaft und sinnlicher Verzückung stürmten durch sein Hirn, in deren Zentrum eine trunkene und berauschende Franzisca stand. Verdrossen stellte er fest, dass dieser skandalöse Hintergrund der Angelegenheit seine Leidenschaft für sie noch anheizte. Ach, alles Übel in der Welt rührte doch nur daher, dass die Menschen einander in die falschen Arme fielen. Wie hätte er sie doch angebetet – und zu genießen verstanden –, diese herrliche Frau, die offenbar den ganzen Teppich zwischen Zügellosigkeit und Anbetung auszubreiten wusste. Aber ihm waren nur Blicke zuteil geworden, Blicke, von denen er jahrelang hoffnungsvoll zehrte. Hatte denn nicht Ulrich von Lichtenstein auch zehn Jahre lang seine Dame umworben, ehe sie ihm endlich ein Stelldichein gewährte? Von dieser Sorte war Franzisca augenscheinlich nicht!

Vincenti-Attis, dieser Stutzer hatte sie ohne die geringste Mühe im Flug erobert – dieser kleine Leutnant, der keinen Batzen hatte und keine Aussichten. Dem Grafen Hegnenberg schwindelte es. Dieser unbedeutende, perlenzähnige und ebenholzhaarige Junge, der gleich zwei auf einen Schlag eroberte.

Wie war das nur möglich?

Und was war er selbst doch für ein Narr gewesen!

Zum ersten Mal in seinem nun eben nicht kurzen Leben ging dem Grafen die tiefe Bedeutung in der gewohnten Amordarstellung auf: Ja, Amor war ein kleines Kind, das mutwillig seine Pfeile verschoss, gleichgültig und ahnungslos, wen sie treffen würden und was er damit anrichten könnte. Kindlich grausam, jawohl, und ungerecht dazu. Denn Justitia – das erkannte er auch erst jetzt – trug die Binde nicht nur vor den Augen, um niemanden zu bevorzugen, sondern vor allem, um die Folgen ihres Tuns nicht sehen zu müssen.

So standen die Voraussetzungen und deshalb konnte es im Leben auch nur ungerade zugehen. Hegnenberg seufzte, während er die Stufen zu seinem Palais erstieg, und seufzend deklamierte er halblaut die Worte seines Lieblingsphilosophen. Wie hatte es doch der kluge Kant in Worte gefasst: »*Aus so krummem Holze, als aus dem der Mensch geschnitzt ist, kann nichts Gerades gezimmert werden.*«

Nur wenige Schritte entfernt setzte Eckardshausen seinen Weg zur Akademie fort, während seine Gedanken weiter um das Prisma und dessen Facetten kreisten: Fanny, so gänzlich geprägt von Franzisca, traf auf Vincenti. Er konnte nur von schwachem Charakter sein, da er sonst einer solchen Doppelverwertung – Eckardshausen lachte leise über diese treffende Bezeichnung – wie sie ihm geboten wurde, sich widersetzt hätte, schon allein aus Redlichkeit und Verantwortung. Aber genauso einen ungeprägten und willfährigen Charakter brauchte Franzisca, denn er sollte ja nur als neiderregendes und sinnenentflammendes Dekor dienen. Ich glaube aber, dachte der Archivar weiter, dass auch Fanny einen solchen brauchte und wollte, weil sie eine ebenbürtige und starke Persönlichkeit als einengend empfunden hätte. Zu sehr war sie in dieser Richtung von ihrer Mutter geformt.

Fanny und Franzisca trafen in Vincenti zusammen, in ihm flossen sie als eine Person ineinander, wie Gewandfalten in einer sie raffenden Spange.

Ja, das war ein gutes Bild!

Ein geradezu sprechendes Bild!

Und Vincenti besiegelte diese Verschmelzung.

Aber, dachte er weiter, Vincenti kann die Fanny nicht geliebt haben, weil er sonst – trotz seines schwachen Charakters – Franzisca nicht zum Opfer gefallen wäre. Und endlich hat ihn auch Fanny nicht geliebt. Nur wusste sie das nicht. Zu glänzend, zu glatt, zu sehr auf Wirkung und Eindruck studiert war sie. Und es war in allem doch die Art und Sprache Franziscas. Niemand in dieser Dreiecksaffäre liebte den anderen, resümierte Eckardshausen bei sich. Es war eine aus eingebildeten Gefühlen, aus Eitelkeit, Konkurrenzkampf und Selbststeigerung gesponnene Konstellation ... wie es eben geschieht, wenn komplizierte und verwöhnte Menschen sich langweilen. Und das war genau die Konstellation, die zu zerschmettern dem Schicksal von jeher gefallen hat. Weshalb es auch nicht verabsäumt, Eckardshausen lachte wieder, den Akteuren diese Verstrickung als schicksalhaftes Geschehen vorzugaukeln.

Er schüttelte den Kopf im Gehen.

Es war ebenso faszinierend, wie betrüblich. Nein, es amüsierte ihn nicht. Alles, was Leid und Schmerz verursachte, bedrückte ihn. Dennoch war nicht zu übersehen, dass sich die Menschen ihr Schicksal durch Verblendung selbst zuzogen. Wie klug sie doch gewesen waren, diese Alten, diese Euripides, Aischylos und Konsorten. Wie gut sie die Menschen gekannt hatten. Diese Menschen, die auch heute immer noch die Gleichen waren!

Und auch heute noch gab es sie, diese Klugen, die in den Tragödien und ihren Motiven zu lesen wussten.

Wie hatte doch der menschenkundige Westenrieder jüngst in einem Gespräch über diese Tragödie so zutreffend gesagt: »*Eine romanhafte wilde, weibliche Eitelkeit* habe das Ganze verschuldet.«

Und so hatte Fanny bis zuletzt die Rolle der jungen Heldin gespielt, der es nicht gelungen war, den Sieg über die Nebenbuhlerin davonzutragen. Mit großer Geste zog sie den Tod der Niederlage vor und wählte wie in der Oper mit Sorgfalt den Ort, den Zeitpunkt und die Umstände.

Das war ihre Rache. »Aber nicht nur rächen wollte sie sich«, sagte er leise. Sie wollte der Mutter und dem Liebhaber das Vergnügen nachhaltig verderben!

Weiß Gott, das ist ihr gelungen!

Und alle sind sie zum Opfer geworden, schloss er seine Beweisführung: Alle, die beiden Männer – denn Gallus ist nicht zu vergessen – und die beiden Frauen!

Und was hat es gefruchtet?

Er schüttelte wieder den Kopf. Und damit hatte er die Akademie erreicht.

VI
Wer schweigt, stimmt zu

»Ich habe dich bei dem Hofkammerrat schon angemeldet«, sagte Baumgartner im Weggehen und schlug Vincenti herablassend auf die Schulter. Eine Geste, die ärgerlich zwischen der Ermunterung eines jüngeren Bruders und kollegialer Geringschätzung rangierte. »Der Graf ist großzügig«, fügte er mit vielsagendem Grinsen hinzu, »und außerdem diskret. Und, dass er solch brisante Informationen nicht aus reiner Nächstenliebe bekommt, das weiß er auch. Also, sei nicht dumm und ergreife die Gelegenheit!«

Franz machte sich zögernd in Richtung des Mauthauses auf, der Graf bewohnte die erste Etage des Eckgebäudes. Er ging nicht gern dorthin, ja, er spürte inneren Widerstand gegen sein Vorhaben, das nicht ehrenhaft war und eines Offiziers nicht würdig. Aber Wut, Demütigung, Scham und Enttäuschung, ein Wust, der ihm wie ein unverdaulicher, gewaltiger Bissen im Magen stak, erstickte seine Bedenken. Ich muss es einfach hinter mich bringen, sagte er sich, auch ich muss einmal einen Zug tun können, bisher war ich doch nur eine Figur in ihrem Spiel. Jetzt wird sie sehen, dass sie mich nicht nur von hier nach dort schieben kann, wie und wann es ihr passt. Jetzt mag sie sehen, dass sie nicht alles in der Hand hat. Jetzt wird sie bereuen, dass sie mich wie einen gemieteten Lustknaben behandelt hat. Sein Trotz gab ihm Mut. Außerdem, dachte er weiter, bleibe ich sowieso nicht hier. Meine Krankmeldung ist angenommen, und ich kann zurück nach Ingolstadt. So nehme ich das Geld und verschwinde.

Mit Bitterkeit dachte er an das vergangene Jahr, das sein ganzes Leben von Grund auf verändert und umgestülpt hatte. Im Rückblick kam es ihm vor, als seien es mehrere Jahre. Im Frühling war er in Ingolstadt Fanny bei den Konzerten des Grafen Pappenheim begegnet. Ungläubig erinnerte er sich an das überschäumende Glück ihrer ersten Zusammenkünfte im Haus der alten Tante, an ihre Spaziergänge am Fluss, an die gemeinsame Lektüre des Werther und der Neuen Heloise, Arm in Arm und unterbrochen von Küssen. Und an sein von Hochachtung und Erstaunen in Schach gehaltenes Begehren vor diesem gescheiten und belesenen, reizenden Geschöpf. Er dachte an die unzähligen Briefe und Billetts, die sie sich täglich geschrieben hatten, als Fanny wieder nach München zurückgekehrt war. Er dachte an seinen Vater, den er angefleht hatte, seine Versetzung in die Residenz-stadt ins kurfürstliche Leibregiment zu bewirken. Dann, als er schließlich in München war – und wieder bei seinen Eltern wohnte –, in den beengten Räumen, zusammen mit den zahlreichen Geschwistern und alles auf Fanny ausgerichtet war, wie auf den einzigen Stern in einer dunklen Nacht, als der Traum von einem neuen Leben mit Fanny in Liebe und Wohlstand Gestalt annahm – als er wirklich nichts anderes wollte, als mit ihr vereint zu leben –, da hatte diese Schlange von einer Mutter ihre Netze ausgeworfen und ihn um Glück und Ruhe gebracht. Franz hasste sie jetzt von Herzen, er verfluchte ernsthaft den Tag, an dem er ihr in die Falle gegangen war. Dennoch wusste er, dass es keine Möglichkeit gegeben hätte, diesen Schlingen zu entrinnen.

Ehe er das Eckhaus erreichte, spähte er verstohlen nach allen Seiten, um sich zu vergewissern, dass sein Eintreten nicht beobachtet würde. Der livrierte Diener teilte ihm unter einer Verbeugung mit, dass der Herr Hofkammerrat ihn bereits erwarte. Er führte ihn durch ein schmales Vorzimmer, dessen Wände in mehreren Reihen Porträts in ovalen Goldrahmen bedeckten. Vielleicht waren das alle Nesselrodes Ahnen, dachte Franz mit ehrfürchtigem Neid und dabei fiel ihm auch der volle seltsame Name des Grafen ein: Nesselrode auf Hugenpoet. Das klang wie eine sonderbare Art von Poet – nun, Nesselrode war ja auch ein Poet.

Nach dem Vorzimmer folgte ein langer Gang, an dessen Ende er schließlich in ein großes Zimmer geleitet wurde, in dem der Graf am Fenster stand. Er trat sogleich mit liebenswürdiger Geste auf Franz zu, er freue sich, Herrn von Vincenti endlich kennenzulernen – ob ein Madeira oder ein Brandy genehm sei. Franz war von seinem charmanten Wesen und dem vornehmen Raum angetan. Im Hintergrund erhob sich zwischen hohen Pflanzen eine marmorne, kaum verhüllte Venus auf einem Podest. An den Wänden schimmerten halbrunde, verglaste Nischen, in denen edle Porzellane standen. Alles war elegant und fremd. Ach ja: Ein schönes Ambiente und ein sorgenfreies Leben besänftigten das Gemüt und linderten Zweifel und Bedenken. Da konnte man leicht gewinnend und liebenswürdig sein. Außerdem waren es offenbar nur Neider, die Nesselrode nachsagten, er ergriffe jede Gelegenheit, mit seiner Kunst Geld zu machen, weil er dieses dringlich brauche. Die Umgebung hier sprach jedenfalls eine andere Sprache. Zu diesen behaglichen Empfindungen gesellte sich der erfreuliche Umstand, dass es nicht an

Franz war, die Rede auf den Grund seines Besuches zu bringen. Nesselrode kam nämlich sogleich darauf in einer Weise zu sprechen, die Franz nicht nur der Unschlüssigkeit enthob, wie die Sache zu beginnen sei, sondern sogar sein bisher darüber empfundenes Unbehagen ausräumte.

»Unser gemeinsamer Freund, der Herr Auditeur«, begann der Graf, »eigentlich darf ich sagen, mein Kollege, – denn Sie wissen ja, er dilettiert gleichfalls in litteris – nimmt an dieser tragischen Geschichte großen Anteil. Umso mehr, als er die Baronesse persönlich kennengelernt hat. Jüngst hat er ja, nach seiner Geschichte ›Der Sturz vom Frauenturm‹ auch sein neues kleines Werk ›Traumgesicht‹ verfasst.«

Franz nickte. Er dachte ungern daran.

»Ich wünsche nun«, fuhr der Graf fort, »diese höchst anrührende Geschichte so zu erzählen, wie sie geschehen ist – wie sie geschehen musste – aufgrund der bestehenden gesellschaftlichen Schranken und Hindernisse. Sozusagen ein neuer Werther – ein weiblicher Werther. Und ich gedenke, sie im Spiegel der Korrespondenz der beiden Liebenden zu erzählen, im Spiegel der Briefe, die sich beide in den letzten acht Tagen schrieben, als das Schwert, ja das Damoklesschwert der Trennung, schon über ihnen schwebte.«

Er sah Franz mit erwartungsvollem Lächeln an und fuhr fort. »Freilich fürchte ich … mit meinem Anliegen bei Ihnen gegen das gebotene Zartgefühl zu verstoßen … ich weiß nicht, ob ich es überhaupt wagen soll, Ihnen meine Bitte vorzutragen … da ja niemand wie Sie, Herr von Vincenti, so nah und tief, ja, so schmerzlich und unvergesslich betroffen ist von dieser beispiellosen Tragödie – freilich, die arme Mutter nicht zu vergessen.«

Franz hielt zunächst eine beschwichtigende Bewegung mit beiden aufgehobenen Händen für geraten, während er dem Grafen ein gefasstes Lächeln schenkte.

»Deshalb habe ich mir erlaubt«, fuhr Nesselrode fort, »bei unserem gemeinsamen Freund anzufragen, ob Sie gegebenenfalls bereit wären … mir in den Briefwechsel, den Sie mit der Baronesse geführt haben … Einblick zu gewähren … eventuell auch nur in Ausschnitten oder … sogar … mir diesen zu überlassen … wenn ich damit nicht allzusehr …« Er räusperte sich und spannte gewinnend seine Augenbrauen hoch. »Dabei versteht es sich von selbst – und natürlich haben Sie mein Wort als Ehrenmann –, dass ich dabei nicht nur mit der allergrößten Diskretion vorgehen würde, sondern, dass selbstverständlich ein derartiges Entgegenkommen in gebührender Weise honoriert würde.«

Der Graf schenkte aus dem dickwandigen, goldgeätzten Flakon nach, den er zu Beginn der Unterhaltung aus einem Nussholzkasten genommen hatte, in dem fünf weitere solcher Flakons in engen Abteilungen staken. Dann lehnte er sich zurück und hob mit warmem Lächeln das Glas gegen seinen Gast.

Franz hatte die Sache auf dem Hinweg sich wohl durch den Kopf gehen lassen. Es war klar, dass Nesselrode es vorziehen würde, den ganzen Briefwechsel in seinen Besitz zu bringen, anstatt nur Einblick in einen Teil zu erhalten, da er dann ja nicht wissen konnte, was ihm dabei eventuell entging. Zudem würde die erste Möglichkeit natürlich weit üppiger als die zweite »honoriert« werden, wie es der Graf so angenehm umschrieb. Aber ein Verrat war es dennoch in beiden Fällen, und ein bezahlter dazu! Jedoch …

»Euer Gnaden verstehen selbstredend«, begann Vincenti beflissen, »dass nicht nur mein Verhältnis zu der verblichenen Baronesse, sondern auch meine Ehre als Offizier es mir nicht gestatten, diese Briefe aus der Hand zu geben. Einige interessante Köpfe, von denen sicherlich gute Produkte zu erwarten wären, haben mich schon darum gebeten. Andererseits halte ich dafür, dass die Umstände, die zu dieser Tragödie geführt haben, nicht unter dem Mantel von Standesdünkel begraben bleiben, sondern im Licht der Wahrheit der Öffentlichkeit zugänglich gemacht werden sollen.«

Nesselrode nickte lebhaft und hob wieder sein Glas.

»Unter diesem Gesichtspunkt würde ich mich bereit erklären«, fuhr Franz langsam wie zögernd fort, »Ihnen Einblick in diese mir so teuren Schriftstücke zu gewähren … allerdings nur …«

Nesselrode beugte sich verbindlich zu Franz: »Ich bin ganz Ohr.«

»… allerdings nur, wenn ich der unbedingtesten Diskretion versichert sein dürfte und dies, Euer Gnaden betone ich, obwohl die Briefe alle so unanstößig und meisterhaft geschrieben sind, dass sie von aller Welt könnten gelesen werden.«

Nesselrode legte die rechte Hand auf die Brust.

Es wurde vereinbart, dass Vincenti nur die Briefe aus der letzten Woche vor der Tragödie zur Einsichtnahme bringen würde, sodass der Graf sie abschreiben könnte. Dafür würde Franz ein »Honorar« empfangen, das seinem Sold eines halben Jahres entsprach, jenem Sold, der selten genug rechtzeitig und fast niemals vollständig ausgezahlt wurde. Denn dem Kurfürsten – Franz sagte es sich auf dem Hinweg mit ohnmächtigem Ingrimm –

gebrach es nicht etwa an Mitteln, im Gegenteil hatte er erst vor nicht allzu langer Zeit vom Papst über drei Millionen Gulden aus der Hinterlassenschaft des aufgelösten bayerischen Jesuitenordens an sich gebracht. Mit diesem riesigen Vermögen jedoch zog er es vor, seine natürlichen Kinder – besonders den einzigen Sohn, den er zum Fürsten von Bretzenheim gemacht hatte – mit Geld und Gütern zu überschütten, anstatt seine Soldaten zu bezahlen.

Nesselrode hatte übrigens hinter seiner glatten und liebenswürdigen Fassade nichts unversucht gelassen, um Franz auch Aussagen über seine Beziehung zu Franzisca zu entlocken, ohne sich auch nur den Anschein zu geben, dass er von dergleichen wisse oder auch nur vermute. Und es war nur die Furcht vor Franziscas Rache gewesen, die Franz zurückgehalten hatte, sich diese oder jene Andeutung entschlüpfen zu lassen. So stellte er sich solchen Nuançen in Nesselrodes Fragen gegenüber taub, ja geradezu verwundert, was der Graf mit der Miene des Weltmannes quittierte.

Endlich nach einer Woche war das Katz- und Mausspiel vorüber. Franz erhielt seine Gage und die Originalbriefe zurück und der Graf ließ es sich nicht nehmen, ihm die Kopien vorzulegen, die er von den Originalen angefertigt hatte.

Vincenti nahm von seinen Offizierskollegen und von allen Bekannten Abschied.

Überall hörte er die freundliche Mahnung, sich nun eine Zeit der Ruhe und des Vergessens zu gönnen. Es würden auch wieder schöne Tage kommen, er sei ja noch jung. Nur im Hause Heppenstein sprach er nicht vor: Er kehrte nach Ingolstadt zurück, wo er erst einen Erholungsaufenthalt verbringen wollte, ehe er wieder seinen Dienst antreten würde.

Graf Nesselrode verfasste in Windeseile und bei bester Laune sein Werkchen, das nach sechs Wochen bei Stage in der freien Reichsstadt Augsburg erschien, in sicherer Entfernung vom rächenden Zugriff Franziscas. Der Dichter frohlockte. Dies würde sein langersehnter literarischer Durchbruch werden. Aber dieser Triumph sollte ihm nicht vergönnt sein.

VII
*D*er Verteidigungsplan

»Es kann Wochen dauern, bis der Hofrat auf das Gesuch, Nesselrodes Werk zu verbieten, Antwort erhält. Und dann ist es nicht einmal sicher, ob der Kurfürst es bewilligt. Und wenn er es bewilligt, dann vielleicht nur für die Residenzstadt und nicht für das Land. Und was würde es dann helfen?«

So hatte Heppenstein geantwortet. Wohlüberlegt und skeptisch und ergeben in die Umstände. Wie gewöhnlich.

Hierin jedoch hatte er recht, überlegte Franzisca, es könnte lange dauern und würde dann vielleicht nicht einmal viel nützen. Dennoch musste um das Verbot nachgesucht werden und solange es nicht erging, galt es, ohne Verzug mit Gegendarstellungen zu reagieren, denn diese Beschuldigungen durften nicht unwidersprochen bleiben. Franzisca beschloss, gegen Nesselrode beim Obersten Landesgericht Klage wegen Verleumdung und Beleidigung zu erheben. Denn: »Wer schweigt, stimmt zu«, sagte sie.

Aber Heppenstein wollte keine überstürzten Reaktionen. »Wohl ist es ein ungeheurer Affront«, sagte er, »ich kann mir nicht erklären, was ihn dazu gebracht haben könnte, aber er ist wie ich ein Mitglied des Hofrates, und das Hofgericht müsste über die Klage entscheiden. Stelle dir doch vor, was das bedeutet?«

»Das hätte er vorher bedenken müssen«, gab Franzisca zurück. »Und ich werde diese unerhörte Beleidigung – schon Fannys wegen – nicht hinnehmen!«

Wie hatte es Hegnenberg ausgedrückt: »Da Euer Hochwohlgeboren sich zu verteidigen imstande sein müssen.« Sie lächelte: Treuer Hegnenberg. Seit ihrer gemeinsamen Jugend in Ingolstadt hatte er es an Zeichen der Verehrung und Aufmerksamkeit für sie nicht fehlen lassen. Und jetzt wies er ihr den Weg, ihre Rechtfertigung anzugehen.

Noch bei dem Empfang zu ihrem Namenstag, als er sich beim Abschied über ihre Hand beugte, hatte er geflüstert: »Gnädige Frau, an Ihrem flammenden Haar ist zu ahnen, welche Feuer in Ihnen brennen.« Ach, das war erst wenige Wochen her – und doch für immer vergangen und nie mehr einholbar. Würden denn solche Worte nie mehr an sie gerichtet werden? Solche Worte, begleitet von ebensolchen Blicken, die zwar die schickliche Zurückhaltung vermissen ließen, aber umso deutlicher die verschwiegene Glut offenbarten. Würde denn von nun an der Schatten von Schuld und Misstrauen allen Glanz von Schmeichelei und Huldigung verschlingen? Und, ach, ihr Haar, ihr berühmtes flammenfarbenes – es war eisgrau geworden im Sog dieser schrecklichen Ereignisse. Zwar gelang es ihr, nach einer geheimen Rezeptur von Madame Dumont, ihm eine ähnliche Tönung zurückzugeben, die aus einer Mischung von Sandelholz, Zimtrinde, Walnussblättern und Rhabarberwurzel gewonnen wurde. Aber der rosa-goldene Glanz wie brandneues Kupfer – so hatte es damals Lanz genannt –, das wusste nur die Natur zu mischen, das war unwiederbringlich verloren.

Franzisca stöhnte.

Deswegen trug sie jetzt auch immer ein Häubchen, das allein den Haaransatz freiließ und nicht mehr – wie bisher – nur den Hinterkopf bedeckte. Und was hatte Heppenstein dazu zu bemerken gewusst – vielleicht versuchte er auch ja nur, sie damit zu trösten: »Das kleidet dich besser – nach all dem – und du bist ja jetzt auch schon bei Jahren.«

Bei Jahren? Sie war 36 Jahre alt und bis vor wenigen Wochen hatte die Gewissheit dauernder und unverlierbarer Jugend ihr Lebensgefühl ausgemacht.

Franzisca fuhr sich über die Stirn. Sie durfte an all das nicht mehr denken.

Manchmal – nachts –, wenn sie unter der Gewalt der peinigenden und demütigenden Erinnerungen erwachte und nicht mehr einschlafen konnte, fürchtete sie, wahnsinnig zu werden. Es gab nichts, wohin sie die Aufmerksamkeit richten konnte, um diesem grässlichen Sog zu entkommen. Es gab keine Gnade und kein Vergessen. Am Tag ging es ihr besser, wenn die Alltagsgeschäfte ihre Aufmerksamkeit erforderten. Da blieben die Dämonen in ihren Schlupflöchern.

In der letzten Zeit hatte täglich irgendeine neue Schmähung in den ausländischen Zeitungen und Monatsschriften die Runde gemacht. Oden, Pamphlete, Artikel, die den Buchhändlern aus den Händen gerissen wurden. Alle waren sie sich darin einig: Die Mutter, die grausame Mutter trug die Schuld.

Deshalb wandte sie nun mit aller Kraft die Aufmerksamkeit ihrer Rechtfertigung vor der Öffentlichkeit zu. Es galt, eine Strategie der Verteidigung zu entwickeln, um die Anklagen dieses Nesselrode zu widerlegen und damit all die unverschämten und entehrenden Stimmen zum Schweigen zu bringen.

Sie trat weg vom Fenster und schritt wieder auf und ab. Der inneren Bewegung musste sich die äußere anpassen, sonst stockten die Einfälle. Das war ihr von Jugend auf vertraut. Dieser elende Nesselrode hatte seine Schmiererei in einem Buch veröffentlicht. Nun, das war sein Privatvergnügen – lauter aus der Gosse aufgelesene Gerüchte. Nicht in einem Buch durfte ihm deshalb widersprochen werden, sondern in einem seriösen, öffentlichen Organ, das eine unparteiische Stimme erhebt. Zugleich aber musste es der ergreifende Aufruf der gekränkten und nach Genugtuung verlangenden Mutter sein, die hier der Welt verkündete, wie es sich wirklich verhielt, wie alles tatsächlich zugegangen war. Aber diese Stimme durfte nicht als einsame Anklage ertönen, sondern in der Zwiesprache mit teilnehmenden Freunden, denen sie berichtet und die ihr Trost zusprechen. Diese Idee zuckte in Franzisca unversehens wie eine alles erhellende Flamme auf. Das war es, was geschehen musste, um endlich die Mauer zu durchbrechen, die ihr Leben von Tag zu Tag enger umschloss und ihr die Luft zum Atmen nahm.

Es klopfte.

Theres meldete sichtlich beklommen die Ankunft der Frau von Erdt. Erfreut ging Franzisca der Freundin entgegen, die gerade im richtigen Augenblick erschien. Mit ihr wollte sie sich zu ihrem eben gefassten Plan beraten. Frau von Erdt hatte Franzisca in den schweren, vergangenen Wochen beigestanden, sie gehörte zu den wenigen Freunden, die in dieser Zeit überhaupt empfangen worden waren. Auf ihren Rat hin war es auch gelungen, die Theres damals in einem gemeinsamen Gespräch davon zu überzeugen, dass die unglückliche Fanny kein Lebewohl ausgerufen haben konnte, da doch überhaupt kein Grund zur Verzweiflung vorlag. Die Werbung des alten Vincenti für seinen Sohn war da ja bereits unterwegs. Warum also hätte sich das Mädchen vom Turm stürzen sollen?

Mit unter der Schürze verkrampften Händen stand die Theres neben dem eintretenden Besuch und nickte nur wortlos und mit niedergeschlagenem Blick auf die Frage nach ihrem Befinden. Sobald es anging, eilte sie davon.

Die beiden Damen umarmten sich und ließen sich auf dem Sofa nieder. Franzisca läutete nach Kaffee und Gebäck, und Frau von Erdt zog aus ihrem Pompadour Nesselrodes Broschüre hervor und legte sie in Griffweite auf das Tischchen. Franzisca hatte sie ihr in den vergangenen Tag zustellen lassen, mit der Bitte um ihre Meinung. Und jetzt kam sie, um das »Werkchen« zurückzubringen und mit der Freundin darüber zu sprechen.

»Sind das wirklich Fannys Briefe?«, fragte sie sogleich. »Sie klingen doch recht nach ihr, scheint mir.«

»Ja«, bestätigte Franzisca, die Finger beider Hände ineinander verflechtend, »wirklich, manches klingt nach ihr.«

»Hast du denn ihre Briefe an Vincenti nie zu Gesicht bekommen?«

»Aber nein, du weißt doch, wie frei und vertrauensvoll ich meine Kinder erzogen habe. Das wäre ja ganz gegen meine Überzeugung gewesen.«

»Und wie scheinen dir die Briefe von diesem Franz?«

»Nun«, erwiderte Franzisca, »das, was seit jeher in den minderen Liebesromanen geschrieben wird, steht halt da auch drin.«

»Eine gute Figur macht er nicht, das muss man sagen!«

»Nein«, bestätigte Franzisca, »eine jämmerliche. Mit lauter leeren Versprechungen hält dieser Schwächling das arme Mädchen hin.«

Nach einem schnellen Blick auf Franziscas Gesicht fuhr Frau von Erdt fort: »Die Leute glauben aber, dass Graf Nesselrode die echten Briefe publiziert hat. Das hat mir meine Kammerjungfer berichtet, die kennt Baumgartners Burschen. Sie glauben sogar, dass er mit der inneren Geschichte die Wahrheit erzählt, nur unter einem anderen Namen.«

»Was denn?«

»Dass die Mutter, diese Frau von Lilienheim, die Tochter zu einem Bewerber zwingt, weil er Geld hat, und dass der Karl seine Therese über Nacht in Frauenkleidern besucht.«

»Was für ein Unsinn«, sagte Franzisca, »vor unserem Haus patrouilliert doch die Wache. Sie ruft jeden an bei Einbruch der Dunkelheit.«

»Ja«, wiederholte Frau von Erdt, »bei Einbruch der Dunkelheit. Aber vorher?«

Franzisca spannte unwillig die Brauen hoch und begann rasch auf und ab zu gehen: »Das sind doch billige Ammenmärchen für Dienstmägde! Natürlich glauben ihm die Leute, wenn er sogar Fannys Kleidung am letzten Tag genau beschreibt.«

»Da hat es ja einen Massenauflauf gegeben, so haben natürlich viele gesehen, wie sie gekleidet war. Aber dass du Fanny mit dem Kloster gedroht hast, das schreibt er auch.«

»Ach, du weißt doch – dieser Klatsch über mich und Vincenti wollte gar nicht aufhören, und er war ja doch nie ernsthaft für Fanny infrage gekommen. Ich wollte das Mädchen nur nicht enttäuschen – sie war ja so eigensinnig und bekam immer gleich Anfälle von Schwermut, wenn ihr etwas verweigert wurde. Da habe ich mich nicht mehr hinausgesehen. Ich wollte sie nur für ein paar Tage nach Indersdorf bringen, zu den Salesianerinnen. Du weißt ja, ich bin mit der Äbtissin schon lang befreundet ... nur auf ein paar Tage ... bis sich das Gerede beruhigt hat ...«

Die Freundin rührte schweigend in ihrer Tasse. »Neid, Neugier und Bosheit der Masse versteigen sich eben zu solchen Beschuldigungen«, sagte sie endlich, »da muss man Paroli bieten.«

»So ist es«, bestätigte Franzisca. »Und ich meine, dass eine öffentliche Beschuldigung auch eine öffentliche Verteidigung erfordert – ganz abgesehen von einer Klage wegen Verleumdung.«

»Aber es sollte nicht zu sehr nach Verteidigung aussehen«, gab Frau von Erdt zu bedenken. »Ich glaube, eine Richtigstellung, ein Bericht, wie alles zugegangen ist, wäre besser.«

»Eben das meine ich auch, und dazu würde sich am ehesten ein Briefwechsel anbieten, ein Briefwechsel unter Freunden.«

»Was für Freunde wären das?«, wollte Frau von Erdt wissen und blickte auf.

Franzisca ging im Zimmer auf und ab. Ihre Wangen hatten sich wieder gefärbt – sie hat Rouge aufgelegt, dachte die Freundin –, fast sieht sie wieder aus wie früher.

»Ich habe zuerst an Schubart gedacht«, begann Franzisca, »ich kenne ihn ja schon lange, und als er vor zwölf Jahren in München war, hat er auch Fanny kennengelernt – tief beeindruckt war er damals von ihr. Weißt du noch? Schubart könnte mir noch weitere Briefpartner vermitteln, die Rang und Namen haben.«

»Es soll also aussehen, wie eine Korrespondenz unter berühmten Freunden?«

»Natürlich, wer würde es denn lesen, wenn die Teilnehmer unbekannt wären?«

»Und wer soll das veröffentlichen? Die Anklagen brechen aus ganz Deutschland über uns herein«, sagte Franzisca, den Kopf zurückwerfend, »also muss auch die Antwort das ganze Deutschland erreichen.«

»Du denkst an das ›Journal von und für Deutschland‹?«

»Ja«, bestätigte Franzisca, »und wohl auch das Pfalz-Bayerische Museum. Die beiden Herausgeber, Herr von Bibra in Fulda, und Herr von Klein in Mannheim, sind angesehene Literaten.«

»Aber«, die Freundin zögerte, »das wäre eine Auftragsarbeit, es würde kosten ... und nicht wenig!«

»Das ist mir die Ehre unseres Namens wert«, entgegnete Franzisca.

Frau von Erdt streifte Franzisca mit einem kurzen Blick.

Die Ehre ihres Namens, dachte sie.

An der Schwelle zögerte sie kurz. »Weißt du ... man hört auch, dass Graf Nesselrode die Korrespondenz von Vincenti bekommen haben soll ... gegen Geld ...«

»Das ist nicht möglich«, erwiderte Franzisca kurz.

»Dann müssten ja Vincentis Briefe an Fanny noch in ihrem Zimmer sein! Hast du sie denn nicht gefunden?«

»Sie liegen noch in Fannys Mappe«, erwiderte Franzisca schnell.

Als die Freundin sich verabschiedet hatte, eilte die Baronin sogleich in Fannys Zimmer. Der Gedanke nach Vincentis Antworten zu suchen war ihr bisher nicht gekommen. Aber das lag daran, dass sie es bislang nicht über sich gebracht hatte, das Zimmer der Tochter zu betreten. Zu dicht war Fannys Atmosphäre noch dort, so dicht, als würde sie gleich zur Tür hereintreten. Und seit ihrem Todestag war auch nichts darin verändert worden. Franzisca durchsuchte das Schreibtischchen, auch die Geheimfächer zog sie auf. Nichts war versperrt. Die Korrespondenzmappe lag noch offen da. Aber Vincentis Briefe waren nirgendwo zu finden. Fanny hatte sie ihm also zurückgegeben. Das bedeutete, dass sich der gesamte Briefwechsel nun in seinen Händen befand. Es konnte also wahr sein, was die Freundin berichtet hatte. Dass Franz die Briefe wirklich verkauft haben könnte, daran durfte sie jetzt nicht denken. Sie musste einen Schritt nach dem anderen tun.

Der erste Schritt war ein Brief an den alten Freund Schubart.

VIII

𝓔in Briefwechsel unter Freunden

München, den 24. April 1785

Liebster Schubart

Ich danke Ihnen, daß Sie auch einer jener guten seltnen Seelen sind, die an meinem Unglück Theil nehmen. Hätt's freylich nicht gedacht, daß je das Mitleid meiner Freunde mich in etwas beruhigen sollte – denn mein stolzes Herz und Mitleid! – Doch das war nun einmahl mein Loos!

Ja, lieber Schubart, die Trauergeschichte meiner Fanny ist wahr – nämlich daß sie tod ist – auf eine außerordentlich schreckbare Art tod ist. Sie sollen alles von mir hören. Doch, da muß ich bis auf die Kinderjahre meiner Fanny zurückgehen.

Nicht wahr, als Kind von fünf Jahren bewunderten Sie schon ihr Genie, ihre ausgezeichnete Bildung? Die Kräften ihrer Seele entwickelten sich immer mehr. Mit 14 Jahren war sie das Muster eines vollkommenen Frauenzimmers. Sie spielte noch mit Kindern und disputirte mit Philosophen. Das vorige Jahr nahm sie die alte Tante in Ingolstadt zu sich; da kam sie in die Concerte vom Stadthalter Graf Pappenheim, schlug Klavier, und sang meisterlich. Ein junger artiger Lieutnant accompagnirte ihr; und nun war schon ihre erste Liebe fixirt. Ich nahm das Mädchen vor 10 Monaten wieder zu mir; sie vertraute sich mir ganz. Die ganze Familie war gegen diese Verbindung. Ich redete ihr zu: das Mädchen schien beruhigt, setzte aber ihren Briefwechsel mit dem jungen Vincenti fort; und als er hieher zu seinem Vater, einem rechtschaffenen Manne, Hofkriegsrath Vincenti, in Urlaub kam, sahen sich die jungen Leute in der Comödie, oder wo es ihnen Gelegenheit und Ohngefähr verstattete. So außerordentlich geschickt sie zu jeder Wissenschaft war, so wenig behagten ihr Frauenzimmerarbeiten. Vor dem neuen Jahre verabredete ich mit noch einigen Müttern, unsere Töchter zu einer ganz unbescholtenen französischen Putzmacherin, deren Mann hier bei der Gräfin Baumgarten als Kammerdiener steht, zum Lernen zu schicken. Sie fand viel Vergnügen da wegen der französischen Sprache, und wegen der munteren Art, die den Französinnen eigen ist. Hauptsächlich aber mogte ihr das Ausgehen wegen der frischen Luft, die sie liebte, angenehm seyn; und noch mehr, weil sie dadurch Gelegenheit hatte, ihren Vincenti en passant durch die Frauenkirche täglich nach

Tisch um 2 Uhr zu sehen. Ich wußt 's, aber in der Hoffnung, daß der junge Mensch andere Aussichten zur Versorgung hätte, oder daß die Abwesenheit diese Jugendliebe auslöschen könnte, schwieg ich stille; und nur von Ehre und Tugend wurde hie und da eine Ermahnung gegeben. Dieß beleidigte freylich immer aufs äußerste das aufbrausende Mädchen, deren Seele zu stolz war, nur einen Argwohn solcher Art zu dulden. Ihre Aufführung war ganz Unschuld, und auch ihr Jüngling ist rechtschaffen und ganz tadelfrey. – Nur konnte man ja das Mädchen keinen Lieutnant mit der wenigen Gage heyrathen lassen, da die Tante von dem Vermögen meiner Kinder ganz Nutznießerin ist, mithin auch auf dieser Seite keine Zulage war.

Indessen war das Mädchen veränderlichen Humors geworden. Ein herzliches Gelächter wechselte sie manchmal mit einem schauervollen, fast unharmonischen Adagio auf dem Klavier daher – und phantasirte sich wieder bis zum feurigen Allegro. Oft fiel 's mir auf, wie ganz Meisterin sie die Töne – fast neu gefundene Töne daher zauberte – aber ich war zu gut, um zu denken, daß ihre Seele vielleicht ebenso verschieden phantasirte. –

Im Anfang des Karnevals, nemlich Anfang Jenners, war sie in der Oper, den 4ten, 6ten und 11ten in der Akademie. Den 9ten Jenner war ich krank, ich konnte nicht auf die Redoute. Sie bat mich, ich möchte sie doch auf die Redoute gehen lassen; ich hielt es aber ohne mich nicht für schicklich. Endlich erlaubte ich's ihr, und mein Mann führte sie hinauf; dazu bat sie sich noch unser Stubenmädchen aus, welches sie recht schön maskirte. Bis 5 Uhr tanzte sie in einem fort, und meistens mit Vincenti – die folgenden Tage arbeitete sie an einem Maskenkleid für den 16. Jenner. Am Freytag, dem unglücklichen 14. Jenner, war sie aufgeräumt, wie sonst, aß Mittag mit trefflichem Appetit, und arbeitete gleich nach dem Essen wieder etwas am Maskenkleid. Ich hieß sie aber doch zu Madame eilen; sie frisirte sich geschwind noch vor dem Spiegel, und ging wie gewöhnlich mit ihrem Stubenmädchen durch die Frauenkirche. Da war dießmahl Vincenti nicht da. Das Stubenmädchen wollte nicht länger warten, und just kam der Mösner, und machte das Glockenhaus auf. Die Mädchens folgten ihm nach, und sprachen eins ums andere, und endlich verlangten sie beyde auf den Thurn, um das Gewimmel von Menschen zu sehen, die eben am Schrannentag (Tag des Getreidemarktes) und zur Meßzeit zu beysammen wären: das waren ihre Worte. Sie sprang die 600 Treppen hinauf. Wie mir so warm ist, sagte sie. Der Thurner wies ihr alle Aussichten und führte sie auf die letzte Höhe unter der Kuppel. Das Stubenmädchen getraute

sich nicht ganz hin. Die Fanny scherzte noch darüber. Der Thurner öffnete
das ganze Thor – Kein Mensch soll ohne Schwindel oder Ueblichkeit so hinse-
hen können. Sie sah unerschüttert hin und her – vielleicht nach Vincenti, den
sie in der Kirche erwartete – Der Thurner schnallte die große Feuerfahne ab,
und um ihr die Größe zu zeigen, rollte er sie eben auseinander. Er sah sich um
auf einen dumpfen Schrey, und sah sie im Fallen –
Wie sie fiel und abprellte, sehen Sie auf diesem Kupfer –
Die halbe Stadt versammelte sich um die Kirche, und um das Haus, wo sie
durch das Dach durch brach, – alles wollte sie sehen – Sie sah aber im Gesicht
und Kopf zerschmettert unerkennbar aus und wurde niemand gezeigt – In-
dessen kam die halb todte Stubenmagd vom Thurn herab. Die Leute verfolg-
ten sie – und einige mir noch unbewußte Personen sprachen von Zuchthaus,
daß sie mit dem Fräulein da hinaufgegangen wäre. Das Mensch, halb tod
für Schrecken, konnte sich von der auf sie stürmenden Menge kaum loswin-
den, und schrie zu ihrer Entschuldigung: JA, DIE FRÄULEIN IST JA MIT
FLEISS HINAUSGESTÜRZT – HAB SIE NICHT ERHALTEN KÖNNEN.
Ich war in meinem Zimmer um halb drey Uhr: da kam die Magd herein –
sank im Zimmer um – ich schrie: Jesus! Meine Fanny kam gewiß unter einen
Getreyd Wagen – um Gottes Willen, Therese, erhohl sie sich! Was ist's? Ach!
Stammelte sie, wir gingen in die Kirche – und auf den Thurn – hier fiele sie
von neuem um – Ich rufte meine ganze Seelenkraft zusammen, schrie: Wo ist
sie, meine Tochter? – Ach Gott, schrie sie, sie liegt zwischen den Häusern –
Eine gräßliche Stille und Unempfindlichkeit bemächtigte sich meiner – Ich
bat, das Stubenmädchen möchte sich doch beruhigen – Aus diesem Zug urt-
heilen Sie über meinen Zustand!
Mein Mann kam ungefehr zur Stube herein. Das Mädchen lag noch heulend
auf der Erde. Ich erzählte ihm ganz kalt, was ich wußte – Er lief fort ohne Hut
zur Kirche, und ich fand mich gleich umringt von einer Menge Menschen, die
Mitleid und Neugier hertrieben. – Bis den andern Tag vergoß ich keine Thrä-
ne. Die Magd sollte verhört werden, bat aber auf den Knieen, man möchte
sie nicht noch unglücklicher machen, sie wäre weiter unten gestanden, hätte
wohl schreyen gehört und den Fall gesehen, wußte aber nicht, wie – Ebenso
widersprach sich der Thurner; es war ein schrecklicher Augenblick für bey-
de – sie waren sich unbewußt. Der Pfarrer wollte die unglückliche Geschichte
aufs äußerste treiben – Er ließ sie zwar gleich mit der Geistlichkeit in die Tod-
tencapelle tragen, schickte aber eine Staffete zum Freysinger Bischof – Mein

Mann schickte mit allen Gegenzeug – schaften eine nach; da kam die Antwort zurück: DASS MAN SICH BEY EINEM SOLCHEN FALLE, DER MEHR FÜR EIN UNGLÜCKLICHES OHNGEFÄHR ZU HALTEN WÄRE, KEIN BEDENKEN MACHEN DÜRFE, DIE ARME FANNY MIT ALLEN EHREN UND GEISTLICHEN FEYERLICHKEITEN ZU BEERDIGEN. Das geschah – Ihre Todenmesse war eine der prächtigsten, vom Adel und Volk beygewohnt.

Ich lag damahls, schon aufgewacht von meiner schreckbaren Todenunempfindlichkeit, in Thränen und Krämpfungen, in äußersten, unaussprechlichstem Elend versunken. – Mein Schmerz gleicht einer tiefen Wunde, die jemand im Gefecht erhält; die ersten Minuten fühlt man sie nicht; dann wird der Schmerzen dringend – man ächzt und schreyt, und hat man das Unglück davon zu kommen, so nagt die hinterlassene Wirkung der Wunde das Leben still dahin – das ist so just mein Fall – Vincenti sprach, indessen das Unglück über uns schwebete, mit seinem Vater – der gute Vater zog sich an zu mir zu gehen, UND DEN BRIEF, DEN SEIN SOHN EBEN AN MICH SCHRIEB, ZU ÜBERBRINGEN, MIR SEINE AUSSICHTEN ZU ERÖFFNEN, UND UM FANNY ANZUHALTEN. EBEN MIT DIESEM BRIEF HIELT SICH DER JUNGE MENSCH ETWAS ZU LANGE AUF – SONST WÄRE ER, WIE SONST, BEY IHR IN DER KIRCHE GEWESEN. Er schrieb noch, als einer seiner Kameraden ins Zimmer stürzte, und ihm die Trauergeschichte herstammelte – Er riß seinen Degen los – lief hin – aber sah sie nicht mehr – Er war rasend – Als er vernahm, wie untröstlich ich sey, wagte er's durch eine Freundin zu mir zu kommen, mich zu trösten – Ach! Da heulten wir zusammen – Freylich wurde ich durch seine Ueberzeugung beruhigt, daß kein vorsätzlicher Gedanke in der Fanny Briefen zu finden war. Wir hieltens so überzeugt für den unglücklichsten Zufall – Aber ist das Trost? Trost für eine zärtliche Mutter? – Entschädigung für so ein Kind? – Aber sollten Sie glauben, Bester, daß es Tyger von Menschen gibt, die gefühllos genug sind, auch diesen Schimmer von Trost durch Verläumdung zu verdrängen? Sollten solche dreusten Verläumdungen bis zu Ihnen sich gedrängt haben?

Hier haben Sie die ganze Geschichte im Detail. Bey Gott und Ehre schwöre ich Ihnen, jedes Wort dieses Briefes ist Wahrheit – und Wahrheits ists, daß ich mehr als unglücklich bin – bedauern Sie Ihre Freundin!

v. Heppenstein

Der gute Schubart hatte endlich geantwortet. Sein Schreiben rührte sie tief. Sie ging im Garten auf und ab und las den Brief, der Balsam für ihr Gemüt war.

Hohenasperg 1785

Gnädige Frau,
Die furchtbare Originalität Ihres letzteren Briefes hat mich so betäubt, daß ich lange mein eigenes Elend vergas und mit starrer Wehmuth nur an dem Jammer meiner lieben Heppenstein hieng. Ich weiß, wie tief Sie fühlen, wie sehr Sie Weib, Mutter, Freundinn, Mensch sind! Ich kann mir also auch einigermaßen den ungeheuren Schmerz vorstellen, der bei dem kläglichen Ende Ihrer Fanny iede Tiefe Ihres Herzens durchwühlen mußte. Zwar las ich diesen schröklichen Vorfall in einer Zeitung. Da aber die Familie dabei verschwiegen wurde, so ließ ich mirs nicht träumen, daß diese arme Fanny eine Tochter der mir so unaussprechlich theuren Frau von Heppenstein wäre. Und nun, da ichs weiß – o liebe gnädige Frau, so stürz ich zu Ihren Füßen nieder, berge mein Antlitz in Ihrem Schooß und weine die heiße, glühende, blutige Thräne des Mitleidens. – Gott, zu welchem Jammer hast Du die grösten und edelsten Menschen ersehen! Daß sich die Seele nicht erhebe in ihrer Großheit:
»So erhebst du sie hoch aus dem Strome
und triffst sie mit zermalmendem Arm.«
Klopstock
Doch eben dieser verborgene Gott gibt den großen Seelen auch ein Gegengewicht gegen die Gebürgslast ihres Jammers, und diß Gegengewicht heißt – Stärke. Wie groß müssen Sie seyn, Gnädige Frau, daß Sie unter einem solchen, beinahe einzigen Elende nicht versinken!! Bißher liebt ich Sie; nun kommt noch die Bewunderung hinzu, und Ihr Bild ist in meiner Seele vollendet.

Franzisca drückte die Bögen tief aufatmend ans Herz. Hier war endlich eine Stimme, die für sie und gegen Schmach und Hohn eine Lanze brach, eine Stimme, die ihre nagenden Gewissensbisse übertönen und ihr verletztes Ansehen in den Augen der Welt wieder herstellen würde. Das war die Stimme, die sie so dringend brauchte, um Anklagen und Vorwürfen den Wind aus den Segeln zu nehmen.

Der Dichter Schubart saß zwar nach einigen Ausweisungen nunmehr seit mehreren Jahren wegen politischer Unbotmäßigkeit auf dem Hohenasperg in Haft, aber gerade deshalb hatte seine Meinung bei den aufgeklärten Köpfen im Lande Gewicht.

Sie las weiter:

Daß mit dem Wurme auch menschliche Insecten die Leiche Ihrer Fanny bekriechen, das bedaur ich; aber Ihrer verklärten Fanny schadets nichts. Allein, man muß ihren Schatten rächen, und dem Schächer Nesselroth sonderlich das Bein zerbrechen. Salzmann, dieser mit den Quellen des menschlichen Elends so vertraute Weise, ist in der That der tüchtigste Mann, Ihrer vollendeten Fanny ein Denkmal zu sezen und so die Unholde zu zerstreuen, die um ihren Grabhügel rumoren. Kann ich zu Ew. Gnaden Beruhigung auch etwas beitragen, so befehlen Sie mir nur die Art und Weise, wie? Wann? Und wo diß geschehen soll?? – –

Indessen hab ich einigen meiner wichtigsten Freunde den Innhalt Ihres vortrefflichen Schreibens mitgetheilt und auch sie aufgefordert, sich gegen alles zu sezen, was die Manen Ihrer Fanny beunruhigen will. Einstweilen harren Sie, liebe ältere Fanny, in Gedult! Lassen Sie Ihr himmlisches Herz nicht in Menschenfeindschaft ausarten! Hassen Sie die Schurkerey, aber nicht den Schurken. Nicht aus dem eiskalten Bezirke der Philosophie hohlen Sie gefrornen Trost für Ihr tief verwundetes Herz; – in dem allerleuchteten, allerwärmten Gebiete der Christus – Religion ist allein wahrer Trost für Sie ... Aber mein Brief wird so lang. O wie schwer reiß ich mich von Ihnen los! ... Der Geist des Herrn schwebe über Ihnen und erfülle Sie mit himmlischem Troste! Oft soll mir Ihr Bild vorschweben, und wenn ich die Summe der Leidenden denke, unter denen wir einen so wichtigen Rang haben, so will ich einen Theil des für mich erflehten Trostes auf Sie hinbeten – Mit unaussprechlicher Achtung und Liebe – erlauben Sie mir dies erste Wort aus der Kunstsprache des Himmels – also mit Liebe nenne ich mich Euer Gnaden

> *unterth. Diener*
> *Schubart*

Schubart hatte auch den Professor Salzmann vorgeschlagen, den Vorkämpfer einer reformierten Jugenderziehung, der in Schnepfenthal bei Gotha ein Heim für verwahrloste Mädchen leitete. Seine Artikel fanden seit geraumer Zeit öffentliche Aufmerksamkeit und Zustimmung.

Diese vier Stimmen, Schubart, Klein, Bibra, Salzmann und die ihre würden in Form einer Korrespondenz unter Freunden der Öffentlichkeit das wirkliche Bild davon liefern, wie – hinter dem Nebel von Gerücht und Verleumdung – sich diese Tragödie ereignet hatte. Wie zu einem Zeitpunkt, als schon alle Hindernisse beseitigt und die Zustimmung zur Verlobung der jungen Leute bereits gegeben war, die Unvorsichtigkeit eines allzu verwegenen Mädchens alle Pläne und Hoffnungen einer angesehenen Familie zerstörte.

Franzisca hatte bereits einen Entwurf verfasst, wie sie diesen Bericht einleiten wollte. Er sollte mit ihrem Brief an Salzmann beginnen:

Eine traurige Ursache, mein liebster Salzmann, hielt mich dieser Tage ab, Ihnen zu antworten. Hören Sie eine unglückliche Geschichte: Meine Fanny, nebst der Georgine Salching, giengen seit einem Jahre zu Madame Dumont, einer Modehändlerin, um Frauenzimmerarbeiten zu lernen. Am lezten Freitage war eine der grösten Schranen; meine Fanny konnte mit dem Stubenmädchen nicht durch das Gedräng kommen; sie giengen also durch die Frauenkirche, trafen da den Meßner, fingen an, vom Thurme zu reden, der Meßner führte sie beide zum Thürmer hinauf, dieser zeigte ihnen alles, machte das große Thor unter der Uhr auf; meine Fanny, Sie kennen ihre Verwegenheit, gleitete auf der Dachtraufe aus, fiel aufs nahe Kirchendach, und von da auf das Beneficiatenhäuschen, schlug das Dach durch und war todt. Das Stubenmädchen kam ohnmächtig nach Hause – stammelte die schreckliche Geschichte; mein Mann lief hin; allein es war keine Rettung mehr. Man legte sie in einen Sarg und trug sie in die Kirche. Am Montag war Gottesdienst; Das Gedräng der Menschen war unbeschreiblich, und alle bedauerten das unglückliche Mädchen.
Ich bin noch nicht bei mir. – Vor einigen Tagen war ich mit ihr beim Hofrathskanzler in Gesellschaft; der Hofrath von Eckardshausen und Frau von Salching sprachen vom Ruffinithurm, wo sie waren, und vom Frauenthurm, wo wir hingehen wollten; Fanny bat mich, sie auch mitzunehmen. Stellen Sie sich meinen Zustand vor; nur meine übrigen Kinder können meine Verzweiflung mäßigen. Vincenti, den sie öfters um diese Stunde in die Kirche (vermuthlich auch diesmal) beschied, ging eben dahin – er soll außer sich seyn – wie ich.
Nun machen schon unsere schönen Geister Elegien und ganze Trauerspiele auf ihren Tod. Alles erinnert mich an sie. Das Karneval, wo sie sich so viele Freude versprach, und sich eben ein Kleid für den Sonntag garnirte.

Es ist geschehen! – Möchten Sie, lieber Salzmann, nie eine solche Scene erleben, sie sind schmerzlicher als der Tod. Antworten Sie mir nicht viel auf dieses; ich muß alle Erinnerungen entfernen, sonst verlier ich den Verstand. Wir treten unsere Reise nun eher an; denn hier kann ich nicht bleiben.

Ihre Freundin, von Heppenstein

IX

*E*s konnte nicht gut gehen

München, Frühjahr 1785
Franzisca holte tief Atem und blickte von ihrem Text auf. Überrascht, als sei sie im Winter eingeschlafen und erwache nun im Frühling, sah sie winzige, bunt gefiederte Vögel zwitschernd in den knospenden Zweigen und die Fontäne des Springbrunnens, die wieder sprühend über dem Wasserbecken emporstieg. Das Leben kehrte aus dem winterlichen Tod zurück und, tief in ihrem Inneren, spürte sie, wie ein erstes schüchternes Sprießen sich ankündigte. Einfälle sprudelten in ihr herauf: In diese Briefe könnte sie vieles über Fanny einfließen lassen, über ihr Wesen, ihre hohen Begabungen, über die ausgezeichnete Erziehung, die sie von ihrer Mutter erhalten hatte, und über die großen Hoffnungen, zu denen das Mädchen berechtigte, ehe ein grausames Los sie zerstörte. Ja, und auch ihre eigenen Gedanken würden so Platz finden und würden überzeugend Basis und Hintergrund bilden für ihren Bericht. Wie viel hätte sie doch zu sagen, wie viel mitzuteilen, das die Aufmerksamkeit der Öffentlichkeit finden würde. Zwar hatte sich schon hin und wieder die Gelegenheit geboten, einige ihrer Aufsätze vorzulesen, schon zu Maxens Zeiten und später bei den Einladungen der Hofratskanzlerin, über Themen wie Würde, Dankbarkeit und Mut, und sie hatte damit auch interessierte Zuhörer gefunden. Aber das war nicht der Rahmen, den sie erstrebte und nicht die Art der Aufmerksamkeit, die ihr zukam.

Ein Bericht im »Journal von und für Deutschland« hingegen mit ihrer Schilderung der Umgebung, in der Fanny erzogen worden war und sich entwickelt hatte, würde auch ein eindrucksvolles und zutreffendes Bild der Mutter geben. Franzisca wollte sich gleich daran machen, Schubart in einem Antwortschreiben zu danken. Sie nahm in der Geißblattlaube an dem steinernen Tisch Platz, als sie leise Schritte auf dem Kies knirschen hörte und Magdalenas Stimme vernahm. Den Blättervorhang des Laubeneingangs teilend, tauchte die Tochter auf und berührte schüchtern den Arm der Mutter: »Mama; du solltest dich nicht so viel mit diesen Sachen beschäftigen. Es wird dich nur unnötig aufregen. Wollen wir nicht lieber ein wenig im Garten spazieren gehen?«

Franzisca strich dem Mädchen über das Haar. Nein, schön war Magdalena nicht, und sie würde es wohl auch nicht mehr werden, wenn auch manche Mädchen erst nach ihrem 16. Jahr aufblühen. Magdalena schlug leider Peter nach. Sie war mager und knochig, von bedächtigen Bewegungen und hatte nur spärliches, rotblondes Haar, nicht Fannys reiche Lockenfülle. Franzisca verspürte seit jeher eine Abneigung gegen spärliches und vor allem, gegen rotblondes Haar. Aber rührend war das Kind in seiner Anteilnahme und Sorge und stets bereit, die Mutter vor Ärger zu schützen und sie bei den Pflichten im Haus zu unterstützen.

»Es ist schon gut«, antwortete Franzisca, »ich bin ja wieder bei Kräften und wir dürfen doch nicht schweigen zu diesen unverschämten Beleidigungen.«

Magdalena senkte den Kopf und scharrte mit der Schuhspitze im Kies.

»Aber«, fuhr die Mutter fort, »ich habe mir gedacht, es könnte eine gute Wirkung machen, wenn du als Schwester deine Stimme zur Verteidigung erheben würdest. Sieh mal, ich habe schon einen Entwurf vorbereitet.« Franzisca suchte aus der Mappe auf dem Tisch ein Blatt heraus und reichte es der Tochter. Magdalena las den Text mit sichtlichem Unbehagen:

Es ist eine verläumderische Erdichtung, daß Fanny je ins Kloster oder zu einem alten Mann gezwungen wurde; es war nie die Rede davon, ich rufe alle Bekannte und die ehrwürdigen Männer, ihre Vormünder, zum Zeugniß auf. Eben so unwahr erklärt Franz jede Zeile dergleichen Beschuldigungen, und betheuert auf seine Ehre, keine Sylbe von einem Abschied von Fanny erhalten zu haben. Wie lieb- oder hirnloß muß der Mensch seyn, der um einige Batzen die Ehre einer gekränkten Familie, durch die Mißgeburt seiner hinkenden Muse angreifen, und auf Kosten einer Unglücklichen Werthern verhunzen mag.

Als sie zu Ende gelesen hatte, ließ Magdalena das Blatt sinken.

»Aber Mama«, sagte sie zögernd, »ich kann doch nicht die selben Worte verwenden wie du in deinem Schreiben an die Obere Landesregierung. Da hast du doch schon die hinkende Muse und die Missgeburt angeführt. Wie würde das denn aussehen?«

»Das tut nichts«, entgegnete Franzisca. »Es ist ein starkes Bild, das du eben übernimmst.«

Im Mienenspiel des Mädchens kämpften Ablehnung und Schüchternheit einen ungleichen Kampf. »Bitte, Mama, überlege es lieber noch einmal«, sagte sie schließlich. Und zum Gehen gewandt, fügte sie hinzu: »Ich meine, es wäre besser, du ließest das fort.«

Als die Tochter die Laube verlassen hatte, begann Franzisca sogleich ihr Antwortschreiben an Schubart:

Wie sehr rührt mich Ihre Freundschaft, liebster Schubart. Gewiß, Trost der Freunde ist aechte Arzney für Seelenkrankheiten. Ach! wenn mein Herz empfänglich wäre für irgend einen liebevollen Zuspruch, Ihre Briefe würden alles über mich vermögen. Ach, Freund! Könnte ich mich mit dem Andenken meines Unglücks vernichten! Thät's gerne. Aber so urtheilt die Welt lieblos von unserm Schmerz, brütet bei einer Kanne Bier Mißgeburten von Romanen aus, und entheiligt den Schatten meines Kindes – und mein Nebenmensch, der noch einiges Gefühl von Rechtschaffenheit und Liebe hat, wird irre gemacht durch die ausgestreuten Lügen. Ich selbst find's für nötig, die Trauergeschichte in der hellsten Warheit ans Licht zu stellen – auch meinen Erziehungsplan. Dann tadle der Bigot, der Grübler, und der entlarvte Weichling. Männer werden urtheilen, und mein zerrissenes Herz kennt wenigstens keinen Selbstvorwurf.

Seitdem Franzisca diesen Plan gefasst hatte, begannen ihr Wesen und ihr Aussehen sich wieder zu beleben. Ihr Interesse an Garderobe und am gesellschaftlichen Leben kehrte zurück. Sie nahm die seit ihrer Kindheit gepflegte Gewohnheit wieder auf, interessante Worte, Beobachtungen und Gedanken zur späteren Verwendung in ein Notizbuch zu notieren, das sie nun wieder stets bei sich trug. Heppenstein beobachtete diese Rückkehr ins Dasein mit Erleichterung. Die einstigen zärtlichen Gefühle für seine Frau lebten zwar damit nicht mehr auf – sie würden nie mehr zurückkehren, dessen war er sich sicher – und inzwischen machte ihm das nicht einmal mehr etwas aus.

Das tägliche Leben aber mit seinen Anforderungen wurde damit endlich erträglich und besonders von den Kindern fiel nun die Last einer apathischen und vielleicht todgeweihten Mutter ab. Seine eigenen Kinder aus dieser Ehe, die vierjährige Margareta und der zweijährige Fritz, hatten sich nach den langen Wochen zuerst bei der Großtante und dann in der Obhut der Amme erst langsam wieder der Mutter genähert.

Er erinnerte sich mit Rührung, aber auch mit Kopfschütteln, an einen Vorfall mit Magdalena: Als er neulich an einem Nachmittag auf dem Weg ins Amt schon aus dem Haus getreten war, vernahm er im Vorbeigehen aus einem offenen Kellerfenster unterdrücktes Weinen. Zuerst dachte er an die Theres, die sich immer noch nicht gefasst hatte und oft mit rotgeränderten Augen anzutreffen war. Er rief durch das Fenster ihren Namen hinab, aber es kam keine Antwort, und das Weinen verstummte. Obwohl er in Eile war, wollte er die Sache doch nicht auf sich beruhen lassen, denn die Theres tat ihm leid, hatte sie doch seit dem Unglück eine schwere Bürde zu tragen, bei der ihr niemand helfen konnte. Also war er vorsichtig die mit Holz eingefassten steinernen Stufen hinabgestiegen und hatte im hintersten Kellergewölbe Magdalena kauernd vorgefunden, die Hände vor das Gesicht geschlagen.

»Ja, was tust du denn hier, Kind?«, fragte er und zog ihr die Finger von den Augen. »Und warum gehst du zum Weinen in den Keller?«

»Damit mich die Mama nicht hört«, schluchzte Magdalena.

Sie gestand ihm unter Tränen, dass sie das Gelübde getan hatte, bei den Klarissen auf dem Anger einzutreten, wenn die Mutter am Leben bleiben würde. Und die Mama hatte ja überlebt – und nun müsste sie ihr Versprechen einlösen.

Heppenstein zog sein Sacktuch heraus und trocknete die Tränen auf dem dreieckigen, mageren Gesichtchen, während er angestrengt nach einem Argument suchte, mit dem er Magdalenas Gelübde überzeugend ausheben könnte. Er war noch nie ein Freund der Pfaffen gewesen und jetzt verwünschte er sie aus ganzem Herzen. Wer mochte dem armen Kind diese Torheiten beigebracht haben! Aber da fiel ihm etwas ein. Er nahm das Mädchen bei der Hand und zog es auf die Füße: »Ja«, sagte er, »solche Versprechen macht der Mensch, wenn er nicht mehr aus noch ein weiß. Und du würdest dein Gelübde auch halten, das glaube ich dir. Aber, weißt du, der Mama hilfst du jetzt am allermeisten, wenn du bei uns bleibst, weil uns die

Fanny verlassen hat. Und das Versprechen hast du doch gemacht, um der Mama zu helfen, oder?«

Das Mädchen schwieg mit gesenktem Kopf, nur noch hin und wieder von kurzen Aufschluchzern geschüttelt, aber Heppenstein wusste, dass er gesiegt hatte, und dass die Gefahr gebannt war. »Geh in die Küche«, sagte er und gab ihr einen freundlichen Klaps, als sie in die Halle zurückgekehrt waren, »ich riechs schon, dass die Köchin grad einen Kuchen backt.«

In Gedanken an Fanny zog er das Gartentor hinter sich zu. Seit dem Todessturz und seinen Folgen war er ein anderer geworden. Und er wunderte sich darüber, wie lange seine Verblendung angehalten und er die Umstände nicht durchschaut hatte. Freilich, dachte er mit Bitterkeit, der Ehemann erfährt es immer als Letzter. Doch ich hätt es sehen müssen – ich hab es nur nicht sehen wollen. Er war erstaunt, dass er keinen Groll gegen Vincenti hegte. Er tat ihm sogar leid. Er hat es teuer bezahlen müssen, sinnierte er, und ein gebranntes Kind wird er bleiben – so wie ich auch. Verdammte Weiber, alle miteinander!

Und die Fanny, dachte er weiter, die war auch nicht viel anders. Ich bin ja von Anfang an nie so recht warm mit ihr geworden, so gspinnert und überspannt wie sie gewesen ist, so wie ihre Mutter halt auch, und dabei so theatralisch. Aber, und er nickte vor sich hin im Gehen, bei der Franzisca hats mich halt gepackt, da war ich blind – und bei der Fanny hab ichs so gesehen, wie mans eben von außen sieht. Es hat so kommen müssen. Und heute glaub ich – damit schloss Heppenstein seine Überlegungen –, dass ich auf die Fanny ein bissel eifersüchtig gewesen bin. Mutter und Tochter – die zwei waren ja wie Zwillinge – und bei der einen hat nur gegolten, was die andere gesagt hat – und vice versa. Es hat gar nicht gut gehen können!

Er dachte an den alten Vincenti, der ihn jetzt wieder grüßte, zwar vorsichtig, aber doch mit Achtung, und dem er wahrscheinlich genauso leid tat wie er ihm. Und, was wusste man schon? Bei allen gab es wohl solche Weibergeschichten und alle taten ihr Bestes, sie zu vertuschen.

Heppenstein suchte in sich nach irgendeinem Trost oder zumindest nach einer Ablenkung. Und da fiel ihm aufatmend ein, dass er heute Abend zum Souper beim Maler Dorner eingeladen war, den der Kurfürst zum Direktor der Bildergalerie ernannt hatte. Er setzte den Hut auf und beschleunigte seine Schritte.

X
Die Rechtfertigung

Die Beiträge von Schubart und Professor von Klein, dem Herausgeber des »Pfalzbayerischen Museum«, waren bereits eingetroffen. Franzisca entnahm sie der Mappe, in der sie Ideen, Verbesserungen und Vorschläge sammelte. Sie begann mit Schubarts Artikel:

In meiner bequemen Stille wußte ich nichts von allem dem, was man in Ansehung dieses tragischen Zufalls unwahres dem Publicum vorgelallet hatte. Ich bat meine Freundin um die Mittheilung der verläumderischen Producte; und was ich ihr dabey noch weiter sagte, war ohngefähr dieses: Daß sich Fanny keinen freywilligen, gewaltsamen Tod anthun wollte, davon bin ich so gewiß überzeugt, als von meiner Existenz. Daran gar nicht zu gedenken, daß Sie, liebste Freundin, als die zärtlichste, beste Mutter, nie fähig seyn konnten, ihr Kind zu einer Heyrath mit einem jungen oder alten Manne zu zwingen; daß Sie nie fähig seyn konnten, Ihre Wahl für Fanny mit einer Goldwage abzuwiegen, in welcher sonst kein edlerer Werth lag; und daß Sie nie fähig seyn konnten, Ihre Fanny, wenn sie auch eine Ihnen mißfällige Liebe angefangen hätte, mit härtern Drangsalen zu bedrohen, oder ihr gar darüber das Verdammungsurtheil zu fällen. Dieß alles konnten Sie nicht! Aber die Erzählung, die Sie mir von der ganzen Trauergeschichte machen, gibt mir die sicherste Erklärung, die auch zuverläßig nicht anders seyn kann: Fanny mußte besonders auf dem lezten Ball, wenn nicht schon vorher, von den beßren Aussichten ihres Vincenti, wenigstens von weitem, unterrichtet worden seyn. Daher ihr Eifer im Putz für ihr nächstes Maskenkleid. In diesem glühenden Eifer – ihre Seele voll von Energie der lebhaftesten Bilder – eilt sie zur Madam. Sie kommt in die Kirche und findet keinen Vincenti. – Eine ungewöhnliche Erscheinung! – doch, er wird schon kommen – Theres! Gehen wir ein wenig auf den Thurm, und sehen das Gewimmel von Leuten! Die glühende Fanny geht aber nicht, sie läuft, hüpft, springt – um bald oben und bald wieder unten zu seyn.
Wie mir so warm ist! ... In voller Wallung des Bluts, jede Nerve zitternd, steht sie am Rande des schwindelnden Abgrunds – achtet keine Gefahr, weil sie auf Vincenti harret – Im Taumel der Seele verliert der entnervte Körper Schnellkraft und Gleichgewicht – und unwiderstehlich mußte sie stürzen.

Franzisca drückte das Schreiben mit geschlossenen Augen an die Brust. »Danke«, flüsterte sie. Das war ein gelungener Beginn. Doch nun sollte auch die Familie, in deren Mitte dieser Blitz der Vernichtung gefahren war, geschildert werden, um darzutun, welch unverschuldete Tragödie diese Menschen aus heiterem Himmel heimgesucht hatte.

Heppenstein zeigte sich dem ganzen Vorhaben gegenüber gänzlich abgeneigt. »Je weniger noch darüber publiziert wird, umso besser ist es«, befand er. »Es ist schon viel zu viel darüber geschrieben worden. Du wirst den Gerüchten nur immer neue Nahrung geben. Und«, das fügte er leise hinzu, »die Leute werden sich über diese Art der Verteidigung einer tief getroffenen Mutter wundern.«

Allerdings war es ihr endlich gelungen, ihn zu einer Verleumdungsklage gegen Nesselrode zu bewegen, die auch im Namen der Familie Vincenti erhoben werden würde. Lanzens Meinung hatte Franzisca nicht eingeholt.

Sie fand in der Beschäftigung mit ihrem Plan nicht nur Ablenkung und Ermutigung, sondern Balsam gegen das Leiden, indem sie die Ereignisse zurecht bog: Nicht das Schicksal hatte die Sinne der Mutter verwirrt und sie dem Geliebten der Tochter in die Arme geworfen. Hierbei hatte es sich ja um einen Fehler gehandelt, der nicht hätte unterlaufen dürfen, und der sich deshalb in Wirklichkeit auch nicht ereignet hatte. In Wirklichkeit war es so, dass – als alle Hindernisse längst überwunden, und die Verlobungsverhandlungen schon eingeleitet waren – die Tochter, deren Verwegenheit allbekannt war, durch einen unvorsichtigen Schritt in den Tod stürzte.

Je mehr Franzisca an dieser Darstellung arbeitete, umso mehr glaubte sie selbst daran und umso stärker rückte sie selbst in den Mittelpunkt des ganzen Berichts. Sie gab die Geschichte einer eng verbundenen Mutter und Tochter in Auftrag, die aus einem Leben heiterer, glänzender Eintracht durch ein grausames Los auseinandergerissen wurden.

Sie schrieb:

Ich möchte Ihnen lieber mit Chodowiecki' Griffel die holde Miene in Fannys Sterbestunde zeichnen, wie sie meinen Säugling vom Tische hinweg zu sich nahm, heiter und voll Grazie sich mit ihm herumtummelte, ihn auf den Mutterschoos hinscherzte, und der Knabe sich in ihren blonden, langen Locken verwickelte, und die schöne, gute Schäckerin sich losriß – hin – zum Tode!

Könnt' ich sie malen diese Scene, wie sie mir immer vor den Augen schwebt,
und die Welt und Sie fragen: das wäre das Bild einer Selbstmörderin?

Anschließend überlas sie ihren Briefentwurf an Professor Klein:

Schon glaubte ich, von Ihnen vergessen zu seyn, als mich Ihr Brief überrasch-
te, und Ihre Theilnehmung mein für jede Gattung Freude erstorbenes Gefühl
zur Freundschaft belebte. Der Himmel segne Sie dafür, guter Mann: da er mir
sonst alles nahm, alles in einem neidisch raubte, wird er mir doch die guten
Wünsche für meine mitleidigen Freunde nicht versagen. Ach! daß sonst meine
stolze, freie Seele beim Gedanken von Mitleid sich empörte! Wie tief bin ich
gesunken! Mein gekränktes, freudenleeres Herz mögte jeden Vorübergehen-
den um ein karges Almosen von Trost anbetteln ... So sehr ich gewünscht
hatte, mein Unglück in meinem Herzen zu begraben, so konnt ichs doch nicht
dulden, daß unsinnige Pfuscher mein Kind als ein liebrasende Selbstmörde-
rin, mich als eine Tirannin brandmarken, so daß jeder Laffe mich und meine
Kinder anstaunet, und einem andern halblaut ins Ohr flüstert sieh, dies ist
auch eine Schwester von ... Da Sie mich, einen Theil meiner Familie kennen,
so schmeichle ich mir wegen dem Bewußtseyn meiner Unschuld, Männer, wie
Sie, zu Vertheidigern zu verdienen. Ach, daß ich noch Kinder habe, die mir
die Aufrechterhaltung unserer Ehre zur Pflicht machen! Wäre ich Kinderlos –
folgte ich der Stimme meines Herzens, ich suchte eine Gegend auf, wo kein
Lichtstral die Felsenhöhle durchblizt, machte mir junge Bären zahm und zi-
schelte mir die Schlange zur Freundin, denn das Menschengeschlecht ist bös!
Ich that so viel an meinem Kinde, vom Säugling brütete sie mein junges, liebe-
warmes Herz bis zur schönsten, reifsten Menschengestalt, und das Mädchen
bildete ich zum Mann! Und nun solche Belohnung, jezt so viel Schmerz.
Ja, lieber Professor, es ist kein verstörter Gedanke meines kranken Gehirns,
es ist ein wohlbedachter Satz, den ich aus meinen Umständen zog: Die ganze
Erde bedarf wieder einer Revolution, und nur hie und da bleibe ein einsamer
Adam und eine junge Eva auf den steilen Pyrenäen oder auf dem Pico übrig,
die meinetwegen die Früchte eines jeden neu hervorkeimenden Baumes in
Ruhe geniessen sollten; Halten Sie's ja nicht für Schwärmerei, was ich Ihnen
schreibe, Sie würdigen sich sonst auch zur Klasse täglicher Menschen herab;
Ich fühle es so im Grunde meines Innersten, wie wahr meine Seele urtheilt.

Dann überflog sie seinen Artikel:

Wie tief muß der Grad der niederträchtigen Bosheit von Privatmenschen seyn, die ohne sichern Grund, ohne Beweis einen bedaurenswerthen Mitmenschen des schändlichsten Verbrechens öffentlich beschuldigen! Fanny von Ickstatt – – eine Selbstmörderin! ... Kaum war das Schicksal der Fanny bekannt, da gebaren die Märkte Schriftchen von Gift, wie Wüsten die Schlangenbruten. Jedes Wort war Lästerung der Unglücklichen, Dolch im Herzen der leidenden Familie ... welche Ungeheuer seid ihr in den Augen des prüfenden Weisen, des rechtschaffenen Mannes, des menschenfreundlichen Weltbürgers! Welche unläugbare Urkunde habt Ihr wider die Möglichkeit des Zufalles? Welche unverwerfliche Zeugen des gewissen Selbstmordes? Ihr lästert! Schändet Ehre der Todten! Brandmarket Namen der Lebenden! Frei, mit unverschämtem Tollsinne stellt Ihr die bei diesem Unglücke unter allen Menschen bedauernswürdigste Person, die Mutter, zum öffentlichen Abscheu aus, als die Urheberin einer Verzweiflung, die nur vermuthet wird, als die Mörderin ihres Kindes! Man muß den Gang der Natur verläugnen, um nur wahrscheinlich zu finden, daß Fanny von Ickstatt sich mit Vorsatz in den grausamsten Tod stürzte.

Was sollte sie zu dieser Handlung treiben?

Verzweiflung der Liebe?

Sie war nicht in der Lage, sie liebte, wurde geliebt. Sie genoß unter den Augen ihrer Aeltern, vor den Augen der Welt, des öftern die Gegenwart ihres geliebten Gegenstandes. Sie war fern von einem empörenden Zwange, und konnte als ein Mädchen von männlicher Vernunft durch weise Vorstellungen einer liebenden Mutter gewiß in die Lage der Verzweiflung nicht kommen. Dies fühlten die Verläumder selbst gar wohl; darum dichteten sie harte Behandlung einer zärtlichen Mutter und Drohung mit dem Kloster.

Wer den Geist einer Frau von Heppenstein kennt, und winzige Köpfchen ihr das Wort Kloster in den Mund legen höret, der braucht weiter nichts zur Überzeugung, daß man alle Schaam, oder vielmehr alle Sinne verlor, um die ungereimteste Lüge der Welt zu sagen. Fanny von Heppenstein hätte einer Tochter, die sie bildete, mit dem Kloster gedroht!

Kennt Ihr Fanny Heppenstein? Habt Ihr Fähigkeit, sie zu kennen?

Ich muß gestehen, selten hat mich eine Bekanntschaft so in Bewunderung gesezt, wie die mit dieser ausserordentlichen Seele! Es war mir nicht genug, von dem Offizier, dem Geliebten der Fanny, und seiner ganzen Familie das bewährteste Zeugniß der Unschuld ihrer Mutter zu erhalten. Der Brief voll Vernunft und Mutterliebe, den sie einige Tage vor dem unglücklichen Zufall an den Vater des Jünglings schrieb, ist allein vollkommen hinreichend, allen Verdacht gegen die edle Fanny von Heppenstein zu tilgen.

Das Zulächeln der kleinen, liebenswürdigen Familie konnte bisher der tief-jammernden Mutter nicht eine Stunde erheitern. Und die Böswilligkeit so vieler Menschen macht vielleicht ihre Qual untilgbar und ihren Jammer gren-zenlos.

Sie nickte und überflog ihr Schreiben an Salzmann:

Mein bester S.

Verzeihen Sie, daß ich Ihnen so lange nicht antwortete, mein Kopf ist von meinem Unglück so geschwächt; Ach! Meine Leiden sind unaussprechlich! Kein Freund, der mich trösten kann; und dann täglich neue Mährchen mei-ner traurigen Geschichte. Die Leute finden Freude daran, jedes Unglück zu vergrössern. Oden und Lieder werden über ihren Tod gemacht; bald brachte sie Liebe, Eifersucht, Zwang, bald etwas anderes zu diesem Entschluß: bald besingt man sie als eine Heldin, die dem Schicksale trozte, und muntert ande-re zur Nachahmung auf.

Ich weiß nichts – nichts, als daß sie fröhlich an ihrem Maskenkleide für den nächsten Sonntag arbeitete, vergnügt zu Madame Dumont ging – O mein Kopf ist so voll! – Ihr tröstender Rath ist zwar recht gut; allein, man muß Mutter, man muß in meiner Lage seyn, um von meinem Zustande urtheilen zu können.

Ich habe mit Sokrates nur einen Trostgrund: der Mensch hat bey der Geburt sein Leben vom Schicksal durch einen Todesvertrag erkauft; früher oder spä-ter; es ist ein Weg, vom Frauenthurm herab, oder langsam schleichend auf irgend einem ungebahnten Wege, oder elend auf dem Bette dahin wandern, ist freilich immer einerlei; in einem halben Jahrhunderte modert vielleicht mit meiner Fanny und mir das halbe jetzt lebende Menschengeschlecht.

Von Salzmann hatte sie allerdings noch keinen Textvorschlag erhalten. Er wünschte sich zuvor eine genaue Beschreibung der Umstände und ihrer Fa-milienverhältnisse, hatte aber zugleich versprochen, zu ihrem Trost und zu ihrer Rechtfertigung beizutragen. Sie schätzte Salzmann hoch, er tat viel für die Jugend und sein edler Charakter wurde allgemein gerühmt. Aber insgeheim bekannte sie sich, dass seine Frömmigkeit, in die seine Trostversuche gebettet waren, sie verstimmte und aufbrachte. Wie grausam und ungerecht war doch das Schicksal, und wie wenig bedeutete das Los des Menschen! Dazu vor allem fand sie es wichtig, sich zu äußern. Sie schrieb:

Man tröstet mich mit der Vorsehung, wie sie alles zu unserem Besten lenke; Ach! Daß mich dies Opium der Seele nicht einschläfern will! Daß ich nicht begreifen kann, warum mir dies allmächtige Wesen eine liebe Tochter gab, und sie so schrecklich von meinem Herzen wegriß, daß es sich nun langsam verbluten muß! Ach, wir sind nicht einmal das den Göttern, was die Fliege dem Knaben ist, ganze Welten sind ihr Spiel! Und da rollte just die Kugel voll Unglück über mich her. Eben erhalte ich auch ein Trostschreiben von einem meiner Freunde, vermuthlich ein Fatalist, der mir beweisen will, wie nothwendig der Sturz meines Kindes dem Wohl des Ganzen war! O des herrlichen Trostes, daß ich leiden sollte, zum allgemeinen Besten, und daß mein Kind die sieche Luft spalten mußte, deren faule Dünste sonst vielleicht pestartig für uns geworden wären. Ich wollte, ich könnte mich losreißen vom gesellschaftlichen Leben, – und einen Lethe finden, der mich vergessen machte, daß ich Mensch war. Keine schwarze Melancholie gebiert diese menschenfeindlichen Ideen. Gehen Sie selbst des Lebens dornigten Pfad mit mir durch; durchkreuzen die Palläste bis zur Hütte des Bettlers; wachen beym Säugling bis zum unthätigen Greis; und wiegen jeder Freude Pfund zu einem Loth Schmerzen wucherisch ab; So wird die Schale der Freude vom Druck des andern in die Höhe fliegen und in Nichts zerstäuben.
Ich biete dem Manne Troz, der mir sagt, er sey glücklich! Dieser brandmarke mich mit der Narrenschelle, und ich gehe willig ins Tollhauß! Ich Thörin, glaubte auch glücklich zu seyn, wähnte künftige Freuden – aber für mich, die die Natur mit Gesundheit und Reiz, das Glück mit dem besten Manne und Gütern beschenkte, für mich gabs einen Thurn, der mir in einer Secunde alles – alles in einem raubte.

Sie nickte. Das konnte so stehen bleiben.
Der nächste Text, einer ihrer Briefe an Klein, musste noch einer Prüfung

unterzogen werden. Sie markierte die Stellen, die sie in die Veröffentlichung aufzunehmen gedachte:

Hätten Sie mir gesagt, mein Lieber, daß der Mensch durch unnennbare Gefühle zur Freundschaft manchmal hingerissen wird, so hätte ich es Ihret- und meinetwegen eher geglaubt, als alles das, was Sie mir Gutes und Herrliches von unserer Welt und ihren Bewohnern vorsagen; der größte Mensch bleibt immer Mensch mit allen seinen Bedürfnissen, um deren Befriedigung er in seiner Organisation mehr Mittel findet, als sein Bruder Thier.

Sie haben recht, daß Sie den Frühling geniessen, ich war auch einst auf dem Lande glücklich und fühlbar für die Reize der Natur ... und haschte neidig nach dem ersten Stral der jungen Sonne; aber jetzt blüht keine Blume mehr für mich, und ich fühl keine Sonne ... ich bitte Sie um Briefe; es ist eine gute Handlung, an ein unglückliches Weib zu schreiben, und ihr trauriges Zeug zu lesen, und Sie halten so viel auf gute Thaten! Hätten alle Menschen Kleins Kopf und Herz, dann wollt ich gern nachgeben, aber doch nie glauben, daß der Mensch ein so gar herrlich Ding sey. Wie oft hat Sie selbst Ihr Gefühl getäuscht, das von der Verdauung unseres Magens abhängt? Hätte Alexander Kaffee getrunken, vielleicht hätte er statt Durst zum Siege ein banges Herzklopfen bekommen, und wir wüßten nichts von ihm –. Die baufällige Maschine Mensch – entbehrt sie nicht die feinen Organen des Geruchs vom Hunde, die starken Sehnen des Pferds, die Schwimmblase des Fisches und die Zauberkehle der Nachtigall? Sollten uns die wenigen Sprachewerkzeuge und ein grösseres Gehirn über all das so weit erheben? Unser Verstand, der sich mühsam zu anderen Sphären schwingen will, taumelt mit unsichern Schritten fort. Wer steht mir für Ihres gepriesenen Newton Ausmessungen? Wie viele vor ihm lehrten der Erde Standort und der Sonne Lauf und befestigten die Himmelsdecke mit Sternennägeln – und irrten sich alle! ... So werden die Meinungen der Menschen immer neuen Veränderungen ausgesezt seyn, bis endlich auf einer hohen Stufe der Verstand herabgeschleudert wird durch eine neue Mißgeburt von Religion oder Despotismus, und dann wieder bis auf die jezige Höhe hinaufklimmt ...

Freund, Sie sind schuld an meiner Schwärmerei. Als Kind gab mir mein Oheim und Professor Weishaubt Lehrstunden in der Mathematik und Naturlehre, da ich den Meßtisch nicht nachziehen und die Teleskope nicht umklammern konnte; und wenn man mir nun diese Saite berührt, gibts Laut.

Ja, sie war einverstanden, diese Auszüge konnten aufgenommen werden!

Schließlich wählte sie noch einen Ausschnitt aus einem Vorschlag Kleins, der gegen Ende seinen Platz finden sollte:

Der Herausgeber dieses Journals hat schriftliche Zeugnisse von Männern in Händen, die wegen ihrer Rechtschaffenheit und ihrem Stande verehrungswürdig sind; die mehrmal gegenwärtig waren, als die Mutter dieses unglückliche Mädchen versicherte, sie würde ihrer Wahl nie entgegen seyn, oder ihre Neigung zu unterdrücken suchen; denn sie könne nicht glauben, daß ihre Tochter einen Unwürdigen wählen könne; ihr aber mit den liebevollsten Ausdrücken wegen ihrer Verbindung mit Vincenti die vernünftigsten Vorstellungen machte, die nicht die geringste Gelegenheit zu einer Schwermuth geben, und nur den glücklichsten Eindruck auf das Herz eines Mädchens, wie Fanny war, machen konnten. Eben diese vortreffliche Männer betheuren bei ihrer Ehre, daß sie nie etwas von Zwang, Drohung oder übler Begegnung gehört haben; im Gegentheil, diese unglückliche Mutter habe ihre Tochter immer so zärtlich bei dieser Sache behandelt, als eine liebende Mutter ihr Kind immer behandeln kann.

Ebenso liegt mir eine schriftliche Erklärung der Mutter der Fanny aus den Händen ihrer zweiten Tochter vor:

›Es ist eine verläumderische Erdichtung, daß Fanny je ins Kloster oder zu einem alten Manne gezwungen wurde; es war nie die Rede davon, ich rufe alle Bekannte und die ehrwürdigen Männer, ihre Vormünder, zum Zeugniß auf.

Ebenso unwahr erklärt Franz jede Zeile dergleichen Beschuldigungen, und betheuert auf seine Ehre, keine Sylbe von einem Abschied von Fanny erhalten zu haben. Wie lieb- oder hirnloß muß der Mensch seyn, der um einige Batzen die Ehre einer gekränkten Familie, durch die Mißgeburt seiner hinkenden Muse angreifen, und auf Kosten einer Unglücklichen Werthern verhunzen mag.

Das waren zwar ihre eigenen Worte, aber sie trafen die richtige Saite. Franzisca legte den Artikel in die Mappe und entnahm ihr den Beitrag Bibras, der den Abschluss der Publikation bilden sollte. Herr von Bibras Artikel, der sich direkt an Nesselrode wandte, war eine durch präzise Vorgaben Franziscas entstandene Verhöhnung der Figur des Franz in seinem Werk. Er würde die Krönung ihrer Rechtfertigung bilden und zugleich ihr die Möglichkeit bieten, sich an Vincenti wegen seines Doppelspiels zu rächen. Sie las die Stellen laut, die ihre besondere Zustimmung fanden. Bibra hatte ihre Vorschläge wörtlich übernommen:

Wäre Ihre verunglückte Romanenmuse noch im vorigen Jahr von ihrer kränkelnden Bürde entbunden worden, so hätte man das schwächliche Kind einstweilen mit etwas Zucker laben können, bis es von sich selbst verzehrt dahin gewelkt wäre. Daß aber eben der unglückliche Sturz der Fanny Ickstadt Ihrem Kind den Namen geben sollte – dieß ist, was Ihnen Verantwortung zuzieht. Ihr Roman soll die reine Absicht haben, Bildung der Herzen, Erziehung und Grundsätze zu befördern. Just will ich Ihnen das Gegentheil beweisen: Gleich im ersten Brief schildern Sie Ihren Franz als den wütendsten Entschlossenen, der nicht leben kann, wenn er seine Fanni in den Armen eines andern sähe – dessen ganze Natur vor diesem schauervollen Gedanken zurückbebt – dessen Gemüthe sich dann wieder erheitert, wenn er denket, daß keine Macht in der Welt seine Fanni zwingen könne, ihre Hand einem andern, als ihrem Geliebten zu geben. Wenn nun Franz ... seiner Fanni ... tausendmahl sagt: er glaube es unmöglich, daß ihre Mutter sie vorsätzlich durch eine übel gewählte Heyrath unglücklich machen wolle, ... daß üble Begriffe über den wahren Glückszustand vielleicht die Ursache sind, daß die Mutter sich unserer Verbindung widersetzet – et cetera.
So ist seine Bitte um Geduld wahrhaft eine einfältige Bitte, über die ein feuriges Mädchen lachen und zürnen müßte. Ihr Franz also, ist der Mann nicht, der sein vor Liebe glühendes Mädchen zurechtweisen kann. Anfangs selbst ein rasender Entschlossener, dann ein langweiliger Schwätzer, und zuletzt ein abgeschmackt um Geduld Bittender. Das Mädchen möchte ich nicht, das Ihrem Ideal, wenn es wirklich existirte, nicht sogleich bloß aus dem Grund den Abschied gäbe, weil sich der Mensch elend widerspricht ... Mit einem Wort, mein Herr Graf, Ihr Genieproduct verdiente die Ahndung, daß die Publicität desselben verboten wurde. Wenn Sie also den Charakter Ihrer Ehre und Rechtschaffenheit behaupten wollen, so verbessern Sie, durch öffentlichen Widerruf, die einer leidenden Familie zugefügte Beleidigung. Oder, haben Sie niemals gelitten?

Das eignete sich trefflich als Abschluss! Franzisca war sehr zufrieden.

XI

*D*ie Klage

Neben diesem Bericht, der die Welt davon überzeugen sollte, dass hier keinesfalls ein Selbstmord, sondern ein tragischer Unfall eine glückliche Familie zerstört hatte, musste aber noch eine andere Schlacht geschlagen werden: In der Korrespondenz in Nesselrodes Buch, die allgemein als die echten Briefe der Liebenden aus den letzten acht Tagen angesehen wurden, schilderte Fanni ihrem Franz ihre ausweglose Lage und kündigte ihren Freitod an.

Da Vincentis Schreiben nicht zu finden waren, wusste Franzisca also nicht, ob Fanny ihren Entschluss zu sterben tatsächlich angekündigt hatte. Folglich konnte sie Nesselrode nicht der Lüge überführen, der vorgab, die originalen Briefe zu kennen, und Franz nicht des Verrats. Andererseits durfte es aber aus dem gleichen Grund keinesfalls zu einer Gegenüberstellung der originalen und der Nesselrodischen Briefe kommen.

Wie sollte sie dieses Dilemma lösen? Franzisca ging in höchster Erregung auf und ab.

Wenigstens bestand die Hoffnung, dass das Hofgericht an einer solchen Gegenüberstellung kein Interesse zeigen würde, da Angeklagte wie Kläger aus seinen Reihen stammten. Zunächst galt es jedenfalls, von Franz Einblick in die originalen Briefe zu fordern – falls sie noch in seinem Besitz waren –, um nachweisen zu können, dass er sie Nesselrode überlassen hatte. Und das würde Franz natürlich ablehnen, um sich nicht selbst ans Messer zu liefern.

Nesselrode musste aber unter allen Umständen mundtot gemacht werden. Und dafür brauchte sie den Beweis, dass die Briefe, die er publiziert hatte, nicht die echten zwischen Fanny und Franz waren. Der Beweis würde nur durch Vergleich beider Korrespondenzen zu erbringen sein. Aber Franz war in Ingolstadt und er mied sie, wie sie ihn mied. Sie spürte, dass er mit Unruhe ihrer Reaktion auf die Nesselrodischen Enthüllungen entgegensah und sie zweifelte nicht daran, dass ihm davor bange war. Aber eben diese Bangigkeit galt es zu nutzen! Wie sollte sie vorgehen?

Ein persönliches Treffen kam auf keinen Fall infrage. Ein persönliches Schreiben an ihn erwog sie nicht einmal. Am ehesten wäre der alte Vincenti zu ersuchen, sich von dem Sohn die Korrespondenz aushändigen zu lassen, damit Fannys Mutter darin Einblick nehmen könne. Jawohl, nur Einblick wurde erbeten, die Briefe würden selbstverständlich Eigentum des Sohnes bleiben. Das könnte der Hofkriegsrat nicht ablehnen – wusste er doch recht wohl, dass es nun um die Ehre seines Sohnes und die Ehre der Familie ging. Er müsste ihrer Forderung nach Einblick stattgeben und eben deshalb auch dafür sorgen, dass die Originalbriefe nicht bei Gericht vorgelegt zu werden brauchten. Da die ganze Angelegenheit eine Sache des Hofrates war und also vor dem Hofgericht verhandelt werden würde, sollte das keine Schwierigkeit darstellen, denn der Hofrat war bestrebt, jeden Makel vom Namen eines Mitglieds fernzuhalten. Beide Familien, die Heppenstein und die Vincenti, müssten dann gemeinsam als Beleidigte gegen Nesselrode die Klage wegen Verleumdung erheben.

Franzisca frohlockte, als sie diesen Plan vor sich ausbreitete. Damit könnte sie zwei Fliegen mit einer Klappe schlagen: Einmal würde Franz für seinen feigen Verrat gedemütigt und zugleich Nesselrode gezwungen werden, sein Machwerk für Dichtung zu erklären. Und damit wäre ihr Ziel erreicht.

Flüchtig erwog sie die Möglichkeit, dass dieser elende Schreiberling sich eventuell empört rächen könnte und schadenfroh behaupten, es sei ja die Wahrheit – er habe sie aus den originalen Briefen und die wiederum habe ihm Vincenti ausgehändigt –, aber damit würde er sein Ehrenwort brechen, das er Franz sicher gegeben hatte und sich Vincentis Rache ausliefern. Nein, das würde Franz nicht zulassen, denn die Schande, an Fannys Tod Schuld zu tragen, davor würde er zurückscheuen, nicht nur, weil er dann auch als Offizier die Konsequenzen tragen müsste.

Sie ging wie eine Tigerin im Käfig hin und her. In ihrem Kopf verwirrte sich die ganze Geschichte immer wieder ins Unüberschaubare, sie meinte, dieses Knäuel von Widersprüchen nie lösen zu können. Sie ballte die Hände zu Fäusten und stampfte mit den Füßen auf, als müsse sie sich gegen eine schreiende Menge Gehör verschaffen.

Allmählich lichtete es sich in ihrem verstörten Hirn. Es gab nur diese eine Möglichkeit: Sie alle mussten gegeneinander ausgespielt werden, damit sie zu ihrem Ziel käme.

Aber Franzisca zögerte noch, der Stimme der Vergeltung – und der Lüge – nachzugeben. Und nicht wegen der damit verbundenen Unwägbarkeiten zögerte sie, sondern, weil das ganze Prozedere ihrem Naturell zuwiderlief. Sie hasste nämlich Unwahrheit und Lüge. Verwirrte nicht die Unwahrheit das Leben, das schon undurchschaubar genug war, nur noch mehr?

Aber ihr Stolz rebellierte und schrie: So darf es nicht stehen bleiben ... so bin ich nicht ... so war ich nicht ... alles, was daraus geschehen ist, war falsch. Es muss richtiggestellt werden, um jeden Preis!

Hasse ich wirklich die Lüge?, fragte sie sich und nahm ihren Gang durch das Zimmer wieder auf. Ja, gab sie sich selbst die Antwort, ich hasse sie. Aber ich darf nicht vergessen, dass ich mein Leben lang nie aus Furcht oder Not lügen musste. Ich konnte es mir immer erlauben, die Wahrheit zu sagen, weil ich unter ihr nicht zu leiden hatte.

Wirklich?, meldete sich nun die Stimme ihres Gewissens. Wie war es denn mit Lanz und Fanny ... und Peter, damals – weißt du noch? Und wie war es mit Franz und Fanny und ... Heppenstein?

Ja, gestand sie sich endlich zögernd ein, ich habe mir die Wahrheit immer nach meiner Façon geformt! Gleichwohl, hier kann es nicht anders gehen! Es muss so geschehen! Es gibt keinen anderen Weg!

Sie hatte sich einen zähen Kampf mit Heppenstein liefern müssen, denn er weigerte sich rundheraus, den alten Vincenti um die Briefe anzugehen.

»Weißt du denn, was du da von mir verlangst?«, rief er, gänzlich außer sich. »Eine Hofratsfamilie erhebt zusammen mit einer anderen Hofratsfamilie Klage gegen einen Hofkämmerer wegen Beleidigung. Das ist ja fast so, als erhöbe ich gegen mich selbst Klage. Aber damit nicht genug! Jetzt soll ich auch noch beim alten Vincenti um die Briefe seines Sohnes betteln, die dieser nicht herausgeben will. Lass mich aus dem Spiel! Zieh mich nicht noch weiter hinein in diese unwürdige Komödie, an der ich keinen Teil habe – ich nicht!«

Er blickte sie an und versuchte, trotzig auszusehen. Aber sein Gesicht war krebsrot vor Aufregung und er war den Tränen nahe. Franzisca schwieg. Das war ihre stärkste Waffe. Sie schwieg sozusagen unerschütterlich. Am nächsten Tag brachte sie ihr Anliegen wieder vor, als sei es das erste Mal. Und ebenso am folgenden Tag.

»Willst du deinem Sohn diese Lebensbürde aufhalsen? Seine Schwester eine Selbstmörderin? Diese Schmach würde sein Leben lang mit seinem Namen verbunden bleiben, niemals würde er unter die Edelknaben aufgenommen werden, und was das für die Zukunft unserer Töchter bedeutet, das weißt du wohl! Ganz abgesehen übrigens von deiner Kandidatur für die Oberlandesdirektion! Dieser Schmutz auf unserem Namen muss aus der Welt! So schnell wie möglich!«

Am dritten Tag brach Heppensteins Widerstand zusammen. Den Ausschlag gaben die angestrebte Direktorenstelle bei der Oberlandesdirektion – und die Aussicht auf einen Platz für Fritz bei den Pagen. An diesem uralten Recht der altadeligen Familien hing Heppensteins Herz. Er ersehnte den Tag, an dem Fritzchen im Pagenhaus am Schwabinger Tor sich unter die kurfürstlichen Edelknaben einreihen würde in der Livree aus blauem Samt, die über und über mit silbernen Litzen verziert war. Aber, um dieser Sehnsucht zur Verwirklichung zu verhelfen, musste er den alten Vincenti um die Briefe bitten.

An der Art, wie der Hofkriegsrat die Sache aufnahm, war zu erkennen, dass er nicht nur über alles Bescheid wusste, sondern sich schon den Kopf zerbrochen und mit Franz den Plan abgesprochen hatte. »Freilich«, sagte der alte Mann mit niedergeschlagenen Augen, »so kann es nicht stehen bleiben. Graf Nesselrode muss bekennen, dass die Briefe in seinem Buch erdichtet sind, damit endlich einmal Ruhe einkehrt.«

Heppenstein hielt auch den Blick gesenkt. Der ihm gegenübersitzende um 20 Jahre ältere Hofkriegsrat genoss den Ruf von Rechtschaffenheit und eisernem Fleiß. Vater von zwölf Kindern war er, seine Züge trugen den Stempel von Anstrengung und Kampf, aber auch von aufrechter Art. Er tat ihm leid. Nahezu am Ende einer ehrenvollen Laufbahn stellte sich ihm diese schmähliche Komödie wegen eines untreuen Weibes und eines verführten Sohnes in den Weg.

»Das wird er wohl bekennen«, antwortete Heppenstein. »Aber glauben Sie, dass das Gericht dennoch auf Vorlage der Originale bestehen würde?«

»Ich meine nicht«, erwiderte Vincenti. »Mein Sohn hat das hohe Gericht schon um Genehmigung ersucht, diese ihm so teuren Briefe nicht fremden Augen aussetzen zu müssen. Deshalb wird seine Ehrenerklärung, dass darin keine Zeile von häuslicher Bedrohung oder Abschied zu finden ist, hinreichend sein. Und«, fuhr er fort, »er bittet auch Euer Hochwohlgeboren um Verständnis dafür, dass er diese Briefe nicht einmal der unglücklichen Mutter vorlegen kann, denn das hat er Fannys Andenken geschworen.«

»Ich verstehe«, sagte Heppenstein, mit Mühe seine Erleichterung verbergend, während er dachte: Schlau sind sie beide, der Junge und der Alte! »Und dann«, fügte Heppenstein laut hinzu, »sollte ja auch noch klargestellt werden, dass Graf Nesselrode die originale Korrespondenz nie zu Gesicht bekommen hat ... Sie kennen ja auch die Gerüchte ...«

»Mein Sohn wird auch dazu die gehörige Stellung nehmen«, versicherte Vincenti.

Die beiden Herren nahmen voneinander zwar förmlichen Abschied, aber Heppenstein spürte an des Hofkriegsrates festem und langen Händedruck, dass dem alten Vincenti ein Stein vom Herzen gefallen und die ehemalige kollegiale Achtung zwischen ihnen wiederhergestellt war.

Schon nach wenigen Tagen ergingen Eingaben beider Familien an die Kurfürstliche Obere Landesregierung gegen den Hofkämmerer Graf Nesselrode auf Hugenpoet wegen Verleumdung und Beleidigung:

Bey der Kurfürstl. Obern Landes-Regierung übergebene Klagschrift.

Gnädigster Herr!
Der Graf von Nesselrode hat sich nicht gescheut, in beyliegender Piece: Die Leiden der jungen Fanni, offenbare Erdichtungen und Unwarheiten in offenem Druck an das Publicum zu geben.
Unterthänigst Endesgesetzten beyden Familien kann dieses unmöglich gleichgültig seyn; die derselben indirecte angethane Beleidigung ist zu groß, als daß man dazu stillschweigen, und das Publicum nicht auf die behörige Art anders informiren sollte, da einige Umstände kennbar machen, daß es die Geschichte der Fräulein von Ickstadt seyn solle.
Ich, von Heppenstein Mutter stehe mit allem, was heilig ist, dafür, daß es allerdings grundfalsch sey, daß meine unglückliche Tochter in ein Kloster, oder einen alten Beamten zu heyrathen genöthiget worden wäre, und beygehende Abschrift von dem Brief des Lieutenant von Vincenti (wovon das Original bereits vorgezeigt worden) bezeugt mit mehreren, daß sie keine solche, viel weniger ehrenrührische Abschiedsbriefe, als von Nesselrode erdichtet, an den von Vincenti geschrieben habe. Will Graf Nesselrode durch Bücherschreiben sich Geld verdienen (denn darauf wird es wohl hauptsächlich abgesehen gewesen seyn) so mag er's auf eine andere Art, als auf Kosten der Ehre unsrer Familien thun.
Zu unserer Satisfaction bitten wir demnach Eure Kurfürstliche Durchlaucht hiemit unterthänigst, nicht nur den Verkauf dieser Piéce zu inhibiren, und dem Verfasser derselben sein strafbares höchst beleidigendes Unternehmen geschärftest und ungnädigst zu unterweisen, sondern auch das Publicum durch die öffentlichen Zeitungen und Intelligenzblätter, allenfalls nach bey-

gehendem Formular, avertiren zu lassen: daß die letzthin ans Licht getretene Druckschrift, betitelt: DIE LEIDEN DER JUNGEN FANNI, EINE GESCHICHTE UNSERER ZEIT IN BRIEFEN, von F. G. von Nesselrode, erdichtet, wahrheitswidrig und ehrenrührische Verläumdung sey.

Unser Begehren ist gerecht, und in allen Gesetzen begründet; Umso eher verhoffen wir gnädigst erhört zu werden, und empfehlen uns zu Kurfürstlichen Höchsten Hulden und Gnaden unterthänigst, gehorsamst.

München, den 20. April 1785

Euer Churfürstlichen Durchlaucht
unterthänigst gehorsamste
v. Vincenti, Churfürstl. Hof KriegsRath
v. Vincenti, Sohn, Lieutnant de Deuxponts
Kurfürstl. Hofrath v. Heppenstein
v. Heppenstein, Mutter

Schreiben der Frau von Heppenstein an Herrn Lieutnant von Vincenti:

München, den 11. April 1785

Sie hatten mich durch die lezten Billetts meiner unglücklichen Fanny überzeugt, daß kein Gedanke von schwarzer Melancholie ihre Seele beherrschte, und suchten mich dadurch zu beruhigen, daß unsere vereinigten Thränen für die unglückliche schuldlose Tochter flossen! Nun kommt aber ein Ungeheuer, das unsere zerfleischten Eingeweide durchwühlt, und Schadenfreude und Nahrung darinnen findet. Werthers Geist versündigte sich in seiner unglücklichen Strafstunde mit der hinkenden Muse Nesselrods, und sie gebahr eine Misgeburt unter den Namen: die Leiden der jungen Fanni.

Nun beschwöre ich Sie bey Ihrer Ehre, antworten Sie mir frey als ein Mann, und schonen Sie nicht das welke Mutter-Leben!

Haben Sie je Briefe unserer Fanny aus Händen gegeben?

Und hat jemals Fanny vom Zwang ins Kloster, oder zu einem alten Manne Ihnen schreiben können? Nein, Fanni konnte ihre Mutter nie so anlügen!

Aber ich bin ein armes Weib, die Unglück und Schrecken herabstimmte, bin irre geführt von jedem aufsteigenden Dunst – weiß selbst nicht, was ich den-

ken soll von der Dreustigkeit des Ritters, der mit der Geißel der Lüge eine ge-
kränkte Mutter verfolgt. Antwort! Als Mann – sind diese oder einige ähnliche
Briefe originell? O, so sey auch diese Kränkung still hin zum großen Haufen
meines Unglücks getragen! Wohl mir, wenn mich seine Last erdrückt!

Ist's aber durchaus Lüge, wie ich schon glauben muß, so unterschreiben Sie
mir diese BEILAGE, aber ohne Rücksicht, ohne Schonung meines Schmer-
zens – als Mann, der in der Welt sein Wort vertheidigt – blos Wahrheit!

Antwort des Herrn Lieutnant von Vincenti an Frau von Heppenstein:

Ingolstadt am 16. April 1785

Hochwohlgeborne, gnädige Frau!

Ich müßte gar kein Gefühl von Ehre haben, und die Ruhe und Zufriedenheit Euer Gnaden müßte mir weniger am Herzen liegen, wenn ich bey der
verläumderischen lügenvollen Schmiererey des Nesselrods hätte gleichgültig bleiben können. Mit äußerster Verwunderung erfuhr ich noch überdas,
daß er das Publicum in München mit der niederträchtigsten Lüge: er habe
Originalbriefe von mir erhalten, täuschte – um dadurch seine aufgewärm-
te Theater – Ausdrücke interessant zu machen. – Ich wollte anfangs an ihn
selbst schreiben, und ihn, im Fall er seine Geschichte für den Unglücksfall der
Fräulein Fanny von Ickstadt, und die Briefe für originell ausgebe, als einen
schlechtdenkenden Verläugner der Wahrheit erklären.

Nie fiel es mir aber ein, daß Euer Gnaden selbst einigen Verdacht gegen mich
hätten. Es kränkt mich in der Seele, daß Sie mich einer so niedrigen Den-
kungsart für fähig halten – Bey Ehre und Leben und allem, was mir heilig
seyn muß, betheure ich, daß mir der guten Fanny Briefe nie aus den Händen
kamen, auch zur ENTWEIHUNG nie kommen werden. Sie sind zwar alle so
unanstößig und meisterhaft geschrieben, daß sie von aller Welt könnten gelesen werden – verschiedene aufgeklärte Köpfe, von denen sich gute Produkte
hoffen ließen, ersuchten mich darum, und ich schlug es ab, hielte dafür, es
sey immer besser, die ganze Trauergeschichte vergessen zu machen, als durch
weitere Fortpflanzung dem Andenken nur mehr einzuprägen, da es doch einmahl Lauf der Welt ist, solche Fälle von der übelsten Seite zu beurtheilen – ich
wäre nicht werth, daß mich die Erde mehr hielte, und glaubte Fannys Schatten und Todtengebeine noch auf das empfindlichste zu beleidigen, wenn ich
je das geringste dazu beytrüge, daß man niedrig von ihr denken müsse. Die

Hauptbeweggründe ihrer That, wie sie Nesselrode herbeygelügt, sollten ja Euer Gnaden (als ganz fremd) allen Verdacht von Originalbriefen nehmen. Ist in einem einzigen von allen Briefen, die ich theuer aufbewahre, nur ein Gedanke von Zwang ins Kloster, oder alten Manne heyrathen, enthalten, so will ich meine Ehre auf ewig verloren haben.

Indessen schicke ich Euer Gnaden mit Vergnügen die Beylage unterschrieben zurück – Mein Vater wird das nämliche thun. – Nochmahls wiederhohle ich, mit Verpfändung meiner Ehre, auf das feyerlichste, daß ich gewiß keinen Theil daran habe. Verlangen Sie noch mehr von mir, so bin ich bereit, alles zu Ihrer Beruhigung und zur Aufrechthaltung unsrer Ehre zu unternehmen. Ihrem würdigen Herrn Gemahl und Fräulein Lenchen bitte ich mich ergebenst zu empfehlen, und bin mit größter Hochachtung

> *Euer Gnaden*
> *gehorsamster Diener, Vincenti*

XII

$\mathcal{N}$ichts gedeiht, außer Tugend und Wahrheit

Das Gerichtsverfahren zog sich quälend und demütigend lange bis in den Sommer hin. Nesselrode hatte sich gegen alle Vorwürfe geschickt und mit beißendem Hohn zu verteidigen gewusst. Die Unverschämtheit, mit der er die Heppenstein'schen Angriffe parierte, erweckte allgemein den Eindruck, dass er sich im Recht und auf der sicheren Seite wusste:

Ich schrieb das Ding nach allgemeinen Nachrichten, nach der Stimmung des Publikums. Wahr ist es, daß ich von der Oberlandesregierung in München nach der Herausgabe der Leiden der Fanni befragt wurde, ob ich Originalbriefe von der Fanni in Händen hätte. Allein, da ich nur einen Roman geschrieben hatte, so folgt von selbst, daß meine Antwort diese war: Ich habe eben so wenig Originalbriefe, als Herr Göthe dergleichen hatte, da er Werthers Leiden schrieb. Eine Fannische Familie aber in Baiern zu wissen, war mir bisher unbekannt, und folglich hatte ich sie nicht die Ehre zu kennen. Ich könnte auch derselben die von mir geforderten Originalbriefe umso weniger zur Einsicht zustellen, als ich deren keine habe und zu meinem Roman dergleichen ebensowenig nöthig hatte, als der Verfasser der Leiden des jungen Werthers, obschon dieser Roman auch in Briefen geschrieben ist, wovon ihm jedoch meines Wissens von der Wertherischen Familie die Originalbriefe nie abgefodert worden; und auch ich hätte es mir nie denken können, daß man mir von Romanbriefen Originalien abfodern könnte, wenn ich nicht das mir zugekommene Rescript empfangen, und aus diesem die gegen mich angebrachte so seltene Klage ersehen hätte. Ich erkläre also bey meiner Ehre, und wie ich mir schmeichle, bekannten Rechtschaffenheit, daß es nie meine Absicht war, eine Fannische Familie zu beleidigen. Da mich aber eine so ganz unbekannte Familie angeklagt hat, ich derselben Originalien von erdichteten Briefen zustellen, und mich gegen sie verantworten solle, die ich eben so wenig kenne, so muß eine solche Klage dem witzigen Ausländer Stof zur Unterhaltung machen, wenn die Geschichte näher bekannt werden sollte.

Die Obere Landesregierung hielt es nach vielem Hin und Her schließlich mit Nesselrodes dubioser Erklärung für genug, er habe nie Originalbriefe besessen und die seinen seien alle erdichtet. Ein einziger magerer Erfolg in dem allgemein als peinlich und unaufrichtig empfundenen Prozess, den nicht nur die Münchner zwischen Missbilligung und Spott verfolgten, war das Verbot von Nesselrodes Broschüre in München. Auch Herstellung und Vertrieb jener Kupferabzüge von Fannys Sturz vom Frauenturm, die Baumgartner in seinem Werkchen veröffentlicht hatte, wurden untersagt.

Als das Urteil endlich erfolgte, brachte es keine Entscheidung. Das Verfahren ging unentschieden aus und wurde als Iniurienklage an den Hofrat verwiesen, wo es versandete. Es war ebenso abgelaufen, wie es Heppenstein vorausgesehen hatte. Nichts weiter geschah, als dass die folgende, von Franzisca verfasste Erklärung an die Zeitungsverleger versandt wurde:

Öffentliche Erklärung an das Publikum:
Da aus der jüngsthin im Drucke erschienenen Schrift: Die Leiden der jungen Fanni, eine Geschichte unserer Zeit in Briefen, von F. G. v. Nesselrode obwohlen der Familienname ausgelassen worden, wegen einigen dabey vorkommenden Umständen klar zu entnehmen ist, daß es die Geschichte des

unglücklichen Sturzes der Fräulein von Ickstadt seyn sollte; beyden darin vor-
kommenden Familien aber nicht gleichgültig seyn kann, daß man auf Kosten
ihrer Ehre und selbst der Verstorbenen, aus Autor- und Gewinnsucht das
Publikum täusche, so erklären beyde hier unterzeichnete Familien hiemit, daß
alle in dem Roman enthaltenen Briefe, nach der vom Autor selbst übergebe-
nen Verantwortung und Geständniß auf die Klage an Eine Hochlöbliche hie-
sige Landesregierung, erdichtet, folglich der Abschiedsbrief der Fanny ebenso
falsch und unwahr, als der angebliche Zwang ihrer Mutter zur Anheyrathung
eines alten Beamten seye. Uebrigens hätte man dem Verfasser den geringen
Gewinn, den er durch eine schwache Nachahmung der LEIDEN DES JUN-
GEN WERTHERS zu erhaschen gesucht haben mag, gerne gegönnt, und ihn
von dem Vorwurf einer Verläumdung damit entschuldiget, daß Dichtern und
Romanenschreibern Unwahrheiten zu sagen erlaubt ist, wenn bey Durchle-
sung solcher falscher Nachrichten das Andenken der Verstorbenen und ihre
Familien nicht beleidigt wären.

München, den 8. Juni 1785

F. v. Heppenstein, als Stiefvater
F. v. Heppenstein, als Mutter
F. v. Vincenti, Lieutnant unter Herzog Zweybrücken.

Der aggressive Ton, den beide Familien in ihren Klageschreiben anschlugen, erregte in der Öffentlichkeit Kopfschütteln und Befremden. Allgemein war man davon überzeugt, dass dabei die Baronin die Federführende gewesen war. »So schreibt keine gebrochene Mutter«, sagten die Mütter und: »Die Wahrheit kann der Bosheit entraten«, befanden die Alten. Heiterkeit und Beifall jedoch erntete der unverschämte, siegessichere Ton Nesselrodes, und vielsagende Kommentare zeitigte der gewundene Briefstil des Leutnants Vincenti. Nun, hieß es, er musste sich ja so drehen und winden, um mit viel Worten möglichst wenig zu sagen.

»Multa non multum«[53], spottete Westenrieder.

Die einfachen Leute waren darüber aufgebracht, dass das Gericht nicht auf der Vorlage der Originalbriefe bestanden hatte, sondern es mit der Eh-

---

[53] Vieles, nicht viel.

renerklärung des Leutnants hatte gut sein lassen. »Ja«, sagten sie, »Leutnant, Hofrat, Hofkriegsrat und Hofkämmerer müsste man sein!«

»Warum haben die Heppenstein denn nicht die echte Korrespondenz veröffentlicht?«, hörte man allgemein fragen. »Wo sie doch – wie der Leutnant zu Protokoll gegeben hatte – so unanstößig sei, dass sie von aller Welt könnte gelesen werden? Damit wäre doch aller Verdacht ausgeräumt gewesen, und das peinliche Gerichtsverfahren und diese leidige Rechtfertigungsschrift hätten sich erübrigt.«

»Schad ums Geld«, murmelte der arme Münchner Maler Stephan, der um sein tägliches Brot bangen musste, »davon hätt ich mit meinem blinden Weib ein paar Jahr lang leben können.«

Ein winziger Erfolg war, dass Nesselrode schließlich das Feld räumte. Er verließ München und ging nach Westfalen, um endlich weiteren Schikanen und Sticheleien zu entgehen. Denn in einem Furor, den die Zeitgenossen mit Verwunderung und Missfallen aufnahmen – und gegen den Heppenstein machtlos war –, überhäufte Franzisca den Hofkämmerer mit derart beleidigenden Aufsätzen und Artikeln, dass deren Veröffentlichung in Bayern untersagt wurde. Daraufhin ließ sie ihre letzte geharnischte Attacke im Ausland in der »Oberdeutschen Staatszeitung« abdrucken, die in Salzburg herauskam.

Da erscheinen Lieder – Grabschriften – Brochuren in Menge, alles über die Mutter. Besonders zeichnete sich ein Herr Cammerherr von Nesselrode aus. Er verhunzte die Leiden des jungen Werthers auf meine Fanny, und verdiente sich einige Batzen auf Unkosten unserer Ehre. Er schriebs in Briefen, wovon jede Zeile Lüge, wie die Nachricht Verläumdung ist, daß Fanny je ins Kloster, oder zu einem alten Manne sollte gezwungen werden – oder nur eine Zeile von Abschied und Desperation schrieb. Kein Wort je! Ich las das elende Zeug, und schrieb die Worte darunter: Jede Zeile ist Lüge! Doch schon zu Esops Zeiten mußte der kranke Löwe den Schlag des Esels dulden.
So schickt ichs ihm!

Die Münchner hatten damit neuerdings wieder einen Grund, am Sonntag hinaus zum »Schlosswirt« nach Föhring zu wandern, wo sie auf fürstbischöflich-freisingischem Boden bei einer Kanne Bier dieses verbotene Blatt schmunzelnd und mit gepfefferten Kommentaren studierten.

Franziscas Rechtfertigungsbericht in Form einer Korrespondenz unter Freunden erfuhr viele Verzögerungen und erschien erst im November des Unglücksjahres in den beiden bedeutendsten Zeitschriften. Das »Pfalzbayerische Museum« druckte den umfänglichsten Teil davon ab, ein Elaborat von 45 Doppelseiten, das auch die Schattenrisse von Mutter und Tochter zeigte. Das »Journal von und für Deutschland« publizierte nur einen Ausschnitt. In beiden Zeitschriften aber erschienen die Gerichtsakten, von deren Veröffentlichung sich Franzisca – gegen den erklärten Willen Heppensteins – eine größere Überzeugungskraft und Wirksamkeit versprach. Doch auch dies sollte sich als Enttäuschung erweisen.

Wie damals nach dem Unglück, trafen sich die drei alten Freunde Effner, Scherer und Westenrieder wieder nach der Veröffentlichung, um ihre Meinungen auszutauschen. »Man sieht«, spottete Westenrieder, »dass dies eine neue Version des Mythos von Demeter und Persephone ist. Denn diesmal hatte es der Gott Hades auch auf die Mutter abgesehen.«

Der Stiftspfarrer Scherer legte das umfangreiche liber mortuorum der Frauenkirche auf den Tisch, in dem alle Todesfälle des vergangenen und des laufenden Jahres verzeichnet waren. Er hatte, wie damals, vereinbart, unter dem Eintrag vom 14. Januar genügend Platz für eventuell sich später ergebende weitere Informationen gelassen. Und diese Voraussicht erwies sich nun als weise, denn der Bericht der Baronin enthielt nachweislich zahlreiche Verdrehungen der Wahrheit, die darauf abzielten, den Freitod als tragischen Unfall darzustellen. Scherer hatte sie seinen Notizen gegenübergestellt und für die Nachwelt sorgfältig berichtigt. »Hier fängt es schon an«, sagte der alte Pfarrer, erregt die Seiten umwendend, auf denen er ganze Passagen unterstrichen hatte. »Da schreibt die Mutter über die arme Dienstmagd, die mit ihrer Tochter auf den Turm gestiegen war: ›*Das Mensch, halb todt für Schrecken, konnte sich von der auf sie stürmenden Menge kaum loswinden, und schrie zu ihrer Entschuldigung: Ja, die Fräulein ist ja mit Fleiß hinausgestürzt – hab sie nicht erhalten können.*‹ Aber das war keine Entschuldigung, das war die Wahrheit. Die Baronesse hatte sich doch am Vortag zum Turmbesuch ansagen lassen. Nicht wahr, Effner?«

Der Stiftsdekan nickte und wies auf sein mitgebrachtes Memorandum: »Ad perpetuam rei memoriam. Gleich werde ich es Euch vorlesen.«

Dann schreibt die Baronin weiter, fuhr Scherer fort: »›*Mein Mann kam ungefehr zur Stube herein. Das Mädchen lag noch heulend auf der Erde. Ich erzählte ihm ganz kalt, was ich wußte. Er lief fort ohne Hut zur Kirche.‹«*

»Das glaubt nur, wer noch nie am Schrannentag in München war«, warf Westenrieder ein. »Denn bis das arme Mädel vom Turm herunter und durch die dichte Menge von der Kirche bis ans Heppensteinhaus gelangen konnte, war der Hofrat schon hin und zurück und hat daheim Bescheid gegeben.«

»Wo es doch eh alle schon vom Geschrei der Leute gewusst haben, was geschehen war«, sagte Scherer. »Und dann will sie glauben machen, dass sie sich zwar gleich ›*umringt von einer Menge Menschen findet, die Mitleid und Neugierde hertrieben*‹, aber der Leutnant darf erst durch ›*die Vermittlung einer Freundin*‹ bei ihr vorsprechen, als wäre er ein Fremder.«

»So hat es freilich aussehen sollen«, murmelte Effner.

»Und dann – das ist die Krone der Unverfrorenheit – schreibt sie: ›*Der Pfarrer*‹ – also ich – ›*wollte die unglückliche Geschichte aufs äußerste treiben – Er ließ sie zwar gleich mit der Geistlichkeit in die Todtenkapelle tragen ...*‹ Wo doch wir alle wissen, und die gaffende Menge es gesehen hat, dass ich die Leiche in des Totengräbers Geräteverschlag hab tragen lassen, solange keine Antwort aus Freising da war. Und dann hat sie auch noch die Stirn zu schreiben, dass ihr Mann ›*Gegenzeugschaften*‹ zum Bischof geschickt hätte. Ja, woher hätt er die denn genommen? Zeugen waren nur der Türmer und das Stubenmädel und die haben ein Lebewohl bezeugt. Und schließlich erfrecht sich dies vereitelte Weib – so hab ichs auch niedergeschrieben, und anders kann man sie nicht nennen – zu behaupten, dass Celsissimus beschieden habe: ›*Daß man sich bey einem solchen Falle, der mehr für ein unglückliches Ohngefähr zu halten wäre, kein Bedenken machen dürfe, die arme Fanny mit allen Ehren und geistlichen Feyerlichkeiten zu beerdigen.*« Scherer schlug mit der flachen Hand erzürnt auf die Blätter: »Wann hätte Celsissimus je einen solchen Roman geschrieben?«

Vielmehr beschied er kurz und bündig: »Daß Ihr die vom Stiftsturm gefallene Baronesse nach christkatholischem Brauch zur Erde bestättigen sollet.«

»Aber«, schloss er, »da man es ja laut nicht äußern darf, habe ich im Totenbuch alles festgehalten für die posteri, damit später – wenn andere Zeiten kommen, und die Wahrheit gesagt werden darf – die Menschen wissen, was sich wirklich ereignet hat.«

»Und doch zeigt sich die Wahrheit schon jetzt«, sagte Westenrieder und deutete lächelnd auf einige Zeilen in den Klagebriefen. »Die Baronin selbst enthüllt sie ja. Habt Ihr bemerkt, dass sie einmal sogar Fanni schreibt, wiewohl sie doch Fanny meint?«

»Und hier«, er wies auf eine Zeile im Brief des Leutnants, »hier schreibt er: ›*die Hauptbeweggründe ihrer That*‹. Wieso Tat? Wo es sich doch um einen tragischen Unglücksfall handeln soll? Aber da sieht mans wieder, dass sich das schlechte Gewissen nicht unterdrücken lässt.«

»Ja«, seufzte Scherer, »nichts ist so fein gesponnen, es kommt ans Licht der Sonnen!«

Der Stiftsdekan Effner schlug ein dünnes, in graue Pappe gebundenes Heft auf, das auf dem Deckel den Titel trug: »Beschreibung des Sturzes des Fraeuleins von Ickstatt von dem Frauenthurme herab, den 14. Jaen. 1785.«

Auf dem inneren Umschlag stand: »Ad perpetuam rei memoriam.«

Er begann zu lesen. Aber immer wieder hielt er inne, weil ihm die Stimme brach und er sich die Augen wischen musste:

Anno 1785 den 14 Jenn., um ¼ nach 2 uhr nachmittags, stürzte sich die Fräule Franzisca v. Ickstatt vom Frauen-thurm, wo der Thurm-wachter wohnet, herunter.

Umstände.

Tags zuvor liesse sie sich bey dem Thurmwachter ansagen, das sie am anderen tag bis 2 uhr, die umliegende gegend zu besehen, auf den thurm hinauf komen wolte. Tags darauf gienge sie mit ihrem stuben mägdchen, vom Redouttenhaus, ihrer wohnung, zur stifts-kirche. am eck des castellisch(en) hauses betrachtete sie die höhe der thurmen und sagte zu dem dinst-mädel: es ist doch eine erstaunliche höhe um die thurme. Nicht weit davon traffe sie den H. Französisch. Legations-Secretär, H. v. Schalgrain an. Diser lächelte sie an, und er sie. als sie in die Kürche tratt, kniete sie sich zu S. Benno Altar hin, und bettete eine kurze Weill. von da graden wegs zum thurm thür, welche sie verschlossen fand. dann eilte sie zu dem Thürchen-wachter Xaveri, welcher vor Kälte in der Grärlerin bey Z. Zuflucht stull sasse mit der ahndung, warum der Turm versperrt were? Da sie sich doch tags zuvor hette ansagen lassen? Und bat den Thürchen-wachter, ihr aufsperren zu lassen, ohneracht ihr diser die grose Kälte vorschuzte, der schlissel wurde gehollt, und die Thür geöffnet. die Treppen liffe sie singend hinauf. bey denen gloggen mochte sie es schon versucht haben, aber da sie kein gitter offen fande, stiege sie bis zum Thürmer, da betrachtete sie alle Fenster, und als sie das gitter an jenen zur parr-Kürche hin offen fande, blibe sie da stehen, bate den thürmer ihr das gitter, um besser zu sehen, aufzuspreizen, und dann, brachte sie erst das stuben mädl, und den Thürmer von hals. von leztern liesse sie sich die grösse der angemahlnen uhrziffern und zaiger erklärren, und ersterer sagte sie: sie möchte die andere gegend der Fenster betrachten. wie bey-de hinyber gegangen waren, schrie sie zu dem Mädl: behiett dich Gott, Wandl, wir sehn uns nicht mehr. Und sprang fort.

Sie fiehle auf das Kirchentach auf einen palcken, sonst würde sie das Tach durchgeschlagen haben, so aber zersprengte sie 17 bis 18 Tachzeug. von da prellte sie durch den Schnee herab, auf das gegenüber stehende tach des h. stifts-caeremoniars Trainer, stürzte zum Tach mit dem Kopf vorher hinein, zerschmetterte einen arm dicken palcken, preiß und hacken, deren einer 15 Kr. kostet, und endlich das ganze Tafelwerck.

Gleich nach dem sturz kam ich dazu, so das ihr die lebensgeister noch hand und finger bewegen machten. das lincke aug war tief im Kopf. das rechte ohr war gar fort. das rechte aug lage auf der rechten wang. die hirnschalle vom halben Kopf rechter seitts ware so offen, alss man eine tobacksdosse aufzu-machen pflegt. Ihr schönes blondes Haar ware von herausgefallnen gehirn an denn palcken und Zieglen angeklebt.

Sohin lisse ich die hh. Hof- und stadtoberrichter ruffen, weil selbe so unkenn-bar ware, das ich nicht wuste, ob sie von Hof oder der stadt dependiere.

Mittler weille kam ihr stiefvatter, der h. hofrath v. Heppenstein, ehnoch hh. Hof oder stadt-oberrichter da waren, man sagte ihn: man glaube, es were die Fräulein Franze, seine Tochter?

Ia, die ists, ware die antwort: da hats die mutter: geht mich nicht an, sondern die vormunder.

Die sache ist gemainschaftlich gut abgeredet worden, das sie konnte begraben werden.

Muthmassliche Ursachen.

1. *die fraule ware zu haus von ihrer Mutter hart gehalten, bekame auch schläge.*
2. *hatte eine bekanntschafft mit einen rechtschaffnen officier, h. v. Vincenti, Lieut. unter herzog Karl Zweibrücken, welche ihr von ihrer Mutter und ihren vormundter h. Revisionsrath v. Schelff für allzeit verwaigert wurde.*

Vielleicht ware die nicht allzu keusche Mutter selbst in den h. officier, meh-rens dann die Tochter, verliebt.

3. sie wurde betrohet, in ein Kloster, gleich ihrer schwester, gesperret zu werden.

4. die Mutter ware auch nicht die genaue würthschaffterin ihrer Tochter.

5. schauspielle und bücher, – Werthers leiden – vaith Rosenstock etc. mögen sehr vieles zu dem von lieb, Leidenschafft und verdruß schon entprannten temperament bey getragen haben.

Bemerkungen

a. Die entschlossenheit, herab zu springen, und der sprung, müssen eins ge-wesen sein, sonst müste sie der abgrundt und das hinab-sehen geschaudert haben.

b. Der Thürmer hielte sie vor eine hexe,, und da ihr mädl nicht vom Thurm wegen Furcht ihrer herrschafft wolte, führte sie der Thürmer mit gewalt herab, in der angst, sie möchte gleiches wagen.

c. h. stifts Caeremoniar Trainer hielte sie im schrecken, als er sein zimmer thür öffnete und tod liegen sahe, für eine diebin, welche durchs Tach einbrechen wolte.

d. Ihro kurf. Durchl., nebst der verwittweten, schickten gleich, um die um-stände zu erfahren, heraus.

e. die leuthe, besonders frembde, besahen 3/4 Jahr hernach noch den ort, wo sie herab und hinein stürzte.

f. Von ihr kame das pollnische häublein, so man nach hin desperations-heib-len nannte, und ein filz-tuch von dem Kürchen tach herab.

Alt ware sie 17 Jahr.

Jo. Effner stifts dekan

Als der Stiftsdekan zu Ende gekommen war, schloss er das Heft mit zittern-den Händen. Er schnäuzte sich umständlich und nickte ein paar Mal vor sich hin.

Die drei Freunde verharrten eine Weile in Schweigen.

»Wir haben getan, was unsere Pflicht ist«, nahm Scherer schließlich das Wort, »das liber mortuorum bewahrt die Wahrheit für die Nachwelt.«

»Mein memorandum werde ich im Benefiziatenhaus verschließen, dort, an dem Ort, an dem das Schreckliche geschehen ist«, schloss sich Effner an. »Und mein Bericht«, ergänzte Westenrieder, »steht ja schon, wie Ihr wisst, in meinem Tagebuch.«

»Wie aber die Baronin auch versucht, die Wahrheit zu verdrehen, es wird ihr wenig nützen«, sagte Scherer. »Man weiß ja doch, wie die Sache zugegangen ist und wie sie jetzt durch mächtige Vermittlung erscheinen soll.«

»Diese Mutter wird ihr Lebtag lang nicht mehr froh werden«, ergänzte Effner.

Alle drei nickten schweigend.

XIII

Kein Atlas stützt mehr meine Welt

Es wurde von Tag zu Tag schlimmer. »Soll denn nie mehr Ruhe einkehren?«, fragten sich die Münchner verzagt. In jedem Betrunkenen, der auf der Gasse lärmte, vermuteten die Spitzel des Kurfürsten einen Spion. Inzwischen war ein drittes, noch einmal verschärftes kurfürstliches Reskript gegen die Illuminaten und ihre Unterstützer ergangen. Das Denunziantentum blühte wie in den finstersten Zeiten.

»Es ist schier schon wie bei den Hexenverfolgungen«, sagte der Dekan Effner zum Stiftspfarrer Scherer, »es wagt ja keiner mehr ein offenes Wort.«

Eine unheimliche Atmosphäre von Bedrohung und Bedrückung lag über der Residenzstadt. Nahezu täglich hörte man von Verhaftungen, Verhören und Hausdurchsuchungen bei vermuteten oder entdeckten Illuminaten. Das dritte verschärfte Reskript drohte jedem, der einem Illuminaten Unterschlupf gewähre oder für den Orden werbe, die Todesstrafe an. Die Bayern schüttelten fassungslos die Köpfe: War denn ihr Kurfürst noch bei Sinnen? Längst mokierten sich ausländische Zeitungen über diese Zustände: *Aus München vernimmt man, daß dort eine Commission errichtet wurde, unversehens in die Häuser einzufallen, um da nach Schriften zu suchen*, hatte kürzlich die »Oberdeutsche Staatszeitung« gemeldet.

Dem Baron von Zwackh, der zusammen mit Weishaupt den Orden gegründet hatte, stellte man sein Haus auf den Kopf. Im Wäscheschrank seiner Frau Eleonora, Franziscas Schwester, fand sich eine große Menge belastenden Materials zum Schaden der Illuminaten. Daraufhin wurde Zwackh sogleich strafweise und zur Verhinderung weiterer Unbill nach Landshut versetzt und seine Güter eingezogen.

Seit dem Januar, als das erste kurfürstliche Verbot aller geheimen Gesellschaften ergangen war, hatten zahlreiche Illuminaten den Orden verlassen oder sich öffentlich von ihm distanziert. Allerdings waren schon in den vergangenen beiden Jahren mehrere der besten Köpfe aus dem Orden ausgetreten, weil sie – wie es der Baron von Knigge, einer von ihnen, ausdrückte – Weishaupts unausgegorener Ideen müde waren, und seine geheimnistuerische Tyrannei nicht mehr ertrugen. Viele von ihnen, darunter alte Freunde Franziscas wie Lori, Utzschneider und Obermeier waren Mitglieder der bayerischen Patriotenpartei geworden, die den vom Kurfürsten beabsichtigten Ländertausch Bayern gegen Belgien verhindern wollten. Auch Franzisca und Heppenstein traten aus dem Orden aus und den Patrioten bei.

Carl Theodors Misstrauen und Verfolgung richtete sich nun sowohl gegen Illuminaten wie Patrioten, die er beide umstürzlerischer Umtriebe verdächtigte. Dem Kurfürsten, dessen Regierung von Beginn an unter keinem guten Stern gestanden hatte, seitdem sein Plan, Bayern an Österreich zu verscherbeln, ruchbar geworden war, schlug nun allgemeine Abneigung entgegen. Seufzend erinnerten sich die Bayern ihres viel geliebten Max.

Wann endlich würde es vorbei sein mit dieser unerträglichen Bedrückung!

Auch im Hause Heppenstein kam es zu Durchsuchung und Verhören, die aber dank Franziscas Klugheit und Heppensteins bekannter Redlichkeit glimpflich verliefen. Aber um Lanz machte Franzisca sich Sorgen.

Trotz der kurfürstlichen Verbote war er weder aus dem Orden ausgetreten noch hatte er sich von Weishaupt distanziert. Er hielt ihm unerschütterlich die Treue und stand mit ihm in heimlichem Briefkontakt. In den vier Jahren, die er nun schon Mitglied der Illuminaten war, hatte er sich allerdings in der Hierarchie des Ordens kaum hinaufbewegt. Woran Lanz vielmehr lag, das war, Anliegen und Idee der Illuminaten zu verbreiten und neue Mitglieder zu werben. Und dazu eignete sich keiner so wie er. Nicht nur sein Enthusiasmus und seine Eloquenz sicherten ihm Aufmerksamkeit und Bewunderung. Seine erstaunliche Bildung auf dem Gebiet beider Rechte, der Theologie und der Naturwissenschaften, der Philosophie und Forstwissenschaft, sowie seiner Kenntnis mittelalterlicher Handschriften, verlieh seinen Argumenten Lebendigkeit und Überzeugung, während sein Sarkasmus und sein schwarzer Humor ihm gleichzeitig die Lacher sicherten. Und darüber hinaus setzte Lanz auch sichtbar in die Tat um, was er verkündete. Furchtlos und aufrecht ging er seinen Weg. Warnungen, gar verhüllte Drohungen, schlug er verächtlich in den Wind. Trotz des ergangenen Verbotes warb er weiterhin Mitglieder und unternahm Erkundungs- und Werbereisen für den Orden.

Vor Kurzem hatte er Franzisca geschrieben, dass er sich demnächst für einige Tage in Regensburg aufhalten werde, um Weishaupt zu treffen, der ihm Weisungen für eine Werbereise durch Böhmen und Schlesien auszuhändigen hätte.

Sie verabredeten, sich in Regensburg zu treffen.

Franzisca hatte Lanz seit dem großen Unglück nicht mehr gesehen. Das lag nicht nur an ihrer damals wochenlang anhaltenden Schwäche, und auch nicht an ihrer nervlichen Verfassung, die seither erschüttert war. Es lag an ihrer Scheu, ihm gegenüberzutreten. Sie wusste, dass er nicht fragen würde – nie hatte er gefragt –, immer war sie es gewesen, die ihm sogleich ihr Innerstes offenbaren wollte. In den derweilen vergangenen Monaten waren zwischen ihnen zwar Briefe gewechselt worden, und Lanz wusste auch von ihrer Klage gegen Nesselrode. Er billigte sie nicht. »Es wäre besser gewesen, du hättest das nicht getan!« Doch mehr hatte er dazu nicht geäußert.

Nun würde sie ihn wiedersehen, in seine gelbgesprenkelten, sumpfgrünen Augen blicken, die in den ihren fanden, was sie nicht auszusprechen brauchte. Denn er wusste längst alles, dessen war sie sicher. Er stand ja auch in ständigem Kontakt mit den gemeinsamen Freunden in der Residenzstadt. Sie fürchtete sich auch nicht mehr vor dieser Begegnung. Ihm allein wollte sie alles berichten, alles – und wie es dazu gekommen war. Eine Wahrheit, die sie nicht voneinander trennen würde, so demütigend sie auch war. Darauf vertraute Franzisca, als sie sich Mitte Juli zu Lanz auf den Weg machte. Im Augenblick des Wiedersehens stürzten ihr die Tränen aus den Augen. Schluchzend fiel sie ihm um den Hals, nicht nur vor Glück und Erleichterung – denn allein seine Anwesenheit wirkte auf sie wie eine Absolution –, sondern auch, weil er alt und gebeugt war. Franzisca wollte ihn nicht aus ihren Armen lassen. Sie presste ihn an sich, und während sie ihm die zärtlichsten Namen gab, empfand sie, dass sie ihn noch mehr liebte als in der

Vergangenheit. Lanz löste sich sanft aus ihrer Umschlingung und hielt sie ein wenig von sich ab, um sie zu betrachten. »Nun, mein Mädchen«, sagte er, »so lagst du schon einmal in meinen Armen, vor langer Zeit, weinend und lachend. Weißt du, dass das mehr als 20 Jahre her ist?«

Ja, sie wusste es sehr wohl. Damals hatte sie ihn ihren Feuersalamander genannt, und in gewisser Weise, dachte sie belustigt, hatte er sich in dieser Richtung weiterentwickelt. Er sah jetzt aus wie eine weise Riesenechse mit dem Gesichtsausdruck stoischer Unerschütterlichkeit dieser aus Urzeiten stammenden Tiere.

»Wie geht es Sabina«, wollte er wissen, »macht sie uns Freude?«

Lanz wies sogleich auf das Jetzt, auf das Leben und die Hoffnung und nicht zurück auf die tote Fanny und die unsühnbare Vergangenheit.

»Sie hat deine Augen und deine Entschlossenheit«, berichtete Franzisca, sich die Lider trocknend, »aber auch deine Sanftmut.«

Lanz, dem Weishaupt den ehrenvollen Ordensnamen Socrates gegeben hatte, berichtete von den Gefahren, denen die Illuminaten ausgesetzt waren und von den aberwitzigen Verdächtigungen, derentwegen der Kurfürst sie verfolgte. »Es ist Unsinn«, sagte er, »es kommt einem ja fast schon vor wie bei Nero und den Christen. Die Illuminaten wollen nicht die Regierung stürzen, sie wollen sie verbessern, sie den Erfordernissen und Erkenntnissen unserer Zeit anpassen. Und gerade jetzt kommt dieser Schlag, wo es uns endlich gelungen ist, in der Regierung und in den Dikasterien die wichtigsten Stellen zu besetzen. Aber, wo kein edler Sinn, da auch keine Erkenntnis des Edlen«, seufzte er. »Auch viele der Unsrigen lassen sich täuschen von Joseph und Friedrich, die sie für edle und aufgeklärte Herrscher halten. Wenn du aber bei Joseph und Friedrich hinter ihren Glorienschein schaust, dann siehst du, dass sie ebenso verblendet und ebenso machthungrig sind wie alle Regenten und Tyrannen heute und von jeher. Nur klüger sind sie! Es wird noch sehr lange dauern, mein Mädchen, bis die Regenten – und die Regierten – erkennen, welchen Weg sie einschlagen müssen.«

Sie gingen vor den Toren Regensburgs durch blühende Wiesen und an duftenden Feldern entlang. Lanz hielt Franzisca wie vor 20 Jahren bei der Hand. Er war beleibter geworden und brauchte nun einen Stock. Er ging ja auch schon auf die 60 zu. Immer noch trug er Magnete in seiner Tasche mit sich und mischte Eisenspäne unter sein Essen, um den Blitz anzuziehen.

»Das Eisen gibt mir Kraft«, sagte er. Von dem dünnlippigen, breiten

Mund zogen sich tiefe Furchen zum Kinn herunter. Sie verliehen seinem Antlitz den Ausdruck unerschütterlicher Beharrung. Seine Augen funkelten, während er seinen Spott über die Geistlichkeit ausgoss. Bei einer Schänke hielten sie an und machten Rast. Lanz trank gern und viel – mehr als früher –, er erzählte lachend, dass Weishaupt ihm häufige Vorwürfe wegen seines Weinkonsums und seines exzentrischen Charakters mache. »Vielleicht«, gab er zu bedenken, »wäre Weishaupt beliebter und umgänglicher, wenn er auch ein wenig trinken und scherzen würde. Aber er ist von unmäßiger Mäßigkeit, und – bei all seinem Genie – unzugänglich und humorlos wie ein Stockfisch. Er sinnt nur auf die Weltrettung.«

Er berichtete ihr auch, dass ihm von Lori die Aufnahme in die Akademie der Wissenschaften in Aussicht gestellt worden sei. Dazu müsse er aber noch eine ergänzende Abhandlung über die Trockenlegung des Donaumooses vorlegen. »Aber ich bin zu müde dazu«, sagte er, »und zu sehr mit dem Orden beschäftigt. Jetzt, jetzt kommt es darauf an, ihn am Leben zu erhalten.«

Franzisca gab eigene Erlebnisse mit Weishaupt zum Besten. Und sie dachte dabei, dass die Jungfer Sausenhofer an ihre Stelle, und Heppenstein an die von Weishaupt getreten war, und warum das Schicksal es so gewendet hatte.

»Weishaupt hat einen schwierigen und unverbindlichen Charakter und vielleicht auch deshalb nicht viel Glück in seinem privaten Leben«, fuhr Lanz fort. »Überall trifft er auf Widrigkeiten. Allerdings hat er jetzt – in der Not – viele treue Freunde und Gönner, die ihm und seiner Familie in Ingolstadt helfen. Gerade ist der Stadtoberrichter Fischer in seiner Wohnung und versteigert seine Möbel. Weishaupt wird mir morgen Briefschaften und Weisungen für meine Reise aushändigen. Ich soll nach Berlin und Böhmen, und dann neue Mitglieder in Schlesien werben.«

Lanz füllte sein Weinglas aufs Neue, und, ohne Franzisca anzusehen, fragte er ohne Umschweife: »Warum musstest du diese Klage erheben? Was wolltest du widerlegen, mein Mädchen? Die Wahrheit?«

Franzisca schwieg.

»Du hättest schweigen sollen. Und nun willst du, wie ich höre, auch einen Rechtfertigungsbericht veröffentlichen. Was willst du rechtfertigen?«

Und er zitierte zwischen zwei Schlucken das Wort des großen schwedischen Sehers: »*Nichts gedeiht, außer Tugend und Wahrheit.*«

Sie senkte das Gesicht auf seinen Ärmel und verharrte stumm in dieser

Haltung, bis sie seine Hand über ihr Haar streichen fühlte. Nur Lanz war ihr geblieben und er war schon alt und gebeugt. Sie ergriff seine Hände, küsste sie und drückte sie an ihre Wangen.

»Seit 35 Jahren bin ich Priester«, begann er nachdenklich. »Wenn du mich fragen würdest, was ich über die Menschen dabei gelernt habe, dann müsste ich sagen, dass ein sehr großer Teil von ihnen aus schlechten Männern und dummen Weibern besteht. Und deshalb bleibt die Welt so, wie sie ist. Aber wenn die Macht der Kirche endlich geschwächt ist, dann wird auch mehr Licht in die Köpfe kommen. Ich tue dazu, was ich kann. Solange ich noch kann. Denn«, sagte er und wandte sich ihr voll zu, »manchmal bin ich so müde und so betrübt, dass es mich sehr fort verlangt von dieser Erde.«

»Du musst mir erhalten bleiben«, flüsterte sie. »Ich habe nur noch dich.«

Er blickte sie freundlich an. »Mein Mädchen«, sagte er, »wir werden alle einander zugeteilt und zwar gerade dann und gerade solange, wie wir einander brauchen. Und dabei verwendet das Schicksal seine Köder, entweder süße – wie bei dir und mir – oder bittere, ja, sogar mitunter solche, die Ruhm versprechen. Welche auch immer das sind, dem Schicksal entkommen wir nicht.«

»Was ist das Schicksal?«, fragte Franzisca, wie vor 20 Jahren, als sie ihm die Frage zu Klopstocks Gedicht gestellt hatte.

Lanz versank eine Weile in Schweigen, ehe er zu sprechen anfing: »Als ich einmal im Wald ausruhte, beobachtete ich eine Maus, die aus ihrem Loch kam und fortlief. Nach einer Weile drangen aus dem Loch die Rufe ihrer hungrigen Jungen, die nach der Mausmutter schrien. Und es dauerte auch nicht lange, da – ich hielt mich ganz ruhig – kam die Mäusin zurück mit ihrer Beute, die ebenso groß war wie sie selbst, und drückte sich damit mühsam in ihren Bau. Sogleich verstummten die Rufe der Mauskinder. Da war mein erster Gedanke: Wie ist doch alles gut und heilsam eingerichtet in der Natur und von einer weisen Macht gelenkt. Aber gleich fiel mir die Beute ein, eine Kröte, die die Mäusin erlegt hatte. Und mein zweiter Gedanke folgte: Auch die Kröte wird Junge haben, die jetzt vergeblich schreien und verhungern werden. Es ist also nichts mit der weisen und gütigen Lenkung. Ein dritter Gedanke antwortete: Es ist doch bei den Menschen ebenso. Von allem Anfang an ging das Leben so vor sich, dass der, welcher stärker war oder gerade mehr Glück hatte, etwas an sich riss – und, wenn es ihm gelang, für sich behielt. So entstanden die Hierarchien, die Dynastien und die

Weltreiche. Sogar wissenschaftliche Lehren entstehen nach diesem Prinzip. Es ist also ein System, nach welchem alles entsteht, sich eine Weile hält und schließlich wieder vergeht. Dieses System kann zwar nur ihm gemäße Entwicklungen hervorbringen, dennoch sind Ausnahmen möglich: Starke Wesen nämlich – das können Menschen, Tiere oder Pflanzen sein, ebenso Wesen auf anderen, uns nicht zugänglichen Ebenen – treten auf, die Neues wollen und eine Nische, eine Lücke in diesem System besetzen. Ihnen kann es gelingen, ein anderes System aufzurichten, das dem allgemeinen widerspricht. So entstanden die Religionen, die Forderungen der Philosophie, und die Demokratie.«

»Und der Orden der Illuminaten«, ergänzte Franzisca.

»Richtig«, entgegnete Lanz. »Aber sie verlieren ihre Kraft und brechen wieder zusammen, sobald sich ihre Anfangsenergie erschöpft hat. Und dann tritt wieder das herkömmliche System seine Herrschaft an. Doch da kam mir ein vierter Gedanke: Solche Nischen, die anderes ermöglichen, werden immer von Wesen genutzt, deren Interessen denen des allgemeinen Systems entgegenstehen. An die Stelle von Machtgier und Eigennutz treten dann Großzügigkeit und Schonung, weil nur so das Überleben aller möglich ist. Das gab mir zu denken und ich fragte mich: Woher stammen solche Triebkräfte? Und so meldete sich der fünfte Gedanke: Es scheint demnach noch ein zweites System zu geben, das diesem bekannten völlig entgegengesetzt ist, sich ihm gegenüber aber auf Dauer – jedenfalls bis heute – nicht durchsetzen kann. Dennoch aber geht es nicht unter. Und dazu meldete sich dann der letzte Gedanke: Es handelt sich also um ein anderes System, eines, das einem ganz verschiedenen Prinzip folgt. Diese beiden Systeme liegen unentwegt im Kampf miteinander, und die Späne, die es dabei auf uns hagelt, das – mein Mädchen – ist das Schicksal. Und seither verstehe ich, dass damit das sogenannte Gute und Böse gemeint ist.«

Seit dem Abschied von Lanz spürte Franzisca, dass es ihm gelungen war, ein wenig von der Kälte zum Schmelzen zu bringen, die zwischen der toten Tochter und der Mutter wie eine Eiswüste starrte. Kurz nachdem sie wieder in München eingetroffen war, erhielt sie die Nachricht, dass er am Tag nach ihrem Wiedersehen bei einem Spaziergang mit Weishaupt vor dem Stadttor während eines Gewitters vom Blitz erschlagen worden war. Weishaupt, der eben erst seinen Arm losgelassen hatte, war unverletzt geblieben.

Franzisca senkte den Kopf über dem Brief in ihrer Hand. Welch gnädiges, welch würdiges Ende für Lanz. Was er sich immer gewünscht hatte, war geschehen: Zeus Elicius, der Gott des Blitzes, war herniedergestiegen und hatte seinen Diener heimgeholt.

Lanzens sonderbare Todesumstände erregten bei seinen Freunden Bestürzung und tiefe Trauer. Orthodoxe Kreise sahen sie dagegen als willkommenes und endlich erfolgtes Gottesurteil an. Wenn jedoch Lanz gewusst hätte, welche Auswirkungen sein Ende auf das Schicksal des Ordens haben würde, so hätte er sich wohl gewünscht, am Leben geblieben zu sein. Diese Meinung äußerten viele Ordensbrüder. Denn manche Begleiterscheinungen seines Todes erweckten den Eindruck, dass er das Ende seines Lebens geahnt oder sogar herbeizuführen gewünscht hatte. In seinen Taschen fand sich nicht nur die gewohnte Eisenspäne, die er seit vielen Jahren unter seine Nahrung zu mischen pflegte, sondern auch der gewohnte Magnet. Dieser aber war von besonders mächtiger Anziehung und deutete darauf hin, dass durch ihn der Blitz unvermeidbar auf ihn gezogen werden und so seinen augenblicklichen Tod herbeiführen sollte.

Aber noch etwas anderes gab bei diesem merkwürdigen Ende zu denken: Lanz hatte vor seiner Abreise aus Erding sich sein Jahresgehalt auszahlen lassen, das ihm als Benefiziat und Priester der Malteser zustand. Von dieser großen Summe fanden sich in seinem Gepäck nur mehr 51 Gulden. Außerdem hatte er ein altes Brevier und ein Jesuskind in einer Schachtel mit sich geführt, nebst seiner Uhr, einigen bekleideten Figuren, wie er sie bei seinen Spielen zu verwenden pflegte, einem Michaelipfennig und mehreren Kupferstichen. Aber die größte Verwunderung erregte das Stilett, das der Benefiziat mit sich geführt hatte.

Vielleicht hatte er gar nicht mehr zurückkehren wollen.

Eingenäht in seinen Chorrock wurde eine Instruktion Weishaupts entdeckt, wie Lanz bei seiner Werbung von Mitgliedern vorgehen solle. Dies gereichte dem Orden zum Verhängnis. Augenblicklich erging von München an den alten Feind, den Geheimrat von Lippert, die Abordnung. Bereits am folgenden Tag traf er in Regensburg ein und begann mit den Untersuchungen. So hatte Lanz, der den Orden am Leben halten wollte, dessen Ende bewirkt.

Vielleicht würde er darüber gelächelt haben. Man trug ihn vom Feld in das nahegelegene Gasthaus »Unter den Linden« vor dem Jakobstor, wo sich ein Menschenauflauf um den vom Blitz Erschlagenen bildete. Dem Wirt verursachte der Tumult manchen Ärger und einige Einbuße, die er denn auch dem Lippert in Rechnung stellte. In aller Eile ging man nun daran, Lanzens Wohnung in Erding einer peinlichen Durchsuchung zu unterziehen. Allein, außer einigen Büchern fanden sich dort nur sehr schlechte Kleider, kein Vermögen und viele Schulden. Lanz hatte sein Leben lang kein Geld und immer Schulden gehabt. Und wenn er gerade einmal ein paar Kreuzer besaß, so waren sie ihm unter Spenden, Almosen und leichtem Hingeben für ein Glas Wein oder ein Buch unter den Händen zerronnen.

Der große Lanz, der nicht von dieser Welt war und sie deshalb gering achtete, wurde auf dem Friedhof zu St. Emmeram begraben.

»Nun stützt kein Atlas mehr meine Welt«, flüsterte Franzisca.

XIV

Schillerndes Gefieder

München, Herbst 1785

Als die Hoffnungen auf einen Erfolg der Klage sich zerschlagen hatten und ebenso wenig die Erwartungen in die Verteidigungsschrift sich erfüllten, kamen Franzisca die vergangenen Monate vor wie Ereignisse in der Biografie einer fremden Person. Das Unglück hatte sie aus ihrem alten, vertrauten Leben gerissen und nach einem Zustand der Bewusstlosigkeit in ein neues, unbekanntes Dasein gesetzt. Jedoch verschaffte ihr der Panzer, mit dem sie sich seither wappnete, die Fähigkeit, das Geschehene aus der Warte eines Zuschauers zu betrachten, der von seinem Rang im Theater den Fortgang einer Handlung verfolgt. Die Szenen des vergangenen Winters zogen ungewollt und ungerufen wie eine endlos sich wiederholende Prozession an ihr vorüber, und sie sah, wie eins ins andere gegriffen hatte und das Unheil sich notwendig vollziehen musste.

Wenn sie nun an Vincenti dachte, dann geschah das so, wie wenn ein Lehrer sich eines hoffnungslos unbegabten Schülers erinnert, von dem er nicht mehr versteht, dass er sich einst seiner angenommen hat. Die Leidenschaft hatte sie mit ihm in einer solchen Glut verschmolzen, dass beider einstige Gestalt dabei verloren gegangen und nur leichte, gesichtslose Kohle zurückgeblieben war.

Unter den Männern, die im Laufe ihres Lebens wie lichttrunkene Schmetterlinge in Franziscas Feuerkreis getaumelt waren, hatten die Schwachen und Ungeprägten die Mehrheit gestellt. Diese Schwachen, deren einzige Fähigkeit – und verhängnisvoller Zauber – darin bestand, mit der Verheißung zu locken, ein willfähriger Spielball zu sein. Dies wusste sie längst. Dennoch hatte sie es immer wieder gesucht, dieses Geplänkel, dieses Machtspiel. Dieses Auf und Ab und Hin und Her zwischen Herrschaft und Unterwerfung – quälend und erregend wie eine hinausgezögerte sinnliche Entladung.

Es gab zwei Arten von Männern: Auf der einen Seite die sogenannten Redlichen, die anboten, was sie hatten – man konnte auf sie zählen, und sie waren leicht einzuschätzen, jedoch nur als Garnierung zu gebrauchen –, so wie Heppenstein oder Hegnenberg. Auf der anderen Seite eben jene Flatternden, jene aufreizend Zaudernden, die in Aussicht stellten, was sie zwar nicht hatten, aber eben deshalb eine Fülle von Möglichkeiten zu bieten schienen. Sie lockten mit schillerndem Gefieder.

Doch nur mit diesen war das Spiel möglich, jener erregende Wechsel der Szenerie, die Illusion von etwas, was sein könnte und damit eine betörende Fülle von Aussichten, die die Mühsal der Realisierung übersprang und dennoch all ihre Erfahrbarkeit vorgaukelte.

Nur Lanz hatte beide Arten in sich vereinigt: Redlichkeit und Fülle der Aussichten, Verlässlichkeit und sinnliche Entzündbarkeit. Und all dies war in einen reich begabten und in sich ruhenden Geist gebettet. Lanz hatte die ganze Welt in sich geschlossen.

Franzisca verdankte ihrem Oheim ein kostbares Vermächtnis: Ickstatt hatte schon dem kleinen Mädchen durch sein Vorbild das Bild eines Mannes – eines Menschen –, wie er sein konnte und wie er sein sollte – ins Herz gepflanzt: aufrecht, entschlossen und tapfer. Und Lanz war in dieses Bild eingetreten und hatte es zur Vollkommenheit gebracht.

Seither verstand Franzisca, dass sie vor den meisten Frauen bevorzugt war, weil sie nicht nur eine Vorstellung davon besaß, wie ein wirklicher Mann zu sein hatte, sondern, weil sie so glücklich gewesen war, solchen zu begegnen.

Deshalb wusste sie auch die Männer, die sich ihr näherten, rasch in die jeweiligen Kategorien einzuordnen. Leider rekrutierten sich nahezu alle aus der zweiten Spezies, der des Spiels und des schillernden Gefieders.

Aber Franzisca hatte nicht gewusst oder nicht wissen wollen, dass dieses Spiel Gefahren barg. Die Kleinen, Zaudernden widersetzten sich nämlich –

sobald sie dessen gewahr wurden – ihrer Verwendung als Spielball mit ihren kleinlichen, feigen Mitteln. Sie wollten so tief und feurig geliebt werden, als verdienten sie es! Vincenti gehörte der Sparte des schillernden Gefieders an.

Sie hatte das wohl erkannt, lange, bevor er ihre Sinne reizte. Damals mit kühlem Kopf sah sie voraus, was auf Fanny noch im ersten Ehejahr warten würde: Ein junger Mann, den die sinnliche Sättigung seines geheimnisvollen Zaubers entkleidet hatte, und der nun – angesichts einer überlegenen und enttäuschten Gattin – zurückverlangte in sein altes Leben, das keine anstrengenden und demütigenden Verrenkungen mehr von ihm erwarten würde. Aber sie war zu sicher gewesen, alles in der Hand behalten und nach ihrem Gutdünken lenken zu können. Denn es ist nicht der Starke, der den Schwachen besiegt. Es war David, der – seiner Schwäche bewusst – den selbstgewissen Goliath besiegte. Das willig dem Sturm sich entgegenneigende Rohr bleibt ungeknickt.

Sie aber war aufrecht stehen geblieben, sicher, diesem Spiel die Stirn zu bieten. Und es hatte sie gebrochen, denn aus dem Spiel war Zauber geworden. Zauber, plötzlich wieder zu empfinden wie damals, als Lanz ihr verweintes Gesicht zu sich gehoben und leidenschaftlich geküsst hatte. Ein Wirbel, ein schwereloses, verzücktes Schweben hatte sie wieder ergriffen und ihr eine sich ins Unendliche erstreckende Seligkeit verheißen. Ja, Amor war ein kleines Kind, das mutwillig und unwissend seine Pfeile auf alles richtete, was sich in seiner Sichtweite bewegte.

Sie ließ ungerührt die Bilder dieses Verhängnisses an sich vorüberziehen, damals, als sie Franz und sich selbst schon im Auge behielt wie einen möglichen Feind. Wenn nicht geschehen wäre, was eben geschah – dann hätte sie wohl Fannys Drängen schließlich nachgegeben und der Heirat zugestimmt. Aber das Schicksal – diese insgeheim stets grausam lächelnde Gottheit – wollte sie fällen. Die Alten wussten es und der Oheim hatte es immer wieder zitiert:

Wen die Götter verderben wollen, den schlagen sie mit Wahnsinn!

Die Geißel des Begehrens schlägt wie mit Wahnsinn!

Franzisca begann zu schluchzen. Sie presste die Hand auf den Mund und schritt rasch auf und ab, um die Tränen niederzuzwingen.

Sie fragte sich: Hätte es damals noch ein Zurück gegeben?

Und darauf antwortete es immer in ihr: Nein, nur dann, wenn er plötzlich auf immer verschwunden wäre. Aber Vincenti verschwand nicht. Und als sie beobachtete, dass er die Tochter zu täuschen begann, um die Mutter allein anzutreffen, unternahm sie nichts. Sie sagte sich: Das ist kein Mann für Fanny. Er würde sie bald langweilen – und dann würde er sie betrügen. Das muss ich ihr ersparen. Aber ich – für mich – das ist etwas anderes!

Und plötzlich hatte sie alles in den Wind geschlagen und fieberhaft nach einer Möglichkeit gesucht, wie sie Vincenti allein treffen könnte.

Und damit war ich verloren, sagte sie zu sich. Sie schluchzte nicht mehr.

»Es ist geschehen, es ist unwiderruflich geschehen«, schrie sie und hämmerte mit den Fäusten gegen die Stirn.

Tagebucheintrag Franzisca, München, Herbst 1785

Vor kurzem wurde das Stück »Julius von Tarent« mit dem lautesten Beyfall aufgeführt; die Neuhaus griff sich außerordentlich an.

Es war auch des Klatschens kein Ende. Mir kams unnatürlich vor, daß der ausgesöhnte Vater seinen Sohn kalt hinmetzelt; aber den süsen Herrn und Fräulein, denen das Gesumse eines Maykäfers Convulsionen erweckt, gefiels ungemein.

Ich machte auch hier die Anmerkung, daß Menschen, die so rasend Trauerspiele lieben, nicht gut seyn können.

Brauchts denn Mord und Tod, um unsere Nerven zu erschüttern?

Um gerührt, gut zu werden, haben wir die Hütte des Elenden, und zum Schaudererweckenden die Palläste der maskirten Siechen.

Kurz, wär ich noch ein Mensch, machte Ansprüche auf Vergnügen, ich lobte nur Lustspiele, Scenen des Scherzes.

Lanzens Tod hat allen gezeigt, dass das Schicksal sein Freund war: Vor wenigen Tagen hat der Kurfürst das schärfste Dekret gegen den Orden erlassen. Darin bezeichnet er ihn als staatsverderblich und religionswidrig und stellt jede Aktivität für ihn unter strenge Strafen. Werber für den Orden müssen mit der Todesstrafe rechnen!

Und Lanz war der eifrigste und unermüdlichste Ordenswerber!

Nun wäre er seines Lebens nicht mehr sicher gewesen und hätte – wie Weishaupt – fliehen müssen. Ich glaube jetzt sicher, dass Lanz vorgewarnt war. Wozu hätte er sich sonst sein gesamtes Jahresgehalt auszahlen lassen und es mit sich genommen? Er hatte wohl beschlossen, nicht mehr in seine Gemeinde zurückzukehren.

Am gleichen Tag, als das kurfürstliche Reskript erging, wurden alle in Hof- und Staatsdiensten stehenden Illuminaten suspendiert. Es sind an die 130 Personen – unter ihnen viele unserer Freunde, auch mein Schwager Zwackh –, die seither unter pausenlosen Verhören stehen. Höchst illustre Persönlichkeiten sind darunter. Unter der Hand vernimmt man, dass in Bälde gegen sie Anklage erhoben wird.

Weishaupt ist noch immer in Regensburg. Obwohl er sich dort als Flüchtling aufhält, entfaltet er weiter seine Aktivitäten und hält Kontakte mit Mitgliedern, sogar im Ausland. Seine Rechtfertigungsschriften werden auch sogleich in Marburg oder Regensburg veröffentlicht. Es heißt, er arbeite an konkreten Plänen für eine »Überwinterung des Ordens« während der Verfolgungszeit. Selbst in Regensburg versuchen bayerische Häscher ihm aufzulauern. Darum sucht er einen auf Dauer sicheren Zufluchtsort.

Wie gut, dass wir letztes Jahr zusammen mit Utzschneider aus dem Orden ausgetreten sind. Ich wage mir nicht auszumalen, was jetzt – zu all unserem Unglück – noch auf uns zugekommen wäre!

XV

Vanitas

München, Sommer 1787

Zwei Jahre waren vergangen. Was hatte alles gefruchtet? All der Schmerz – die Aufregung – die Peinlichkeit – die Demütigung? Nichts!

Franzisca ging im Garten auf und ab. Ihre Schritte knirschten leise auf dem Kies. Arco schlich gesenkten Hauptes hinter ihr her. Von der Straße vernahm sie eine vorbeifahrende Kutsche, aber sie schaute nicht auf. Vielleicht würde es wirklich besser gewesen sein, wenn sie alles auf sich hätte beruhen lassen, statt Klage zu erheben und eine umfangreiche Widerlegung zu publizieren. So, wie es damals Lanz gesagt hatte. Denn es gab immer noch Stimmen – angesehene Stimmen –, die sich öffentlich darüber mokierten, wie »*eine tief jammernde Mutter*« einen Bericht, der den Todesumständen ihrer Tochter galt, dazu nutzen mochte, so ausführlich sich selbst und ihre Weltanschauung zu präsentieren. Und dies auch noch in

Form eines Briefwechsels, der als Korrespondenz unter Freunden erscheinen sollte, in Wahrheit aber eine bezahlte Auftragsarbeit mit bekannten Literaten war.

Franzisca hätte laut schreien mögen. Nicht nur ihre Glaubwürdigkeit stand am Pranger, auch ihr Stolz war tief getroffen. Sie ballte die Hände zu Fäusten und unterdrückte mühsam ein Stöhnen. Entsetzlich, wenn Wut und Ohnmacht miteinander ringen! Und furchtbar, keine Seele zu wissen, bei der sie sich endlich aussprechen konnte! Ach Lanz! Er war nun seit zwei Jahren tot.

Nach Fanny – und nach ihm – war ein Teil von ihr mitgestorben. Erst der Oheim, dann Fanny, dann Lanz! Sie fühlte sich wie eine leere Hülle, die sich mühsam aufrecht hielt und bei jedem Windstoß zu fallen drohte. Es gab nichts mehr, worauf sie sich freuen, worauf sie Hoffnung und Streben richten könnte.

Die Theres hatte im vergangenen September ihren Torschreiber geehelicht. Zum Dank für ihre treuen Dienste – und für ihr Schweigen, wie manche hämisch hinzufügten – hatte die ehemalige Herrschaft ihr die Hochzeitsfeier im vornehmen »Schwarzen Adler« ausgerichtet. Und diese Feier blieb den Münchnern nicht nur deshalb im Gedächtnis, weil es sich bei der Braut um eben jenes Stubenmädel handelte, das die unglückliche Fanny auf den Turm begleiten musste, sondern auch, weil inzwischen die Identität des Reisenden gelüftet war, der sich am selben Abend in die Unterhaltung der Gäste gemischt hatte. Natürlich war an der Table d'Hôte das Gespräch auf die Turmgeschichte gekommen, und der fremde Herr hatte auch von der Tragödie gehört. Dennoch zeigte er sich sichtlich betrübt, und es hieß, er sei am folgenden Tag auf den Turm gestiegen. Dass aber dieser unter falschem Namen Reisende in Wahrheit der gerühmte Dichter des Werther war, der auf seiner Reise nach Italien in München Station gemacht hatte, das erfuhr man erst viel später vom Buchhändler Lentner.

Magdalena, die jetzt 17 Jahre alt war, würde im nächsten Monat den jungen kurfürstlichen Beamten von Schulthes heiraten. Das Mädchen war ihr in diesen beiden Jahren eine selbstlose und unermüdliche Unterstützung gewesen. Diese Tochter, die nie forschte, nie mahnte, nie etwas für sich forderte, nahm ruhig an, was das Schicksal ihr auftrug und erfüllte es nach Kräften.

Franzisca gestand sich ein, dass sie bis heute nicht wusste, ob auch Magdalena ihr die Schuld an Fannys Tod gab – ob sie an die Affäre mit Vincenti glaubte oder nicht – aber Franzisca hatte dies auch nie wissen wollen. Diese Tochter verdiente es, nun endlich selbst umsorgt zu werden, endlich eigenes Glück zu finden.

Ich selbst, dachte Franzisca, ich war nicht geeignet für ein ruhiges Glück, für ein stetes Miteinander. Ich suchte immer die stürmische Beglückung und die überwältigenden Gefühle. Lanz hat es ja damals prophezeit, als er mir antwortete, ich würde nie zufrieden sein, weil ich den Wechsel liebe.

Und warum ist es so? Warum können die einen ruhig und beständig lieben, so wie Magdalena und Heppenstein, und andere – wie ich – werfen sich mit dem Herzen in der Hand von einer Klippe zur nächsten? Sie tun es wohl, weil sie der Liebe und ihrer Beständigkeit misstrauen. Und deshalb misstraut wohl auch der Geliebte dieser Liebe.

Aber – protestierte sie – ich habe Lanz geliebt, und er hat mich geliebt. Sie gab sich die Antwort: Das ist wahr! Aber die Liebe muss auch in ein Herz fallen, das tief genug ist, damit sie darin Wurzeln schlagen kann. Und, wo sie ein solches Herz nicht findet, da verdorrt sie.

Ich war bereit, Vincenti zu lieben, dachte sie, aber sein Herz war nicht tief genug. Wie war es möglich, so tief zu fallen in so seichten Herzen?

Sie nahm ihr Notizbuch heraus und notierte den Gedanken. Dies war eine schöne Zeile für ein Gedicht. Nein, es war bereits ein Gedicht, denn diese Worte umschlossen alles:

So tief zu fallen in so seichten Herzen!

»Sonst hätte er mich geliebt«, sagte sie sich, »und nicht verraten.«

Wie hätte er dich lieben können, protestierte die Stimme des Gewissens: Hast nicht du deine Tochter verraten? Hast nicht du seinen Verrat gebilligt? Wie also hättest du ihm vertrauen können – wie er dir?

Das war richtig! Und da wurde ihr zum allerersten Mal etwas bewusst: Vincenti war zwar kein ernst zu nehmender Bewerber für Fanny gewesen, aber, dass die Tochter ihn liebte, das hatte für sie nicht das geringste Hindernis dargestellt. Als sie das jetzt erkannte, hielt sie es schier für unmöglich.

Du fielst so tief, weil es dir nur um dein eigenes Glück ging, sagte die bekannte Stimme. Und weil an diesem Glück kein anderer beteiligt war, so konnte dich auch niemand halten. Du musstest stürzen!

Staunend erkannte sie diese Wahrheit: Diejenigen, die das stürmische und eigensüchtige Glück suchten, sie wurden in den Himmel geschleudert und in die Hölle geworfen. Und dabei blieben sie allein, denn das geliebte Wesen, das nur ein Beutestück darstellte, ging dabei verloren.

An den ich mein Herz hängte,
der nahm es und warf es in die Luft,
und fing es auf mit den Füßen,
und lachte, dass es so sprang.

Diese Zeilen waren an dem Tag entstanden, als sie Vincenti aus dem Haus wies. Damals sah sie sich als die Verratene – aber heute erkannte sie, dass Vincenti das Opfer gewesen war.

So ordnet sich zu spät alles in der Erkenntnis, sagte sie zu sich. Alles fügt sich neu zusammen zur eigenen Schande. Und nicht nur zur eigenen Schande, sondern zum Begreifen, dass alles nicht nur vergeblich und falsch gewesen war, sondern auch zum Schaden aller Beteiligten gereichte.

Und sie sah mit Grauen, dass sie dem Verderben nicht einmal hätte ausweichen können. Denn in den Augenblicken, in denen sie es unausweichlich auf sich hatte zukommen sehen – waren ihre Augen bebend geschlossen geblieben.

Franzisca beugte sich hinunter und streichelte Arco, der sich winselnd an sie drängte. Ab dem nächsten Monat würden nur noch die drei jüngeren Kinder im Hause sein. Sabina, jetzt 14 Jahre alt, zeigte mehr und mehr Lanzens Wesen. Auch im Blick ihrer Augen erstand Lanz wieder vor Franzisca und dann erzitterte ihr Herz. Sabina hatte von ihrem Vater die Leidenschaft für die Beobachtung der Natur und der Tiere geerbt. Sie verabscheute die Jagd, zeigte großes Interesse an den Aufgaben der Waldhüter und Förster und verfolgte die Fortschritte bei der Mooskultivierung. Der junge von Thoma, der kurfürstliche Oberförster, schien ein Auge auf sie geworfen zu haben.

Margareta war jetzt sieben Jahre alt, sie hatte Heppensteins akribischen und nüchternen Charakter geerbt und war – wie ihr Vater – gut zu lenken. Fritzchen würde bald seinen fünften Geburtstag feiern. Wie alle ihre Kinder mit der Ausnahme von Fanny war auch er spät im Jahr geboren. Er durfte nächstes Jahr in die Pagerie, die Schule der kurfürstlichen Edelknaben am Schwabinger Tor, eintreten. Diese Gunst des Kurfürsten bedeutete viel für Heppenstein, sie war Balsam für seine ramponierte Reputation. Fritzchen rechnete er ihr als einzigen Gewinn an, als einziges Glück neben all der Enttäuschung und der Schmach, die seine Frau ihm bereitet hatte.

Franzisca lächelte müde, als sie aus alter Gewohnheit auf die Wasseroberfläche im Brunnen blickte. »Ich muss es mir abgewöhnen, in den Spiegel zu schauen«, sagte sie leise zu sich. Die Veränderung ist zu schockierend! Sie war jetzt 38 Jahre alt. Früher hatte man ihr das tatsächliche Alter nie angesehen, ja, ihre Schönheit war allgemein als der Vergänglichkeit nicht unterworfen gerühmt worden. Wie hatte es Hegnenberg einmal ausgedrückt: »Die wahren Dinge unterliegen nicht der Zeit und so verhält es sich auch mit Ihrer Schönheit, Madame!«

Aber diese Schönheit war hinweggefegt worden von den Ereignissen, wie der Hagelsturm den Zauber der jungen Blüten hinwegfegt. Die einst so anmutigen Rundungen ihres Antlitzes und ihrer Gestalt waren eingefallen, und ihre Haut, die früher den Ton alten, glatten Lindenholzes gehabt hatte, erschien jetzt wie vergilbtes Papier. Wie furchtbar war es, dem eigenen Vergehen tagtäglich beizuwohnen!

Sie dachte an den Kaiser Tiberius, von dem es hieß, er sei bei lebendigem Leibe verwest. Staub, ach Staub und Schatten war doch alles – zu Recht hatte der Oheim immer mit Spott auf alle hochtrabenden Meinungen und Erwartungen reagiert: *Da mihi decem thalleros, umbra et pulvis sumus!*, pflegte er mit einer verächtlichen Handbewegung zu antworten, als wische er Wertloses weg.

Franzisca schlug die Hände vors Gesicht und grub die Fingernägel heftig in die Stirn. Wann endlich würden Schmerz, Scham und nagendes Gewissen ablassen, in ihr zu wühlen? Wann endlich würde die Vergangenheit vergangen sein?

Alles war doch der Vergänglichkeit unterworfen. Anmut und Hoffnung zerrannen buchstäblich unter den Händen, während Schmach und Schuld höhnisch triumphierten. Das Gemälde in der Studierstube des Oheims über seinem Schreibtisch fiel ihr ein, das er seine Vanitas genannt hatte. Oft hatte sie davor gestanden und die merkwürdigen Gegenstände darauf betrachtet. Sie sah jede Einzelheit des großen Ölbildes so deutlich, als habe sie es noch immer vor Augen: Ein überladener Tisch füllte eine Zimmerecke aus. Vor der graugrünen Wand, an der einige Seifenblasen schwebten, türmte sich eine Fülle prächtiger und seltsamer Dinge auf den schweren Falten einer Seidendecke. Zuoberst ruhte auf einer dicken, ledergebundenen Scharteke ein grässlicher, von Lorbeer umkränzter Schädel. Sein Oberkiefer mit nur wenigen noch darin steckenden Zähnen war auf einen Pergamentbogen gesunken, dessen winzige Beschriftung nicht zu entziffern war, aber der Briefkopf verkündete in deutlichen Lettern:

MEMORARE NOVISSIMA ET IN AETERNUM NON PECCABIS![54]

Zu Füßen dieser beklemmenden Botschaft lagen verwelkende Rosen neben dem Bildnis einer tief dekolletierten Dame. Eine aufgeklappte Taschenuhr und ein Handspiegel am roten Band vervollständigten mit Pfeife, Fidibus und Kienspänen, was alles sub specie aeternitatis nicht mehr benötigt wurde, und die abgelaufene Sanduhr nebst der erloschenen Kerze im Leuchter bekräftigten es nachdrücklich. Über das Ende des Tisches hing zu allem Überfluss noch ein abgerissener Strick, der anschaulich das jäh beendete Leben vor Augen führte.

»Siehst du«, hatte der Oheim schmunzelnd gesagt, »all das ist vergänglich und eitel, wenn auch zuweilen durchaus erfreulich.« Ihn hatten solch unbarmherzige Hinweise auf die schnöde Hinfälligkeit des Daseins keineswegs bedrückt. Im Gegenteil schienen diese Bilder der Vergänglichkeit ihn zu erheitern. Er pflegte sie mit einem gewissen grimmigen Genuss zu betrachten.

Franzisca machte kehrt und ging den Kiesweg zurück.

Ab und zu fiel ihr Vincenti ein. Nie hinterließ der Gedanke an ihn auch nur den Schatten einer Empfindung. Seitdem er damals eilig in sein altes Regiment nach Ingolstadt zurückgekehrt war, um sogleich unerfreulichen Gerüchten und drohenden Fragen zu entfliehen, kam er nur zu seltenen Gelegenheiten nach München. Sie hatte ihn nie mehr wiedergesehen und würde ihn auch nie mehr sehen wollen. Wie konnte es sein, dass solche Glut – und solches Glück – wie nie geschehen versanken?

Was war der Mensch den Göttern?

»Nicht einmal das, was dem Knaben die Fliege ist.«

Sie hörte hinter sich Schritte auf dem Kies knirschen und wusste, dass es Heppenstein war. Nie erhob er nämlich seine Stimme, um sie zu rufen, immer verursachte er erst irgendein Geräusch, um so auf sich aufmerksam zu machen, um sich sozusagen anzumelden. Das konnte zwar einerseits als rücksichtsvoll gedeutet werden, andererseits aber – besonders, da es nun schon über Jahre ging – war es ihr ärgerlich und vor allem langweilig.

---

[54] Behalte diese Erkenntnis im Gedächtnis und du wirst in Ewigkeit nicht mehr sündigen!

Sie wandte sich um. Gallus zählte erst 36 Jahre. Für dieses Alter war er ziemlich beleibt. Das Essen ist ja seine einzige Freude, dachte sie ohne Groll, so, wie man dies bei sich in Gedanken an eine abwesende Person feststellt.

Er teilte ihr mit, dass seine Bewerbung für den Posten des Direktors am Oberlandesgericht auf gutem Wege sei. Wie bei allen Karriereschritten ihres Mannes hatte Franzisca auch diese Beförderung durch ihre zahlreichen Verbindungen geschickt zustande gebracht. Zwischen ihnen war jede Vertrautheit, wenn sie denn überhaupt je bestanden hatte, erloschen. Heppenstein hatte seit der Tragödie keinen Versuch mehr unternommen, seine ehelichen Rechte einzufordern. Seine Augen zeigten wieder jenen Ausdruck – forschend und sinnend – wie einst in Ingolstadt, bevor sie ihn, aus gegebenem Anlass, ermutigt hatte, sich ihr zu nähern. Er schlief schon lange in einem eigenen Zimmer und sie trafen einander im Hause nur noch zu den Mahlzeiten, die alle Familienmitglieder gemeinsam im Esszimmer zu ebener Erde einnahmen.

Er sah sie an und schien auf etwas zu warten.

»Gibt es noch etwas?«, fragte sie.

»Du schaust wieder besser aus«, sagte er schließlich und nickte dazu, als habe er das bewirkt.

Franzisca empfand eine gewisse Rührung bei seinen Worten.

»Ja«, antwortete sie, und verstaute das Notizbuch in ihrer Kleidertasche, »der Mensch hält viel aus. Leider!«

Als er sich entfernt hatte, nahm Franzisca wieder ihre Wanderung auf. Diese Schritte durch den Garten bedeuteten ihr eine Wohltat, seitdem sie die ausgedehnten Spaziergänge, die sie einst geliebt hatte, nicht mehr unternehmen konnte. Von einem Augenblick zum nächsten konnten sie ohne Vorwarnung die gefürchteten Krämpfe überfallen, die ihr die Glieder schrecklich verzerrten. Die Ärzte vermochten den Grund dieses rätselhaften Leidens nicht zu finden. Es seien »Nervenkrämpfe«, so ihre vage Diagnose. Nur das Laudanum, dem sie viel zu oft – und heimlich – zusprach, verschaffte ihr einige Linderung.

Sie wandte sich wieder den Fragen zu, die sie immer stärker beschäftigten und auf die sie keine Antwort finden konnte: Die Religion sprach von einem persönlichen Gott, der das Leben des einzelnen Menschen zu dessen Besten lenke. So einen Gott konnte es jedoch nicht geben, zu grausam und unverdient waren die Geschicke der Menschen. Immer schon hatten Willkür und

Machtgier das Los des Einzelnen, ja der Völker bestimmt. Ganze Nationen waren so ausgelöscht worden, wurden es immer noch und würden auch weiterhin allein durch die Macht des Stärkeren vernichtet. Damit konnte ja wohl kaum das jeweils Beste für jeden gemeint sein!

Wahrscheinlich handelte es sich bei dieser Lehre – für die der Oheim nur ein ironisches Lächeln übriggehabt hatte – um eine Vorstellung, wie sie in den Köpfen von Menschen entstand, die ein Leben innerhalb sicherer und fest umzogener Grenzen in den höheren Ebenen gesellschaftlicher Hierarchien führten. Sie nahmen – von sich ausgehend – eine ebensolche Hierarchie nach oben und nach unten an. Und von da gelangte diese Vorstellung in die niederen Ebenen der jeweiligen Gesellschaft.

Es werden wohl die Priester gewesen sein, dachte sie, die von jeher solche Lehren in die Welt setzten. Damit sicherten sie ihren Stand und ihre Macht.

Lanz allerdings hatte zu diesen ihren Vermutungen geschwiegen. Einmal nur sagte er, es handle sich dabei lediglich um ein fassbares Bild für Unfassliches.

Sie hatte aber noch eine andere mögliche Erklärung gefunden: Musste sich nicht in dem Embryo, der in langen neun Monaten immer mit der Mutter verbunden, sie ständig wahrnehmend, von ihr ernährt und in ihr geborgen, sogleich nach der Geburt die Überzeugung von einem göttlichen Wesen bilden? Und mit jedem Menschen wurde seit Anbeginn diese Überzeugung weitergetragen und würde deshalb weiter bestehen, solange es Menschen gab.

Sie hielt am Brunnen inne und schöpfte mit einem steinernen Schüsselchen, das auf dem Brunnenrand seinen Platz hatte, Wasser für Arco, der sogleich begierig trank. Franzisca schaute ihm zu. Sie dachte weiter, dass so, wie der Mensch für die Tiere sorgt, ebenso wohl auch übergeordnete Wesen für den Menschen sorgen. Denn der Mensch in all seiner jammervollen Erbärmlichkeit war kaum die Krone der Schöpfung, und so, wie der Mensch über den Tieren stand, so standen auch höhere Wesen über dem Menschen.

Sie erinnerte sich an Fannys Worte, als man sie einst gefragt hatte, warum sie die Regenwürmer von der Straße rette: »Weil sie sich selbst nicht retten können. Auch wir sind doch abhängig von der Barmherzigkeit der Mächtigeren.«

Franzisca nickte. Wie hatte Lanz vor vielen Jahren zu ihr gesagt: Das Mitleid ist die größte aller Passionen – und die einzige, die überdauert.

Ein weiterer Gedanke, der sie beschäftigte, bewegte sich darum, ob nicht die Vorstellung, die man allgemein von einer Mutter hatte, auf einem falschen Verständnis beruhe: In der Natur dient das Muttertier nur dazu, das Leben des Jungen zu erhalten, dachte sie, und es alle Fertigkeiten zu lehren, die es zu seinem Überleben braucht. Das Junge bedarf der Mutter also nur so lange, als es aus eigener Kraft nicht zu überleben vermag. Die Menschen aber haben ein ganz anderes Bild von einer Mutter. Sie setzen andere Erwartungen in sie. Die Mutter soll nämlich, über die lebenswichtigen Lehren hinaus, für ihr Kind ein lebenslanges Gegenüber bleiben, sie soll eigentlich aus einer Vor-Lebenden zu einer Mit-Lebenden werden. Dadurch wird ihr aber eine ganz andere Aufgabe zugeteilt, als die Natur von ihr fordert. Ist diese Forderung überhaupt zu erfüllen? Und – was bleibt der Mutter dann noch für ihr eigenes Leben?

Aber müßig waren alle solche Gedanken. Niemand konnte sie bestätigen oder widerlegen. Und sie sterben mit dem, der sie denkt. Franzisca stellte das Schüsselchen zurück auf den Brunnenrand und nahm ihre Wanderung wieder auf.

XVI

Amor vincit omnia

München, Oktober 1805

Franzisca lag in ihrem ringsum mit Vorhängen umzogenen Bettkasten. Entgegen ihrer einst erklärten Abneigung war sie zu den Schlafgepflogenheiten einer vergangenen Zeit zurückgekehrt, die ihre Lagerstätten innerhalb des Gemachs abschloss. Nun wollte sie lieber in der Dunkelheit bleiben, die den Schlummer früher herbeibrachte und die quälenden Gedanken und nagenden Erinnerungen verkürzte. Seit Tagen war sie nicht mehr aufgestanden, weil die Krämpfe sie bei jeder Bewegung peinigten. Sie würde nicht einmal aus dem Fenster sehen können, die Scheiben waren wegen der in der Stadt marodierenden französischen Soldaten verhängt und die Läden geschlossen. Schreckliche Zeiten regierten und viele hätten es vorgezogen, statt zu den Lebenden schon zu den Toten zu gehören.

Auch sie wollte schon lange nicht mehr leben.

Dass sie noch atmete, das war nicht Leben zu nennen. Alle Viertelstunden kamen die Magd oder Magdalena ins Zimmer, um sie behutsam auf die andere Seite zu drehen. Franzisca vermochte nicht, sich auf den Beinen zu halten, in ihren Knochen schien kein Mark mehr verblieben zu sein. Und wenn sie es dennoch versuchte, dann überfielen sie heftige Krämpfe, die ihr die Glieder verdrehten. »Es wird gar nicht mehr gehen ohne Laudanum«, hatte sie den Arzt leise zu Magdalena sagen hören, die schweigend nickte, »wenn das überhaupt noch hinreicht.«

Ach, wer hätte es gedacht, dass gerade Magdalena, die nie vielversprechend, nie schön gewesen war, und nun mit 35 Jahren, schon zum zweiten Mal eine kinderlose Witwe, die Stütze und der Trost ihrer Mutter werden würde. Sie hatte die einsame Mutter zu sich genommen, eine Mutter, die es kaum verdiente, getröstet zu werden.

Franzisca war ausgezogen aus dem Haus auf dem Schönfeld, das der Familie in all den Jahren als Sommersitz gedient hatte, aus diesem schönen Haus voller Erinnerungen, in dem sie ihre Jungwitwenzeit in einer Abfolge von rauschenden Festen und liebesraunenden Begegnungen verlebt hatte, damals, als der Oheim noch lebte. Und später versammelten sich dort die besten Köpfe, die Bayern zu bieten hatte, Illuminaten und Patrioten, Mitglieder der Akademie und des Adels, und alle, die Geist und Ansehen auszeichnete. Sie hatte das Haus aufgegeben, nicht, weil sie nun allein war, da die Mädchen geheiratet hatten, und Fritz als Sekretär ins Hofkriegsministerium eingetreten war. Auch nicht deshalb, weil Heppenstein im letzten Jahr nach langer Krankheit allein in einer eigenen Wohnung an der Lungensucht gestorben war. Zwei kleine Kammern hatte er angemietet im Haus des Buchhändlers Lentner neben dem schönen Turm, einst das Stadthaus des Klosters Ettal, bevor es aufgehoben wurde. Zwei kleine Kammern und seine Ruhe – mehr wollte er nicht mehr vom Leben. Und dabei war er doch erst 52 Jahre alt. Allein seine Wäsche hatte er noch durch die Magd holen und bringen lassen.

Franzisca dachte an ihn mit Mitleid und Trauer und mit Scham.

Nein, nicht, weil sie nun allein war, hatte sie das Haus auf dem Schönfeld verlassen, sondern, weil da die Erinnerung an Fanny so lebendig war, als sei sie dort noch immer anwesend. Oft war es ihr so vorgekommen, als höre sie die Tochter wieder am Clavichord die zweite Stimme improvisieren, und die erste dazu singen, um so ihrem unerfüllbaren Wunsch, mit sich selbst zweistimmig zu singen, nahezukommen.

Es fiel ihr auch ein, dass Fanny einmal während des Spiels gesagt hatte:

»Mama, du musst auf die Unterstimme hören!« Das war eine Mahnung, hatte Franzisca im Leben doch immer nur der Oberstimme gelauscht.

Im Garten unter der Linde hatte die Fünfjährige gesessen. Sie malte und blickte unterdessen nach der Mutter, die unruhig auf und ab ging. »Was hast du, Mama?«, fragte sie, ohne das Malen zu unterbrechen. Ihre Stimme klang gleichmütig.

»Ach Kind«, hatte Franzisca geantwortet, »es geht im Leben nicht immer so, wie der Mensch es sich wünscht.«

Und Fanny hatte, ohne aufzusehen, geantwortet: »Mama, der liebe Gott hat zwei Hände. Mit der einen gibt er, aber die andere hält er immer geschlossen. Da hat er nur Unglück drin. Drum sei zufrieden mit dem, was du hast.« Solch seltsame Gedanken äußerte das Kind oft und mit merkwürdiger Selbstverständlichkeit, als spräche ein anderes Wesen aus ihm. Auch die Erinnerung an die Schwermutsanfälle der Kleinen waren wie dunkle Wolken im Haus geblieben. »Mama, der Himmel fällt auf mich«, hatte sie dann schluchzend ausgerufen, »alles ist schwarz.« Und dieses Kind hatte sie verraten!

Durch einen Traum, in dem ihr Fanny erschien, war sie überzeugt worden, dass sie das Haus nicht weiter bewohnen, auch nicht weiter behalten dürfe. Es sollte seiner bisherigen, eigensüchtigen Verwendung enthoben und einer neuen, würdigen Bestimmung zugeführt werden.

In diesem Traum, der sonderbar und schön war, erblickte Franzisca sich auf einer breiten Straße, die sich außerhalb der Mauern einer Stadt erstreckte und gesäumt war von steinernen Denkmälern verschiedener Art, die sie als Grabmonumente erkannte. Da gab es Grabmale in Form kleiner Tempel, andere erhoben sich auf Hügeln, die von tönernen oder marmornen Gefäßen bekrönt waren, und einige waren große Stelen, auf denen Gestalten als Relief abgebildet waren, wie sie die alten Völker ihren Verstorbenen aufzustellen pflegten. Franzisca schritt die Straße entlang in dem Gefühl einer unbestimmten, frohen Erwartung. Eine mannshohe Stele aus rötlichgelbem Sandstein fiel ihr in die Augen. In den Reliefs darauf erkannte sie sich und die Tochter: Fanny thronte, den Schleier zum Abschied hebend, der Mutter gegenüber, die vor ihr stand. Beider Hände ruhten zum letzten Mal ineinander und ihre Häupter waren demütig zueinander gesenkt. Aber es lag keine trostlose Ergebenheit in ein unausweichliches Los in diesen gesenkten Häuptern, sondern ein Einvernehmen in dem Wissen um ein höheres Geschick. Aus diesem Traum war Franzisca zwar weinend erwacht, aber mit Tränen tiefer Freude durch die Ahnung einstiger Versöhnung.

Sie hatte das schöne Anwesen, das auf dem inzwischen parzellierten Schönfeld schon einen beträchtlichen Wert darstellte, den Salesianerinnen vermacht, die im Jahr vor Fannys Tod ihr Münchner Kloster zugunsten des dort neu errichteten Damenstifts hatten verlassen müssen. Die Nonnen würden in diesem Haus eine Niederlassung jener Schule errichten, die sie bereits in Indersdorf für Mädchen unterhielten.

Franzisca dachte mit Rührung an ihre Kinder, die sich alle mit diesem Wunsch der Mutter einverstanden erklärt hatten, ohne Einwände zu erheben.

Und das Schicksal, das in seiner Grausamkeit barmherzig, und in seiner Barmherzigkeit grausam war, hatte ihr Magdalena zur Stütze gegeben. Eben diese Tochter, der sie nie besondere Aufmerksamkeit zugewendet hatte. Zu sehr glich sie Peter Ickstatt in Gesicht und Art, dem unermüdlichen Gelehrten, der all seine Kräfte der Vollendung des Werkes seines Onkels gewidmet hatte. Ach, auch ihn hatte sie nicht geschätzt, und doch war er nicht müde geworden, um ihre Liebe zu werben.

So hatte sie das Haus auf dem Schönfeld aufgegeben und war zu Magdalena, der ernsten, jungen Witwe gezogen, die ihrer Mutter nichts nachzutragen schien. Vielleicht verhielt es sich durch eine rätselhafte Gesetzmäßigkeit der Natur so, dass gerade jene Kinder, denen die Eltern am wenigsten Aufmerksamkeit schenken, dies als eigenes Verschulden deuten und deshalb ihren Eltern mehr Liebe erzeigen als Kinder, die vorgezogen wurden. Ja, es gab wohl einen Ausgleich in allen Dingen, aber es war die kalte Gerechtigkeit der Zahlen, die Gerechtigkeit von Soll und Haben, die das Leben des einzelnen Menschen mit seinen Schwächen und Bedürfnissen nicht berücksichtigte. Und so blieb jedes Leben mit seinen unerfüllten Sehnsüchten und ungemilderten Ängsten auf sich zurückgeworfen und flehte mit erhobenen Händen um Erlösung.

Diese Erde war die Arena, auf der die guten und die bösen Geister ihren Kampf miteinander austrugen. Aber sie durften ihn nicht in direktem Kräftemessen miteinander austragen, sondern nur an der Beute, um die sie stritten. Und diese Beute war der Mensch.

Franzisca nahm seit Langem ihre Zuflucht zu den »guten Geistern«, deren Hilfe sie immer tröstlicher empfand: Wie die guten Feen in den Märchen vermochten sie nicht, ein dem Menschen auferlegtes Los zu tilgen. Doch es lag in ihrer Macht, dieses Los zu lindern. Franzisca nannte sie die »barmherzigen Geister«. Sie hatte ein Gedicht an sie gerichtet, das sie oft, wie ein Gebet, leise sprach:

> »Barmherzige Geister, die Ihr fühlbar waltet,
> das Lebendige zu schonen,
> das Leiden zu lindern,
> den Schrecken einzudämmen.
> Die Ihr unablässig Eure Netze webt,
> das Bedrohte zu bergen,
> das Rohe zu besänftigen.
> Ihr, denen die gütigen Nebel dienen,
> den Späherblick des Bösen zu trüben,
> den Spürsinn der Grausamkeit fehlzuleiten.
> Die Ihr Euch festigt und formt aus den Hilferufen
> der Erhörten,
> aus den Gelübden der Erretteten.
> Barmherzige Geister,
> wie die zwölfte Fee vermögt Ihr den Fluch nicht zu bannen,
> Ihr dürft ihn nur lindern,
> nur in den Arm zu fallen dem Unheil
> ist Euch gestattet.
> Ihr reicht Euch die Hände, um der Bosheit den Weg abzuschneiden,
> denn Ihr wisst um die Schwächen des Bösen.
> Barmherzige Geister,
> Ihr seht den brechenden Blick,
> Ihr vernehmt den ersterbenden Seufzer,
> Ihr haltet die kraftlose Hand,
> wir rufen Euch an:
> Lasst Euch nieder auf diesen Lidern!«

Langsam zogen alle, die in der Vergangenheit einen Platz in Franziscas Leben eingenommen hatten, heran. Schritt um Schritt lösten sie sich aus dem Dunkel. Einer nach dem anderen wollte erinnert und endlich angemessen beurteilt sein. Angemessen beurteilen, ja, wer vermochte das denn, angesichts der eigenen Blindheit und der Blindheit der anderen?

Ihr fiel der Grabspruch ein, den sie vor allen anderen liebte. Ein Prälat des Klosters Herrenwörth hatte ihn auf sein marmornes Epitaph setzen lassen: Tu solus Deus laborem et dolorem consideras.[55]

Ja, nur Gott vermochte in eines Menschen Leben Bemühung und Schmerz angemessen zu beurteilen.

Aus der Dunkelheit trat Lanz. Er blickte sie an mit einem tröstlichen Lächeln: »Sei getrost, nun hast du alles überwunden!« Ach Lanz, lieber Lanz, meine Säule im Leben.

Heppenstein löste sich aus dem Zug und blieb vor ihr stehen, als der 22-jährige Jüngling, der, noch nicht einmal examiniert, an die junge, hochschwangere Witwe verheiratet worden war. Sein Blick war scheu und nachdenklich.

Franzisca stieß einen schweren Laut aus, ein schluchzendes Stöhnen. Wie viel Verwirrung, wie viel Leid, wie viel Demütigung hatte sie gestiftet! Sie war jetzt 56 Jahre alt, aber es kam ihr vor, als hätte sie Hunderte von Jahren gelebt. »Es hat sich alles nicht gelohnt«, sagte sie laut. Nichts hat all den Schmerz gelohnt – den meinen und den der anderen! Aber, wie hätte ich anders leben sollen?

Magdalena hatte den schweren Seufzer vernommen, sie schlief immer bei offener Tür im anstoßenden Zimmer. »Brauchst du etwas, Mama?«, fragte sie im Türrahmen. »Soll ich die Geschwister rufen?«

Franzisca verneinte mit geschlossenen Augen. Allein wollte sie sterben, ganz allein. Dem Rätsel entgegenzutreten, das sich ein Leben lang nicht hatte lösen lassen, das stand ihr jetzt bevor, und sie fürchtete sich nicht. Nur Lanz hätte sie herbeigewünscht, Lanz, der über dieses Rätsel mehr als alle anderen zu wissen schien.

Sie erinnerte sich an seine lange Rede, die er ihr gehalten hatte, damals im Sommer nach der Tragödie, als sie sich in Regensburg zu ihrer letzten Begegnung getroffen hatten. Franzisca stellte ihm damals die Frage: »Wie soll der Mensch leben?«

Und Lanz wandte ihr die sumpfgrünen Augen zu, die nun von unzähligen Fältchen umzogen waren, und ihm den Anschein eines beständigen Lächelns gaben. »Mein Mädchen«, sagte er, »die höchste Stufe, die der Mensch erringen kann, ist die der Frömmigkeit, da er nun einmal nicht zur Heiligkeit taugt.«

---

[55] Du allein, o Gott, ziehst Mühe und Leiden in Betracht.

»Frömmigkeit«, fragte Franzisca, »was ist Frömmigkeit?«

»Fromm«, antwortete Lanz, »ist der Mensch, der jedes Wesen schont, als wäre er es selber.«

Bei seiner Totenmesse hatte ein befreundeter Prälat über Lanz gesagt: »Wer glaubt, von dem werden Ströme lebendigen Wassers ausgehen.«

Und da erst erkannte sie, dass Lanz – der nie über Gott gesprochen hatte – ein wahrhaft Glaubender gewesen war. Von ihm waren wirklich Ströme lebendigen Wassers ausgegangen. Plötzlich durchflutete sie belebend und beglückend bis in die Fingerspitzen die Gewissheit, dass Lanz sie hinter der Schranke erwarte. Amor vincit omnia, ja, die Liebe, nur die Liebe reicht über die Grenze des Todes hinüber.

Schubart trat heran, neigte sich zu ihr und rezitierte wie damals Klopstocks Worte über Gott und Mensch: »Erhebst du ihn hoch aus dem Strome und triffst ihn mit zermalmendem Arm.«

Ja, diese Wahrheit hatte sich an ihrem Leben erwiesen. Sie suchte im Dunst der heranwogenden Umrisse nach Fanny. Manche der Gestalten sahen sie nur an, einige grüßten ernst oder lächelnd, andere zogen gleichmütig oder abgewandt vorüber. Eine von ihnen, die einen Säugling in den Armen hielt, löste sich aus der vorübergleitenden Prozession und blieb vor ihr stehen. Es war Peter Ickstatt, der ihr das früh verstorbene Söhnchen Johann Adam entgegenhielt. Franzisca lächelte unter Tränen. Welch ein Trost, das Kind war bei ihm. Auch sie würde also bei denen sein, die sie liebten. Amor vincit omnia.

Der Kopf war ihr schwer, und vor den Augen begann es zu dunkeln. Sie spürte, dass eine Kraft auf sie zu wirken anfing, die sie forttragen wollte. Aber Franzisca mühte sich, in der kriechenden Nebelschlange Fanny ausmachen. Sie musste doch unter ihnen sein. Und Fanny glitt heran, in den Kleidern des Todestages. Die Mutter erkannte jede Einzelheit mit gnadenloser Schärfe. Unter dem langen Zobelpelz, dessen rotdamastenes Futter beim Schreiten aufschlug, zeigte sich das pfirsichfarbene Gewand aus feiner Wolle. Fanny hielt den Pelzkragen mit der beringten Hand zusammen, das schöne Gesicht, aus dem alle Entstellung geschwunden war, wandte sich ihr mit einem Aufleuchten zu. »Fanny«, rief Franzisca voller Glück, »Fanny, mein Kind.«

Dicht vor sich empfand sie eine Gegenwart. Der Oheim stand neben ihr. Eine Flut von Liebe und Stärke, die sie von ihrem Lager aufzuheben schien, hüllte sie ein. Er sagte nichts, aber dennoch verstand sie seine Botschaft:

»Alles wird anders gewertet, als wir geglaubt haben.«

Er winkte ihr zu, heiter und leicht, wie einem, den man ja gleich wiedersehen wird. Eine rasch zunehmende Kraft riss sie mit sich und wirbelte sie fort.

Als Magdalena kurz darauf nach ihr sah, war die Mutter tot.

Die Tochter sah staunend, dass sich auf dem Antlitz, das die frühere Schönheit zurückgewonnen hatte, ein Lächeln auszubreiten begann. Es nahm rasch an Kraft und Ausdruck zu und hüllte schließlich das Gesicht in ein Leuchten unaussprechlicher Seligkeit, das zu rufen schien: Ich habe es gewusst, ich habe es ja gewusst!

Magdalena sank an der Seite des Bettes nieder. Die Verklärung der Züge hielt etwa für eine Viertelstunde an und schwand dann langsam.

»Endlich ist sie frei«, sagte die Tochter.

Nach Franziscas letztem Wunsch setzten die Kinder ihr einen Grabstein mit der Inschrift:

Tu solus Deus laborem
et dolorem consideras.

Der Fall Fanny von Ickstatt
Eine Münchner Tragödie im 18. Jahrhundert

Am 14. Januar 1785 versetzt ein grausiges Ereignis die Residenzstadt München in helle Aufregung. Die erst siebzehnjährige Fanny von Ickstatt fällt vom Nordturm der Frauenkirche, überlebt den Aufprall, um kurz darauf an ihren schweren Verletzungen zu sterben. Die angesehene Familie von Ickstatt wird in einer Flut von Anklagen und Beschuldigungen für den Tod des jungen Mädchens verantwortlich gemacht. Doch was steckt wirklich hinter dem mysteriösen Sturz? War es tatsächlich ein Unfall? Was versucht die Familie zu verbergen? Maria Magdalena Leonhard gelingt es, sowohl den genauen Hergang als auch die Hintergründe der Tragödie um Fanny von Ickstatt zu rekonstruieren. Vor allem aber deckt sie mithilfe bislang unveröffentlichter Dokumente die wahre, unglaubliche Ursache für Fannys Tod auf. Ein faszinierendes Stück bayerischer Zeitgeschichte – spannender als jeder Krimi.

148 S., Paperback